EVERGREEN

La disparition de Taylor Finn

Calvin Ethan Keane

2

4

Chapitre 1 : Le retour des fils prodig(u)es

« Quoi ? Tu t'attendais à un château, peut-être ? » Un grand homme blond, les joues creusées de deux sillons verticaux encadrant une bouche aux lèvres pincées, se tenait derrière la portière d'une voiture où était assis un garçon.

Comme enraciné à son siège, à l'arrière du taxi, ce dernier semblait en état de choc face à la vieille bâtisse qui se tenait devant ses yeux ahuris.

« La Tête du Barde » était un édifice biscornu haut de trois étages, coiffé de quelques cheminées noueuses. L'enseigne suspendue au porche de l'auberge était si vieille que la peinture s'écaillait, et le bois paraissait tout vermoulu. Instinctivement, le garçon avait réarrangé une mèche de cheveux blonds et lisses de devant ses yeux, comme pour être sûr d'avoir bien vu la totalité du bâtiment.

Le chauffeur de taxi, changé en majordome respectueux par le miracle d'un pourboire, tendit le bras avec zèle pour aider le garçon à sortir, interrompant ainsi le cours de ses pensées.

« Vivre à la dure pour quelques jours ne te fera pas de mal », ajouta son père avec sévérité. « Allons », reprit-il d'un ton pressant en se tournant vers le chauffeur, « extrayez-le de la voiture maintenant ou il prendra racine ! »

Ce n'était toutefois pas seulement au faste d'une vie dorée menée dans le quartier cossu de Peacock Hills qu'il allait renoncer, sitôt sorti du taxi. Il était également voué à oublier tout de son existence normale et de la banalité de son quotidien. Mais comment aurait-il pu le savoir ? Le ciel bleu et franc de cette belle journée d'été aurait pu tromper l'esprit le plus suspicieux. Des eaux enchantées à la terre vibrante d'une vie mystérieuse, tout, ce jour-là s'était tu, dans l'émotion anxieuse de parents retrouvant leurs fils prodigues.

Pour le garçon, l'unique souci qui le préoccupait était de perdre une semaine de vacances d'été au fin fond de l'Irlande, et pour quelle raison, après tout ? Il n'en avait pas la moindre idée ! Il ne pouvait pas s'agir de vacances ; son père était bien trop occupé avec son travail pour se permettre de prendre des vacances, encore moins si cela impliquait un séjour en tête à tête avec son fils. Jusqu'à cet étrange matin où son père avait fait irruption dans sa chambre en lui intimant de « faire sa valise pour une semaine », père et fils ne s'étaient jamais retrouvés seuls ensemble. D'ordinaire, il y avait toujours une nounou, un stagiaire, une femme de ménage, quelqu'un, enfin, pour surveiller le garçon. Atticus Kane, promoteur immobilier de renom, ne se trouvait en effet que très rarement à la maison ; il travaillait tard au bureau,voyageait beaucoup et passait le plus clair de son temps libre au téléphone.

« Son altesse attend peut-être une invitation ! Ah, le filou ! » plaisanta le chauffeur de taxi en dévoilant ses dents déchaussées.

En prenant soin d'éviter aussi poliment que possible la main velue que lui offrait le chauffeur, le garçon sortit prudemment du taxi malodorant qui les avait conduits depuis l'aéroport de Cork jusqu'à Evergreen et rejoignit son père sous le porche, où l'homme affichait un air qui n'annonçait rien de bon.

Pour quelqu'un qui venait de retrouver sa ville natale après quinze années d'absence, son père n'avait l'air ni ému ni affecté. À dire vrai, Ambrose le trouvait encore plus froid qu'à l'ordinaire. Dans le taxi, chaque mot qu'il avait prononcé à son intention avait été un reproche.

« Tu avais dix minutes pour faire tes valises et tu as trouvé le moyen de prendre avec toi ce stupide herbier ? » avait-il lancé d'entrée de jeu d'un ton réprobateur.

Cet herbier qu'Ambrose gardait sur lui constamment, même à l'école, n'avait guère contribué à accroître sa côte de popularité à l'externat St. Gibbereth, où il était plus communément connu sous le nom d'« Ambrose le Morose », surnom qu'il trouvait en effet cruellement à propos. Ambrose, qui n'était pas particulièrement friand du contact de ses camarades de classe ni de ses professeurs, et que la plupart des matières ennuyait franchement à l'exception de l'anglais et de la biologie, ne trouvait guère de réjouissance à la vie scolaire qui occupait pourtant l'essentiel de son temps. Le garçon ne semblait en effet s'épanouir que dans ses activités d'écriture ou dans la composition de son herbier, au grand dam de son père.

« Je ne savais pas combien de temps exactement nous resterions là-bas. Je ne voulais pas m'ennuyer. Je ne sais même pas s'il y a une bibliothèque, là où l'on va », s'était-il défendu timidement.

« Crois-moi, estime-toi déjà heureux que ces gens-là aient l'eau courante », avait sifflé son père entre ses dents, un rictus méprisant au coin des lèvres.

Ambrose n'avait jamais connu son père autrement que comme cet homme d'affaires accompli et respecté par les notables de Peacock Hills, qui buvait son thé dans des tasses en porcelaine et ne portait que des chaussettes en fil d'Écosse. Et pourtant, il était bien né dans ce petit village côtier d'Irlande, qu'il n'avait quitté d'ailleurs qu'à l'âge de trente-trois ans. De sa vie d'alors, Ambrose ne savait pas grand-chose, sinon qu'il travaillait déjà dans le développement immobilier, et qu'il s'était rapidement lassé du peu de possibilités qu'un tel endroit offrait à un homme ambitieux.

À trente-trois ans, donc, juste après avoir enterré son père qui se trouvait être sa dernière attache, Atticus Kane avait quitté le village et le pays pour élire domicile en Angleterre. C'est à Londres qu'il bâtit pierre par pierre son empire immobilier, et qu'il rencontra la femme qu'il épouserait, Elisabeth Danes, une avocate anglaise, dont Ambrose ne connaissait rien, sinon qu'elle était spécialisée en droit de l'environnement. Pourquoi, après seulement deux années de mariage, le couple avait divorcé, pourquoi sa mère l'avait abandonné alors qu'il n'était qu'un bébé, c'étaient là des questions épineuses qu'Ambrose n'avait encore jamais réussi à aborder avec son père. Brûlant d'en savoir plus sur sa mère, il s'était tourné plusieurs fois vers l'associé de son père, Oncle Leigh (qui n'avait d'oncle que le nom) pour l'interroger. Mais Oncle Leigh était toujours resté très évasif sur le sujet. Selon lui, le père d'Ambrose était un « homme compliqué », et lui et la mère du garçon « se disputaient jour et nuit. » Tout ce qu'il apprit de la rupture tenait à ceci : un jour, alors qu'il n'avait même pas un an, Mrs Kane sortit acheter des bougeoirs pour la maison et ne revint jamais ; elle ne laissa pas même un mot.

C'était là un tabou absolu, qui avait nourri chez le jeune garçon un sentiment de rejet douloureux et persistant. De sa mère, toutefois, il ne se rappelait rien. Il n'aurait même pas su à quoi elle ressemblait s'il n'avait pas trouvé une photo d'elle en fouillant le bureau de son père à la recherche de l'herbier qu'il lui avait confisqué. Son père avait placé le portrait dans un petit médaillon doré, caché dans un sachet scotché au dessous de son tiroir. La femme sur la photo avait les mêmes cheveux blond ivoire que les siens.

« Bienvenue, voyageurs ! » claironna une voix joyeuse avant même qu'Ambrose puisse voir d'où elle provenait. « Bienvenue à Evergreen, et bienvenue à *La Tête du Barde* ! » C'était une femme d'une quarantaine d'années dont les cheveux gingembre contrastaient vivement avec une paire de lunettes à large monture ronde et bleue. « Comme je regrette que nous n'ayons pas de climatisation ici, j'espère que vous ne souffrez pas trop de la chaleur ! » ajouta-t-elle avec gravité.

Ambrose se força à sourire, en pensant que l'aubergiste plaisantait ; après tout, il faisait plutôt frais. Le mois de juillet en Irlande n'était pas non plus un temps à barbecue, au contraire ; même à l'intérieur de l'auberge dont les murs de pierre paraissaient particulièrement épais, le confort d'une petite laine n'aurait pas été un luxe. Mais lorsque la femme quitta le comptoir pour les accueillir, il chassa son sourire aussi vite qu'il le put, dans la crainte de paraître impoli. Vêtue d'un débardeur à bretelles, de shorts et de tongs, l'aubergiste s'éventait en effet énergiquement au moyen d'un petit éventail.

« Madame », salua froidement le père en soulevant son chapeau. « J'ai réservé deux chambres pour mon fils et moi-même, pour la semaine. Au nom de Kane. »

Côte à côte et échangeant une poignée de main, l'aubergiste bariolée et son père tout de gris vêtu offraient assurément un tableau étonnant.

« Mr Atticus Kane, oui, c'est écrit sur mon

livre ! » s'exclama gaiement l'aubergiste revenue derrière son comptoir. Les yeux circonspects d'Ambrose se posèrent sur le carnet recouvert d'une fourrure rose qu'elle étudiait attentivement. Il s'accordait parfaitement avec les couleurs vives, ou plutôt criardes de sa tenue.

« Je suis Nelly Flanagan, et je serai votre hôte tout au long de votre séjour. Je vois ici que tout a été réglé, bien, bien, bien », dit-elle en feuilletant les pages de son petit carnet. Ses lunettes épaisses agrandissaient considérablement ses yeux et lui donnaient un air déconcertant.

« Le petit-déjeuner est servi de sept heures à neuf heures dans la salle à manger qui se trouve sur votre gauche. Faites comme chez vous, le lobby est là pour votre confort, nous avons une grande variété de journaux et magazines. Je peux également vous recommander quelques établissements et des pubs, des activités de plein air pour le jeune homme... »

« Merci bien, madame, mais je crains que nous ne restions pas assez longtemps pour que mon fils vagabonde », coupa Atticus Kane assez froidement.

Non sans déception, Nelly l'aubergiste lui remit timidement les clés.

« Mr Kane, voici les clés de votre chambre, la chambre "Tremble" au premier étage, et toi, mon garçon, c'est au troisième étage, la chambre "Épinette". »

Ambrose se trouva stupéfait. Pourquoi des noms d'arbres ? « Épinette », « Tremble » ? Se pourrait-il que son père ait choisi cet hôtel intentionnellement ? Y aurait-il ici une collection dendrologique d'intérêt ? Une telle attention ne ressemblait pas à son père ! Et ce n'était même pas encore son anniversaire !

« Comment se fait-il que mon fils et moi ayons des chambres à des étages différents ? » demanda Atticus, visiblement contrarié tandis que l'excitation d'Ambrose ne faisait que croître. L'aubergiste, en revanche, commençait à perdre ses moyens.

« Eh bien, bien sûr, enfin, je suis tout à fait désolée, monsieur, l'auberge est pleine, nous sommes assaillis de réservations de la part des journalistes, oh ils viennent des quatre coins du pays à cause de... ahem... vous savez, cette terrible affaire... » bredouilla-t-elle, la main au coin de la bouche dans un geste de confidence.

L'expression d'Atticus s'altéra subitement et il parut aussi mal à l'aise que Nelly.

« Mais bien sûr... Dites-moi, Nelly, auriez-vous l'amabilité de m'indiquer la route la plus courte pour se rendre à la mairie ? » demanda Atticus avec empressement.

Il n'en fallut pas plus à Ambrose pour éveiller sa curiosité. Après avoir vécu trente-trois ans dans le petit village, il était impossible que son père ne sache pas comment se rendre à la mairie, et cette question ne pouvait avoir qu'un seul but : changer de sujet. Nelly, ravie de voir que le voyageur maussade paraissait enfin s'intéresser à ce qu'elle avait à dire, se mit à gribouiller sur une carte mille indications. Que pouvait être la « terrible affaire » qui avait attiré les journalistes dans un endroit aussi insignifiant et qui avait provoqué l'embarras soudain de son père ? Un regard involontaire au journal posé sur un fauteuil lui souffla la réponse.

« Une adolescente retrouvée morte sur la

plage d'Evergreen. » Nelly surprit le regard d'Ambrose sur le journal et se pencha prestement pour le saisir, comme si elle cherchait à préserver sa sensibilité. Il déglutit avec difficulté. Avec un sourire candide, l'aubergiste ajouta gaiement :

« Je peux t'assurer que tu trouveras notre petite ville très agréable, mon lapin, nous avons de magnifiques vues, surtout depuis la côte, avec les ruines du château de Mac Lir, une pépite ! Et en plus, si tu aimes les marches dans la nature, oh, nous avons les bois les plus enchanteurs, ils... »

Mais Atticus l'interrompit brusquement.

« Merci pour toutes ces indications. Il est temps pour nous de nous installer, je crois. »

« Bien... Bien, messieurs », poursuivit Nelly, déçue de constater que son intérêt aux yeux de Mr Kane avait été de si courte durée. « Laissez-moi vous conduire à vos chambres, alors. »

L'aubergiste resta silencieuse pendant quelques secondes, le temps de monter les escaliers, où alors, elle ne résista plus au plaisir de leur livrer l'histoire de l'auberge.

« Tenez, une petite anecdote : *La Tête du Barde* a été fondée en 1842 par Ebenezer Parsifal, une figure publique estimée dans tout le comté de Cork, oh, la famille Parsifal est établie en Irlande depuis... le déluge, sans doute ! Durant les temps sombres de la Grande Famine, c'est ce saint homme qui a évité aux habitants de mourir de faim. Personne n'a su comment il s'y était pris. Il avait fondé cette auberge en promettant que quiconque viendrait sous ce toit y mangerait à sa faim, tout le temps, et en effet, bien des gens ont gardé et transmis le souvenir de festins incroyables. Votre chambre, Mr Kane. »

« Voilà qui me donne de grands espoirs pour le dîner de ce soir, Nelly », répondit Atticus courtoisement, sans doute soulagé d'être enfin arrivé à destination.

Le rire de Nelly était aussi cristallin que celui d'une jeune fille.

« Oh, assurément vous ne serez pas déçu, Mr Kane ! Tous les produits que nous utilisons sont locaux et issus d'une agriculture strictement biologique, bien sûr ! C'est si important de manger sainement ! Quoi de mieux qu'un bon transit, n'est-ce pas ? »

Atticus s'éclaircit la gorge, signifiant son désir de prendre congé.

« Bien », reprit Nelly avec perspicacité, « Allons à ta chambre, mon chéri », dit-elle en s'adressant à Ambrose. « Elle est un peu plus haut, et les marches sont un peu inégales, sois prudent ! »

« Viens dans ma chambre quand tu seras installé, Ambrose », ajouta Atticus. « Ne tarde pas trop, j'ai des choses à faire plus tard. Dans une heure. »

« Allons, suis-moi mon chaton », proposa Nelly une fois qu'Atticus eut refermé sur eux deux sa porte. « Dis-moi, quel âge as-tu ? Je te le demande parce que tu pourrais jouer avec la fille d'une amie à moi, elle doit avoir ton âge, une très gentille fille, elle pourrait te faire visiter le village ! »

« J'ai treize ans », répondit Ambrose avec appréhension. Il sentit ses mains se crisper et les joignant, doigts entrelacés, il se mit à tourner ses pouces autour d'un point imaginaire, geste qui l'apaisait quelque peu lorsque l'anxiété le submergeait. La seule idée d'avoir un rendez-vous arrangé le rendait fébrile : aller se baigner en pleine nuit sur la rive où l'inconnue avait été retrouvée morte lui semblait moins effrayant.

« Oh, tu peux m'appeler Nelly, s'il te plaît ! » gloussa-t-elle gaiement. « J'aurais juré du reste que tu étais plus âgé, quatorze ou quinze ans. Tu es si grand pour ton âge ! »

Étiré et maigre comme une asperge, il avait encore un visage enfantin. Ambrose grimpait les escaliers tordus dont les marches étaient recouvertes d'un tapis rapiécé, tout en jetant quelques regards discrets autour de lui. La cage d'escalier avait la circonférence de son dressing dans la maison de Peacock Hills. Suspendu au plafond, un chandelier à la dorure ternie se balançait tranquillement, donnant aux peintures accrochées aux murs des reflets sinistres.

« Des artistes locaux », chuchota Nelly fière comme si elle lui faisait visiter le *British Musuem*.

Ambrose remarqua qu'un homme apparaissait

sur de nombreux portraits. Avec des cheveux poivre et sel, l'homme était vêtu d'un manteau cérémonial violet, agrémenté d'un col en hermine rehaussé de l'accessoire le plus bizarre qu'Ambrose ait jamais vu : une sorte de plaque dorée et carrée, attachée à son torse et gravée d'une lune et d'un soleil. Ambrose se demanda si le vieil homme appartenait à une secte mystérieuse dont Nelly aurait pu faire partie. Malgré son âge avancé, une force robuste et rassurante se dégageait du vieil homme aux yeux noirs, pétillants de malice. Sensible à ce trait qu'il possédait lui-même, Ambrose remarqua aussi des fossettes, que le peintre avait habilement reproduites en jouant avec les couleurs et les ombres.

« Hum... Nelly ? » demanda enfin Ambrose alors qu'ils se trouvaient devant la chambre « Épinette ». « Comment se fait-il que les chambres portent des noms d'arbres ? »

« Oh, pas n'importe quels arbres ! » s'exclama fièrement l'aubergiste. « Il s'agit de nos arbres indigènes, des arbres qui poussent en Irlande depuis toujours. Nous avons douze chambres, la

“Bouleau argenté” , l’ “Epinette”, la tienne, celle de ton père, c’est-à-dire la “Tremble”, la “Pommier sauvage”, la “Myrobolan”, la “Genévrier”, l’ “Alisier blanc”, la “Saule”, l’ “Orme”, la “Pin sylvestre” ma préférée d’ailleurs, l’“Aubépine”, et enfin la “Sorbier des oiseleurs” où nous avons reçu l’été dernier le ministre de l’environnement anglais ! Ah, quelle affaire ! Toute la ville était sur le pied de guerre. Cela nous a fait une publicité merveilleuse ! »

Mais tandis que Nelly avait égrené les noms des chambres avec une excitation croissante, Ambrose avait senti la déception l’envahir : cela n’avait rien à voir avec la dendrologie, la classification des arbres pour laquelle il se passionnait.

« Voilà ta chambre, mon petit ! » annonça triomphalement Nelly en ouvrant la porte.

La pièce était aussi exiguë qu’il l’avait imaginée. Le sommier en bois du minuscule lit d’où ses pieds dépasseraient, sans aucun doute, était vieux comme Mathusalem ; le sol de terre cuite, où paissait à son aise un troupeau de moutons de poussières présentait des fêlures sur chaque tomette ; enfin, la descente de lit était aussi usée que le tapis de la cage d'escalier.

« Tu peux mettre tes affaires dans la malle, ma citrouille, et au cas où tu voudrais dessiner ou écrire, regarde, tu as un bureau. Demande-moi s'il te faut des stylos ou des crayons, d'accord ? » proposa l'aubergiste d'un ton joyeux, sans s'apercevoir de l'expression déconfite du garçon.

« Je te laisse t'installer, je dois réveiller ma mère dans une heure. Autant apprécier un moment de calme avant la tempête, c'est-à-dire l'heure de son goûter ! Ah, ma pauvre maman ! Elle est si fatiguée. Pourtant, même à quatre-vingt ans, elle ne manquerait son quatre heures pour rien au monde ! » Nelly se trouvait déjà sur le pas de la porte lorsqu'elle se retourna pour lui dire au revoir et aperçut la mine du garçon. « Mais dis-moi, tout va bien ? »

Ambrose tâcha de hocher la tête. En vérité, s'il l'avait pu, il aurait fui en courant. Il n'arriverait jamais à dormir dans ce lit défraîchi et trop étroit..

« Oh mon sucre d'orge, tu as le mal de la maison ! » s'écria Nelly avec naïveté. Ambrose n'eut pas le cœur de la contredire ; non seulement Nelly aurait été froissée, mais il aurait semblé incroyablement snob, par la même occasion. « Tu ne dois pas te faire du tracas, mon garçon, je prendrai bien soin de toi et tu ne manqueras de rien ! Je ferai tout ce que je peux pour rendre ton séjour avec ton père ici plus agréable. »

Nelly partie, Ambrose tâcha de se raisonner. C'était une semaine, seulement une semaine à passer loin de Peacock Hills, loin de Peacock Heath et de ses promenades favorites dans la lande, loin de ses salons de thé préférés et de sa précieuse bibliothèque. Mais ici aussi, il y avait des « bois enchanteurs » selon Nelly. Il devait bien reconnaître qu'il était assez excité à l'idée de les explorer. Et du reste, Nelly n'était-elle pas une hôte sympathique ? Elle était même à ses yeux ce qui se rapprochait le plus d'une mère : chaleureuse, douce et attentionnée. Non, ce qui lui coûtait le plus et à quoi il ne parvenait pas à se résigner, c'était de manquer le concours d'écriture du *Daily Peacock*, le journal local de Peacock

Hills. Sans la bibliothèque remarquablement fournie de Peacock Hills, où il avait ses habitudes, il ne pourrait jamais trouver matière à écrire. Ce serait la première fois qu'il manquerait le concours ! Mais peut-être cela valait-il mieux ainsi : pour un garçon comme lui, incapable de nager et terrifié par l'eau, le thème de « la mer et des créatures marines » n'était pas de bon augure.

Un frisson lui parcourut l'échine tandis que le titre de l'article du journal dans le lobby lui revenait à la mémoire. « *Une adolescente retrouvée morte sur la côte.* » Et s'il participait au concours après tout ? Avec une intrigue aussi prenante, comment pourrait-il ne pas gagner ? Et si c'était le destin ? Oh, ce ne pouvait être que ça ! Il fallait qu'il tente sa chance, et d'abord qu'il sache s'il existait ou non une bibliothèque dans cette ville minuscule. Ambrose sourit, et plein d'entrain, il plaça soigneusement ses vêtements dans la malle qui laissa échapper une odeur de renfermé, son réveil-matin sur la table de nuit poussiéreuse et ses livres sur le bureau bancal. Pour les jours à venir, la « Tête du Barde » serait sa maison, et à son retour à Londres, il n'en apprécierait que plus le luxe et le confort de la résidence Kane.

Lorsqu'il ouvrit les rideaux, un petit balcon surplombant le jardin apparut, ainsi qu'un immense hêtre dont les branches touchaient la balustrade. C'était une véritable œuvre d'art. En ouvrant la fenêtre, Ambrose savoura le contraste inattendu entre l'atmosphère fraîche de la pièce, enclose dans d'épais murs de pierre, et la chaleur délicieuse du dehors. Dans le jardin étonnamment bien entretenu en comparaison du peu de soin porté au ménage de la chambre, Ambrose aperçut une charmante petite serre.

Armé de son stylo et de son carnet, Ambrose s'assit sur le sol chaud du balcon, en quête d'inspiration. Oui, sa nouvelle se passerait à Evergreen ! Il essaya d'assembler quelques phrases, mais rien ne lui venait qui soit assez bon pour être couché sur le papier. Près d'une heure plus tard, il n'avait pas écrit plus d'une demi-page, et un sentiment de ridicule l'envahit. Après tout, comment pouvait-il recréer l'atmosphère du village enfermé dans sa chambre

?

Ambrose dévala les escaliers pour frapper à la porte de son père. Atticus était déjà sur le pied de guerre comme l'indiquait la mallette noire qu'il tenait à la main.

« Je ne serai pas là de tout l'après-midi. Nous nous retrouverons pour le dîner. »

Le visage d'Ambrose s'éclaira, ce qui, hélas, n'échappa pas à son père.

« Je vais te donner une série de règles à respecter, jeune homme », déclara-t-il gravement. « Ouvre bien grand tes oreilles. Premièrement : ne va pas te balader partout avec ton herbier comme un maniaque, tu m'entends ? Tu peux aller à la bibliothèque si tu le désires, c'est sur Fishermen's Palace street ; il y a aussi quelques salons de thé décents dans le village. »

Ambrose soupira de soulagement. Il y avait donc bien une bibliothèque ! Quelle chance !

« Deuxièmement », reprit Atticus, « ne bavarde pas avec les gens, ce sont de véritables fouines. Si on te pose la moindre question, poses-en une autre en retour, ou mieux, va-t'en. J'ai des affaires à régler en ville, ne les compromets pas par tes indiscrétions et ne mentionne rien à mon sujet... »

« Pour être tout à fait honnête, je ne sais même pas de quelles affaires il s'agit... » commença Ambrose sur un ton d'excuse. D'autre part, il n'était pas tout à fait du genre à engager la conversation avec des étrangers, ni même avec grand monde, d'ailleurs.

« Parfait, ne changeons rien à cela », répliqua-t-il avec satisfaction.

« Enfin », continua son père, « je ne veux pas que tu te rendes sur la côte, sous aucun prétexte. »

« Je ne pensais même pas y aller, surtout si c'est bien là qu'on a retrouvé un mort », repartit Ambrose avec sincérité. Cette dernière règle était sans doute la plus simple.

Atticus se raidit.

« Bien, tu n'iras pas alors », conclut-il d'une voix tranchante. Ambrose se sentit pousser des ailes. Tout ce qui lui importait, après tout, c'était d'aller...

« Dans les bois non plus, tu ne dois pas y aller », ajouta-t-il avec insistance.

Pourquoi ? Pourquoi fallait-il que son père ajoute cette dernière interdiction, apparemment gratuite ? Quel danger courait-il dans la forêt ?

« Je n'irai pas dans les bois non plus, » promit Ambrose à contre-cœur, sans être tout à fait sûr de pouvoir tenir une telle promesse. « Puis-je tout de même marcher le long du port ? » demanda-t-il encore pour changer de sujet et dissimuler sa contrariété.

« Oui, mais ne monte pas plus haut. Passé le *Yatch club*, il n'y a rien à voir de toute façon. Est-ce bien clair, Ambrose ? »

« Très clair, papa », assura Ambrose respectueusement.

« Bien. Maintenant, j'ai une faveur à te demander. »

Ambrose fronça les sourcils, curieux de savoir quelle faveur son père pourrait bien lui demander.

« Cette Nelly, je ne la connais pas, elle ne vivait pas ici de mon temps, mais je connais en revanche sa vieille mère, et j'aime mieux m'épargner sa confrontation pour le moment.

Cette harpie était déjà abjecte il y a quinze ans, je suis certain qu'elle a dû encore s'aigrir avec l'âge. »

Sur ces dernières paroles, Atticus s'était mis à arranger nerveusement sa cravate, détournant son regard d'Ambrose. « Je ne sais même pas si cette vieille sorcière est encore vivante, mais si elle l'est, elle prendra son thé vers trois heures et demi, réglée comme un coucou suisse infernal depuis plus d'un siècle, apparemment. Donc s'il te plaît, descends et dis-moi si la voie est libre. »

Ambrose resta stupéfait. Non seulement, c'était là le degré le plus poussé d'intimité que père et fils avaient partagé depuis toujours, mais c'était également la demande la plus puérile que son père ait jamais formulée, s'il en avait jamais formulée !

« Oh, elle est bien vivante », assura le garçon. « Nelly m'a parlé d'elle tout à l'heure. Si la voie est libre, que dois-je faire ? »

« Tousse. Si elle est en bas, j'ai encore assez de temps pour attendre que cette vipère retourne à sa chambre et, avec un peu de chance, qu'elle casse sa pipe. »

Ambrose, ravi de se sentir utile à son père, descendit les escaliers en un éclair. Le lobby était vide, et il toussa. Atticus descendit alors les marches à pas de velours, comme un adolescent cachottier et quitta l'auberge aussi vite que possible. Son père avait eu de la chance : une minute plus tard, Nelly sortait du lobby avec une vieille femme voûtée qui se cramponnait à son bras. Courbée comme un arbre noueux, elle avait l'air d'une version décrépite de Nelly. Décrépite, et hargneuse...

« *Tu veux ma photo* ? » aboya la vieille femme dans la direc tion d'Ambrose avec un accent très marqué. Ambrose se retourna instinctivement, mais c'était bien à lui qu'elle s'adressait.

« Oh maman, s'il te plaît, c'est notre hôte, ne sois pas malpolie ! » Et, s'adressant à Ambrose : « Désolé mon sucre d'orge, ma mère est très fatiguée. Ne fais pas attention à elle. »

« Encore un Milésien venu saccager notre terre, pour l'amour du barde ! »

Bien qu'il n'eût pas la moindre idée de ce que signifiait « Milésien », Ambrose jugea que ses opinions politiques ne faisaient pas de doute : la vieille femme n'appréciait pas les étrangers.

Le visage de Nelly s'empourpra.

« Voyons maman, tu dis n'importe quoi, veux-tu te taire et être polie ? » Elle se pencha vers Ambrose et glissa à voix basse : « Oh, ignore-la, Ambrose, elle ne sait plus ce qu'elle dit ! » L'aubergiste assortit alors sa confidence d'un geste éloquent, en tournant son index autour de sa tempe. Sur ses lèvres qu'elle bougeait silencieusement, Ambrose déchiffra alors le mot « toquée ».

Chapitre 2 : Un compatriote inattendu

Il était encore tôt dans l'après-midi, et pourtant, à travers les vitres sales du pub curieusement nommé « *L'Oie et le Chaudron* » qui faisait face à l'auberge, une poignée d'hommes buvaient déjà des pintes, tandis que les uns jouaient aux échecs et les autres lisaient le journal. En empruntant une ruelle qui se trouvait à sa gauche, Ambrose parvint à rejoindre la rue principale. Alors, les combinaisons de couleurs qu'il avait trouvées si audacieuses dans la tenue vestimentaire de Nelly ne lui parurent plus si décalées.

Fuchsia, turquoise, orange, rose... C'était comme s'il avait mis le nez à l'intérieur d'un paquet de bonbons. Les échoppes et les maisons qui bordaient la rue pavée offraient au regard une explosion de couleurs acidulées qui les rendaient particulièrement attrayantes. Mais bien que la tentation fût grande, Ambrose s'interdit d'entrer dans ces magasins, qui s'avérèrent tous inexplicablement vides. Même en se tenant à distance, Ambrose percevait en effet la désolation de ces vendeurs qui se languissaient de la moindre interaction humaine. Le coiffeur, le bijoutier, le propriétaire de la boutique de souvenirs, tous avaient l'air malheureux comme des poissons tournant dans leur bocal. Il aurait d'ailleurs juré avoir vu le fleuriste discuter avec un tournesol en pot.

De temps à autre, quelques vendeurs venaient se poster sur le seuil de leur boutique pour saluer le jeune visiteur, mais bien qu'Ambrose répondît toujours poliment, il passait inévitablement son chemin, bien décidé à respecter la consigne de son père l'enjoignant à se faire discret et à se taire. Ambrose ne s'expliquait pas que la rue soit aussi déserte que la City un jour férié. Mais ce qu'il avait trouvé le plus surprenant, après avoir écumé toutes les rues du village, c'était de n'avoir pas trouvé le moindre boucher ou le moindre poissonnier ; pas plus qu'un quelconque supermarché, d'ailleurs. Au contraire, les fruits et les légumes de toutes sortes étaient exposés partout, tels des œuvres d'art végétales et naturelles. Et pourtant, ces récoltes qu'on trouvait sur les étalages des primeurs n'avaient rien des cultures traditionnelles irlandaises auxquelles Ambrose s'était attendu. Les fruits du dragon, les baies de goji et les grenades étaient aussi nombreux que les potirons et les pommes de terre. En parlant de grenades, Ambrose resta figé pendant quelques minutes devant un panier dont l'étiquette indiquait : « local et bio ». « S'il y a le moindre grenadier en Irlande, je veux bien manger mon chapeau ! » pensa-t-il. Par chance, il n'en portait pas ce jour-là.

Au bout de la rue principale, une échoppe exiguë, dont le violet vif des murs contrastait vivement avec le jaune canari de la porte l'interloqua plus encore : « Fossiles et cristaux. Cadeaux extraordinaires. » « Des cristaux ? » pensa-t-il songeur. « Et puis quoi encore, des studios de yoga ? » Des primeurs bio, des magasins d'alimentation saine et des cristaux, ce n'était pas l'idée qu'Ambrose se faisait d'un village reculé d'Irlande ! Sans les boutiques de cadeaux et de souvenirs kitsch qui exposaient fièrement des tabliers sur lesquels était représenté le plan du village et des tasses en forme de chaudron ornées d'oie à l'effigie d'Evergreen, Ambrose se serait cru à Los Angeles ou à

Londres. Le village était peut-être un repaire de *Wiccans* et d'adeptes du *New Age*, songea-t-il avec incrédulité.

Alors qu'il se trouvait en proie à ces réflexions, une vendeuse à l'intérieur de l'étrange boutique croisa son regard et sortit l'accueillir. Il n'eut pas d'autres choix que de s'en aller aussi vite que possible, et c'est en prenant une rue adjacente sur sa droite qu'il découvrit la seule boutique dans laquelle il était destiné à pénétrer, comme tout dendrologiste et botaniste en herbe qui se respecte : la pharmacie locale.

La grande pharmacie d'Evergreen, qui était plutôt une herboristerie, semblait avoir échappé au temps. C'était le bâtiment le plus haut de la rue, bien qu'il n'eût qu'un étage ; la hauteur des plafonds était toutefois impressionnante. Son architecture rappelait ces vieilles pharmacies espagnoles ou françaises, et peut-être même aussi le cabinet d'un alchimiste fou. Un ancien vitrail sur lequel se dessinait une demi-rosace ornait le dessus de la porte d'entrée, prêtant un charme désuet et subtil à cette drôle d'échoppe.

À l'intérieur, Ambrose distingua des

centaines d'étagères logées dans de grandes armoires de bois qui habillaient tous les murs de la boutique. Elles étaient d'ailleurs si hautes qu'il aurait été impossible d'atteindre les dernières étagères sans une des petites échelles judicieusement placées dans chaque coin du magasin. Au milieu de la pièce trônait une petite fontaine en pierre, sur laquelle se tenait la statue d'un homme portant fièrement une oie à son bras droit. « Que peut-il bien y avoir avec les oies dans cette ville ? » se demanda le jeune garçon perplexe. La porte était grand ouverte. Il s'approcha timidement du seuil, si bien qu'il devint impossible de résister plus longtemps à l'attraction qui le poussait à explorer cette vieille pharmacie regorgeant de trésors. Le pharmacien, en grande conversation avec un père et son bambin braillard, ne s'apercevrait même pas de sa venue : c'était le moment ou jamais de rentrer.

Sur les étagères, d'innombrables bocaux de verre, soigneusement étiquetés, étaient exposés. La majeure partie des bocaux contenait des plantes, des poudres et des substances bizarres qu'Ambrose brûlait de découvrir et qui n'avaient rien de remèdes traditionnels. Chaque armoire était un département différent, dont le nom était indiqué en lettres dorées par une étiquette fixée à son sommet. Pour le département « Maux de gorge, rhume et états grippaux », Ambrose reconnut non sans fierté l'échinacée et l'eucalyptus, dont les effets thérapeutiques lui étaient familiers. Comment expliquer en revanche la présence de « poudre de vers luisants », ou de « lichen comestible » ? Pour le département « Allergies », le garçon ne connaissait que la coriandre moulue et la hyacinthe qu'il devina à leur forme d'imbroglio de feuilles violettes. Le reste, comme le « mélange d'Avalon », lui était absolument étranger.

S'assurant que le pharmacien était toujours occupé avec son client, Ambrose se tourna vers une autre armoire, dont l'enseigne indiquait : « Troubles intestinaux et autres contrariétés ». Il ne fut pas étonné d'y trouver du gingembre et de l'hydraste, qui étaient réputés pour leurs vertus digestives, contrairement à la « poussière de fourmis » et au velours de papillons »... Plus Ambrose parcourait les rayons, plus il doutait que cette herboristerie ne soit la pharmacie officielle de la ville, et il imaginait mal le gouvernement irlandais se hasarder à promouvoir une quelconque initiative holistique et naturelle.

Ses doutes se confirmèrent encore lorsqu'il porta ses regards sur le département intitulé « Tous types de remèdes anti-douleurs », qui était divisé en une section « douleurs physiques », et « autres », elle-même divisée en « Peines d'amour », « Cafard », « Tous types de blues », « Soucis financiers », « Honte », « Rancœur »... et bien d'autres sous-catégories improbables. Pour chaque problème, il semblait y avoir au moins trois ou quatre types de plantes offerts comme solution. Ambrose se demanda si son hypothèse d'une recrudescence de la mode *New Age* à Evergreen n'était pas la clé de toutes ces bizarreries, à moins que le propriétaire du magasin n'ait, tout simplement, un drôle de sens de l'humour.

« Bien le bonjour, jeune homme. Puis-je vous aider ? » La voix d'homme particulièrement haut perchée fit sursauter le garçon qui se retourna vivement. Trop occupé à déchiffrer les étiquettes,

Ambrose n'avait pas vu le pharmacien arriver derrière lui.

« Oh, je regarde, seulement, merci, monsieur... » balbutia-t-il avec embarras.

« Je vois que tu contemples la section la plus intéressante de la boutique », répliqua fièrement cet homme, sans faire attention à la réponse évasive du garçon. « Personnellement, c'est ma préférée. De quoi aurais-tu besoin ? Voyons voir ».

Au grand dam du garçon qui n'appréciait guère qu'on empiète sur son espace personnel, l'homme mince se mit à tourner autour d'Ambrose d'un air pensif. Quelques touffes de cheveux roux couronnaient une calvitie que le pharmacien tentait de dissimuler en rabattant une partie de ses derniers cheveux sur le sommet de son crâne. Sa moustache flamboyante et ses yeux clairs donnaient pourtant à son visage un air de bonhomie chaleureux.

« Un remède contre une peine de cœur ? » Il hésita. « Bah, tu m'as l'air d'avoir la tête sur les épaules, pas le genre de garçon à se faire briser le cœur par une fille, n'est-ce pas ? Un brin rêveur, si je ne m'abuse ? Oh, je sais exactement ce qu'il te faut, laisse-moi t'arranger ça. Ça ne prendra qu'une seconde. »

Son accent étrange ne ressemblait pas à l'accent local qu'il avait entendu dans la bouche de Nelly, de sa mère et du chauffeur de taxi. Il paraissait d'autant plus décalé que le pharmacien modulait dans une même phrase plusieurs inflexions. Cependant, comme tous les Irlandais qu'Ambrose avait rencontrés jusqu'alors, chacune de ses déclarations se terminait inévitablement comme une question rhétorique, sur une octave plus aiguë encore qu'elle n'avait commencé. Chez le pharmacien, ce trait était toutefois si marqué qu'Ambrose aurait cru entendre le chant d'un merle.

« Oh, mais je n'ai pas d'argent sur moi, monsieur, je vous en prie, ne vous dérangez pas », le pria Ambrose sur le ton de l'excuse.

L'homme s'interrompit pour lui jeter un regard sévère.

« Eh bien quoi, est-ce que j'ai l'air d'un laveur de pare-brise à un feu rouge, mon garçon ? Balivernes ! »

Ambrose perdit toute contenance, rougissant jusqu'aux oreilles. Automatiquement, ses mains se joignirent, ses doigts s'entrelacèrent, et ses pouces se mirent à tourner frénétiquement dans l'air. Pourtant, malgré sa réponse abrupte, l'homme n'avait déjà plus l'air fâché : il s'était penché sous le comptoir pour attraper deux petits bocaux. À ce moment-là, Ambrose fut tiraillé entre l'envie de partir et de désamorcer toute nouvelle conversation, et celle de rester pour observer et apprendre du pharmacien à l'œuvre.

« Oh, j'ai eu la pire journée qu'il soit », reprit-il nonchalamment en fouillant encore dans son cabinet, « il n'y a eu personne à la boutique, personne, sauf ce père et son enfant, un marmot agité qui m'a sauvagement mordu tout à l'heure. Très douloureux. T'es-tu déjà fait mordre le petit doigt, mon garçon ? » demanda-t-il d'un ton pénétré en regardant Ambrose droit dans les yeux.

« Non, monsieur, pas que je me souvienne. », répondit-il en tâchant de dissimuler ses mains toutes contorsionnées derrière le dos.

« Oh, crois-moi, tu t'en souviendrais. C'est

très douloureux », assura-t-il, les yeux perdus dans le vague comme s'il se remémorait le traumatisme récent. « Je suis ravi de voir qu'un jeune homme s'intéresse à ma boutique. D'autant plus que, comme je le devine à tes manières et à ton... à ta tenue, tu n'es pas d'ici, n'est-ce pas ? »

Ambrose baissa les yeux pour jeter un coup d'œil à sa « tenue » : assurément, son pantalon de golf beige, sa chemise blanche et son cardigan gris détonnaient avec la politique de couleurs qui semblait régir les choix vestimentaires des habitants d'Evergreen. Instinctivement, il porta son regard sur le pharmacien, dont la blouse blanche laissait deviner une chemise jaune à losange bleus et rouges.

« Je viens d'Angleterre, monsieur. »

« Appelle-moi Arthur. » Il indiqua du doigt l'étiquette qu'il portait sur sa blouse. « Arthur Bergamot. Et d'où nous viens-tu, en Angleterre ? »

« De Londres, monsieur, pardon, Arthur. Je m'appelle Ambrose.»

« Oh, je vois. Et où vis-tu, à Londres, Ambrose ?

Les avertissements de son père lui revinrent encore en mémoire. Et s'il avait raison, après tout ?

« J'habite à Peacock Hills », répondit-il, contrit, avant de se souvenir du conseil que lui avait également dispensé son père : répondre à une question par une autre. Il s'empressa donc de demander à Arthur s'il connaissait ce quartier.

« Oh que oui. Je connais quelqu'un qui y vit également. Enfin, j'ai connu à l'époque... » ajouta-t-il avec une pointe de nostalgie théâtrale. « Ah », soupira-t-il, « comme le temps file quand on a vingt ans ! »

Ambrose ne s'aperçut que trop tard que ses sourcils s'étaient relevés, trahissant sa surprise. Après tout, Arthur avait l'air même plus âgé que son père... Étaient-ce ses cheveux qui le vieillissaient ? Enfin, l'absence de cheveux ? Mais le pharmacien ne laissa pas à Ambrose le temps de spéculer davantage sur son âge :

« Ton air étonné fait plus mal encore que mon petit doigt ! Oui, bon tu as deviné juste, ça fait un moment que je n'ai pas eu vingt ans ! »

« Je suis désolé, je ne voulais pas... »

« Bah ! Je te taquine seulement. J'ai eu le sentiment que je commençais à te poser trop de questions. »

Ambrose soupira de soulagement, et il se sentit soudainement bien plus à l'aise avec Arthur Bergamot, qui semblait avoir compris sa réticence à être interrogé. Ses mains se décrispèrent aussitôt et il trouva donc le courage de poser à Arthur la question qui lui brûlait les lèvres.

« J'ai beaucoup de questions moi-même. Ne vous méprenez pas, je trouve cette boutique incroyable, mais... Y a-t-il une vraie pharmacie dans les environs ? »

« Une vraie pharmacie ? » Il toqua sur le comptoir de bois d'un geste théâtral. « Ça t'a l'air d'un mirage, à toi ? »

« Je veux dire, une pharmacie avec de vrais... avec des médicaments... qui ne soient pas des plantes ! » Ambrose rougit de nouveau, sans pouvoir se contrôler. Encore une fois, il avait été impoli, sans même le vouloir.

« Et pour quoi faire ? » répartit Arthur d'un air tranquille. « Pour rendre les gens plus malades encore ? Et pour leur vendre ensuite des médicaments pour soigner leurs maladies ? Nous ne sommes pas friands de ce genre de médecine dans le coin, Ambrose. Tout ce dont nous avons besoin, c'est la nature qui nous l'offre. Il suffit d'ouvrir les yeux et de demander gentiment, et ce que tu désires, la nature te l'apporte. De la nourriture, des remèdes, un toit, des moyens de transport... Tout. Mais il y a un médecin généraliste, si tu préfères. Docteur Sibahl. Un chic type, du reste. »

« Oh non, si j'avais dû rester plus longtemps, il n'y a rien que j'aurais mieux aimé que de travailler avec vous, comme stagiaire, juste pour en apprendre plus ! » s'empressa de répliquer Ambrose, pour prouver sa bonne foi.

« C'est bon à savoir. J'aurai peut-être besoin d'aide, un jour. Je ne vais pas tarder à recevoir un gros stock de fruits de *Cerbera odollam*, l'arbre à suicide. J'aurai sans doute besoin de quelqu'un avec beaucoup de sang froid. C'est une marchandise mortelle. »

Ambrose se demanda ce que le pharmacien pouvait bien fabriquer avec des fruits vénéneux.

« Tu es écrivain, n'est-ce pas ? » reprit-il subitement.

« Comment le savez-vous ? » demanda Ambrose abasourdi.

« Ta main gauche. Je suis gaucher, moi aussi ! » et il montra le côté de sa main, tout taché d'encre. « Tu as la marque, toi aussi ! » s'exclama-t-il joyeusement comme s'ils appartenaient à un même club. « Voici un petit cadeau, Ambrose. Une pincée de poudre de fées, un nom alambiqué pour désigner de la poudre de sureau, deux cuillerées de camomille, un peu de réglisse blanche.... de la bave d'escargots... Ah non ? – s'interrompit-il en surprenant le regard paniqué d'Ambrose – ah vous autres jeunes, tous végan, hein ! et enfin.... une demi cuillerée de mélange d'Avalon, l'ingrédient secret d'Evergreen depuis... eh bien depuis le déluge, ma foi. » Il acheva de nouer un ruban autour du petit sachet, d'un geste triomphant.

« C'est incroyablement généreux de votre part... »

«... Arthur », acheva le pharmacien. « De rien. Combien de temps vas-tu rester en ville ? »

« Une semaine, je crois, cela dépend de mon père. »

« Oh, tu es venu avec ton père ? Comment trouves-tu Evergreen, tu te plais ici ? »

« Oui, beaucoup ! » répondit Ambrose avec sincérité, encore ravi des petites ruelles colorées qu'il avait découvertes plus tôt.

« Bien, bien. Dis-moi, quel est ton nom de famille, Ambrose ? »

Il hésita. Cela avait-il une quelconque importance ? Il se fia à son instinct : Arthur était bien différent de l'habitant type dont son père lui avait dressé le portrait.

« Kane. »

« Tu es le fils d'Atticus Kane, n'est-ce pas ? » demanda-t-il sur le ton de la conversation, alors qu'il enveloppait le petit sachet dans un papier.

« Vous le connaissez ? » s'exclama Ambrose.

« Et comment ! Je brûle de savoir pourquoi il est en ville, d'ailleurs », répartit Arthur Bergamot. Le pharmacien ne manqua pas de remarquer l'embarras grandissant d'Ambrose, et il ajouta : « Voyons, fiston, je ne te ferai pas plus de questions, inutile de te rétracter dans ta coquille comme un bernard-l'hermite ! » Il lui remit le petit paquet.

« Merci mille fois », déclara Ambrose en un souffle, ému par la générosité de cet homme qu'il ne connaissait pas il y avait encore une heure de cela.

« Je te serrerais bien la main, mais j'ai peur que ce ne soit le coup de grâce pour mon petit doigt. J'ai toujours très mal. Allons bon, profite de tes vacances, et de ton mélange spécial. Fais-le infuser dans une boule à thé et bois-en une tasse chaque nuit avant de te coucher, pendant sept jours. L'inspiration devrait couler à flot ! »

Sur le pas de la porte, Ambrose s'écarta pour laisser passer une femme avec une poussette d'une taille impressionnante. Ne sachant où poser ses yeux, il balaya la boutique du regard et remarqua le même portrait qu'il avait vu à l'auberge : c'était l'homme aux cheveux gris et à la robe violette agrémentée d'un pectoral bizarre, et dont les fossettes se creusaient sous l'effet d'un vague sourire. Une fois rentrée à l'intérieur avec son énorme convoi, la femme regarda

Ambrose d'un air pincé, comme s'il allait lui demander l'aumône. Le garçon tourna alors les talons après avoir salué d'un dernier hochement de tête Arthur, qui accueillait la nouvelle cliente, quand il entendit derrière lui :

« Ne nous perdons pas de vue, Ambrose Kane ! »

* *

La rue qui portait le nom de « Fishermen's Palace » était assez pentue, descendante ou ascendante selon que l'on se trouvât au numéro 1, une petite maison couleur rose poudré, ou au numéro 13, où la bibliothèque était supposée se trouver. De loin, Ambrose n'y aperçut qu'une église. Côté pair, il aperçut le bâtiment qui avait dû renfermer jadis les anciennes halles aux poissons, et qui tenait lieu désormais de mairie. Il marcha pour arriver enfin à hauteur du numéro 13, et s'aperçut qu'une vieille église tenait en effet lieu de bibliothèque. Sur la grande porte vitrée, il lut :

BIBLIOTHÈQUE ET LIBRAIRIE
D'EVERGREEN

L'épaisseur des murs de pierre rendait la bibliothèque particulièrement fraîche, plus encore que l'auberge. L'ancienne église, de toute beauté, avait gardé sa structure originelle : on avait seulement enlevé les bancs dans la nef pour les remplacer par des tables et des chaises. Sur les côtés, les allées étaient remplies de bibliothèques de bois, comme dans le chœur où l'autel avait été troqué contre des fauteuils confortables. Quelques chapelles annexes, logées sous les arcades avaient également été transformées en espaces de travail.

Il ne demeurait pas la moindre trace de passé religieux, même sur les vitraux, qui avaient sûrement été remplacés. Ces derniers ne représentaient pas, en effet, les scènes traditionnelles et symboliques du Nouveau ou de l'Ancien Testament. Encore une fois, c'étaient une oie et un chaudron qui apparaissaient sur la plupart d'entre eux, ainsi qu'une mer agitée, turquoise, toute froissée de vagues, mais aussi un verger plein d'arbres aux étonnantes grappes de fruits rouges. Il n'avait pas la moindre idée de ce que cela pouvait signifier. « Ce n'est certes pas la British Library, mais cela ira », pensa le garçon en s'engouffrant par les portes de verre qui protégeaient l'entrée du lieu.

Il n'y avait que peu de lecteurs de l'âge d'Ambrose dans la bibliothèque, mais un nombre assez surprenant de personnes âgées, peinant à lire leurs livres à la lueur pâle des lampes vertes.

Ambrose se dirigea vers le bureau central, indiqué par un écriteau « Informations », dans l'espoir de remplir un formulaire qui lui permettrait d'emprunter des livres. Il ne resterait sans doute pas assez longtemps pour les lire tous, mais cela valait la peine d'essayer. Pourtant, pour ce faire, il fallait affronter la femme de la réception, qui avait l'air particulièrement intimidante derrière ses massives lunettes noires en forme de papillon. Ambrose redoutait toujours d'explorer de nouveaux lieux, par crainte d'interactions inévitables, et qui s'avéraient parfois fort peu agréables. Le garçon prit une profonde inspiration et marcha droit vers le bureau. La femme leva les yeux dans sa direction et le dévisagea avec suspicion.

« Nous n'avons pas de livres de sorciers ni de vampires, ici !»

La voix sèche et cassante de la réceptionniste surprit Ambrose, qui s'était rassuré en se persuadant qu'une robe à pois roses et verts annonçait certainement un caractère aimable.

« Bonjour, non madame, ce n'était pas... enfin, en vérité, voici la liste des livres dont j'aurais besoin », bégaya le garçon en tendant à la femme un bout de papier tout froissé qu'il avait gardé dans sa poche.

Moby Dick, Herman Melville

Le Vieil homme et la mer, Ernest Hemingway

« J'aurais également besoin de consulter des livres sur la faune aquatique des environs », ajouta-t-il sans plus oser lever les yeux vers la redoutable réceptionniste, après avoir remarqué le tressaillement de dégoût avec lequel elle avait accueilli son accent étranger.

« Mais bien sûr ! » ricana-t-elle avec mépris. « Et tu ne vis pas ici, bien sûr ? Je ne t'ai jamais vu dans les parages. Tu vas donc emprunter nos livres et repartir avec, sans le moindre scrupule, petit voyou ! »

« Non bien sûr ! » protesta Ambrose en secouant la tête. « Enfin oui, je ne suis là que pour les vacances », dit-il en se reprenant avec une anxiété croissante.

« Il est là pour les vacances, tu entends ça Reggie ! » lança-t-elle d'une voix criarde par-dessus son épaule à un homme qui travaillait à son bureau juste derrière elle. « Forcément, quand on vit en Angleterre, on a besoin d'évasion, pas vrai ? »

« Laisse-le remplir un formulaire Nancy, tu veux bien ? » répliqua l'homme d'une voix monocorde, sans même se retourner.

L'aigre réceptionniste grommela et tendit à Ambrose un formulaire, qu'il saisit d'une main hésitante. Cette drôle de petite ville, atypique par rapport au reste du pays, avait pourtant comme point commun l'impopularité des Anglais.

Encore un peu sous le choc de la deuxième rencontre fort déplaisante de la journée, Ambrose se hâta d'aller à l'autre bureau. Il tenait fermement son papier entre les mains quand il percuta quelqu'un sur son passage.

« Fais gaffe, imbécile ! »

Il s'était penché précipitamment pour ramasser les livres tombés au sol, parmi lesquels il trouva *Sept plantes dangereuses à ne jamais consommer*, *Champignons non vénéneux ou comment vivre de la terre*, *Faire disparaître le plastique*. En se relevant, Ambrose aperçut une jeune fille à l'air féroce. Bien que les livres de celle-ci auraient pu indiquer quelques centres d'intérêt communs, cette connivence fortuite ne donna pas le moins du monde à Ambrose l'idée d'établir une conversation. Quand il s'agissait du sexe opposé, il était tout à fait dépassé. « Navré, je suis vraiment navré », balbutia-t-il.

La jeune fille lui arracha les livres des mains, sans un mot, et tourna les talons pour se rendre au bureau. Ambrose se tenait là, derrière elle, embarrassé et outré à la fois. Que d'impolitesse ! Il n'avait guère l'habitude d'être traité de la sorte, mais n'osa rien dire, par crainte de causer une scène, d'autant plus qu'il nageait déjà manifestement en eaux troubles. Et puis autour d'eux, tout était si calme ; seul le froissement délicat des pages qui se tournaient résonnait dans la grande nef. Ce bruit si familier le réconforta, et il oublia tout de sa mauvaise fortune.

Devant lui, de dos, la fille qui l'avait insulté gratuitement semblait trépigner d'impatience. Ambrose était si grand qu'il distinguait sans problème le sommet de son crâne, dont les cheveux dorés étaient noués en une natte désordonnée. Celle-ci finit par rendre ses livres non sans s'être plainte de son « attente inacceptable », et le tour d'Ambrose vint enfin.

L'homme placide et un peu blasé qui siégeait derrière le bureau donna à Ambrose toutes les cotes de ses livres ainsi qu'une carte pour identifier les différentes ailes du rez-de-chaussée et du premier étage, ouest et est, nord et sud. Comme chaque fois qu'on déversait sur lui un flot d'informations nouvelles à retenir, particulièrement dans de nouveaux lieux, Ambrose se sentit accablé. Découragé, il regarda les différentes cages d'escaliers en colimaçon qui conduisaient à l'étage, sans savoir laquelle emprunter pour se rendre à l'aile B26.

« Alors, ses cheveux sentaient comment ? Divinement bon, non ? »

Ambrose se retourna vivement. Un garçon bien plus petit que lui, de son âge à peu près, se tenait derrière lui. Sa carnation foncée était réchauffée davantage par d'épais cheveux d'un noir d'ébène.

« Pardon ? » demanda-t-il avec surprise.

Le garçon brun le dévisagea.

« June, de son vrai nom Juniper Fennel, la fille que tu viens de bousculer il y a précisément treize minutes et cinq secondes ! Bonne tactique ! » commenta-t-il en souriant à pleine dents. Ambrose n'était pas familier des « tope-là ! » ; désarmé, il ne répondit pas à l'invitation de son interlocuteur qui resta le bras tendu en l'air.

« Bon, pas de tope-là, j'ai compris. British, bien sûr, j'aurais dû m'en douter ! Je vois que tu as fait la connaissance de l'agréable Nancy Ryan.

La sympathie incarnée, n'est-ce pas ? Au fait, je m'appelle Rohan. Rohan Sibahl. Oui, je suis indien, et oui, je suis le fils du médecin, et oui c'est un cliché, et non, je ne t'obtiendrai pas de prescriptions en douce, pas gratuitement en tout cas ! » Le garçon parlait si vite qu'il ne semblait même pas avoir besoin de reprendre son souffle.

« Je... »

« Quoi qu'il en soit », l'interrompit Rohan, « je vois que tu es nouveau et, avouons-le, tu es ce qui se rapproche le plus pour moi d'un compatriote dans cette ville de dingos, parce que, eh bien, regarde-toi, tu es comme moi », déclara-t-il gravement en haussant les épaules. « Un paria, d'après ce que j'ai observé au cours de ces dernières minutes. »

« Est-ce donc si évident ? » soupira Ambrose.

« Que tu ne rentres pas dans le cadre ? Un peu, oui. Tu n'as pas encore pris le pli des couleurs, à ce que je vois. J'essaie, mais ma mère trouve que les couleurs vives ne me vont pas au au teint. »

Ambrose se surprit à sourire franchement, ce

qui intensifia en retour le sourire du garçon.

« Je vois que tu te dirigeais vers l'étage, je t'accompagne », proposa-t-il gaiement Ambrose ressentit une vague de soulagement qui le revigora.

« Alors comme ça, toi non plus tu n'es pas d'ici ? » s'en tendit-il demander à ce compagnon providentiel tandis qu'ils montaient les escaliers.

« Qu'est-ce qui t'a mis la puce à l'oreille ? Je ne suis pas roux, et mon nom ne commence pas par O' ? Je ferais bien de me faire appeler Rohan O'Sibahl, ça pourrait marcher. »

« J'imagine que l'intégration est difficile quand on n'est pas d'ici », chuchota Ambrose. « Ils n'ont pas l'air d'aimer beaucoup les étrangers... Où vivais-tu avant d'arriver à Evergreen ? »

« Je vivais la grande vie à Belfast, mon pote. Coincé dans une école privée snob à apprendre le latin, et à me faire enseigner l'histoire de mon pays et la gloire des colons anglais pendant que les autres m'appelaient *Samossa* et trouvaient ça très drôle. Ici au moins, on m'appelle Milésien. J'apprécie la distinction. »

« Oh ! » s'exclama Ambrose avec stupeur. « Moi aussi, on m'a appelé comme ça tout à l'heure ! Qu'est-ce que cela signifie ? »

« *Sainte-Marie mère de Dieu*, tu ne connais pas la mythologie celtique ? C'est ce que j'aime le plus au monde, hormis respirer le parfum délicat de la chevelure de Juniper Fennel. Ce que je n'ai pas fait encore... enfin, pas dans la vraie vie. Qu'est-ce que tu fiches à Evergreen, au fait ? »

Ambrose hésita.

« J'essaie d'écrire une nouvelle pour un concours d'écriture... Le thème est la mer, et je voulais écrire au sujet de la fille qui a été retrouvée... sur la côte. »

Rohan siffla en signe d'admiration.

« Tu parles d'une mission ! C'est une bonne histoire, mais à faire dresser les cheveux sur la tête, pas vrai ? Ça s'est produit il y a deux jours seulement, c'est toujours très frais. Je pense que je peux t'aider ! Enfin, je ne suis même pas capable d'écrire une carte d'anniversaire pour ma petite sœur hein, mais je connais tout des légendes celtiques, et des monstres marins, surtout ! »

Ambrose n'en croyait pas ses oreilles.

« Ce serait fantastique ! » s'écria-t-il sans pouvoir se contenir. « Ne mettons pas la charrue avant les bœufs, l'Anglais. Comment tu t'appelles, au juste ? »

« Je m'appelle Ambrose. Ambrose Kane. Je suis ravi de faire ta connaissance », déclara-t-il en tendant sa main au garçon d'un geste cérémoniel.

Rohan fixa sa main tendue en fronçant le sourcil, avant de la serrer et de répondre d'un air songeur :

« Enchanté mon pote. Je peux me permettre une petite suggestion... deux, en fait ? »

« Bien sûr ! » s'écria Ambrose de bon cœur.

« Est-ce que tu écris comme tu parles ? »

« Que veux-tu dire ? »

« Eh bien, tu parles comme un livre. »

« Merci », répondit Ambrose, franchement flatté.

« Oh non, ce n'était pas un compliment. Ton

livre est bon pour le “rayon somnifères” de chez Arthur Bergamot si tu écris comme ça. »

« Quelle était ta deuxième suggestion ? », s’enquit Ambrose d’un ton méfiant, sans pouvoir pourtant chasser le sourire qui s’était installé sur ses lèvres.

« Laisse tomber les rayons poussiéreux de la bibliothèque pour le moment. Déjà, tu dois savoir que la section la plus intéressante de la bibliothèque se trouve en bas, dans la crypte : les anciens livres d’histoire irlandaise et les livres de mythologie. Ensuite, tu ne peux pas écrire un livre en ayant le nez plongé dans un autre livre. Allons sur la côte, et explorons ! J’ai de supers monstres en tête, et je te dirai tout sur le chemin. Et si tu offres le goûter, je t’apprendrai même un peu d’anglais moderne. Je meurs de faim ! »

Ambrose hésita. Après tout, il ne savait pas où se trouvait son père. Et pourtant... comment décevoir ce nouvel ami inespéré ? Et s’il s’autorisait à vivre une véritable aventure, pour une fois ?

« Tu as peur, Big Ben ? » demanda Rohan en souriant, sans comprendre l’hésitation d'Ambrose. « Je ne plaisante pas quand je te dis qu'Evergreen est la ville la plus tranquille du monde ! Il ne se passe jamais rien. La fille qu'on a retrouvée a sûrement été tuée par un frappadingue en vadrouille. Il doit déjà être en Écosse à l'heure qu'il est, avec d'autres frappadingues. »

« Ce n'est pas que j'ai peur... » Ambrose avait honte d'avouer que c'était son père qu'il redoutait : à treize ans, il se considérait comme un adulte. Rohan ne le laissa pas achever sa phrase.

« Si c'est des fantômes dont tu as peur, là je comprends. Tu savais que la légende de la dame blanche vient d'Evergreen ? »

« Et pourquoi penses-tu que cela va m'inciter à partir explorer les environs ? » l'interrogea Ambrose en fronçant les sourcils.

« Parce que ce n'est pas un devoir de SVT que tu es supposé écrire, mon pote ! Il faut vivre avant d'écrire, pour créer du mystère, du suspens, des frissons ! »

Il ne fallut pas plus que l'éloquence du garçon brun pour mettre fin au débat intérieur d’Ambrose, qui le suivit hors de la bibliothèque.

« Combien de temps faut-il pour se rendre sur la côte à pied ? » demanda Ambrose un peu soucieux.

« Oh mais nous ne marchons pas, mon brave ! Nous roulons ! » Rohan s’écarta alors pour montrer d’un geste théâtral une trottinette électrique. « Après vous, *milord* !»

« Je ne sais pas... », murmura Ambrose qui sentit soudainement une boule lui nouer la gorge. « Je ne suis jamais monté sur ce genre d’engin ! »

« Tu plaisantes ? Mais tu vis sous un rocher, ma parole ? Allez, Buckingham, ce n’est pas un tapis volant, tu peux le faire ! Accroche-toi à moi. Monte ! Premier arrêt, Honeycomb Mill bakery, les meilleures brioches de la ville ! »

* *

Rohan était petit et trapu, Ambrose était grand et maigre, mais étonnamment, les deux garçons parvenaient à équilibrer le véhicule qui sillonnait les rues d'Evergreen à tombeau ouvert. Ambrose n'avait jamais goûté à un tel sentiment de liberté, entremêlé, certes, d'une légère appréhension. Rohan ne se privait pas en effet d'effrayer son passager en décrivant des virages particulièrement serrés, ou en accélérant sur les chemins pavés les plus cahoteux. Les quelques passants qu'ils croisaient leur jetaient des regards réprobateurs, surtout lorsque Rohan klaxonnait délibérément pour les effrayer et les écarter de la route, ou lorsqu'il les dépassait en slalomant autour d'eux, une main sur le guidon, l'autre main fourrant un morceau de brioche dans sa bouche.

Malgré son cynisme, il était évident que Rohan aimait Evergreen ; il était fasciné par l'Irlande, son histoire et sa culture, bien plus qu'Ambrose lui-même, qui était pourtant à moitié irlandais du côté de son père. Même si Rohan ne l'avouait pas, Ambrose devinait que l'hostilité de certains habitants à l'égard de tout ce qui n'était pas irlandais l'affectait. Mais dans l'ensemble, Rohan menait à Evergreen une vie heureuse auprès de sa mère, de son père, le médecin généraliste de la ville, et auprès de sa petite sœur Pria. Ambrose ne pouvait pas s'empêcher de l'envier d'avoir une véritable famille, une mère et un père aimants dont il ne cessait de vanter les mérites.

Au bout d'un moment, les rues pavées du vieux centre laissèrent place aux routes vastes et lisses qui longeaient la côte. De temps en temps, Ambrose s'absorbait dans la contemplation de la mer calme, couleur paon, qui scintillait sous le soleil encore haut de l'été. Oubliant tout à fait la peur qu'il avait de rencontrer son père, Ambrose appréciait le vent qui soufflait dans ses cheveux, la douceur de la brioche au miel qu'il mangeait par tout petits morceaux pour la savourer davantage, et la rareté de ces instants d'amitié partagés avec un garçon de son âge...

Après avoir remonté un peu la côte, passé le Yatch Club, un essaim sombre d'hommes et de femmes qui quittaient la plage apparut à l'horizon. On apercevait des caméras, des appareils photos et de drôles de micros touffus... Ce ne pouvait être qu'une horde de journalistes, avides de scandale et de sensations.

« Regarde là-bas, c'est le maire, Sullivan », indiqua Rohan du doigt en arrêtant la trottinette. L'homme en question, élégam ment vêtu d'un costume noir, semblait diriger le groupe de journalistes. Ambrose trouva la sobriété de sa tenue étonnante pour le maire d'une ville aussi colorée ; ce n'était pas le cas de l'homme qui se détacha du groupe et que Rohan lui indiqua du doigt ensuite.

« Ça c'est l'adjoint au maire, Nolan O'Connor », expliqua Rohan. Ce petit homme à barbe noire portait un costume bleu pétrole sur lequel se découpait une chemise rouge à rayures. « Sullivan essaie de rassurer les médias, car ce qui s'est passé est très mauvais pour le commerce de la ville... Depuis des années, il essaie de faire d'Evergreen une ville touristique. On a vu débarquer des tas de croisiéristes récemment... Le meurtre d'une fille de notre âge ne va sûrement pas faciliter la prochaine campagne marketing ! » ajouta-t-il en haussant les épaules.

« Et comment les habitants ont-ils accueilli les bateaux de touristes ? » demanda Ambrose avec intérêt.

« Oh, comme tu peux l'imaginer, bien sûr. C'est pour ça que Sullivan n'est pas très populaire. Pourtant, il a été élu, donc il a ses partisans. Il ne jure que par le développement du bord de mer, la transformation des terrains pour accueillir plus de touristes, enfin tout ça quoi, pour ramener plus d'argent dans les caisses de la ville ! »

Ambrose secoua la tête d'un air réprobateur. Quel gâchis ce serait de défigurer de si beaux paysages !

« Et encore, je ne t'ai pas parlé de sa dernière lubie. Ça va te scotcher, toi qui es une tête d'ampoule calée en... arbres. »

« Dendrologiste, je dirais, » suggéra Ambrose poliment.

« Une TÊTE D'AMPOULE, comme je disais », reprit-il en feignant de ne pas entendre Ambrose. « Donc le scoop, c'est que Sullivan a vendu en douce les bois de la ville à un investisseur privé ou je ne sais quoi. Les habitants sont fous de rage, d'autant plus qu'ils vont sûrement transformer le terrain en une station touristique avec un parcours de golf avec spa, hôtels, voilà, quoi. Ils ont passé l'accord, et hier, ma mère a croisé en voiture des machines qu'on transportait en direction de la forêt. Ça va tellement vite qu'on pense que ce n'est même pas complètement légal. »

Tout au long des explications de Rohan, un doute avait grandi en Ambrose. Rohan qui se tenait toujours de dos sur la trottinette à l'arrêt, ne pouvait pas voir l'expression de son passager s'altérer si rapidement.

« Est-ce que l'on connaît l'identité des investisseurs ? » trouva-t-il enfin le courage de demander à Rohan.

« De l'investisseur », corrigea-t-il. « Il n'y en a qu'un. Un millionnaire, sûrement ! Et pourtant il est d'ici à ce qu'on dit, mais il a quitté la ville il y a belle lurette. »

Ambrose déglutit avec effort et se mit à tourner anxieusement ses pouces.

« Ce doit être mon père alors », avoua-t-il à contre-cœur.

« Pas possible ! Tu plaisantes ? » s'écria Rohan en se retournant.

« J'aimerais mieux », soupira-t-il. S'il avait pu creuser un trou et s'y cacher, il l'aurait fait. Voilà donc pourquoi son père lui avait ordonné de se taire et de rester discret.

« Pas croyable ! Si les gens savent qu'il est en ville, ça va tourner à la chasse aux sorcières ! Mais pourquoi revenir ici et se montrer, au lieu de faire profil bas et d'encaisser les recettes ? C'est l'ennemi public numéro 1 avec le maire, ces temps-ci ! »

Ambrose n'avait pas de réponses à donner à son ami, lui-même ne comprenant guère les raisons qui avaient poussé son père à se rendre en ville, qui plus est une ville qu'il semblait détester autant qu'on l'y détestait.

Le regard de Rohan finit par se poser sur les mains d'Ambrose, qui continuaient leur danse infernale.

« Eh, du calme. Personne n'a besoin de savoir qui est ton père, ou même qui tu es. Ce n'est pas comme si tu allais t'installer ici pour toujours, pas vrai ? »

Ambrose sentit ses bras retomber le long de son corps, et prit une profonde inspiration.

« Non, heureusement pas. »

« C'est drôle quand on y réfléchit : le job de ton père est en totale contradiction avec ce que tu aimes le plus ! Vous devez bien vous entendre, tous les deux. »

« À merveille », répondit Ambrose en fixant la masse de journalistes qui s'éloignaient de la côte, l'air repus et content, comme des charognards.

Les deux garçons reprirent la route et atteignirent le sommet de la falaise, où s'érigeaient les ruines d'un vieux château qui n'avait conservé que son rempart principal surplombant la mer, noyée au loin dans l'infinité du ciel. Tandis qu'en bas des autres falaises qui jalonnaient la côte, des vagues puissantes s'écrasaient contre les rochers, en bas de celle-ci se détachait un bout de plage qui devait certainement abriter une crique.

« Est-ce ici que la fille... a été trouvée ? » demanda Ambrose avec appréhension.

« Non, Sherlock. Plus loin. On ira un autre jour. Tu veux savoir qui est mort ici, à Mac Lir Castle, par contre ? »

« Non, pas vraiment ! » Ambrose ne raffolait

pas vraiment d'histoires de fantômes. Il se mit à marcher le long du rempart, pour contempler les ruines dont il essayait de fixer le souvenir dans sa mémoire, convaincu que l'endroit servirait de décor à la scène de crime de sa nouvelle.

« Je vais quand même te le dire. »

Rohan s'éclaircit la voix pour commencer son histoire, mais il n'était pas écrit qu'Ambrose l'écouterait ce jour-là.

Alors qu'il fixait le vaste horizon, des éclats de voix retentirent. Ambrose se pencha légèrement par-dessus le rempart et aperçut en effet une petite crique d'où émergeaient des silhouettes encapuchonnées, décrivant un cercle et se tenant les mains. En silence, il fit un geste de la main à Rohan, toujours occupé à raconter son histoire de fantômes à Ambrose qui ne l'écoutait pourtant pas.

Mais les participants de cette étrange réunion avaient déjà brisé leur cercle, et chacun d'entre eux se dirigeait à présent vers la mer pour y jeter une poignée de galets, comme s'il s'agissait d'un enterrement. Alors que Rohan s'était enfin décidé à le rejoindre après avoir récupéré dans sa sacoche le sachet qui contenait la dernière brioche, Ambrose aperçut alors les vagues se retirer de quelques mètres de la côte en se recourbant dans une étrange révérence.

Il se retourna vivement vers Rohan qui se tenait derrière lui, à la recherche de perles de sucre restées au fond du sachet. Hélas, lorsque le garçon désintéressé se pencha enfin pour regarder par-dessus le rempart, les vagues avaient repris leur position initiale, et clapotaient doucement sur le rivage de la crique et les hommes avaient disparu. Ambrose tâcha vainement de décrire à son ami le phénomène qu'il venait de voir.

« Je parie que c'est le soleil, un mirage, tu sais, comme dans le désert », conclut Rohan en secouant les épaules. Ambrose, lui, en avait la chair de poule. Avait-il rêvé ? Etait-ce un mirage, après tout ? Qui pouvaient être ces silhouettes encapuchonnées et que pouvaient-elles bien faire là ?

« Aïe ! » Une gouttelette d'eau s'était écrasée au sommet de son crâne, puis une autre, et encore une autre. En quelques instants, il s'était mis à pleuvoir à torrent, si bien que l'eau commençait à infiltrer ses chaussures et ses vêtements. Pourtant, Ambrose était encore trop étourdi par cette étrange vision pour oser bouger.

« On ferait mieux de prendre le large ! » cria Rohan par-dessus le fracas de la pluie. « Ambrose, partons ! La trottinette n'aime pas l'eau ! »

Émergeant de sa torpeur, Ambrose se résolut à suivre Rohan, dont l'absence totale de doute ou de questionnement l'incita à se persuader qu'il avait seulement rêvé cette scène surnaturelle. Sitôt remontés sur la trottinette, la pluie cessa soudainement.

« Sacrée météo dans ce pays ! » observa Rohan.

Alors qu'ils redescendaient la route qui longeait la côte, Ambrose jeta un dernier coup d'œil aux ruines de Mac Lir. Un arc-en-ciel scintillant de couleurs enjambait la falaise pour mieux plonger dans la mer.

Chapitre 3 : Les bois sacrés d'Evergreen

Ce soir-là, de retour à l'auberge de La Tête du Barde, Ambrose trouva son père changé. Les rides ordinairement logées entre ses sourcils paraissaient nettement moins marquées. Dans la salle à manger de l'auberge, installé à une petite table près de la fenêtre d'où il voyait le soir tomber, Ambrose lui jetait parfois quelques coups d'œil furtifs, tout en tournant ses pouces comme il le faisait toujours lorsqu'il était anxieux. L'idée que son père était à l'origine de l'effroyable projet de transformation des bois de la ville en zone touristique le tourmentait sans relâche.

« Qu'as-tu fait de toute la journée ? » lui demanda son père après quelques minutes de silence.

Cette question n'était que trop familière à Ambrose, qui savait que son père partait du principe qu'il n'avait rien fait de « productif », comme à son habitude.

« Je suis allé à la bibliothèque pour emprunter quelques livres », répondit Ambrose. Son père n'avait pas même levé les yeux de son journal.

« Pour la nouvelle que je vais envoyer au Daily Peacock pour le concours d'écriture », continua-t-il sans conviction.

« Formidable », murmura Atticus sans même faire semblant de l'écouter davantage.

L'attention qu'aurait pu lui témoigner son père aurait de toute façon cessé sitôt le mot « bibliothèque » prononcé. Pour le pragmatique Mr. Kane, une visite à la bibliothèque valait bien, assurément, une après-midi passée à chasser des papillons.

« Donc », soupira-t-il soudainement, sans qu'Ambrose ne parvienne à identifier une quelconque transition logique avec le semblant de conversation qui avait précédé, « comme je le craignais, nous allons devoir rester un peu plus longtemps que prévu. La situation que j'ai à gérer... – Atticus jeta un coup d'œil en coin à Nelly qui triait avec zèle des factures quelques tables plus loin – est plus délicate que je ne le pensais, et requiert mon attention tout entière. »

Le cerveau du garçon se mit à bouillonner. Le conseil municipal d'Evergreen avait-il par miracle changé d'avis concernant le projet ? Les habitants avaient-ils réussi à faire pression sur le maire ?

« Je n'aurai donc pas le temps de te surveiller », continua lentement son père, « c'est pourquoi je te demande de te conduire avec maturité et de mettre les quelques jours supplémentaires que tu passeras ici à profit, judicieusement. »

Ambrose n'osa pas demander quel pouvait bien être l'usage « judicieux » de son temps dans l'esprit de son père.

« Je dois te prévenir », poursuivit-il en baissant la voix, « puisque toi et moi sommes... puisque tu es mon fils, tu es as socié à moi... et il se peut que nous ayons quelques interactions...pour le moins désagréables avec les habitants. Quoi qu'il arrive, fais profil bas, pas de scandale ; tu n'as rien à prouver à ces gens-là.»

Ambrose repensa avec appréhension à la vieille Mrs Flanagan et à Mrs Ryan, et à tous ces habitants qui lui avaient déjà témoigné de l'hostilité avant même de connaître son lien de filiation avec l'homme qui allait ruiner le « trésor » d'Evergreen.

« Nelly, c'était excellent », dit poliment le garçon à Nelly qui s'était levée afin de débarrasser leur table. « J'ai hâte de goûter la suite ! », ajouta-t-il, assez content de voir que ses compliments avaient si facilement réjoui l'aubergiste. Pourtant, sitôt cette dernière phrase achevée, son père lui jeta un regard réprobateur, comme pour sanctionner une coûteuse entorse à l'étiquette.

Nelly le regarda en effet avec un air de panique :

« La suite ? » s'écria-t-elle d'une voix étranglée. « Oh, tu veux un dessert, ma citrouille ? Je n'ai rien préparé de particulier parce qu'il y a une belle récolte de litchis qui vient de m'arriver, mais je peux te préparer un gâteau en un clin d'œil si tu as encore faim ! »

« Oh non, non, c'est inutile, Nelly, je parlais du plat, je préfère toujours me réserver pour le plat de résistance ! » bredouilla Ambrose alarmé par les coups de pied que lui donnait son père sous la table. Nelly s'était-elle vexée en pensant qu'il souhaitait passer directement au dessert ?

« Résistance ? » répéta l'aubergiste

apparemment tombée dans les affres du désespoir.

C'est alors qu'Ambrose jugea bon de jouer sur la corde patriotique pour se sortir de cette mauvaise passe à laquelle il ne comprenait rien :

« C'est que la cuisine locale a l'air si bonne ! J'ai entendu dire que l'Irish stew était délicieux, et je n'ai jamais mangé de mouton d'ailleurs ! »

Atticus enfouit sa tête au creux de sa main, Nelly laissa tomber les couverts, et quelques secondes plus tard, des hurlements retentirent à travers les murs :

« DU MOUTON ? QUI DIABLE PEUT BIEN VOULOIR DU MOUTON ? » rugit une voix éraillée à travers la petite porte en bois qui séparait la cuisine d'une pièce adjacente et qu'Ambrose n'avait pas remarquée.

« Bravo, tu as réveillé la sorcière ! » chuchota Atticus en levant les yeux au ciel.

C'était donc la chambre de la vieille Flanagan. Nelly se précipita pour calmer sa mère, qui avait commencé à taper contre le mur en criant des insultes étouffées, parmi lesquelles Ambrose distingua : « Répugnants Milésiens »,

« gloutons de l'enfer », et « goinfres voraces ». Consterné du trouble qu'il avait jeté dans la salle à manger où quelques hôtes avaient interrompu leur dîner pour suivre l'étrange scène, Ambrose s'enfonça dans son fauteuil, les mains comprimées entre ses cuisses.

« Bref », reprit Atticus calmement comme si rien ne s'était jamais passé, « il se trouve que je pilote un projet qui n'est pas très populaire dans le coin. Et je crois que tu as compris à quel type d'hurluberlus nous avons à faire ici – il baissa la voix – obtus, hostiles et ignorants. Tu n'as pas à t'inquiéter, bien sûr, on ne te kidnappera pas contre rançon, mais... Fais-toi discret, d'accord ? »

Étendu sur le minuscule lit de sa chambre où il s'était réfugié après le psychodrame du mouton, Ambrose se demanda comment il pourrait jamais trouver le sommeil ce soir-là. Il se reprochait son manque de discernement et de tact ; sans même s'en rendre compte, il avait insinué que le repas, sans viande, était incomplet. Son père lui avait ensuite expliqué que, pour beaucoup dans ce « trou à rats », comme il aimait à appeler sa ville natale, la consommation de produits animaux était un véritable sacrilège. Comment aurait-il pu s'en douter ?

Cela expliquait certes l'absence de boucher et de poissonnier dans le village, et l'abondance des fruits et des légumes qu'on leur préférait. Quelle drôle de petite ville qu'Evergreen ! Non, son père n'avait rien de commun avec ces gens-là. Ambrose repensa alors à l'étrange réunion à laquelle il avait assisté sur la côte, à ces individus encapuchonnés, et surtout aux vagues qu'il croyait avoir vu danser. Cette incompréhensible cérémonie s'expliquait peut-être aussi par une bizarrerie locale, une tradition chère aux habitants ?

Le seul réconfort qu'Ambrose trouvait à la prolongation de ce séjour était la perspective de retrouver Rohan, qui lui avait promis de lui faire découvrir les endroits les plus insolites d'Evergreen, à commencer par les Bois sacrés, le lendemain même. Le cœur du garçon se serra en repensant au projet de son père, qui cherchait à détruire ces bois dont Evergreen faisait un véritable monument, et qui devait abriter tant d'espèces menacées ou rares d'arbres, de plantes, d'insectes et d'animaux. Les paroles d'Arthur Bergamot sur la générosité de la nature lui revinrent en mémoire... Le pharmacien avait-il fait ce discours afin d'éveiller sa conscience quant au caractère immoral du projet de son père ? Se rappelant de la décoction spéciale que lui avait préparée le pharmacien, Ambrose alluma la lumière et attrapa sa sacoche pour y récupérer le petit sachet.

En versant une cuillère du mélange moulu dans sa tasse de thé encore chaud, Ambrose vit se former dans le récipient un précipité de couleur bleue. Il jugea bon d'en rajouter une autre : « Cela ne me fera pas de mal », pensa-t-il, avant de constater avec surprise que le mélange avait viré au magenta.

Le garçon but d'un trait le contenu de son verre en faisant la grimace. Sans plus attendre, il s'empara d'un stylo et d'un papier pour commencer à écrire, quand soudain, une vive douleur au bras gauche le tétanisa. Son poignet palpitait. Il s'étendit de tout son long mais son bras s'était mis à trembler si violemment qu'il entendit son stylo rouler sous le lit. Avait-il forcé sur la dose ? Ce mélange, pris en excès, pouvait-il l'intoxiquer ? Le pharmacien aurait-il pu ajouter par mégarde une plante vénéneuse comme de la belladone ?

Et pourtant, cinq minutes plus tard, étendu sur le lit, en proie à un tourbillon de pensées inquiètes, Ambrose remarqua que la douleur avait disparu. Encore un peu sonné par le choc, le garçon se pencha sous son lit à la recherche du stylo accidenté. Quelque chose qui pendait entre les lattes du sommier l'interpella alors : il s'agissait d'un morceau de papier. Il sauta du lit afin de soulever le matelas, sous lequel il découvrit, coincé entre les lattes du sommier, la photo d'un vieil homme qui ne lui était pas inconnu. C'était le même monsieur aux cheveux poivre et sel dont le portrait semblait accroché dans tous les magasins de la ville. Même sans son habit cérémoniel, le vieil homme était reconnaissable à ses facétieuses fossettes. Au dos de la photo, il déchiffra un message : « *Notre cher*

Hellebore quelques mois avant sa disparition. »

Le jour s'était levé dans toute sa gloire sur Evergreen. Les arbres d'un vert éclatant étincelaient, hydratés d'une légère rosée que la fraîcheur du petit matin grossissait encore. Dans les rues désertes, les vibrations de la trottinette électrique résonnaient sur le pavé, créant un doux bruissement. Ambrose était encore somnolent. Il s'était réveillé ce matin-là en sursaut, saisi d'un vertige comme s'il était tombé du plafond. C'était dimanche, et comme Rohan l'avait sagement souligné, c'était « maintenant ou jamais » qu'Ambrose avait le temps de visiter les bois, puisque le chantier serait forcément fermé ce jour-là, et que son père ne s'y rendrait pas.

Rohan avait appris à Ambrose que le vieil homme dont il avait trouvé la photo sous son lit n'était autre que le Dr. Hellebore Parsifal, l'ancien médecin de la ville qui avait officié en tant que maire d'Evergreen pendant plusieurs décennies.

« Les gens l'adoraient tellement qu'il n'en aurait pas fallu beaucoup pour que le jour de sa mort devienne un jour de deuil public », avait expliqué Rohan.

Le Dr. Parsifal, célèbre et adulé dans tout le comté de Cork semblait respecté de tous. Pourtant, Rohan non plus ne s'expliquait pas que la photo du médecin maire se soit retrouvée cachée sous les lattes d'un matelas de l'auberge. Toutes les hypothèses les plus farfelues furent envisagées par les garçons, qui finirent par déduire non sans dégoût qu'il s'agissait sans doute de l'amant de « la vieille Mamie Flanagan ».

Tandis qu'ils roulaient dans la ville ensommeillée en riant à gorge déployée, Ambrose s'étonna de constater qu'en l'espace de vingt-quatre heures, il avait développé un attachement inexplicable à cette ville qui lui manquerait très certainement à son retour à Londres. Peut-être était-ce la chaleur et l'éclat des rues colorées, peut-être était-ce plutôt la tendresse de l'air et le parfum de l'herbe et de l'été, à moins que ce ne soit encore la présence réjouissante et rare d'un ami ?

« Regarde ! » s'écria Rohan en freinant brusquement. Ambrose manqua d'être projeté sur le côté. Rohan lui indiquait du doigt une immense maison en pierre grise, couronnée d'un balcon de bois sombre qui était apparemment condamné. À travers le grillage, on apercevait même les barreaux d'une fenêtre. Ambrose dévisagea Rohan sans comprendre, et ce dernier saisit l'occasion de se livrer au récit de faits que son ami ignorait visiblement. Il descendit de la trottinette et s'éclaircit la gorge :

« Une histoire tragique, mon ami ! Tragique, certes. Tout commence par un jour brumeux de... »

« Ah non Rohan, pas une histoire, s'il te plaît ! » implora Ambrose en regrettant d'avoir manifesté une quelconque curiosité envers ce balcon condamné qui pourrait bien compromettre leur exploration des bois. Le temps lui était compté avant que son père ne se réveille de sa grasse matinée dominicale et ne se mette à le chercher. La carte qu'il avait glissée sous sa porte, indiquant « Parti à la bibliothèque » ne ferait pas effet très longtemps. « La version courte ! » supplia-t-il encore.

« Pfff », souffla Rohan d'un air mécontent. « Eh bien, une fille du village, Mabel Moore vit ici. Elle est plus âgée que nous, elle a dix-sept ans je crois, je ne la connais pas personnellement, mais tout le monde sait qu'elle n'a pas la lumière à tous les étages, si tu vois ce que je veux dire. C'est un peu la folle du village, à Evergreen. Elle ne sort pas, elle est enfermée chez ses parents depuis qu'elle a quitté l'asile de fous. »

« L'hôpital psychiatrique », corrigea Ambrose avec flegme. « Ouais, comme je disais, l'asile de fous », répéta-t-il avec emphase. « Elle a quasiment étranglé mon père alors qu'il essayait de lui enlever un morceau de bois coincé dans son palais, ne me demande pas comment il est arrivé là d'ailleurs. Les gens qui l'ont connue à l'école primaire l'ont perdue de vue au collège, c'est là qu'elle aurait commencé à perdre la boule. »

« Elle n'est pas dangereuse ? » demanda Ambrose qui sentit un frisson lui parcourir l'échine.

« Oh non, juste maboule. Mabel la maboule, comme on dit dans le coin. »

Après quelques minutes passées à rouler dans les rues calmes d'Evergreen, les maisons se firent de plus en plus rares, tout comme les boutiques : les derniers bâtiments qu'ils croisèrent sur la route furent un bureau de poste et un vaste établissement scolaire. D'immenses châtaigniers bordaient la route. Rohan ralentit et gara sa trottinette derrière un des grands arbres qui garantissait généreusement ombre et fraîcheur pour toute la matinée.

Les deux garçons empruntèrent alors un petit sentier terreux qui les conduisit à l'orée des bois, où, poussant les uns à côté des autres, de grands hêtres formaient un écrin de verdure. Ambrose se souvint que Nelly lui avait appris que les hêtres étaient une variété d'arbres indigènes en Irlande. La terre était humide et les fougères scintillaient de rosée : le soleil n'avait pas encore achevé de percer l'épais dais de végétation. En levant les yeux, Ambrose s'aperçut que les cimes des arbres se touchaient presque pour produire un plafond feuillu. C'était une véritable cathédrale de verdure : voilà donc pourquoi les habitants d'Evergreen parlaient de « bois sacrés ».

« *Fagus sylvatica* », murmura Ambrose, captivé par la beauté des grands arbres élancés qui les encerclaient. Remarquant le regard perplexe de Rohan, il s'empressa de traduire : « Hêtres. Ils font au moins quarante pieds de haut, c'est incroyable. Ils doivent avoir plus d'un siècle. » Son explication n'émut pas Rohan qui reprit son chemin après un haussement d'épaules.

En jetant un coup d'œil circulaire autour de lui, Ambrose s'aperçut que les hêtres étaient disposés en couronne. Ils continuèrent de s'enfoncer dans la forêt, où, quelques mètres plus loin, les grands arbres laissaient place à une série de trembles et de bouleaux. Au milieu de redoutables amanites tue-mouches dont la robe écarlate et tachetée de pois blancs captait l'œil à des mètres de distance, d'appétissantes girolles à la chaire orangée et de bolets charnus, Ambrose repéra au pied d'un arbre la plus étrange créature qu'il ait jamais vue.

« C'est une pieuvre des bois, ou champignon-pieuvre », expliqua Rohan en désignant du doigt ce qui ressemblait en effet au croisement entre un poulpe et une étoile de mer. De couleur rouge, l'étonnant champignon était doté de tentacules dont les extrémités se recourbaient comme des points d'interrogation.

« J'imagine que ça ne se mange pas », murmura Ambrose en s'avançant prudemment pour observer le poulpe terrestre de plus près.

« Non, et si j'étais toi, je ne collerai pas mon nez dessus non plus », avertit Rohan d'un air malicieux.

Ambrose s'arrêta net.

« Ce n'est pas un champignon carnivore, hein, mais il dégage une odeur de pourri qui restera dans tes narines jusqu'à la fin de la semaine prochaine. D'ailleurs, c'est grâce à ça qu'il attire les mouches et les autres insectes peu ragoûtants qui aiment manger des trucs décomposés. »

« Je vois », observa Ambrose en se contentant d'admirer de loin le champignon-pieuvre qui étendait lascivement ses tentacules rouges au ciel.

Le soleil brillait toujours plus haut à mesure qu'ils avançaient dans les bois, et Ambrose découvrait avec une excitation croissante de nouvelles variétés d'arbres : des pins écossais, des châtaigniers, des chênes...

« Qu'est-ce que c'est que celui-là ? » demanda Rohan en montrant du doigt un groupe d'arbres longs et maigres, recouverts d'une écorce couleur ivoire.

« Il y a deux espèces, ici. Regarde, cet arbre-là a comme des cicatrices sur l'écorce, et aussi des petites bosses noires. C'est un tremble, tandis que le bouleau que tu vois-là a l'écorce plus lisse et unie. Il a aussi des sortes de cicatrices, mais pas de nœuds. Touche, tu verras ! »

Rohan le dévisagea d'un air perplexe.

« En fait je comprends mieux pourquoi tu n'es pas populaire dans ton école de snobs », dit-il en secouant la tête.

Cette matinée-là, Ambrose ne vit pas le temps passer tant Rohan et lui s'amusèrent. Les jeux préférés de Rohan impliquaient toujours des chevaliers, des monstres et des demoiselles en détresse, tandis qu'Ambrose préférait imaginer des animaux doués de parole, des filtres magiques et des univers parallèles. Pourtant leurs imaginations conjuguées donnaient lieu entre eux à d'interminables discussions. Ambrose, fou de joie, ne se priva pas de grimper à tous les arbres qui lui parurent accessibles, sous les yeux ébahis et effrayés de Rohan, moins bon acrobate. C'était un de ses plaisirs inégalés, lorsque parfois, le dimanche matin quand son père dormait tard, il partait à Peacock Heath pour escalader les arbres et se livrer à quelques acrobaties parfois périlleuses qui lui étaient pourtant formellement interdites.

« Oh ! Le puits sacré ! » s'exclama soudainement Rohan. « Je ne suis jamais allé aussi loin ! »

Les deux garçons avaient entretenu une discussion si animée qu'ils ne s'étaient pas aperçus de la surprenante clairière toute cernée de saules où ils s'étaient retrouvés, et au centre de laquelle se dressait un petit puits de pierre, creusé à même le sol.

« Sacré ? Comment un puits pourrait-il être

sacré ? » s'enquit Ambrose en regardant autour de lui avec étonnement.

« Qu'est-ce qui peut être sacré ? » répéta-t-il outré. « Alors tu peux passer une heure à observer des racines et des feuilles, et à caresser des troncs d'arbre, mais tu n'es pas sensible à la magie de ce symbole crucial du folklore celtique ? Oh, non, ne me lance pas ce regard, le fameux "*Tu-es-indien-qu'est-ce-que-tu-y-connais-toi-au-folklore-celtique* !" Mes parents sont déjà sur le coup, merci ! » protesta le garçon d'un ton dramatique.

« Excuse-moi, Rohan », se défendit Ambrose avec douceur, « je ne connais pas grand chose à tout ça. Je voulais simplement dire que pour moi, il s'agit juste d'un puits. »

« Juste un puits, nom d'un poulain, les puits irlandais ne sont pas JUSTE DES PUITS ! Ce sont des puits sacrés. Tu te tiens là sur une terre qui a assisté aux sacrifices païens les plus sanglants ! Et tu sais pourquoi ? Parce que qui dit puits, dit portail vers l'Autre Monde, pont qui connecte notre monde barbant à un monde fabuleux ! »

« Le puits donnerait donc accès à une dimension parallèle ? » demanda Ambrose dont la curiosité avait été piquée.

« Oui, mais pas seulement ! Même les eaux du puits sont supposées être sacrées. Tu veux de l'inspiration pour ta nouvelle ? Baigne-toi dedans ! Tu as une affreuse maladie de peau ? Baigne-toi dedans ! Tu es malheureux et malchanceux, baigne toi dedans !»

« Oui, je crois que je commence à comprendre le principe », assura Ambrose. « Et ces eaux seraient miraculeuses parce qu'elles viendraient... de l'Autre Monde ? »

« Oui, *d'Avalon* ! *Tir na nog*! Le *Sidh* ! Appelle-ça comme tu voudras ! Alors, tu y vas en premier ? » suggéra-t-il avec un rictus moqueur.

Ambrose jeta un coup d'œil méfiant à la surface lisse de l'eau. Un staphylocoque serait certainement tout ce qu'il gagnerait à se baigner dans ce puits.

« Sans façons », répondit-il fermement, « et je crois bien que j'ai suffisamment tenté le diable avec le mélange de Mr Bergamot. Hier soir, j'ai bien cru... »

Ambrose s'interrompit brusquement : il avait vu quelque chose dans l'eau, et cette fois, ce n'était pas un mirage !

« Je viens de voir... un poisson nager ! » s'écria-t-il en s'agenouillant à hauteur du rebord de pierre.

« Doux Jésus, j'ai cru que c'était une main que tu avais vu flotter à la surface, ou la queue d'un selkie ! Ça me fait penser que tu ne sais toujours pas ce que c'est qu'un selkie, non ? »

« Regarde, le voilà ! » cria Ambrose avec excitation. C'était bien un poisson argenté qui nageait dans ces eaux sombres. Rohan se pencha au-dessus du puits.

« Quelqu'un doit l'avoir mis là-dedans, pauvre petit. Il serait mieux dans l'aquarium de mon père au cabinet. Est-ce que tu sais ce que les saumons symbolisent dans la mythologie irlandaise ? C'est un présage. »

« Un présage de quoi ? » demanda Ambrose.

« UN PRÉSAGE DE VOS FESSES QUI NE VONT PAS TARDER À SE FAIRE BOTTER ! » rugit une voix derrière eux, dont Ambrose comprit à peine les paroles tant l'accent était marqué.

Les garçons se retournèrent vivement. De l'autre côté de la clairière, la fille aux cheveux dorés qu'Ambrose avait bousculée à la bibliothèque, Juniper, se tenait au milieu de deux garçons plus âgés. L'un était très grand et assez corpulent, l'autre petit et trapu. Ils étaient eux-mêmes accompagnés d'une autre fille de toute petite taille, aux cheveux noirs. Les haches et les tenailles que portaient les deux garçons n'échappèrent pas aux observations d'Ambrose.

« Que faites-vous dans les parages, les amis ? » demanda Rohan avec un ton faussement détendu. « Une petite promenade de santé, de bon matin ? Il fait beau aujourd'hui, parfait pour faire un peu de yoga ou de méditation, vous ne trouvez pas ? » À n'en pas douter, Rohan avait l'air tendu.

« Qui est ton petit ami, Rohan ? » lança d'une voix éraillée le plus grand des deux garçons. Ses boucles blondes retombaient sur ses lourdes paupières abritant les mêmes petits yeux noirs inquisiteurs que ceux de son acolyte, qui faisait toutefois au moins deux têtes de moins que lui.

« Oh, ça ? C'est mon cousin », s'empressa de répondre Rohan. Devant leur regard incrédule, il ajouta sur le ton de la confidence : « Nous avons un oncle assez pâlot dans la famille. »

« Tu te crois drôle, Sibahl, hein ? » lui lança le garçon trapu dont la voix nasillarde retentit dans toute la clairière. « On sait qui tu es », jeta-t-il à Ambrose en accompagnant son propos d'un sourire mauvais, d'où émergèrent d'ailleurs deux incisives beaucoup trop longues qui lui donnaient l'air d'un lapin malveillant.

Ambrose hésita avant de répondre. C'était là les fameuses « interactions déplaisantes » contre lesquelles son père l'avait mis en garde.

« Je m'appelle Ambrose », répondit-il prudemment en s'avançant vers le groupe la main tendue. Voyant qu'aucun membre du groupe ne s'avançait à sa rencontre, Ambrose s'arrêta un peu embarrassé, rattrapé par Rohan qui émit un petit cri étranglé.

« Tu as perdu la tête ? Tu veux nous faire zigouiller ? Ils ne sont pas là pour une garden party ! » chuchota-t-il d'un air crispé. « Trouvons un prétexte pour partir et allons-nous en ! »

« Et tu n'as même pas honte ! » s'écria soudainement la blonde de la bibliothèque qui n'avait pas cessé de le dévisager avec hargne. « Ton père est un criminel. Nous détruirons son site toutes les semaines s'il le faut ! J'espère qu'il a une bonne assurance, on s'est donné du mal pour qu'aucune machine ne puisse plus jamais fonctionner ! »

La férocité de son regard contrastait si bien avec le reste de son apparence que c'en était troublant. Son visage angélique était encadré de boucles d'un blond doré et ravivé de grands yeux bruns. Ses jambes minces étaient revêtues d'un pantalon vert pomme à carreaux, sur lequel on avait cousu de grosses marguerites en tissu, assorties au cardigan à boutons qui enveloppait son buste étroit.

Ambrose n'avait plus de doute à présent : toute cette joyeuse compagnie connaissait son nom, dont lui-même commençait à rougir, à vrai dire.

« Croyez-moi, je regrette que mon père pilote ce projet », finit-il par dire en rassemblant tout son courage, « j'en suis vraiment désolé, mais sans doute... »

«...sans doute ! », reprit le grand dadais aux paupières lourdes en imitant la voix d'Ambrose, « Tu n'as pas la moindre idée du pétrin dans lequel tu t'es fourré, espèce de naze ! Que viens-tu faire chez nous, tu n'es pas un des nôtres ! Retourne chez toi, Anglais de malheur ! ».

Ambrose n'avait jamais essuyé d'insultes auparavant. À l'externat St Gibbereth, de tels comportements n'étaient guère admissibles. Le plus souvent, les conflits entre les élèves prenaient la forme de déclarations de guerre mondaines par parents interposés, qui débouchaient tout au plus sur des boycotts aux goûters d'anniversaires, galas et célébrations diverses qui se tenaient en dehors de l'école. Ambrose lança donc un regard interrogateur à Rohan, en espérant obtenir un indice quant à l'attitude à adopter en pareilles situations. Mais par des gestes éloquents, Rohan semblait l'inciter à battre en retraite.

« Tu crois que tu peux débarquer chez nous et te pavaner comme si tu étais le maître des lieux ? » lui lança finalement Juniper avec dédain.

« Je ne me crois pas le moins du monde le maître des lieux, et je m'excuse sincèrement de l'entreprise de mon père. Je trouve ces bois remarquables, et si je pouvais faire quoi que ce soit pour empêcher ce projet, je le ferais. »

« Vraiment ? » Après avoir observé la scène en silence, la minuscule brune avait enfin fait entendre le son de sa voix, dont la tonalité rauque et grave le saisit de surprise. Ses sourcils épais et froncés durcissaient les traits de son visage pourtant rond et rose. Contrairement à Juniper Fennel et aux goûts consensuels du reste de la ville, elle ne portait que du noir. Sa physionomie rappela alors à Ambrose ces portraits de veuves espagnoles qu'il trouvait parfois dans son livre d'histoire lorsqu'il feuilletait désespérément son manuel afin de se maintenir éveillé en cours. Encouragé par l'intervention de la minuscule brune, Ambrose poursuivit son apologie :

« Oui, je comprends parfaitement, transformer ces bois... »

« Les détruire », corrigea-t-elle.

« ...est presque un crime », continua-t-il sans perdre ses moyens. « Pourtant, il n'y a rien que je puisse dire ou faire pour changer ça. »

« Tu as tort, il y a un moyen », rétorqua la brunette, qui, en tournant les talons, fit disparaître la moitié de son corps sous une cascade de cheveux lisses.

« Lâche l'affaire, Prose, tu es trop naïve, on ne doit pas fraterniser avec l'ennemi ! » l'avertit son amie avec un froncement de sourcils menaçant.

« Tu sais quoi, cousine, voyons si le rosbeef a du cran, elle a raison ! » suggéra alors le blond courtaud en exhibant encore une fois ses dents de lapin.

Ambrose et Rohan échangèrent des regards inquiets.

« Enfin, Ambrose, à quoi tu t'attends ? » l'implora Rohan. « Il n'y a aucun tour de magie qui puisse faire cesser le projet, fichons le camp d'ici ! »

Pourtant, pour Ambrose, s'il existait le moindre espoir de faire avorter le projet de son père et de sauver les bois, cela valait la peine d'essayer. Peut-être que Juniper et sa bande avaient découvert une espèce rare d'oiseau ou de plante qu'il fallait protéger et qui permettrait d'arrêter les travaux.

Au désespoir de Rohan, Ambrose prit le parti de suivre le groupe d'adolescents jusqu'à un endroit de la forêt où les travaux de destruction avaient visiblement déjà commencé. C'était une véritable scène de crime, où la nature avait été sacrifiée. La terre était fraîchement retournée à la suite d'excavations récentes, comme l'indiquait la présence des machines et des équipements divers qui gisaient au sol, sens dessus-dessous, sauvagement abîmés en signe de révolte. Comment était-il possible que ces trois adolescents et demi soient parvenus à faire tant de dégâts ? Ambrose entendit Rohan déglutir avec difficulté. Quelques arbres avaient déjà été abattus. Balayant le site du regard, le garçon découvrit avec un pincement au cœur des restes de sorbiers abattus dans un débusqueur : ce n'étaient plus que d'inertes bûches de bois. Mois après mois, la destruction progresserait jusqu'à ce qu'il ne reste plus rien de cette forêt.

« Tu as vu ce qu'ils ont fait aux machines ? » lui chuchota Rohan, avec des gémissements désespérés. « On dirait des jouets cassés ! Tu veux que ta nuque ressemble à ça aussi ? Ne te fie pas à leurs taches de rousseur, ces deux-là ne sont pas des rigolos ! Ce sont les frères Fennel, les cousins de June, de vraies brutes ! Crois-moi, tu ne veux pas te frotter à eux ! »

« Tiens », lui dit la petite brune d'un ton indifférent, en lui tendant une hache. « Vas-y ! »

Ambrose la dévisagea sans comprendre. S'attendait-elle vraiment à ce qu'il contribue à détruire sauvagement les équipements de son père ? Oh non, il redoutait bien plus Atticus que quelques adolescents excités.

« Il doit y avoir un autre moyen d'agir, un syndicat, une manifestation, une pétition ! » suggéra-t-il avec énergie tandis que le visage de la fille se décomposait sous l'effet de la déception. Ambrose sentit s'abattre sur lui une vague de honte et de culpabilité pareille à celle qu'il avait éprouvée en croisant le regard consterné de son père, lorsqu'il s'était brisé la cheville dès les premières minutes du match de cricket de son école, l'automne dernier.

« Aïe ! » gémit-il en s'affaissant brutalement. Il venait de recevoir un coup dans l'estomac, administré par le manche d'une hache. Il tomba lourdement à genoux, plié de douleur.

« Gros nul ! » rugit le frère le plus costaud en jetant la hache au sol.

Rohan se précipita pour lui venir en aide.

« Tirons-nous de là avant que quelqu'un n'arrive », suggéra le maigrichon.

« Ton père est un criminel, mais toi, tu es un lâche », déclara alors la petite brune.

Les adolescents laissèrent là Ambrose, et Rohan tout affolé.

« Réponds-moi Buckingham, tout va bien ? Tu m'entends ? »

Ambrose, tout étourdi, tenta de se lever en vain. Retombant au sol lourdement, il éclata de rire, sans pouvoir s'arrêter, et sans savoir pourquoi d'ailleurs : il se sentait revigoré.

« Oh mince, ton père va me tuer si tu t'es endommagé le cerveau ! » glapit Rohan.

« Je... C'est la première fois... de ma vie que je suis mêlé à une bagarre », finit par articuler Ambrose.

Rohan le regarda fixement, sans mot dire. Il se contenta de tendre la main à Ambrose, sonné, pour le relever. Ce n'est que plus loin sur le chemin du retour que le garçon, songeur, brisa enfin son silence :

« Si je comprends bien, pour vous autres fous d'Anglais, se faire cogner est une sorte de rite de passage, un peu comme une communion ? »

« Peut-être bien que oui » murmura Ambrose en se dégageant les cheveux du visage, un sourire flottant sur les lèvres.

Pour quelqu'un qui venait de se faire frapper par le manche d'une hache dans l'estomac, après s'être fait traiter de « naze », de « snobinard » et de « lâche », Ambrose était étonnamment guilleret. En vérité, Ambrose trouvait qu'il ne s'en était pas mal tiré, et il s'était trouvé agréablement surpris de sa témérité. Et puis, ce n'était pas comme s'il était condamné à côtoyer cette sinistre bande tous les jours à l'école à partir de la rentrée. Non, il ne se souviendrait plus de ces voyous-là sitôt rentré à Londres, de retour auprès des adolescents policés et diplomates de Peacock Hills. C'était donc avec entrain qu'Ambrose était rentré à l'auberge pour demander à son père l'autorisation de déjeuner chez les Sibahl où il avait été invité.

« Bonjour les garçons, entrez, entrez ! Ton père cuisine, Rohan, c'est un vrai festin ! J'espère que tu as faim, Amos ! » La mère de Rohan se tenait sur le pas de la porte pour accueillir les deux aventuriers. C'était une petite femme fluette qui ressemblait à Rohan avec ses cheveux soyeux et noirs, noués en une longue queue de cheval. Son sari couleur pêche coquettement placé sur ses épaules par-dessus une chemise blanche ravivait la chaleur de son teint.

« C'est Ambrose, maman, pas *Amos* », corrigea Rohan. « Allez, *Amos*, viens », lança-t-il à Ambrose avec un rictus moqueur alors qu'ils rentraient dans la maison.

« C'est un plaisir de faire votre connaissance, Madame. Merci pour l'invitation », s'empressa-t-il de dire avec respect en saluant Mme Sibahl.

« Girish, les enfants sont là, viens ! » lança Madame Sibahl derrière son épaule.

Une odeur délicieuse flottait dans l'air. Le Dr Sibahl sortit de la cuisine avec une petite fille suspendue à ses bras.

« Bonjour, mon garçon. Tu es donc le fameux Ambrose ! Rohan n'a pas cessé de nous parler de toi hier ! »

« Il n'a même pas parlé de June », ajouta l'enfant d'un air malicieux.

En attendant que le soufflé au fromage finisse de cuire, Ambrose et Rohan montèrent à l'étage, suivis de la petite Pria, qui semblait fascinée par les cheveux longs et clairs d'Ambrose. Rohan lui montra ses livres de mythologie celtique et lui énuméra toutes les créatures aquatiques qui peuplaient les mers d'Irlande selon les légendes anciennes. Ils se mirent à imaginer une intrigue pour la nouvelle d'Ambrose, en tâchant de choisir le monstre qui serait le coupable de l'attaque sauvage de la jeune fille. Du haut de ses huit ans et demi, Pria fut la première à suggérer que la fille aurait bien pu être dévorée vivante par un kelpie, un esprit maléfique qui prenait la forme d'un cheval de mer.

« Mais si c'était un kelpie, il aurait dispersé ses entrailles sur la côte, c'est certain » remarqua gravement Ambrose, surpris d'avoir retenu autant d'éléments relatifs à des créatures qui n'existaient même pas alors qu'il était toujours incapable de retenir le tableau périodique des éléments en physique.

« Bon point, *Amos*. Mais le kelpie est une possibilité viable puisqu'il peut attirer ses victimes grâce à ses talents métamorphes ! »

« Méta-quoi ? » demanda Pria avec intérêt.

« Métamorphe, qui peut changer de forme et se faire passer pour un joli petit poney ou un phoque, et puis bam, il retrouve sa forme normale de cheval avec son énorme mâchoire acérée ! »

« Mais dans ce cas, ça pourrait aussi être un selkie », observa Ambrose rêveusement.

« Mais non, les selkies ne sont que des phoques qui peuvent se changer en humains », répliqua Pria avec gravité. Ambrose sourit. Pas de doutes, cette petite fille était bien la sœur de l'érudit Rohan.

Ambrose n'avait jamais été invité chez un ami, et il ne s'était jamais trouvé autour d'une table, entouré d'une véritable famille. Le repas était bruyant, et sans doute un peu désordonné - Pria avait renversé sa soupe brûlante sur les genoux de Rohan et Ambrose avait renversé l'intégralité de sa limonade sur la table –, mais tout le monde riait et passait un bon moment.

Les Sibahl racontèrent à Ambrose les circonstances de leur arrivée en ville, lorsque Mr Sibahl avait décidé de quitter Belfast et le Royaume-Uni pour s'installer sur la côte, dans le petit village d'Evergreen, et découvrir un autre visage de l'Irlande divisée. Le Dr. Sibahl lui conta quelques anecdotes de ses débuts après l'ouverture du cabinet : l'effroi des habitants, leur méfiance envers la médecine occidentale. La plupart ne venait qu'en dernier recours le consulter, lorsqu'ils se trouvaient en pleine agonie et qu'ils avaient déjà un pied dans la tombe.

Il se souvint non sans fierté combien il lui avait été difficile d'obtenir leur confiance. Mrs Sibahl quant à elle se remémora le premier scandale qu'elle avait causé sur la place du marché, lorsqu'elle avait demandé où trouver de la viande, et qu'on lui avait répondu, outré, « *en enfer* »

« Et ne pense même pas à apporter un sandwich à la dinde à l'école, crois-moi », assura Rohan.

« Tu veux savoir quel est mon pire souvenir ? » lui demanda le Dr. Sibahl d'un air songeur.

Ambrose hocha gravement la tête, en avalant son morceau de pain aussi vite que possible pour pouvoir se concentrer sur le récit à venir.

« C'est quand j'ai reçu cette jeune fille dérangée, et qu'elle m'a presque étranglé ! Oh ! Pauvre créature, tout de même, comment s'appelait-elle déjà ? »

« Mabel, papa ! Mabel la maboule ! » rappela Rohan. Pria pouffa de rire et Mrs Sibahl fit les gros yeux aux deux enfants.

« Oh oui, diable, Mabel Moore ! J'ai dû me battre avec elle pour la sauver (et me sauver moi-même d'ailleurs). Elle était en train de s'étouffer avec un bout de bois logé dans son palais. Et pourtant, elle arrivait quand même à trouver assez de souffle pour me traiter de tous les noms d'oiseaux, parce qu'elle disait ne pas vouloir être examinée par quiconque d'autre que le feu Dr. Parsifal. » Il secoua la tête, en frissonnant. « Brrr ! Épouvantable rencontre ! Comment m'avait-elle appelé, déjà, Rohan ? »

« Milésien, papa ! » s'exclama Rohan surexcité. « Comme toi, Ambrose ! » ajouta-t-il.

C'était son moment : Rohan allait pouvoir enfin s'expliquer sur ce point de culture irlandaise qu'il brûlait de partager avec son nouvel ami.

« À l'origine, "Milésien" renvoie aux habitants qui sont venus coloniser la terre après les dieux. Des humains, quoi. Maintenant, tout ce qui est étranger s'appelle "Milésiens", expliqua Rohan. « En fait », s'empressa-t-il d'ajouter en voyant le regard incrédule d'Ambrose, « certains fanatiques racistes et dérangés ici croient vraiment que les plus vieilles familles, les indigènes si tu veux, appartiennent à une race de dieux qui s'est installée en premier en Irlande.

Donc les Milésiens, de l'autre côté, qui sont venus d'Espagne après eux, sont venus pour conquérir la terre et l'ont donc... »

« Usurpée », continua Ambrose, fasciné par ce récit. Il avait oublié que Rohan n'aimait pas être interrompu dans ses anecdotes.

« Oui », grommela-t-il, déçu de s'être fait enlever les mots de la bouche. « Bref, il y a eu une guerre entre les Milésiens et les dieux, et les Milésiens l'ont gagnée. »

« Si je comprends bien, quelqu'un comme la vieille Flanagan », reprit Ambrose ébahi, « est convaincue qu'elle appartient à une race divine et que nous sommes des envahisseurs, c'est bien ça ? » L'animosité locale envers les étrangers s'éclairait soudainement.

« C'est ce que pense Rohan, fiston, mais enfin, c'est difficile à croire de la part de ces gens qui sont tout de même éduqués. C'est tout au plus la conviction d'une poignée d'illuminés, tributaire en effet de ce fantasme délirant », conclut le Dr. Sibahl sur un ton philosophique. « Mabel Moore a des circonstances atténuantes, pourtant ; la pauvre fille a très mal vécu son adoption.

Pourtant, les Moore sont des gens très sympathiques, et je crois bien qu'elle n'aurait pas pu mieux tomber ! »

Chapitre 4 : Une paire d'yeux orange dans la nuit

Il était presque neuf heures du soir, et le soleil embrasait lentement l'horizon, s'abîmant dans un cercle de cendres rougeoyantes. Les journées étaient encore chaudes en cette fin de juillet, mais le soir, plus frais, était aussi bien plus sombre.

« Donc en général, les kelpies prennent la forme d'un poney... afin d'attirer les enfants pour qu'ils grimpent sur leur dos », se remémora Ambrose à voix haute tandis qu'il suivait Rohan le long des remparts près des ruines du château de Mac Lir.

« Oui, et leur peau est super collante, donc dès que tu les touches, ça te scotche sur place et ensuite ils te traînent jusqu'à l'eau pour faire un festin de ta carcasse maigrichonne ! »

Ambrose étouffa un rire, mais un pincement au cœur lui rappela l'échéance inévitable de son départ. Ce n'était pas sans une certaine mélancolie qu'il avait fait sa valise ce vendredi-là, au petit matin. Il avait passé ses derniers jours à Evergreen, sillonnant les rues du village avec Rohan, inventant mille et une histoires folles dont lui et son ami étaient les protagonistes, les chevaliers, et parfois même aussi les monstres maléfiques.

Rohan avait d'ailleurs initié Ambrose aux bandes dessinées et aux jeux de rôle dont Atticus avait toujours tenu son fils éloigné, afin de ne pas entretenir sa « fantaisie déjà délirante ». Combien d'après-midis les deux garçons avaient-ils passé à jouer à ces jeux de quête, auxquels la petite Pria insistait toujours pour prendre part ! Et combien d'extraordinaires goûters préparés avec soin par Mrs Sibahl avait-il dévorés ! Ce vendredi-là, Ambrose avait donc jeté un dernier regard à la fenêtre de sa chambre, par laquelle il apercevait les branches du hêtre caresser la balustrade ; le cœur lourd, il avait pris conscience que dès le lendemain, ces vacances improvisées toucheraient à leur fin. Il n'en rapporterait qu'une nouvelle, à peine ébauchée, et qu'il aurait grand mal à finir sans le soutien et l'imagination romanesque de Rohan.

Malgré cette nostalgie, Ambrose s'était résolu à profiter de cette dernière journée autant qu'il le pouvait. Bien sûr, Rohan lui rendrait visite à

Londres de temps en temps, mais lui, en revanche, reviendrait-il jamais à Evergreen ? L'humeur de son père s'assombrissait de jour en jour, tout particulièrement depuis la découverte des actes de vandalisme sur le site, dont il ignorait l'origine : Ambrose avait du reste renoncé à lui livrer l'identité des vandales responsables des dégâts, préférant passer sous silence sa visite clandestine des bois.

« Intéressant ce que tu dis au sujet de la peau du kelpie », murmura-t-il enfin, comme à lui-même, tandis qu'un frisson lui parcourut l'échine. D'un geste frileux, il s'enveloppa dans son gilet, mais cela n'empêcha guère son malaise de croître. Était-il malade ? Son sang bouillonnait, et pourtant, en relevant ses manches, il constata en effet qu'il avait la chair de poule.

« Et si on allait vers la plage cette fois ? Allez, pour ta dernière soirée ! » supplia Rohan. « À moins que tu n'aies la frousse d'être traîné dans l'eau par un monstre ? »

S'efforçant de faire abstraction de la nausée qui commençait à le submerger, Ambrose partit d'un rire nerveux.

« Dois-je te rappeler que j'ai été attaqué à la hache par un troll qui faisait deux fois mon poids ? Je crois que je peux affronter un monstre marin ! » protesta-t-il avec énergie.

Les deux garçons se dirigèrent donc vers la plage, et Ambrose reconnut la crique où il croyait avoir vu les vagues se mettre à danser une semaine plus tôt. Sitôt qu'il eût foulé le sol rocailleux de la plage et aperçu l'écume bouillonnante des vagues qui venaient se jeter si près de ses pieds, son sentiment de malaise grandit.

« Crois-moi, même Tweedle-dum et Tweedle-dee Fennel ne feraient pas le poids devant un kelpie ou un selkie, ni même devant une sirène d'ailleurs », fit remarquer Rohan avec sérieux.

« Tweedle-dum et Tweedle-dee ? » répéta Ambrose dans un effort pour se raccrocher à la conversation qui le détournait de son malaise soudain. Sa bouche était devenue étrangement pâteuse.

« Darren et Fergusson Fennel. Je ne sais pas qui est le plus affreux des deux frères. Je dirais Fergusson. »

« Le petit ? »

« Oui, avec une face de lapin hargneux, il est plus petit, mais... »

Le reste de la phrase de Rohan fut rendu inaudible par le bruit assourdissant des vagues qui s'écrasaient au loin contre les rochers de la falaise. N'était-ce pas dangereux de se promener là ? Et si la mer qui commençait à s'agiter remontait jusqu'à la crique ? La côte était si bruyante, si venteuse, ce soir-là, que l'air paraissait chargé d'électricité. Quelque part au loin, Ambrose était convaincu que le tonnerre grondait.

« Au fait, tu savais qu'on pouvait entendre un kelpie plonger et remonter à la surface de l'eau à des mètres de distance ? Ça fait exactement le même bruit qu'un coup de tonnerre. C'est dû au poids de sa queue, tu vois, sa queue qui bouge dans toutes les directions ! » continua Rohan en mimant de ses mains le mouvement déchaîné de la queue du monstre. N'observant pas la réaction qu'il espérait voir chez Ambrose, Rohan se mit en travers de son chemin.

« Eh, tout va bien ? Tu es encore plus blanc que d'habitude ! »

Le cœur d'Ambrose battait à toute allure, l'accablant d'un sentiment d'oppression, comme si un éléphant s'était assis sur sa cage thoracique. Il découvrit alors ses bras devant son ami. Il avait toujours la chair de poule.

« Encore ta douleur au bras gauche ? » demanda Rohan, sans comprendre. « Je t'avais dit d'en parler à mon père ! Je ne peux rien pour toi si tu nous fais une crise cardiaque ! »

« Non, ce n'est pas ça... » répondit Ambrose d'une voix altérée. « J'ai peur de l'eau, alors je crois que mon imagination me joue des tours... Je me sens comme si...comme s'il y avait quelque chose... Comme... si nous n'étions pas tout seuls ici... » chuchota-t-il. « J'ai senti cette drôle de présence dès que nous sommes arrivés sur la côte. C'est mon cerveau, je ne peux pas l'arrêter quand il s'y met. C'est juste ma peur qui parle...»

Rohan se tourna brusquement, scrutant l'horizon autour d'eux d'un air inquiet. Lorsqu'il se retourna, Ambrose s'était recourbé, les mains sur les genoux, en plein exercice de respiration. Il s'efforçait de ne pas regarder la mer.

« En effet, je crois que tu délires un peu, mon pote. Nous sommes seuls ici, totalement seuls. D'ailleurs très franchement, si tu étais un psychopathe, ce serait l'endroit idéal pour me tuer, personne ne le saurait. Et puis quand tu es stressé, tu te tortilles les mains, je te connais. Tu me fais une mauvaise blague, pas vrai ? »

Les paroles de Rohan ne firent qu'empirer l'état d'Ambrose, qui se souvint du meurtre de la jeune fille, commis non loin de là : quelle idée avaient-ils eu de venir ici le soir ! Dans la pénombre, l'écume des vagues était phosphorescente. Cette fois-ci, le tonnerre gronda distinctement au loin. Ambrose repensa à la queue du kelpie, et presque instantanément il entendit un autre grondement, très différent cette fois, beaucoup plus proche. Les garçons se regardèrent sans comprendre.

« C'est ton estomac ? » demanda Ambrose avec anxiété en se raidissant.

« *Quoi* ? » répartit Rohan, dont les yeux commençaient à se remplir de crainte.

« Tu n'as pas... entendu un grondement...? »

Le visage de Rohan se décomposa subitement.

« Doux Jésus, Ambrose », glapit-il plaintivement, « tu penses vraiment que tu entendrais mon estomac gronder si fort ?»

Ambrose se retourna. Le grondement retentit de nouveau, et la vague de malaise qui l'avait submergé quelques instants plus tôt revint s'abattre sur lui de plus belle, si bien qu'il se trouvait à présent saisi de violents hauts le cœur.

« Tu te rappelles quand j'ai dit que j'avais l'impression qu'on nous observait... » commença-t-il à bout de souffle.

« Oh que oui ! », gémit Rohan.

« C'est plus proche maintenant... oui, ça s'est rapproché, je le sens. » Rassemblant tout son courage, Ambrose se retourna de nouveau, et pour la première fois remarqua une sorte de grotte, creusée dans la roche de la falaise. « Ça vient de là », chuchota-t-il.

Alors, luisant dans le noir, apparurent deux énormes sphères lumineuses qu'Ambrose prit d'abord pour des phares, avant qu'elles ne se mettent à rétrécir étrangement. C'était une paire d'yeux énormes et ronds, d'un orange flamboyant.

« COURS ! » hurla Ambrose à Rohan, pétrifié.

Les deux garçons détalèrent comme des lapins, aussi vite qu'ils le pouvaient sur la plage rocheuse. La côte n'en finissait pas, et trop occupés à fuir la bête qui les avait pris en chasse, il leur était impossible de trouver comment remonter sur la route : c'était une course folle et sans espoir. Ambrose sentait le bord tranchant des cailloux transpercer la semelle de ses chaussures. Il était à bout de souffle, comme Rohan dont la respiration saccadée et les cris retentissaient à ses oreilles. Tandis qu'il sentait les forces de son corps commencer à l'abandonner, une main puissante, pareille à une grosse patte, arrêta net sa course et lui agrippa violemment le col de la chemise.

« Halte-là, bougres d'idiots ! »

Mais, toujours sous l'emprise de la terreur, les deux garçons eurent le même instinct de se retourner pour évaluer la distance qui les séparait encore de leur agresseur, et leurs jambes continuaient de se mouvoir dans le vide alors que l'homme qui les avait arrêtés les avait soulevés tous deux. Il n'y avait pourtant plus rien sur la plage, pas l'ombre d'un animal ou d'un monstre.

« *Questcequeçasignifieaujustetoutcegrabuge?* »

Ambrose était incapable de dire si l'homme parlait anglais, welsh ou flamand. Il jeta un regard désespéré à Rohan.

« Grabuge », répéta Rohan plus distinctement.

« Quoi ? » aboya la montagne de muscles aux cheveux roux qui les avait enfin reposés au sol.

« Il... n'avait pas compris... il n'est pas du coin, monsieur ! » commença Rohan avec effort.

« Ne me donne pas du monsieur, espèce d'imbécile ! Et toi, qu'est-ce tu crois fabriquer ici, hein ? » lança-t-il à Ambrose qui s'efforçait de décrypter son effroyable accent irlandais. « Je ne pense pas que ton vieux père sera heureux d'apprendre que son ahuri de fils écume les plages avec l'autre déglingo comme un chien fou ! »

C'était une catastrophe : l'homme connaissait son identité, et il semblait connaître également son père ; ce n'était plus qu'une question de temps avant qu'Atticus apprenne qu'il s'était rendu dans un des endroits qu'il lui avait formellement interdits.

« Des ânes bâtés, voilà ce que vous êtes, on croirait que vous venez de voir un fantôme ! Qu'est-ce qui s'est passé ? Où courez-vous comme ça ? »

Ambrose et Rohan se regardèrent.

« Nous courrons juste comme ça, un petit jogging, Mr McNamara », assura Rohan obséquieusement.

Le visage de l'homme devint violacé sous l'effet de la colère.

« Et en plus tu te payes ma bille ? Je vous ai entendu hurler comme des poulets enragés depuis la grande route ! » hurla-t-il rageusement.

Ambrose qui avait repris son souffle, prit enfin la parole.

« Nous avons vu quelque chose dans une grotte près de la crique », confessa-t-il honteusement à voix basse. « Comme un animal sauvage. Ça grognait, on l'a entendu, puis on l'a vu, et on a couru aussi vite que possible... »

L'homme se raidit nettement.

« Arrête ton char, morveux ! » l'interrompit-il. « Si je comprends bien, une pauvre gamine vient d'être retrouvée morte ici, et vous deux, misérables vers de terre, vous ne trouvez rien de mieux à faire que de vous balader ici ? »

« Mais non, nous enquêtions... » commença Rohan, coupé dans son aveu par Ambrose qui lui lança un regard sévère. Parler de sa nouvelle ne ferait qu'empirer les choses.

« Mais nom de nom de barde, je rêve, ma parole ! Sherlock Holmes et Dr. Watson qui mènent l'enquête, nom de nom ! »

Ambrose et Rohan, tout penauds, furent rapidement escortés loin de la côte par un McNamara furieux. Il fit son premier arrêt chez les Sibahl, où Mrs Sibahl accueillit son fils par une étreinte qui manqua de l'étouffer. Elle offrit une infusion à Mr McNamara, dont les nerfs auraient certes gagné à être calmés.

Ambrose s'imagina pendant ce temps la réaction de son père : sans doute ne s'empresserait-il pas d'aller faire bouillir du thé. Lorsque Mr. McNamara et lui se mirent en route pour l'auberge, l'homme commença à parler dans sa barbe, d'un air maussade : en prêtant l'oreille, Ambrose s'aperçut qu'il délibérait à voix haute :

« *Mais pourquoi diable ces gosses sont allés là ? Son satané père ne lui a donc rien appris ? Pourquoi l'amener ici, déjà ? Ça n'a aucun sens. Il est malin, l'animal, sacrément malin, et pourtant, voilà que je trouve son grand benêt de fils qui vagabonde comme un détraqué ! Ah, ça, il va faire une crise cardiaque. C'est sa faute, la sienne seulement. Où était-il ? Sûrement quelque part à compter ses pièces d'or ! Cupide, aveuglé par l'argent, le pouvoir...* »

Arrivés à l'auberge, Nelly accueillit le duo mal assorti avec inquiétude, devinant à l'expression sévère de McNamara qu'Ambrose avait fait des siennes. Elle les conduisit à la chambre d'Atticus, et s'enfuit aussi vite que possible lorsqu'elle entendit les pas de son hôte se rapprocher de la porte.

Atticus, revêtu de sa longue robe de chambre, n'aperçut d'abord que McNamara, car Ambrose avait tiré parti de sa haute stature pour se cacher derrière lui. Son visage perdit toute contenance lorsque le colosse roux s'écarta, révélant la présence de son fils.

« C'est comme ça qu'on élève les gamins à Londres ? Tu ne crois pas que tu devrais être un peu plus prudent ? Toi, plus que n'importe qui ! »

La lèvre inférieure d'Atticus se mit à trembler. Il mordit sa langue, ce qui était de très mauvais augure selon l'expérience qu'en avait Ambrose.

« Où l'as-tu trouvé ? » finit-il par articuler.

« Alors maintenant tu t'en soucies ? Tu te pointes là, avec ce nigaud qui n'a rien demandé, tout en sachant que tu es l'ennemi public numéro 1 ici, et tu le laisses livré à lui-même comme un fichu bouc émissaire ? »

Atticus toisa McNamara du regard. Les deux hommes se regardaient maintenant en chiens de faïence, prêts à bondir l'un sur l'autre.

« Merci de l'avoir ramené », déclara pourtant Atticus glacialement, à la grande surprise de son fils qui s'attendait à voir éclater le conflit. « Ça ne se reproduira pas. »

« Pourquoi, parce que tu pars ? »

« Je ne peux pas partir. Je n'en ai pas l'intention. »

« Ça ne t'a jamais réussi de chasser plusieurs lièvres à la fois, Atticus. »

Atticus se mordit la langue à nouveau, et passa la main sur son front plissé. Ambrose connaissait parfaitement ce geste, qui précédait en général une explosion de colère chez son père : il avait pu observer la véracité de ce phénomène l'an dernier, après avoir été suspendu une demi-journée à l'externat St Gibbereth pour avoir grimpé à un arbre afin d'y récupérer le ballon de ses camarades. Cet exploit, qui lui avait valu les foudres de son père, lui avait aussi apporté son lot de popularité à l'école, quoique de courte durée. Mais à ce moment précis, Ambrose n'avait pas la moindre idée de ce dont les deux hommes s'entretenaient ; cependant, ils donnaient l'impression de se connaître de longue date.

Par chance, Nelly, l'aubergiste providentielle, grimpa les marches d'escaliers quatre à quatre, comme si elle avait senti la tension monter à l'étage. Mr McNamara, sans un mot s'en alla, saluant Nelly d'un geste de la tête.

« Descendons dîner, Ambrose », proposa Atticus assez froidement. Ambrose n'en crut pas ses oreilles : il s'était préparé à un déchaînement de colère, à des cris et des reproches. Quelque chose clochait. Ambrose jeta un regard à la chambre derrière son père ; tout était désordonné, et il n'y avait pas la moindre trace de bagages.

« J'ai fait ma valise ce matin », hasarda Ambrose avec prudence, redoutant toujours un sursaut de colère de la part de son père.

« Ce n'était pas la peine de te donner ce mal. Nous ne partons plus. »

« Jusqu'à quand resterons-nous ici ? »

« Tant qu'il le faudra. Allez, rendez-vous en bas. » Atticus referma la porte sur son fils, qui demeura un moment figé sur place, comme stupéfait.

Ambrose n'entendait plus que le cliquetis des couverts et le bruit du thé lentement siroté par son père, dont l'écho semblait rebondir sur les parois de la petite tasse de porcelaine jaune que lui avait servie Nelly. Ni lui ni son père n'avaient prononcé un mot de tout le dîner. Ce n'est qu'au dessert qu'Atticus s'éclaircit enfin la gorge et déchira le silence.

« Nous ne partons plus. Pas jusqu'à nouvel ordre, en tout cas. Et puisque je ne peux pas te faire confiance pour rester tranquille et discret, et qu'au lieu de ça j'apprends que tu vadrouilles partout comme un jeune cocker excité, je t'ai trouvé un travail qui devrait t'occuper jusqu'à ce que l'école commence. »

Ambrose laissa tomber sa cuillère, et son pudding de riz par la même occasion. Confirmant ses pires angoisses, Atticus lui annonça qu'il l'avait inscrit ce jour même pour la rentrée scolaire de septembre au collège-lycée d'Evergreen. Pourquoi son père s'obstinait à rester en ville ? Qu'est-ce que sa présence allait changer au cours de son projet ? Il n'allait pas travailler sur le chantier, tout de même ! Ce n'était pas lui qui allait déforester les environs ! Pourquoi s'entêter à rester dans une ville dont il avait horreur et où il était détesté ?

Ambrose tâcha de persuader son père par tous les moyens dont il disposait quant à l'absurdité d'un tel projet, en jouant notamment sur sa corde sensible : l'intérêt qu'il portait à son éducation, compromise par un impensable transfert de la prestigieuse école privée de St Gibbereth à une école publique irlandaise. En vérité, même l'institut de Pernix qui préparait les collégiens aux examens d'entrée d'Oxford et de Cambridge et auquel son père le destinait depuis la naissance lui offrait à ce moment des perspectives d'avenir moins effroyables.

Comment son père pouvait-il l'engager sur une pareille voie, qui contredisait tous les grands projets qu'il nourrissait pourtant pour lui ? À quoi donc avaient servi toutes ces heures de grec et de latin depuis ses neuf ans, et ces cours particuliers de mathématiques auxquels il n'avait jamais rien compris ? Dans une ville où il n'existait pas même une pharmacie et où l'on croyait encore aux légendes urbaines et aux mythologies antédiluviennes, que pouvait-on bien apprendre à l'école ? Le recyclage, l'alimentation de saison ? Mais Atticus balaya nonchalamment du revers de sa main tous les arguments que son fils énonçait.

« Balivernes ! C'est déjà arrangé. Tu iras travailler avec le Dr. Sibahl, un homme très bien, très éduqué, et ce sera, j'en suis sûr, un atout pour ta candidature à Pernix. »

Ambrose était en état de choc. Dans quel univers parallèle était-il possible qu'un stage en tant que réceptionniste dans le cabinet d'un médecin de campagne constituât un atout pour intégrer Pernix ? À dire vrai, ce n'était pas son avenir académique qui le préoccupait ; c'était la perspective de devoir affronter une nouvelle école, et de se faire accepter par de nouveaux camarades, dont quatre le détestaient déjà.

Combien d'années lui avait-il fallu pour prendre ses marques à St Gibbereth !

« Il est temps pour toi de faire tes armes, et de t'habituer à un peu d'adversité », déclara gravement son père.

Abattu, Ambrose n'osa plus lever les yeux de sa tisane.

« Tu me remercieras un jour », soupira-t-il, apparemment soulagé d'avoir délivré une nouvelle qu'il savait bien mauvaise.

Sans surprise, l'incident du monstre aux yeux orange auquel Ambrose et Rohan avaient échappé se retrouva au centre de leurs conversations et occupa toutes leurs pensées. La taille de ses yeux, leur couleur exacte, la vitesse à laquelle la créature les avait poursuivis, son poids supposé, à en juger par le bruit de son pas sur la plage rocailleuse, tout était matière à nourrir l'imagination fiévreuse des deux garçons. Et si la jeune fille retrouvée morte avait croisé le chemin de cette bête, après tout ? Pour Rohan, il ne faisait pas l'ombre d'un doute que le maire avait menti aux journalistes, alléguant une agression criminelle pour ne pas ébruiter la nouvelle d'un kelpie en liberté sur les rives d'Evergreen. Ambrose, un peu moins fantaisiste, fit pourtant remarquer que la rumeur d'un meurtrier sanguinaire se baladant en ville n'était guère moins alarmante que celle du kelpie.

En dépit des interminables journées qu'il passait au cabinet du Dr. Sibahl, croulant sous le poids de l'ennui, la première moitié d'août passa relativement vite. Il travaillait à la réception de dix heures du matin à six heures du soir, répondait au téléphone et notait les rendez-vous sur un agenda tandis qu'il complétait également les cinq cahiers de vacances qu'Atticus lui avait fait livrer de Londres par le biais de son secrétaire. D'après les coups de fils pressants et désespérés de ce dernier, la société Kane semblait d'ailleurs crouler sous le travail tandis qu'Atticus prolongeait indéfiniment son séjour en Irlande afin de « régler le projet Evergreen ».

Ambrose ne savait guère comment le-dit projet avançait, et si le chantier avait pu reprendre dans les bois. Il n'avait pas tenté le diable en retournant là-bas. On racontait toutefois que certains habitants avaient appelé aux manifestations, aux sit-in et même à une grève de la faim.

Un après-midi, alors qu'Ambrose sommeillait sur son cahier de mathématiques, des cris et des pleurs retentirent dehors. Une adolescente au visage familier entra en trombe dans le cabinet, suivie de deux petites filles. Quand la petite brune aperçut Ambrose derrière le bureau, elle eut un rictus moqueur. Ambrose n'aurait pas pu oublier l'étrange prénom de celle-ci : Prose. Une des petites filles pleurait tandis que l'autre, une version miniature de l'adolescente, tentait désespérément de la réconforter. Après un silence gêné, Ambrose se souvint de la phrase qu'il avait dû retenir :

« Bienvenue au cabinet du Docteur Sibahl, comment puis-je vous aider ? »

« Voilà ma petite sœur Mel, et celle qui pleure, c'est sa copine Candice » répondit-elle de la même voix rauque et un peu monocorde qui l'avait surpris dans les bois. « Candice est tombée d'un arbre et je crois qu'elle s'est brisé la cheville. Ça fait quinze minutes qu'elle crie sans s'arrêter. »

« Je suis désolé...c'est... comment c'est arrivé ? » s'enquit Ambrose tout en cherchant les sucettes que le Dr. Sibahl avait mises à sa disposition dans ce cas précis.

« C'est les services sociaux ici, maintenant ? » demanda-t-elle sur la défensive. « Si c'était Mel, je l'aurais amenée chez un vrai guérisseur ! Mais si je suis ici pour Candice, c'est uniquement parce que je sais que c'est ce que sa mère voudrait que je fasse !»

« Un vrai guérisseur », songea Ambrose. Prose avait donc le même discours qu'Arthur Bergamot au sujet de la médecine occidentale !

« Et sa mère, est-elle au courant ? » demanda-t-il avec inquiétude.

Le visage déjà rose de Prose rougit un peu plus.

« Non ! » s'écria-t-elle. « Je babysittais, d'accord ? j'ai tourné la tête une seconde, une ! Et avant même que je ne sache comment, la petite gisait au sol en pleurant ! Elle pleure tellement qu'elle a changé de couleur ! Elle me casse les oreilles et je suis en train de devenir sourde, il faut appeler le docteur !»

En effet, la fillette avait le teint quasi violet, et elle criait à pleins poumons, et Ambrose lui-même avait du mal à s'entendre penser.

« Mr Sibhal est en consultation, je vais l'appeler mais ça prendra un petit moment avant qu'il n'arrive ! »

Triomphalement, il sortit enfin les sucettes d'un autre tiroir qu'il n'avait fouillé qu'en dernier. Il en donna une à Mel, et une à Candice, en s'agenouillant près d'elle. La petite interrompit ses pleurs en voyant la sucette.

« J'ai eu une nounou française quand j'avais ton âge », lui dit Ambrose sur le ton de la confidence sans trop savoir ce qu'il faisait, « et à chaque fois que je me faisais mal quelque part, elle faisait un tour de magie, elle soufflait à l'endroit où j'avais mal, et la douleur disparaissait ! »

« Pour de vrai ? » demanda la fillette. Il hocha gravement la tête.

« C'est pour ça qu'on appelle ça un tour de magie. Tu veux essayer ? »

Candice hocha la tête à son tour.

Alors qu'il posait sa main gauche sur la minuscule cheville de la fillette, un picotement lui traversa tout le bras, qui se mit à lui faire mal, comme après avoir pris le mélange de Mr. Bergamot. Avant même qu'il ne pût souffler sur sa cheville, Candice s'écria :

« Ça a marché ! ».

La petite fille repoussa sans ménagement Ambrose pour toucher sa cheville, émerveillée.

« Regarde, je n'ai plus mal, je peux bouger ma jambe ! »

Elle se releva et se mit à courir dans tous les sens dans la salle d'attente.

Prose fronça les sourcils et emmena avec elle les deux fillettes pour se diriger vers la sortie, sans un mot. Ambrose retourna à son bureau en se tenant le bras, grimaçant de douleur. Sur le pas de la porte, il entendit :

« Une nounou française ? Vraiment ? Peut-on être plus snob, ma parole ! » Et l'adolescente s'en alla.

« Tout va bien ? » demanda le Dr. Sibahl en sortant de la salle de consultation, escorté par la vieille dame qu'il venait d'examiner.

« Oui, juste une petite fille tombée d'un arbre, mais plus de peur que de mal », assura Ambrose, tourmenté par sa douleur au bras. Devait-il en parler au Dr. Sibahl ? Peut-être valait-il mieux ne pas savoir de quoi il en retournait. « Elle est partie en dansant comme une ballerine, donc je pense que tout va bien ! »

« Tu lui as donné une sucette ? »

« Oui. »

« Donc cela l'a miraculeusement guérie ? C'est un coup à prévenir le pape ! » conclut le médecin avec bonhomie, en escortant sa patiente vers la sortie.

Le soleil se couchait de plus en plus tôt désormais. Alors qu'il travaillait à un problème d'algèbre, l'esprit d'Ambrose, apaisé à présent que la douleur s'était dissipée, errait avec les rayons du soleil déclinant qui traversaient les fenêtres du cabinet et plongeaient dans le grand aquarium. La pièce silencieuse, baignée dans la lumière rougeoyante du crépuscule, était une invitation au sommeil. Il s'y plongea volontiers, quand quelques minutes plus tard, il se réveilla en sursaut. Sur les sièges de la salle d'attente, une vieille femme était tranquillement assise devant lui, un pot vide sur les genoux.

« Je suis navré, je ne vous ai pas entendue arriver, madame, j'espère que vous n'avez pas trop attendu ! » s'exusa Ambrose.

La vieille femme se tourna lentement vers lui et le regarda fixement, en silence, comme si elle tâchait d'étudier son visage.

« Tout va bien, mon garçon. Tout va bien. Je ne suis pas venue ici pour être soignée, mais pour t'offrir ceci », répondit-elle en lui tendant le pot. Sa voix rauque et grave lui rappela celle de Prose. Devinant l'incompréhension du garçon, la vieille femme ajouta : « J'ai entendu dire que tu avais aidé une amie de Mél aujourd'hui. C'est ma petite-fille. »

« Vous êtes donc la grand-mère de Prose ? demanda Ambrose, qui comprit en effet l'air de famille qu'il avait cru déceler. Seule la couleur des yeux différait vraiment.

« Droséra Doyle, oui, j'ai cet honneur. Proserpine m'a raconté ce qu'il s'était passé, et j'ai voulu venir pour te remercier. Si la blessure de la petite Candice n'avait pas guéri, cela aurait mis Proserpine dans une situation difficile, et elle n'a pas besoin de plus de problèmes, ces jours-ci. »

Le mystère autour du prénom bizarre de la jeune fille s'éclaircit : Prose n'était que le diminutif de Proserpine.

« Elle n'était pas blessée, vraiment, et pour être honnête, je n'ai rien fait, je lui ai juste donné une sucette ! D'ailleurs le Dr. Sibahl dit qu'elles sont miraculeuses et qu'on devrait prévenir le Vatican ! » plaisanta Ambrose.

La grand-mère rit de bon cœur. Avec ses joues roses, ses yeux bleus et ses cheveux blancs si lisses, on aurait dit une poupée de porcelaine.

« Mon garçon, je peux t'assurer que ce cher docteur Sibahl ne connaît rien aux miracles. Et je suis certaine que tu as été d'une aide précieuse », conclut-elle en se levant lentement. « Allons, prends ce pot, j'ai placé des graines dans de la terre d'Evergreen. Je les ai récoltées moi-même, et avec un peu de chance, tu les verras pousser et donner naissance à une belle plante au printemps prochain. »

Rohan qui arriva à ce moment-là interrompit les remerciements d'Ambrose.

« Bonsoir Rohan », le salua-t-elle gaiement. « Je ne fais que passer, et je partais justement ! Prends soin de toi, mon garçon. Prends soin de toi, d'accord ? »

Rohan attendit que la porte se referme complètement avant d'interroger Ambrose, les yeux écarquillés :

« Heu... c'était quoi, au juste ? C'est une... un pot de terre qu'elle t'a offert ou je rêve ? »

Ambrose lui raconta les événements de l'après-midi. Il tâcha de minimiser les faits, et pourtant, lorsque Rohan raconta plus tard l'histoire lui-même à qui voulait l'entendre, il fit de son ami le sauveur miraculeux qui avait guéri la fracture ouverte d'un nouveau-né menacé d'une hémorragie mortelle.

« Je te le dis, à l'époque, dans la société celtique, tu aurais été druide ! Avec ça, tu peux espérer augmenter un peu ta côte de popularité à l'école ! »

Ces dernières paroles ramenèrent brutalement Ambrose à une réalité à laquelle il avait tâché d'échapper : le mois d'août et les vacances d'été touchaient à leur fin, le rapprochant inéluctablement du mois de septembre et d'une rentrée si redoutée. La couverture réconfortante et protectrice dont il s'était enveloppé au cours de ces dernières semaines avait rétréci comme une peau de chagrin, le laissant presque nu, et vulnérable. Sa gorge se noua subitement.

Chapitre 5 : Les proies et les prédateurs

Le feuillage des arbres s'était déjà paré d'un camaïeu de teintes rouilles, et, Ambrose en était certain, même l'air avait une texture différente, plus rugueuse et plus lourde, comme les mailles d'un gros tricot. Cette réflexion rappela à Ambrose l'uniforme dont il était affublé, constitué entre autres d'un pull vert en maille torsadée, fièrement orné d'un écusson orange indiquant : *Evergreen Secondary School*. Comme il regrettait maintenant les uniformes élégants de l'externat St. Gibbereth, d'autant plus que les seules pièces acceptables qui composaient cet effroyable déguisement - un blazer et un pantalon de velours - s'étaient avérées ridiculement courtes. Les manches vertes de son pull dépassaient ainsi sans vergogne de son veston et ses chaussettes de son pantalon.

Rohan l'attendait depuis un bon moment devant l'entrée de l'école, trépignant d'impatience. Il était surexcité à l'idée d'entamer cette nouvelle année aux côtés d'un ami ; pour Ambrose aussi, se retrouver dans la classe de Rohan était également d'un réconfort inestimable.

Rohan, qui avait percé sa carapace, savait contrebalancer sa réserve, et c'est pourquoi Ambrose se sentait aussi à l'aise en sa compagnie. Qui plus est, contrairement à ses anciens camarades de Londres, Rohan n'était ni vantard, ni prétentieux, et - c'était tout à son honneur – ne nourrissait pas la moindre obsession pour l'Institut Pernix ni pour Eton College. À dire vrai, Rohan Sibahl n'avait sans doute pas la moindre idée de ce que pouvait bien être Eton College, et Ambrose n'aurait pas pu en être plus heureux.

Sitôt le portail de l'école franchi, le cœur du garçon se mit pourtant à battre la chamade sous l'effet du brouhaha indistinct et du raffut habituel des cours de récréations. Parmi tous les sons qui lui étaient désagréables, – avec en première position, le bruit des pas nerveux de son père résonnant sur le plancher de bois de la résidence Kane à Londres – la rumeur assourdissante d'une cour de récréation arrivait en tête.

Contrairement à ce qu'on croit être une loi universelle chez les enfants, la récréation n'était pas pour Ambrose un moment attendu : certains professeurs l'autorisaient à rester dans la salle de classe pendant la pause, à dessiner et à rêvasser, loin des jeux de ballons et des cris, mais d'autres enseignants, trop optimistes, voyaient là une opportunité de forcer le garçon solitaire à se socialiser. Ambrose se retrouvait donc très souvent seul sur le banc, à s'absorber de son mieux dans la contemplation des cimes des arbres, se prenant à rêver d'être un de ces petits écureuils gris, agiles, libres d'aller et venir comme bon leur semblait, partout où ils le désiraient, en sautant simplement d'une branche à l'autre.

« Je te le dis », l'avertit Rohan d'un air sérieux alors que la cloche sonnait, « le discours de rentrée du principal est à mourir d'ennui. Je te donne la version abrégée : le harcèlement scolaire, c'est mal, ne quitte pas l'enceinte de l'école entre les cours, ne colle pas ton chewing-gum sous la table et travaille dur pour qu'Evergreen ne soit pas la risée de tout le comté de Cork. Voilà, tu sais tout, à présent tu peux investir ce temps précieux pour repérer les filles intéressantes. Tu me remercieras plus tard. »

Ambrose suivit Rohan en silence jusqu'au gymnase. Le principal Hareng aborda en effet tous les sujets mentionnés par Rohan, et il n'y prêta guère attention, non pas qu'il fût occupé à « repérer les filles intéressantes » comme le lui avait conseillé son ami, mais parce qu'il s'efforçait d'observer les autres élèves aussi discrètement que possible. Il reconnut les frères Fennel, leur féroce cousine, Juniper, ainsi que Proserpine Doyle, à la mine toujours renfrognée. Il remarqua que l'écusson sur leur pull n'était pas le logo orangé de l'école mais un ours brun, qui lui rappela l'emblème de l'équipe locale de *hurling*, (le sport national irlandais, particulièrement violent, mélange de hockey, baseball, rugby et lacrosse) dont il avait pu apprécier un match cet été avec la famille Sibahl. Quelques rares autres étudiants portaient même l'écusson de l'équipe adverse, une pieuvre bleue marine.

Ambrose appréhendait ce premier jour en tant que nouvel élève depuis des semaines, et la perspective de commencer la journée du lundi par le cours de mathématiques n'avait fait qu'empirer les choses. Le garçon, qui avait espéré que le professeur responsable de cette matière redoutée l'inciterait à se déprendre de ses préjugés, fut cruellement déçu. Comme cela avait été le cas avec la bibliothécaire Nancy Ryan, Ambrose apprit très vite à ses dépens que la tenue bariolée de son professeur, composée d'une chemise jaune poussin à manches courtes et d'un pantalon à carreaux bleu et vert, n'annonçait pas la moindre bonhomie de caractère.

Sweeney Burke était un homme au crâne dégarni et luisant, parsemé toutefois de quelques longs cheveux grisonnants, maigre et légèrement voûté du fait de sa haute taille ; cette silhouette longiligne contrastait d'ailleurs étonnamment avec la rondeur de son visage, dont le nez même, d'ailleurs disproportionné, était aussi rond qu'une patate. Sa voix traînante et son air sévère ne firent que renforcer la répulsion naturelle du garçon à l'égard de ce cours.

Il s'avéra du reste que le professeur Burke avait aussi la fâcheuse manie d'arpenter les rangs de la classe, tournoyant au-dessus d'un élève, puis d'un autre, tel un vautour menaçant, à l'affût d'erreurs et de ratures à moquer publiquement. Alors qu'il soulignait diligemment la solution de son exercice en bas de page, Ambrose frissonna en sentant le regard censeur de son professeur par-dessus son épaule.

Mais sans doute, l'événement le plus désagréable de la matinée fut pour Ambrose le moment de l'appel, quand les autres élèves se mirent à le dévisager après que Sweeney Burke eut prononcé son nom ; par chance, le professeur fit taire le brouhaha qui s'ensuivit, mais le rictus méprisant qui tordit ses lèvres tout le restant du cours acheva de décourager Ambrose. Assurément, il était maintenant de notoriété publique qu'Ambrose était le fils du « malfrat enrichi qui avait entrepris de déforester Evergreen par appât du gain », ainsi qu'il l'entendit marmonner par Mr Burke à la récréation.

« Tu ne seras pas élu délégué de classe cette année, mon pote », avait chuchoté Rohan pour détendre l'atmosphère. Mais Ambrose ne se souciait guère d'être populaire ; tout ce qu'il désirait, c'était qu'on le laisse en paix, qu'on le laisse se faire aussi petit et invisible que possible.

Avant la pause déjeuner, en cours de biologie, Ambrose s'était retrouvé placé à côté de Proserpine, qui lui tendit sans enthousiasme son effaceur en le voyant se débattre avec les grosses taches d'encre qu'il essuyait sur son cahier chaque fois qu'il écrivait.

Heureusement pour Ambrose, la biologie était une de ses matières fortes, et le premier chapitre du programme était

« Origine des continents et des océans », un sujet qui le passionnait. C'était sans doute le seul cours qui l'intéressât vraiment avec l'anglais. Ambrose termina donc rapidement son exercice, mais pour ne pas prendre le risque d'être interrogé au tableau, il s'affaira sans attendre à l'exercice suivant. Proserpine, qui n'avait pas encore touché à son cahier, le remarqua et elle soupira d'un air réprobateur. Ambrose acheva le second exercice aussi rapidement que le précédent.

Tandis qu'il attendait le moment de la correction, le temps se mit à se dilater complaisamment, et un flot indomptable de pensées anxieuses le submergea rapidement, sans qu'il n'y offrît la moindre résistance. Quand retournerait-il chez lui en Angleterre ? Comment ferait-il pour rattraper tous les cours qu'il aurait manqués à St Gibbereth ? Et que ferait-il ici, en attendant, comment ferait-il avec les autres élèves qui semblaient déjà lui en vouloir ? Et que se passerait-il après la destruction des bois ?

Plus il s'enfonçait dans ses pensées, plus le monde alentour semblait s'effacer pour devenir presque irréel - le siège sur lequel il était assis, sa rangée, la salle de classe... Seule l'odeur entêtante de plastique neuf des fournitures scolaires le maintenait désormais en contact avec la réalité. Tout semblait étranger autour de lui, il ne lui restait guère plus de repères. Et pourtant, comme lorsqu'il était arrivé à Evergreen pour la première fois, il pressentait malgré tout tout un horizon de liberté qu'il pouvait embrasser, s'il le voulait. Il pouvait recommencer à zéro, et tout changer : peut-être même pourrait-il devenir bon en maths, en éducation physique, réussir à se lever plus tôt, être moins introverti, moins « bizarre », et se faire de nouveaux amis, du moins lorsque l'affaire des bois se serait tassée.

La cloche qui annonça l'heure du déjeuner le tira soudainement de sa torpeur. Tous les étudiants sauf lui se levèrent brusquement avant même d'en recevoir la permission de leur professeur. Ambrose les regarda se presser à la porte et se ruer dans le couloir.

« Mais qu'est-ce que tu fabriques ? Viens ou il ne restera plus rien de bon pour nous ! » le pressa Rohan.

Ambrose rangea sa chaise et s'excusa auprès de la professeur de biologie, qui ne leva même pas les yeux de son carnet de notes. Le chemin qui menait à la cantine était tout embouteillé, et tout le monde se pressait rageusement pour aller manger. Le bruit était assourdissant, et très vite, Ambrose n'entendit plus que le cliquetis brusque des cadenas et le fracas des casiers qu'on ouvrait et fermait à la volée. Il leur fallut au moins quinze minutes pour arriver à la cantine.

« Bon sang de bois ! Des légumes, bouillis, grillés, frits ou crus ! » soupira Rohan lorsqu'ils s'insérèrent dans la queue. « Je t'avais prévenu, il ne reste jamais plus rien d'intéressant à la fin ! Tu dois être plus réactif la prochaine fois ! »

« Dans mon ancienne école, si on se levait avant d'avoir eu la permission du professeur, on était bon pour déjeuner dans le bureau du principal », expliqua Ambrose désolé. « Mais tout de même, ce cake à la courgette a l'air délicieux, non ? » ajouta-t-il avec enthousiasme.

« Argh, j'en ai ras la casquette de manger comme une chèvre, au diable le cake à la courgette ! Je veux de la viande ! J'en ai besoin ! Mon royaume pour une dinde ! » gémit-il. « Tu sais que dans ce patelin, trouver de la viande, c'est une mission presque impossible ! L'école, c'est le seul endroit où tu peux mettre la main sur une petite escalope de temps en temps, et forcément, ça devient une denrée rare et convoitée s! J'en connais qui n'hésiteraient pas à te marcher dessus dans le couloir pour arriver les premiers à la cafétéria ! »

Les deux garçons finirent par trouver des places libres au bout d'une longue table.

« Alors qu'est-ce que tu as pris de bon ? » demanda Ambrose en s'asseyant à la place vacante, à côté d'une fille aux cheveux pourpres qui trifouillant son assiette d'un air méfiant.

« Une escalope vegan », répondit Rohan en faisant la grimace.

« Zut, Hazel, tu ne vas quand même pas manger ça, je suis sûre que c'est du poulet, ça sent la mort d'ici ! ».

Ambrose dirigea discrètement son regard pour étudier le visage de celle dont la voix avait retenti si fort dans ses oreilles. Quel étonnant physique il découvrit alors. La jeune fille à l'air scandalisé arborait en effet des cheveux d'un blanc éclatant, tandis que sa peau remarquablement hâlée contrastait avec la clarté de ses yeux, qu'on avait peine à dire gris ou bleus.

« Tu es certaine ? » lui demanda la dénommée Hazel dont les cheveux violets étaient si mal assortis au prénom. Elle examinait le contenu de son assiette avec prudence. « Je me suis réveillée avec un rhume ce matin, je ne sens rien, rien du tout ! » s'exclama-t-elle. Sa voix fluette et chantante accompagnait l'arc étonné que dessinaient ses sourcils bruns.

« Fais-moi confiance, je te dis ! Oh et puis zut, si tu veux manger un cadavre, fais-toi plaisir, mais va t'assoir autre part, d'accord ? » lui lança la blonde d'un air agacé.

Rohan posa sa fourchette brusquement.

« J'entends parler de cadavres ? J'échangerais volontiers mon escalope vegan contre une dinde morte ! »

Les deux filles échangèrent des regards éloquents, et sans hésitation, Hazel lui tendit son assiette avec un sourire radieux :

« Merci, merci, merci ! » s'exclama-t-elle de sa voix haut perchée.

« Tu vas vraiment manger ça ? » lui demanda la blonde en dévisageant Rohan.

« J'y compte bien ! » lança Rohan qui s'était déjà rassis pour couper un morceau de viande et l'engloutir plus vite que son ombre. « Mmm... délicieux ! » soupira-t-il en fermant les yeux.

« Beurk, dégoûtant », marmonna la blonde. La dénommée Hazel se contenta de sourire poliment, en dissimulant toutefois mal son écœurement.

« Ambrose la sinistrose, goûte un peu comme c'est bon ! » continua Rohan en mâchonnant bruyamment.

Ambrose, mal à l'aise, regarda Rohan dévorer sa pièce de viande, de la panure au coin de la bouche. Il déclina l'invitation et plongea alors volontiers le nez dans sa propre assiette, remplie de légumes appétissants.

« Allez, partons de là, Hazel. Ça me donne la nausée ! » grommela la blonde en prenant son plateau d'un air pincé.

« Meurtrier ! » siffla-t-elle entre ses dents à l'intention de Rohan.

« Toujours un plaisir, Zita ! » lui cria Rohan alors qu'elle se dirigeait déjà vers une autre table. Hazel la suivit, après s'être retournée pour s'excuser poliment auprès des garçons.

Ambrose regarda les filles se frayer un chemin jusqu'à une autre table libre dans le réfectoire. Si Rohan était traité de meurtrier pour avoir mangé une escalope de dinde, il n'y avait pas de mystère à ce que son père soit autant haï, lui qui s'en prenait à tout l'écosystème local.

« Et si tu me frappes très fort avec ton sac, dans les jambes ? » demanda Ambrose à Rohan d'un air suppliant.

« Excellente idée pour me faire renvoyer dès le premier jour. Allez, quoi, qu'est-ce qu'il y a de si terrible ? Ce n'est qu'un cours de sport, ce n'est pas ma matière préférée non plus, en plus je prends toujours le ballon en plein dans la figure. D'ailleurs, c'est bizarre, j'ai toujours les idées plus claires après ça. Et puis tu vas voir Mrs Buckley, une vraie lady. J'espère que je suis dans son groupe. »

Ambrose aurait préféré avoir cinq heures de mathématiques avec le professeur Burke plutôt qu'une heure de sport. Du reste, un rapide coup d'œil sur Mrs Buckley qui arrivait d'un pas lourd, avec des cuisses larges et musclées saucissonnées dans un short cycliste trop serré, acheva de l'inquiéter.

Haute d'un mètre quatre-vingt au minimum, « Lady Buckley » était aussi grande que large et elle rappela vivement à Ambrose la grande horloge de parquet qui trônait dans leur salon à Peacock Hills.

« Très bien les enfants, nous allons former trois groupes cette année. Pas de jaloux, les trois groupes pourront pratiquer tous les sports d'ici la fin de l'année. Le groupe A commencera le premier semestre par de la natation, avec moi, le groupe B sera avec Mr Blyth en escalade, et le groupe C, avec Mrs Newton, en basket-ball. »

Ce qu'Ambrose craignait le plus arriva : il était séparé de Rohan, qui était dans le groupe B, et pis encore, il était assigné à la natation, avec Mrs Buckley.

« Je ne sais pas vraiment nager », gémit-il.

« Je te promets qu'il n'y a pas de grosses bêtes dans la piscine du gymnase... hormis les sirènes que tu vois là », ajouta Rohan en désignant du menton quelque chose derrière Ambrose.

Les trois garçons désignés par Rohan comme les fameuses « sirènes » étaient encore plus grands qu'Ambrose, mais particulièrement massifs et musclés pour leur âge. Une véritable cour composée de filles et de quelques garçons s'était déjà formée autour d'eux, et semblait se disputer leur attention. Une de ces grandes sirènes jeta d'ailleurs un de leurs prétendants maigrichon à l'eau, ce qui causa l'hilarité générale, même auprès de la victime.

« Peu importe ce que tu fais, ne plaisante pas avec eux. À côté, je t'assure que les frères Fennel sont de vrais agneaux. Ne te fais pas remarquer. Si tu te les mets à dos, crois-moi, tu es perdu. »

Ambrose regarda autour de lui, en quête d'une échappatoire.

« Si je t'apporte de la viande tous les jours pour le déjeuner, pendant deux semaines, est-ce que tu échangerais ta place avec moi ? »

« J'adorerais, mon pote, mais tu n'es pas assez bronzé pour le rôle. Tu n'as pas vraiment la tête d'un Sibahl, si tu vois ce que je veux dire. »

Ayant renoncé à tout espoir, Ambrose se dirigea vers le vestiaire des garçons avec le reste de son groupe, en tâchant de laisser assez d'écart entre les « sirènes » et lui. Il sortit affublé de son maillot de bain vert qui lui semblait être un déguisement ridicule, et s'avança d'un pas traînant, tête baissée, vers la piscine.

« Eh bah qu'est-ce que c'est que cette démarche de condamné à mort, Kane ? » s'enquit Mrs Buckley de sa voix tonitruante.

« Allez, haut les cœurs ! »

Si son commentaire échoua à égayer le moral d'Ambrose, il ne manqua pas d'attirer sur lui l'attention des sirènes, qui se mirent alors à lui jeter des regards en coin. À la surprise de tous, y compris d'Ambrose, l'un d'entre eux, un grand brun aux yeux bleus avec un début de moustache s'avança pour lui parler, la main tendue.

« Salut, je suis Zale. J'ai entendu dire que tu venais de Londres », déclara-t-il à voix basse.

Ambrose hésita. Allait-il le piéger et le jeter à l'eau, lui aussi ? Autour d'eux, les autres élèves s'étaient mis à chuchoter anxieusement.

« Je m'appelle Ambrose », répondit-il aussi amicalement que possible en tâchant de décrisper sa main pour serrer celle du dénommé Zale.

« Alors, ce premier jour ? »

Décidément, le grand brun à la peau mate n'avait pas l'air aussi agressif qu'il ne l'avait imaginé.

« Ça n'allait pas trop mal... avant d'apprendre que je faisais partie du groupe de natation », confia Ambrose qui commençait enfin à se détendre.

Le dénommé Zale haussa ses sourcils noirs.

« Tiens ! Comment ça ? »

« Oh, je ne suis pas tout à fait un athlète, c'est tout, encore moins dans l'eau. »

« Ça alors », se contenta de répondre Zale dont les paroles laconiques et l'air songeur troublèrent quelque peu Ambrose. Était-ce de la déception qu'il lisait dans son regard ?

« Vous nagez beaucoup ici ? Enfin, vous avez un accès direct à la mer, donc j'imagine que les vacances d'été impliquent beaucoup d'activités... nautiques ? » s'entendit demander Ambrose, lui qui n'avait pas l'habitude de ce genre de bavardage. Essayait-il de regagner l'attention de Zale ?

« Mes amis là-bas et moi, nous faisons partie d'une équipe de natation en dehors de l'école. Il y a pas mal de clubs dans le comté, donc nous avons beaucoup de compétitions toute l'année. »

Les deux autres garçons les regardaient toujours fixement.

« Oh, ne t'occupe pas d'eux », souffla-t-il, « ils ont l'air un peu... sauvage, mais dès que tu les connais, ils sont assez cool. » Ambrose remarqua l'écusson de pieuvre brodé à leur bonnet.

Sur le sien, il n'avait que le logo orange quasi fluorescent de l'école.

« Y a-t-il beaucoup d'élèves inscrits dans le club de natation dont vous faites partie ? », demanda Ambrose dans une tentative désespérée de maintenir une conversation qui retardait aussi le moment fatidique où il devrait plonger à l'eau sous le regard de tous.

« Au collège non, mais au lycée, il y en avait une en terminale, Tallulah, et c'était la meilleure nageuse que je connaisse.

Mais il paraît qu'elle a déménagé vers la fin de l'été, et elle ne jouera plus pour l'équipe d'Evergreen....»

« Kane, à l'eau, maintenant ! Finis les papotages ! Vous ne voulez pas que je vous serve du thé et des gâteaux, non plus ? » aboya Mrs

Buckley en les interrompant. « Allez, voyons ce que donnent tes temps, fiston ! »

Ambrose s'excusa auprès de Zale, la gorge subitement nouée. Pourquoi devait-il être le premier à plonger ? Il s'assit diligemment près du rebord de la piscine, pour se laisser glisser dans l'eau tiède.

« Eh alors, pas de plongeon ? » interrogea Mrs Buckley.

Ambrose secoua la tête d'un air désolé. Il y eut de grands éclats de rires. Ah, si seulement il avait été assigné à l'escalade ! C'était une de ses activités favorites, enfin, dans les arbres en tout cas.

Il se décida enfin à s'immerger sous l'eau, vidant ses poumons lentement, puis tâchant de bloquer sa respiration. Le bassin était large et profond. Il n'entendait plus que très vaguement maintenant les voix à la surface, dont l'eau le protégeait. Il remonta à la surface, prit une grande inspiration, laissant ses oreilles s'emplir des rires de ses camarades moqueurs, et replongea aussi vite.

Il essayait de dompter son esprit mais très vite, il se mit à imaginer des monstres affreux dont il sentait la présence, tapis dans les coins du bassin, et dont il aurait presque vu les yeux oranges...

Et c'est à ce moment que, perdu dans ses rêveries inquiétantes, Ambrose manqua de s'évanouir sous l'eau, en voyant sous ses yeux ahuris une silhouette tout habillée flotter devant lui, des cheveux noirs mi-longs ondulant autour d'un visage effroyablement blanc, presque translucide et gonflé, comme gorgé d'eau, et les yeux gris clair, grand ouverts, braqués sur lui. Lorsque la silhouette s'avança vers lui, il paniqua et en criant, aspira une grande quantité d'eau avant de remonter à la surface en s'étouffant.

« C'EST TON ROUGE À LÈVRES QUE TU CHERCHES LÀ-DESSOUS, KANE ? MAIS NAGE COMME UN GARÇON, NOM D'UNE PIPE ! » tonna Mrs Buckley.

Tremblant de terreur, Ambrose regarda l'eau de la piscine, transparente, sans la moindre présence humaine.

« Eh bien, nous avons du pain sur la planche. Surprenant, j'avais de grands espoirs pour toi, Kane. »

Par chance, Mrs Buckley ne le força pas à renouveler l'exercice, et Ambrose passa le reste du cours dans un coin, blanc comme un linge, sans savoir ce qu'il venait de voir sous l'eau, craignant d'être devenu fou. Zale et ses amis ne lui adressèrent plus un regard, mais ne l'embêtèrent pas non plus, à son grand soulagement.

« Alors, cette heure de natation ? » lui demanda Rohan, tandis qu'ils se dirigeaient vers la sortie du gymnase au son de la cloche qui annonçait la fin d'une longue journée.

« Je ne pense pas pouvoir en faire mon métier », soupira-t-il encore sous le choc.

Les moqueries de son groupe avaient glissé sur lui sans l'affecter, comme si la terreur dont il avait été victime l'enveloppait d'une armure imprenable. Il aurait été incapable de raconter sa « vision » à Rohan, sans se persuader lui-même qu'il devenait franchement fou. Était-ce un mirage, un autre mirage, plus terrifiant cette fois que des vagues dansantes ? Était-il si impliqué dans l'écriture de sa nouvelle qu'il avait imaginé la jeune fille noyée qui en était la triste héroïne ? Il lui aurait été impossible pourtant de dire avec certitude qu'il s'agissait bien d'une fille.

« Une des sirènes, Zale, a été plutôt sympathique avec moi, en tout cas jusqu'à ce qu'il découvre à quel point j'étais mauvais en natation », s'empressa-t-il d'ajouter pour cacher son trouble à Rohan.

« Zale Brugha ? Pas possible ! Ce n'est pourtant pas le genre à accueillir le nouvel élève ! En général, c'est plutôt le genre à t'enfermer dans ton propre casier. Heureusement que j'étais encore trop gros pour rentrer dans le mien quand je suis arrivé ici », murmura Rohan d'un air soucieux. « Mais cela dit, maintenant que j'ai perdu un peu de poids... »

« Si seulement j'avais été en escalade, moi aussi », se lamenta Ambrose. Le seul fait d'avoir des vêtements plutôt que ce stupide maillot de bain aurait fait toute la différence. « Pour ne rien arranger, Mrs Buckley... eh bien elle me rappelle mon père. »

« Je sais ! Tu as vu un peu cette moustache ? » s'esclaffa Rohan.

« Non, je voulais dire qu'elle est assez... enfin autoritaire. »

« C'est pas pour rien qu'elle est lieutenant dans l'armée de réserve », expliqua Rohan.

« Tu n'as pas tort au sujet de la moustache, ceci dit », observa Ambrose, l'air rêveur.

Alors que les garçons se dirigeaient vers la sortie après avoir laissé leurs affaires dans leurs casiers, Ambrose aperçut les frères Fennel s'avancer à grands pas dans leur direction. Le plus grand Fennel, Darren, d'un pas conquérant, se mit alors en travers de la porte du hall pour leur barrer la route.

« Alors, ça va ton papounet avec son assurance ? » lui lança le garçon. « Vraiment, ça m'embêterait que vous vous retrouviez à la rue à cause de nous ».

Le Fennel de format réduit, Fergusson, ébouriffa les cheveux de Rohan d'un geste irrespectueux.

« Alors, ça va, le dégénéré ? June a dit que tu n'as pas arrêté de lui tourner autour, en sport ! Tu as des pulsions suicidaires, peut-être ?»

Ambrose fit un pas en avant, la main tendue.

« Nous avons commencé du mauvais pied », déclara-t-il avec calme, bien qu'encore tout retourné après l'incident de la piscine.

Les deux frères se regardèrent avec perplexité. Dans ce bref laps de temps, Ambrose se plut à croire qu'une trêve était possible, et, même si les frères Fennel lui étaient particulièrement désagréables, il était prêt à prendre sur lui et à faire « amende honorable » afin que Rohan et lui puissent passer une année aussi tranquille que possible. Après tout Rohan n'avait pas à souffrir de la haine dont lui-même était injustement l'objet, à cause de son père.

« Tu n'en as pas eu assez, Kane ? » lui lança finalement Darren. « Tu en redemandes, peut-être ? »

Ambrose sentit toutes ses bonnes intentions le quitter.

« Je récupère assez vite », répondit-il en sentant ses mains commencer à fourmiller. Il chercha à forcer le passage du côté du plus petit des Fennel qui se redressa en bombant le torse. Le poing de Rohan s'enfonça alors entre ses omoplates.

« On ne croirait pas que c'est le même qui chouinait comme une fille en natation d'après ce qu'on dit, pas vrai, Darren ? » s'exclama Fergusson.

Ambrose se raidit. Si seulement cet énergumène avait une idée de ce qu'il avait cru voir sous l'eau ! Sans doute aurait-il moins fait le malin.

« Je peux vous assurer que vous cherchez la bagarre auprès de la mauvaise personne », soupira-t-il à bout de nerfs.

« Oh, et il nous menace ! » s'écria Fergusson. « J'ai peur ! Je tremble ! » dit-il en se mettant à pousser des cris stridents qui ameutèrent une foule d'élèves curieux.

« Non, pas du tout » se défendit Ambrose, « justement, je ne chercherai jamais à me battre, avec qui que ce soit », répondit-il en regardant fixement les deux frères, sans ciller.

« Allez Darren, on perd notre temps avec cette mauviette, allons-y ! »

« Il n'en vaut pas la peine », grommela le grand Darren, au grand soulagement d'Ambrose et de Rohan. « Et toi, gros tas », ajouta-t-il en agrippant le bras de Rohan, « tu restes loin de June, on ne veut pas de *ton sale sang d'étranger* dans cette famille ! »

Le coup partit tout seul, et sans même qu'Ambrose ne s'en rende compte, son poing crispé avait frappé de plein fouet la tête de Fergusson Fennel qui porta sa main à son visage, stupéfait. Son nez s'était mis à saigner abondamment. Au lieu de venir en aide à son frère, Darren lui sauta dessus sans ménagement, et Ambrose parvint de justesse à se dégager de lui, tout en essayant de repousser de sa main Fergusson qui le chargeait comme un taureau échaudé. Alors, inexplicablement, le garçon trapu recula en hurlant de douleur, portant ses mains à son torse comme s'il avait été victime d'une brûlure.

Rohan, revenu à lui, bondit sur Darren qui avait renouvelé son assaut, afin de libérer

Ambrose, tombé au sol et suffoquant sous le poids du frère corpulent. Au même moment, Zale et les sirènes se joignirent à la mêlée pour tenter de neutraliser les frères forcenés. Très vite, la scène tourna au chaos. Autour d'eux, une poignée d'élèves assistait au combat comme des supporters enfiévrés. Mais très vite, Mr Burke fit irruption dans le couloir, et la bagarre cessa immédiatement. Fergusson Fennel fut transporté en urgence à l'infirmerie, tout contorsionné de douleur, la main contre le cœur. Quel comédien ! Ambrose l'avait à peine touché.

Quand il referma derrière lui la porte de sa classe, Mr Burke dévisagea les garçons d'un air consterné.

« Pathétique ! Révoltant ! Une horde de chimpanzés excités, voilà ce que vous êtes ! Mais quelle façon de se comporter ! Quelle sorte de sauvages, de rustres, de pirates êtes-vous donc ! Mais enfin de la part de vous trois... », dit-il en désignant du menton les sirènes, «... je ne suis pas étonné... »

« Nous voulions juste aider ! » interrompit Zale en levant les yeux au ciel.

« ... Mais ton frère et toi...», continua le professeur en ignorant Zale et en s'adressant à Darren Fennel, « comment avez-vous pu agir de la sorte ? Et vous, Mr Sibahl, c'est un outrage ! C'est notre brave docteur qui va être content d'apprendre comment son fils commence l'année ! » Les yeux caverneux de Mr Burke erraient frénétiquement d'un visage à l'autre, quand ils s'arrêtèrent enfin sur Ambrose, qui se tortilla dans sa chaise.

« ... Ma foi, si je devais avancer une hypothèse... Je dirais que c'est notre nouvelle recrue ici présente qui exerce une mauvaise influence », susurra-t-il d'un ton mauvais.

« Monsieur, si je puis me permettre... » commença Ambrose poliment.

« NON, JE VOUS NE LE PERMETS PAS ! » rugit l'homme dont le visage se mit à tirer sur le violet. « COLLÉS, vous êtes tous collés pour les deux prochaines semaines ! Rappelez-moi votre nom, jeune homme ! » aboya-t-il à l'attention d'Ambrose en s'emparant d'un carnet et d'un stylo.

« Ambrose Kane », murmura Ambrose la tête baissée. Il sentit aussitôt le regard du Mr. Burke s'abattre sur lui.

« Kane, oui ! Le fils d'Atticus, par tous les cieux ! » s'écria-t-il enfin d'un air mauvais.

« Oui, monsieur », répondit gravement Ambrose qui comprit, d'après le rictus de son professeur, que cette filiation ne jouerait guère en sa faveur.

« Eh bien, l'hérédité ! Bien sûr, bien sûr ! » conclut-il avec un sourire narquois en se levant. « Et vous, les trois génies », aboya-t-il en direction de Zale et des sirènes, « vous serez chargés en plus d'une mission de réhabilitation toute particulière, cette fois : vous nettoierez les toilettes des garçons toute la semaine. Cela vous donnera le loisir de réfléchir à votre comportement scandaleux. » Mr Burke exultait de l'ingéniosité de sa sanction.

« Pourquoi nous ? » hurla Zale, outré en se levant de sa chaise brusquement.

« Oh, pardonnez-moi, ce n'est pas digne de vous, sans doute ? Mais s'en prendre à une proie facile telle que Mr Darren Fennel ici présent ne vous pose pas de problèmes de dignité ? »

Rohan étouffa un rire, et Ambrose se demanda si Mr Burke plaisantait. L'immense Darren Fennel, une proie facile ? Même Fergusson Fennel, qui avait fini à l'infirmerie alors qu'il l'avait à peine touché, aurait été plus crédible en tant que « proie facile » du fait de sa plus petite taille. Dans ce cas, c'est lui qui méritait une sanction supplémentaire, pas les sirènes.

« Vous viendrez récupérer les équipements nécessaires tous les jours dans l'entrepôt. C'est notre femme de ménage qui va être ravie ! »

Sur le chemin du retour, Ambrose et Rohan, penauds, n'eurent même pas le cœur de parler. Ambrose, silencieux, était encore sous le choc de son geste : jamais de sa vie il n'aurait pensé qu'il frapperait un jour quelqu'un. Était-ce le contre-coup de sa vision sous l'eau, qui l'avait retourné ?

« Est-ce seulement légal ? » interrogea enfin Rohan, déchirant le silence. « Enfin, les faire récurer les petits coins, qu'est-ce que c'est que cette sanction ? »

« Je ne crois pas que Mr Burke soit très à cheval sur la légalité des punitions, Rohan », soupira Ambrose, épuisé de cette interminable journée.

« Et franchement, il faudrait qu'il revoie ses notions de proies et de prédateurs. Non, parce que si Darren Fennel est une proie facile, alors Pria est un prédateur si on suit sa logique de fêlé du bocal ? Aïe ! ma mère va me tuer. Tu sais que nos parents doivent signer notre carnet de correspondance, pas vrai ? »

Chapitre 6 : La mauvaise graine

A mesure qu'il lisait le mot écrit à l'encre rouge dans le carnet de correspondance de son fils, l'arc que dessinaient les sourcils ordinairement froncés d'Atticus Kane se soulevait sous l'effet de la surprise ; Ambrose, qui scrutait anxieusement le visage de son père, n'y trouva pourtant pas l'ombre de la colère.

« Tu as donc frappé en pleine face un des fils Fennel ? » se contenta-t-il de demander tout en signant le mot. « Et tu en as envoyé à l'infirmerie un autre ? »

Ambrose était prêt à jurer que les deux longs sillons qui sculptaient son visage se creusaient même d'un rictus de satisfaction. Il se contenta de hocher la tête, gravement.

« Tu n'es donc pas ami avec les Fennel ? Avec aucun Fennel ? Ni les frères, ni les cousines, ni les tantes... Ah, Dieu sait combien de mauvaises graines cette maudite famille a pu semer dans la région ! »

« Hormis Rohan, je n'ai pas le moindre ami ici, papa », admit Ambrose avec un embarras mêlé de soulagement. Il avait redouté une explosion de colère de la part de son père, et pourtant celui-ci semblait se retenir de lui décerner une médaille pour avoir ainsi « cherché querelle » aux frères Fennel, selon l'expression de Mr Burke.

« Excellent, fiston. C'est tout à fait excellent », marmonna Atticus d'un air bourru. « Je préfère signer des punitions tous les jours plutôt que de te savoir mêlé à cette racaille. Tiens-toi bien loin d'eux. C'est de la mauvaise graine. De la très mauvaise graine, crois-en mon expérience. »

Il tendit le carnet à Ambrose, qui le rangea dans son sac aussi vite que possible, craignant un regain de lucidité de la part de son père.

« Mais je ne tiens pas non plus à ce que tu fréquentes l'équipe de natation. Ils sont tout aussi peu fréquentables. Limite-toi aux gens normaux, comme ce cher Ronald Sibahl. Voilà une famille comme il faut. »

« Rohan, papa », corrigea Ambrose dont le cœur venait de s'éclairer d'une lueur d'espoir en percevant un moyen d'être dispensé des cours de natation. « Devrais-je donc demander à changer de groupe en sport pour ne pas être avec eux ?

Pour être transféré en escalade, par exemple ? »
Décidément, cette journée était pleine de surprises.

Atticus partit d'un rire sardonique.

« Je ne paye pas cette école pour qu'on apprenne à mon fils à barboter ou à grimper à une corde, Ambrose. Tout cela est ridicule. Le basket, voilà un sport remarquable, un sport d'équipe, cela ne te fera pas de mal. »

La tête baissée, Ambrose tendit tristement son carnet à son père. Du basket ! C'était précisément le genre de sport dont Ambrose avait horreur et qui l'exposerait inévitablement à tout ce qu'il s'efforçait quotidiennement d'éviter : les contacts physiques rapprochés, les odeurs de transpiration, et tant de bruits anxiogènes, à commencer par le crissement menaçant d'un ballon sur du parquet vitrifié.

Atticus reprit donc le carnet de son fils, gribouillant nerveusement un mot supplémentaire pour demander le transfert d'Ambrose dans le groupe de basket. Satisfait, il se leva, laissant Ambrose seul dans la salle à manger vide de l'auberge. Au même moment, le garçon remarqua que le parfum fleuri de Nelly avait envahi la pièce. Celle-ci se tenait derrière lui, en silence, les mains dans les poches de son tablier, un sourire flottant sur ses lèvres.

« Ambrose, mon chéri », commença-t-elle sur le ton de la conversation. « Est-ce toi qui as rempoté une plante dans le jardin ? »

Les graines ! Il avait complètement oublié les graines de Mrs Doyle ! Il ne les avait pas même arrosées ! De sa part, une telle négligence était absolument incroyable. Le sort cruel qu'il avait réservé à ces précieuses graines de gratitude occupa toutes ses pensées, chassant ainsi le trouble que lui avait laissé l'entretien qu'il venait d'avoir avec son père. Ambrose suivit Nelly qui se dirigeait déjà vers la cuisine, et qui lui ouvrit la porte du jardin sans un mot.

« Oh, et pendant que j'y pense », lança-t-elle par-dessus son épaule, « tu devrais vraiment la planter à même la terre, dans le jardin. Elle est condamnée, dans un tout petit pot comme ça. Tu l'as ramenée avec toi de Londres ? »

Sans attendre la réponse à sa question, Nelly s'en alla en sifflotant, laissant Ambrose tout à fait démuni face à une marjolaine fleurie, d'un violet éclatant, et haute d'au moins quarante centimètres. C'était impossible ! Ces graines étaient-elles miraculeuses ? À moins que ce ne soit la terre dont Mrs Doyle avait pris soin de garnir le pot ? Un mélange particulièrement fertile dont elle avait le secret ? Ou plus simplement la terre d'Evergreen, qui aurait été exceptionnellement riche ? Cela expliquerait au moins les cultures locales d'ananas et de grenades ! Ambrose sentait l'excitation grandir en lui : il fallait qu'il renouvelle l'expérience pour en avoir le cœur net.

Ce soir-là, il attendit donc que toute l'auberge soit endormie pour descendre les escaliers à pas de velours et se frayer un chemin dans l'obscurité jusqu'à la cuisine, que Nelly appelait parfois en plaisantant son « atelier magique ». Bien qu'elle ne fasse pas partie de la véranda qui abritait la salle à manger, la cuisine était tout aussi lumineuse grâce à une grande fenêtre-serre située au centre de la pièce. Son renfoncement permettait à Nelly d'y entreposer toutes ses plantes vertes qui, la nuit, baignaient béatement dans la clarté lunaire. Du reste, Nelly laissait toujours un bougeoir allumé sur le rebord, qui contribuait encore à désépaissir l'obscurité du soir. Par la fenêtre, on voyait la petite serre au fond du jardin, et l'immense hêtre qui se dressait au beau milieu.

La fréquentation quotidienne de Nelly lui avait appris deux choses à son sujet : Nelly était une collectionneuse hors-pair de boutons, qu'elle rangeait dans un petit tiroir du buffet du lobby, et c'était une adepte du compostage comme il n'en avait jamais vu. Ce deuxième trait de personnalité permit à Ambrose de trouver sans mal le bac spécialement destiné à recueillir graines et noyaux, rangé à côté de la poubelle à compost. Compte-tenu de la quantité de guacamole que Nelly cuisinait, c'est sans surprise qu'Ambrose en sortit un noyau d'avocat.

En poussant la petite corbeille, l'éclat d'un objet logé au fond du placard attira son regard : c'était une petite clé, la fameuse clé de la serre où Nelly s'affairait toujours dans le plus grand secret, et où elle produisait les fameuses récoltes qui lui avaient valu bien des victoires lors des compétitions de légumes prodigieux de la foire d'Evergreen, à en juger par les titres encadrés qui tapissaient les murs de la salle à manger. Il s'en saisit sans hésiter, le cœur palpitant de curiosité.

Ses pantoufles s'enfoncèrent dans le sol humide avec un bruit de succion. Il marcha d'un pas décidé jusqu'à la serre, avant que la culpabilité ne le fasse changer d'avis. La porte s'ouvrit dans un grincement plaintif. C'est tout juste s'il ne laissa pas s'échapper un cri de surprise en voyant l'amas de verdure et de couleur qui grouillait follement partout dans la serre. Comment était-il possible que Nelly parvienne à faire pousser tant de variétés de fruits et de légumes dans une si petite serre ? Pas étonnant qu'elle compte parmi les primeurs les plus réputés de la région !

Ambrose s'avança vers une sorte de palmier. Étaient-ce bien des dattes pendues en lourdes grappes devant lui ? Oh ! et n'étaient-ce donc pas des pêches toutes roses à sa gauche, à l'approche de l'automne ? Ambrose avança sa main pour toucher la petite sphère duveteuse. Elle était parfaitement mûre, et ne demandait qu'à être goûtée. Se pouvait-il vraiment que Nelly comptât ses fruits ? Ambrose hésita ; ne risquerait-elle pas d'accuser la jeune fille au pair française qu'elle avait récemment embauchée et qu'elle suivait comme son ombre dans la cuisine.

Elle semblait encore incapable de lui déléguer la moindre tâche, épiant ses moindres faits et gestes d'un air réprobateur et inquiet. Pourtant, la tentation eut raison de ses derniers scrupules.

Après le premier contact d'une peau douce et duveteuse, la chair du fruit fondit dans sa bouche avec une explosion de saveurs, telle une offrande spectaculaire. Acidulée, douce, parfumée ! En Irlande, et en septembre ! Il acheva de manger le fruit avec appétit, et continua sa visite, s'émerveillant devant des cultures de poivrons multicolores, d'aubergines zébrées et d'asperges aux couleurs de l'arc-en-ciel. Décidément, Nelly avait la main verte. Au bout d'un quart d'heure, Ambrose sortit silencieusement de la serre en refermant la porte derrière lui à double tour.

Il se dirigea à grand pas vers sa marjolaine en pot, dont personne n'aurait pu imaginer qu'elle était, il y a encore quelques jours, un amas de graines enfouies dans la terre. On aurait cru voir une plante adulte, épanouie sous le soleil chaud et tendre du printemps.

« Je suis désolée d'avoir oublié de te nourrir, et de t'avoir laissée dans ce tout petit pot. Tu es une créature surprenante, Marjorie. »

Ambrose sourit malgré lui en imaginant la tête de Rohan s'il savait qu'il donnait un nom à toutes ses plantes.

« À partir de maintenant, tu seras libre de t'étendre autant que tu le souhaites », chuchota-t-il.

Grelottant dans son pyjama, Ambrose procéda à la délicate mission de transplantage, en creusant le sol humide du jardin avec ses mains. En un tour de main, la marjolaine fut plantée, libérée de son pot. Ambrose eut la nette impression que les feuilles s'étaient déjà redressées depuis ce déménagement. Non loin de là, il planta également son noyau d'avocat. Couvert de taches de boue, les ongles pleins de terre, Ambrose soupira de contentement. Le souvenir de son effroyable vision sous l'eau, de la bagarre avec les frères Fennel et de la punition de Mr Burke n'avait plus la moindre place dans son esprit. Son cœur léger vibrait d'une énergie renouvelée, si bien qu'il lui fallut au moins deux heures avant de s'endormir.

Quand Ambrose et Rohan arrivèrent en cours ce matin-là, ils redoutaient la réaction de leurs camarades et des professeurs à l'annonce du récit de la bagarre qui avait eu lieu la veille. Quelle ne fut pas leur surprise, lorsqu'ils aperçurent les autres élèves rassemblés dans la cour, silencieux, la mine triste et défaite. Certains avaient visiblement pleuré. Rohan prit à part la fille aux cheveux pourpres, Hazel Etchingham, qui se mouchait bruyamment. Ses yeux étaient rougis par les pleurs.

« Ils ont enfin donné son nom...» gémit-elle.

« Quel nom ? » demanda Rohan sans comprendre.

« La personne retrouvée morte sur la plage... Ils avaient dit que c'était une fille... on n'aurait jamais imaginé... et on nous avait dit qu'il avait déménagé en plus.... Oh quelle horreur ! Le pauvre ! »

Ambrose, perplexe, dévisagea Rohan pour voir si celui-ci comprenait mieux que lui de quoi parlait Hazel ; il fallut quelques instants en effet pour que le regard du garçon s'éclaire d'une lueur de compréhension. Aussitôt, son visage se tordit d'effroi.

« Non... Ne me dis pas que c'est Tallulah... »

« Non, Rohan ! Taylor ! C'est Taylor ! »

« Pardon, Taylor, oui, je sais ! »

L'incompréhension d'Ambrose ne faisait que croître.

« Tallulah, comme Tallulah Finn, la nageuse ? » demanda-t-il timidement en se souvenant des paroles de Zale.

« Mais arrêtez avec ce nom, Tallulah n'existe plus, c'est Taylor ! » s'écria Hazel, étouffant un sanglot. « Oh, Ambrose, par don, c'est vrai que tu viens d'arriver... Je suis désolée. Tallulah, c'est l'ancien nom de Taylor... Il ne supportait pas qu'on l'appelle encore comme ça ou qu'on dise “elle”, c'est tout. Ça a été si dur pour lui... Oh, le pauvre, c'est affreux... »

Ambrose ressentit un pincement au cœur. L'identité de la victime qui avait été retrouvée noyée sur la côte un jour avant son arrivée en ville était donc enfin connue. Cet anonyme dont il avait cru bon de faire un personnage de nouvelle... La culpabilité et la honte l'assaillirent, et il se mit à fixer nerveusement l'horizon.

Il aperçut alors Zita jouer des coudes pour se faufiler au sein d'un groupe d'élèves et rejoindre Hazel, dont elle serra la main silencieusement. Son visage était fermé.

« Comment se fait-il que personne n'ait remarqué son absence depuis deux mois ? » finit-il par demander avec maladresse.

« La police avait demandé à son père de dire qu'il avait été transféré dans une nouvelle école, pour les besoins de l'enquête », répondit Zita sombrement.

« J'avais entendu dire qu'il avait déménagé à Limerick », soupira Rohan encore sous le choc.

Des grosses larmes se mirent à rouler sur les joues d'Hazel. Ambrose et Rohan échangèrent des regards confus, sans savoir comment réconforter la jeune fille désormais prise de soubresauts ; Zita elle-même, incapable de consoler son amie, cachait son visage entre ses mains. Ambrose tendit alors à Hazel la petite serviette de soie qui décorait la poche de son blazer, le seul reliquat du coquet uniforme qu'il portait à St. Gibbereth. La jeune fille leva vers lui un visage rouge et un peu bouffi, et se jeta dans ses bras. Planté là, sans savoir quoi faire de ses deux bras ballants, et surpris par un geste qui ne lui était guère familier, Ambrose lui tapota gauchement l'épaule.

Même Mr Burke parut choqué par la nouvelle, car il était plus ombrageux et amer encore que la veille. La classe était calme, mais l'on entendait de temps à autre un sanglot étouffé. Quand la sonnerie annonça l'heure du déjeuner, personne ne se rua vers la cafétéria dans un joyeux brouhaha. Ambrose, qui s'était pourtant préparé à se lever de sa chaise comme un ressort pour ne pas retarder Rohan, se rassit immédiatement, accablé par les regards outragés du reste de la classe. Enfin, pendant le déjeuner, le surveillant demanda à ce que tous les étudiants se rassemblent dans le gymnase.

Là, tous les enseignants étaient assis en rang derrière le principal Hareng qui se tenait derrière un grand pupitre, aux côtés d'un homme en uniforme. Ambrose remarqua tout à droite à côté de Mrs Burke un petit homme brun au crâne dégarni, qui ne semblait pas faire partie de l'équipe pédagogique, en larmes. Son visage était accablé de chagrin.

« Chers élèves », commença gravement le principal Hareng, «c'est avec une grande tristesse que je vous fais part aujourd'hui de deux terribles nouvelles. La police a confirmé ce matin l'identité de la victime retrouvée sur nos côtes il y a plusieurs semaines, cet été. Je ne peux que malheureusement confirmer les rumeurs ; il s'agit bien de Tallulah Finn. Nous adressons nos plus sincères condoléances à son père, qui est un pilier de notre communauté, Mr Gideon Finn », ajouta-t-il en se retournant pour regarder l'homme au crâne dégarni qui pressait maintenant un mouchoir contre son visage – « et aux nombreux amis de Tallulah.»

Un brouhaha parcourut la salle, et quelques élèves crièrent

« Taylor ». Le principal Hareng parut se troubler un instant, mais reprit le fil de son discours :

« Tallulah était un esprit libre, une jeune fille inspirante, enthousiaste et déterminée. À dix-sept ans seulement, elle avait déjà accompli plus que la plupart des adolescents de son âge, comme la création de la première société féministe d'Evergreen School, devenue une institution exemplaire dans tout le comté. »

« TAYLOR ! » tonna alors une voix couvrant celle du principal Hareng. Ambrose chercha du regard qui avait parlé. C'était le père de la victime, qui avait trouvé le courage de se lever. Un silence de plomb s'instaura dans le gymnase.

« Si vous voulez rendre hommage à mon fils », ajouta l'homme d'une voix altérée, « faites-le correctement, je vous en prie. »

Des applaudissements d'abord timides se mirent à retentir dans toute la salle, accompagnés de sifflements d'encouragement. Le père de la victime se rassit, ému.

Le principal Hareng se raidit, puis sortant un petit mouchoir de son veston, s'épongea rapidement le front.

« Bien sûr, bien sûr... Taylor, oui... » finit-il par articuler dans un effort manifeste, empreint d'incrédulité. « Je... Je vais donc céder la parole à notre cher officier Spratt » déclara-t-il en s'écartant pour laisser la place au policier.

L'homme en uniforme balaya les élèves du regard en lissant sa moustache brune pendant une bonne minute avant de prendre la parole.

« Bonjour les enfants », finit-il par dire d'une voix grave.

« Certains parmi vous me connaissent déjà, je m'appelle Richard Spratt. J'ai été assigné à la protection des mineurs par notre maire... » Il s'éclaircit la gorge avec embarras. « Bien... En vérité, c'est une terrible affaire que nous avons là. Je ne vais pas vous mentir, ce qui est arrivé à... à la victime aurait pu arriver à n'importe qui, les enfants. »

Une clameur indistincte se leva parmi les étudiants rassemblés dans le gymnase.

« L'idée que quelqu'un de notre communauté ait pu commettre un tel crime est effroyable, je vous l'accorde », reprit l'officier Spratt d'une voix plus forte. « Mais soyez certains que l'affaire progresse de façon significative, et tout ce dont nous avons besoin à présent, c'est que vous autres mineurs demeuriez en sécurité pendant que l'enquête avance. »

Le brouhaha reprit. Ambrose regarda autour de lui les élèves s'agiter.

« Bien, bien... Donc ça ne va pas durer, mais voilà, nous avons décidé d'instaurer un couvre-feu pour les mineurs, afin de nous assurer qu'il n'y aura pas d'autres cibles... Votre camarade a été victime d'un prédateur qui a agi au petit matin, lorsque les rues étaient encore désertes... C'est pourquoi aucun mineur ne sera plus toléré dans les rues la nuit tombée. »

La clameur reprit de plus belle, et des mains se levèrent.

« Mais en décembre, quand il fait nuit à quatre heures, qu'est-ce qu'on est supposé faire alors ? » demanda un élève d'un air perplexe.

« Rentrer à la maison, faire vos devoirs, et aller vous coucher, c'est tout. ».

« Monsieur, monsieur ! » cria un petit blond à lunettes la main levée. « Quelle était la deuxième mauvaise nouvelle dont a parlé le principal Hareng ? »

Richard Spratt passa sa main contre son front.

« J'y viens. Nous avons appris ce matin, hélas, une disparition inquiétante. »

Il fallut à l'officier de police bien des efforts pour faire revenir le silence auprès de la cohorte d'étudiants paniqués.

« La jeune fille qui a disparu n'est plus scolarisée ici, à Evergreen School, du fait de ses problèmes de santé. Il s'agit de Mabel Moore, que certains d'entre vous ont peut-être connue jadis au collège. »

Rohan agrippa le bras d'Ambrose qui sursauta.

« Tu te souviens d'elle ? C'est la patiente folledingue de mon père ! »

« Mrs Moore est particulièrement vulnérable du fait de son état...psychologique...et même si nous ne pouvons pas à ce jour établir formellement un lien entre le meurtre de Ta...Taylor Finn et la disparition de Miss Moore, compte tenu de leur âge commun... ». L'officier s'interrompit. « Nous avons lancé des avis de recherche dans tout le comté de Cork, car nous avons des raisons de croire qu'il s'agit d'un enlèvement, et non d'une fugue. Dans ces terribles conditions, vous comprendrez donc, les enfants, le bien-fondé d'un couvre-feu. »

L'officier Spratt se remit à tirer sur sa moustache en silence, scrutant de nouveau la foule.

« Quant aux petits aventuriers curieux qui auraient la mauvaise idée de braver le couvre-feu pour courir les plages ou le pavé, il y aura des conséquences », ajouta-t-il enfin d'un ton menaçant. Ambrose sentit le regard de l'officier s'arrêter sur lui et sur Rohan.

« C'est moi ou... ? » murmura Rohan en bougeant à peine les lèvres.

« Oui », chuchota Ambrose en s'enfonçant dans sa chaise pour se faire tout petit. « McNamara a dû l'avertir. »

La journée suivit son cours lugubre cet après-midi-là, et Ambrose accueillit la dernière heure de cours avec soulagement, tout en sachant aussi que la sonnerie annoncerait le début d'une longue série d'heures de colle.

Dans la salle de permanence, Zale et les sirènes étaient déjà installés, travaillant en silence. Darren Fennel arriva plus tard, et lança des regards noirs à toute la salle, y compris au surveillant. Il jeta son sac sur un pupitre d'un geste désinvolte et s'avachit sur la chaise. Rohan adressa un clin d'œil à Ambrose qui ne put réprimer un sourire. Fergusson Fennel manquait encore à l'appel ; décidément, c'était une petite nature.

Incapable de se concentrer sur son problème de mathématiques, Ambrose repensait à « la noyée » : c'est comme ça qu'il l'avait appelée dans sa nouvelle, et avec Rohan, au cours des dernières semaines. Pour lui, elle n'avait été rien d'autre qu'un corps retrouvé mort, sans visage, sans nom, juste assez consistant pour en faire le personnage de sa stupide nouvelle. Taylor Finn. Comment était-il mort ? Noyé ? Ou avait-il été jeté à la mer après avoir été tué ? Perdu dans son macabre questionnement, Ambrose gribouillait son nom sur les marges de son cahier.

Il repensa à la créature aux yeux orange. Et si c'était ce monstre, le meurtrier ? La police le saurait, le corps aurait présenté des marques particulières. « Noyé ». Ambrose revoyait le visage de Mr. Finn. La vision des silhouettes encapuchonnées au bord de la crique le lendemain du meurtre, lui revint brusquement en mémoire. Mais que s'était-il donc passé et qui étaient ces hommes ? Ça, il avait peu de chances de le savoir un jour. La police continuerait cependant son enquête et l'on apprendrait sans doute dans quelques mois que c'était l'œuvre d'un homme fou, d'un loup solitaire. Et Mabel Moore ? La retrouverait-on avant qu'elle ne connaisse le même sort ?

L'heure de colle toucha à sa fin sans qu'Ambrose ait pu finir la moitié de son exercice. Rohan qui avait rendez-vous chez le dentiste dans la ville voisine à Kilbrittain partit sans demander son reste, et Ambrose s'attarda encore cinq minutes pour tenter de répondre au moins à une question supplémentaire. Il regarda Zale et les sirènes sortir de la salle pour se rendre à leur « mission de réhabilitation spéciale ». Quelle injustice ! Mr Burke avait clairement une préférence pour les Fennel. Il se leva en silence, résolu à leur prêter main forte.

Lorsqu'il arriva dans la salle de bain des garçons à l'étage, Zale et ses amis étaient déjà affairés. Tous trois éclatèrent de rire en voyant Ambrose sur le pas de la porte, si bien qu'il regretta instantanément son geste. Cette solidarité mal placée était ridicule n'est-ce pas ?

Pourtant, le blond occupé à nettoyer les lavabos lui jeta une paire de gants.

« C'est sympa de nous aider. Par contre, est-ce que tu es aussi bon en nettoyage qu'en natation ? » lui demanda-t-il en plaisantant.

Ambrose esquissa un sourire gêné.

« J'en ai bien peur », confessa-t-il. Il n'avait jamais frotté un carreau de toute sa vie. Soucieux de ne pas s'attirer le mépris des redoutables sirènes, Ambrose passa en revue les flacons transparents et les bouteilles de verre d'un air perplexe. Ça n'avait pas l'air d'être des produits ménagers habituels.

« Pas de plastique, pas de produits chimiques », expliqua Zale. « Tiens, prends ça, c'est du vinaigre de cidre, pour le plancher. »

« Eh toi ! » cria le blond dénommé Marlowe à un garçon de sixième qui avait eu la mauvaise idée de vouloir se rendre aux toilettes. « Puisque tu veux aller aux toilettes, récure-les pour nous, tu veux bien ? » tonna-t-il en jetant au sixième terrorisé la brosse des toilettes.

« Si tu préfères qu'on te mette la tête dans la cuvette, c'est toi qui vois », ajouta l'autre sirène qui avait gardé le silence jusque-là, un brun bouclé plutôt mince à la peau claire, du nom de Seth.

Le garçon s'exécuta sans mot dire, tout tremblant de peur. Après quelques minutes de silence où le groupe et le malheureux travailleur forcé s'affairaient au ménage, Seth laissa échapper un soupir.

« C'est vraiment une journée horrible », soupira-t-il. « Je n'aurais jamais pensé que j'aurais été content de faire le ménage dans les toilettes plutôt que de rentrer à la maison et me morfondre. Merci, Sweeney Burke ! »

« Vous étiez tous très proches de Taylor, je suppose ? » demanda Ambrose en décollant scrupuleusement un chewing-gum de dessous le lavabo.

« De Tallulah plus que de Taylor », répondit Zale sombrement.

« Elle était des nôtres, c'est tout. Quand un des nôtres nous quitte, c'est un déchirement », ajouta Seth.

Le garçon blond, Marlowe, partit d'un rire jaune.

« Ah oui, alors pourquoi avait-on arrêté de lui parler le jour même où elle... où il a décrété s'appeler Taylor ?»

Zale se redressa et toisa son ami.

« Parce qu'elle allait trop loin... elle était prête à tout pour choquer la communauté et les anciens ! »

Ambrose se mordit la langue pour s'empêcher d'intervenir. Il avait beau ne pas connaître Taylor, ce n'était pas lui faire beaucoup de crédit que de mettre une telle décision sur le compte d'un goût pour la provocation.

« Parlons d'autre chose, si vous voulez bien », demanda Seth. Pendant un court instant, Ambrose se demanda s'il pouvait encore mentionner l'existence de la bête aux yeux oranges : d'après la tension palpable dans la salle de bain, il valait mieux ne pas tenter le diable. Il jugea donc bon de réorienter la conversation vers des sujets plus légers, comme la vie à Evergreen, la natation et la compétition, bien qu'il n'y comprenne rien.

Ambrose apprit beaucoup au cours de cette séance de ménage, comme par exemple, le fait qu'Evergreen ne comptait pas une, mais deux écoles, dont l'une était uniquement réservée aux garçons, et qui se vantait d'avoir un programme de natation avancé excellent. Marlow Mellow,

Zale Brugha et Seth Lynch, bien qu'étant des nageurs de compétition n'avaient jamais souhaité intégrer cette école ; la pression y était trop intense et d'après eux, la mentalité était trop « sectaire ». Ambrose n'osa pas demander comment cette école pouvait être plus « sectaire » encore que le reste de la ville. À près de quatorze ans, ces trois garçons dédiaient la majeure partie de leur vie à la natation, quel que soit le temps et la saison. Ambrose écouta ainsi avec admiration le récit de leurs découvertes sous-marines : les milliers de poissons colorés qui peuplaient les eaux irlandaises, les interminables bancs de plancton, et les récifs de corail, que Zale jurait avoir vus de ses yeux lors de leurs excursions.

« Tajine d'aubergines, messieurs ! » annonça triomphalement Nelly en servant Atticus et Ambrose.

« Merci Nelly. Cela semble très... exotique », répondit Atticus en observant le contenu de son assiette creuse. Ce vague compliment remplit l'aubergiste de bonheur. Le plat dégageait un parfum si intensément citronné qu'il en devenait presque étourdissant. Ambrose tâcha de discerner les nombreux fruits et légumes qui flottaient dans son assiette.

« Oh, tout ça tient aux citrons confits, je les fais moi-même bien sûr, c'est très long, mais ça fait toute la différence. J'ai appris leur processus de fabrication lorsque je vivais à Tunis avec mon mari. Il travaillait là-bas en tant qu'attaché culturel, et nous avions un magnifique verger, rempli d'arbres fruitiers ! En fait, tout le secret tient à ... »

Mais Nelly n'acheva pas de divulguer sa recette. Remarquant le désintérêt croissant d'Atticus, elle remplit les assiettes en silence, avant de reprendre la parole sur un ton moins enthousiaste :

« Oh je suis désolée, voilà que je me remets à bavarder ! Décidément, je suis incorrigible ! Alors mon lapin, comment s'est passée la journée ? » demanda-t-elle en s'adressant à Ambrose qui étudiait avec méfiance le contenu de la cuillère qu'il s'apprêtait à porter à sa bouche : le penchant de Nelly pour le piment lui avait déjà causé bien des déboires.

« C'était assez triste, à vrai dire », répondit Ambrose en se remémorant la sombre journée d'école marquée par l'annonce de la mort de Taylor Finn et de la disparition de Mabel Moore, dont la photo était placardée dans toute la ville. Atticus qui prit une bouchée du tajine grimaça avant de se verser un grand verre d'eau qu'il but d'un trait. Ce soir-là au moins, Ambrose n'aurait pas été le premier cobaye de Nelly.

« J'ai vu beaucoup d'élèves pleurer, et les professeurs avaient l'air tout aussi retourné. Un officier de police est venu à l'école, pour nous parler de Taylor Finn et de la disparition d'une certaine Mabel... et du couvre-feu. »

« C'est très bien », répondit Atticus en reprenant ses esprits.

« Le couvre-feu, j'entends. Une excellente initiative de la part du maire et de la police. »

« Taylor Finn avait l'air d'être très apprécié, ici... » continua Ambrose, curieux d'apprendre ce que Nelly savait de lui.

« Oh, c'est certain ! » s'exclama Nelly avec un profond soupir. « Quel enfant… Exceptionnel. Il avait fondé sa propre association dans le village, tu sais. Tous les dimanches, il venait ici à La Tête du Barde pour rassembler les gamins du coin issus des familles les moins bien loties, pour jouer et pour apprendre. Précieux, ce petit. »

Atticus se racla la gorge.

« Certes, c'est une grande perte », conclut-il avec une froideur qui désarçonna Ambrose, et sans doute aussi Nelly. « Pourrait-on parler de choses un peu moins… morbides, si je puis me permettre ? On m'a assez rebattu les oreilles avec cette effroyable histoire toute la journée sur le chantier. »

Ce seul détail donna à Ambrose l'opportunité d'en apprendre peut-être plus sur les circonstances du décès de Taylor, dont personne à l'école n'avait bien entendu parler.

« Vraiment, papa ? Certains des employés le connaissaient ? Des ouvriers ? »

« J'ai dû intervenir plusieurs fois pour faire cesser les bavardages des ouvriers sur le chantier, comme si j'étais leur contremaître ! », laissa-t-il échapper avec mauvaise humeur.

« Hélas, j'ai eu le malheur d'engager l'homme qui a retrouvé le corps sur la plage cet été. »

Ambrose manqua de laisser tomber sa fourchette.

« Quelle tragédie ! Quel traumatisme pour lui ! » s'écria Nelly, pâle comme un linge en se laissant choir à la table de ses hôtes. Le visage d'Atticus se tordit en une expression qui indiquait qu'il regrettait amèrement ses confidences ; quel que soit le sujet, Nelly ne résistait jamais à une occasion de bavarder.

« J'ai entendu dire qu'il avait d'abord cru qu'il dormait sur la plage », chuchota-t-elle en écartant la carafe d'eau comme pour s'assurer d'une meilleure acoustique. « Quand il l'a retrouvé, ses vêtements avaient séché. Il n'avait même pas vu d'abord les marques à son cou. Oh... Je ne peux pas imaginer ce que j'aurais fait à sa place. Mais qui a pu commettre pareille monstruosité, étrangler ainsi un enfant innocent, et lui ôter sauvagement la vie !»

« Peut-on parler d'autre chose que de cette Tallulah ?», soupira Atticus.

« Taylor », corrigea Ambrose à voix basse. Atticus leva les yeux au ciel.

« Certes », marmonna-t-il en replongeant dans son assiette. Ambrose vit la théorie d'une attaque du monstre aux yeux orange s'effondrer. Le corps de Taylor était donc intact. Un frisson lui parcourut l'échine. L'hypothèse du monstre lui paraissait maintenant moins effrayante que la perspective d'un étrangleur en liberté dans la ville.

Ambrose eut toutes les peines du monde à se concentrer sur ses devoirs ce soir-là. Il fut donc soulagé de voir Nelly faire irruption dans sa chambre, le combiné contre son épaule.

« Chéri, c'est pour toi. C'est ton ami Rohan. Il dit que c'est urgent. »

À l'autre bout du fil, Rohan avait l'air en effet particulièrement agité : il parlait avec un débit encore plus rapide qu'à l'ordinaire, ce qui le rendait quasiment incompréhensible.

« Doucement, je ne comprends pas un mot de ce que tu dis ! » l'interrompit Ambrose. Qu'est-il arrivé à Fergusson Fennel ? Il a une rupture d'écorce ? »

« NON ! » s'exclama Rohan, à bout de nerfs. « Non, il a une brûlure au torse ! Au torse ! Brûlé ! Mon père lui a fait un mot pour le dispenser d'école pour deux semaines ! Il n'a aucune idée de comment ça s'est produit, et Fergusson n'en savait pas plus, d'après ce que j'ai compris ! »

« Mais en quoi cela me concerne-t-il ? » demanda Ambrose, agacé.

« Je ne l'ai pas dit à mon père, bien sûr, mais je crois que ça a un rapport avec toi... c'est quand tu l'as repoussé qu'il s'est mis à hurler ! »

« Je ne crois pas qu'il y ait un quelconque rapport », trancha Ambrose. « Il a très bien pu se brûler avec une friteuse dans la soirée, pour autant que je sache. Je n'y suis pour rien. Je ne suis pas un titan, Rohan. En parlant de friteuse, un camarade de ma classe à Londres avait été hospitalisé pendant un mois à cause d'une brûlure au poignet. »

« C'est vrai qu'il est bête, mais j'ai quand même du mal à imaginer Fergusson courir autour d'une friteuse après l'école... Mais je te l'accorde, c'est toujours plus crédible que... »

« Que moi qui l'aurais brûlé par le seul pouvoir de ma main ?

En effet », acheva Ambrose avec un éclat de rire.

Les garçons passèrent le reste de la soirée au téléphone pour achever ensemble leurs devoirs. Lorsqu'il descendit en silence les escaliers pour remettre le combiné à sa place dans le lobby, Ambrose remarqua un petit cadre doré auquel il n'avait encore jamais prêté attention. Une adolescente grande et élancée, aux longs cheveux noirs, et un groupe d'enfants assis en tailleur autour d'elle, posaient pour la photo. Ce visage ne lui était pas inconnu... La jeune fille tirait coquettement de son cou un collier doré orné d'un pendentif en forme d'étrange croissant.

Ambrose frissonna. Avant même de lire le petit titre gravé sur la photo, il avait reconnu le visage qui lui était apparu sous l'eau, dans la piscine de l'école. "Tallulah Finn et les enfants du Club Dimanche". Comment était-ce possible ? Comment avait-il pu imaginer les traits de Taylor sans jamais l'avoir connu ? Était-ce une vision ? Un fantôme ? Ses yeux se seraient-ils déjà posés sur cette photo sans qu'il n'y fasse attention ? Et pourquoi lui serait-il apparu à lui, tout spécialement ? Est-ce que Rohan le croirait fou, s'il le lui racontait ? N'était-ce pas déjà assez qu'il le soupçonne d'avoir « brûlé » comme par magie un des frères Fennel ?

En proie à mille pensées contraires, le garçon se rendit jusqu'à la cuisine pour prendre un verre d'eau. En passant devant la porte-fenêtre donnant sur le jardin, il se souvint de son noyau d'avocat. Pris de curiosité, il tourna sans faire de bruit la clé dans la serrure de la porte fenêtre, laissant s'engouffrer l'air froid. Le visage fouetté par la pluie, il se ravisa, mais son regard s'arrêta pourtant sur un petit amas de feuilles vertes et charnues, qui semblaient flotter dans l'air noir de la nuit.

En passant plus avant la tête par la fenêtre, il aperçut une longue tige verte, presque camouflée par l'obscurité. C'était l'exact emplacement où il avait planté le noyau de l'avocat ! La terre d'Evergreen était donc prodigieuse !

Perdu dans sa rêverie, Ambrose mit bien du temps avant d'entendre l'écho des paisibles ronflements qui troublaient de temps à autre le silence du jardin. Il sursauta alors vivement : était-il possible que quelqu'un dorme dans le jardin, sous la pluie battante ? Le bruit semblait venir de derrière l'arbre. Courageux, mais guère téméraire, Ambrose referma la porte en silence et se dirigea vers la cuisine, dont la grande fenêtre offrait un meilleur angle pour voir ce qui pouvait bien se cacher derrière le tronc immense de l'arbre.

Quelle ne fut pas sa surprise en distinguant la silhouette de profil du pharmacien Arthur Bergamot, assoupi sur une chaise derrière le tronc du hêtre, la tête relevée et la bouche ouverte ! Mais que diable pouvait-il bien faire là, comme s'il montait la garde ? Peut-être était-il volontaire pour assurer le respect du couvre-feu ?

Chapitre 7 : Pluie noire et révélations

Encore sonnés par l'annonce du meurtre de Taylor Finn, la disparition d'une autre jeune fille et l'instauration d'un couvre-feu pour les mineurs, les habitants d'Evergreen, et tout particulièrement les jeunes, avaient grand besoin de réconfort et de distraction. Avec l'accord des parents d'élèves et du conseil municipal, les professeurs de l'école décidèrent donc de combattre la morosité ambiante par l'organisation d'une course d'orientation dûment supervisée. Dans un geste dont la générosité fut saluée par tous et au grand dam d'Atticus Kane, le maire lui-même donna son accord pour que l'événement sportif se déroule dans les bois de la ville, mettant ainsi en suspens les travaux du chantier qui avaient à peine repris leur cours après la destruction des machines.

La nouvelle fut accueillie avec joie par les élèves, d'autant plus que les cours du mercredi après-midi se retrouvaient ainsi tous annulés. Ambrose lui-même brûlait de prendre part à la course, non pas pour en remporter le premier prix, mais dans l'unique espoir d'enrichir son herbier des espèces majestueuses qu'il n'avait pas eu le temps de découvrir lors de sa première visite mouvementée dans les Bois sacrés. Depuis ses dernières expériences botaniques dans le jardin de l'auberge, Ambrose avait acquis la conviction que d'étonnantes créatures végétales peuplaient les « Bois sacrés » d'Evergreen ; si même un avocat et une marjolaine poussaient en l'espace de quelques jours dans le jardin de Nelly, quelles merveilles la forêt devait-elle recéler ! Malheureusement pour le garçon, une autorisation parentale était exigée pour participer à la course.

« Non », s'était contenté de répondre son père sans même lever les yeux de son journal.

S'il n'avait pas fallu d'autorisation écrite, Ambrose se serait rendu à la course sans trop de scrupules, dans la mesure où son père, qui était parti pour Londres afin de régler une affaire « de la plus haute importance », ne devait pas rentrer avant le lendemain de l'événement sportif.

« C'est sans espoir », soupira Ambrose, désolé d'annoncer la mauvaise nouvelle à Rohan. Ce dernier, avachi dans un fauteuil, zappait indifféremment les chaînes de télévision, en regardant d'un œil morne le minuscule écran du salon de La Tête du Barde.

« Je déteste le dimanche », grommela-t-il. « Il n'y a jamais rien de bon à la télé. À Belfast, il y avait la retransmission de la messe au moins ! On rigolait bien avec ma sœur. »

Il se leva enfin et se mit à faire les cent pas dans la pièce.

« Je ne peux pas croire que ton père ne te laisse pas venir. Il a peur que tu creuses un terrier dans la forêt et que tu décides de mener une vie d'ermite plutôt que de devenir chirurgien ? Pas question que j'y aille seul, le bruit court que Fergusson Fennel est de retour, et si tu n'es pas là, cette course d'orientation va se transformer en chasse à courre ! Sauf que le gibier, ce sera moi ! »

« Je ne suis pas sûr de t'être d'une grande utilité, tu sais » observa Ambrose.

« Tu plaisantes ? Toi et moi, on forme un duo de choc, non ? On a fait mordre la poussière à ces deux décérébrés ! Je ne sais pas toi, mais moi, j'ai l'impression que depuis le coup de manche que tu t'es pris dans l'estomac, tu as développé un certain goût du risque ! »

Ambrose ne put s'empêcher de rire ; pourtant, une pensée l'assombrit brusquement ; si Rohan et lui formaient un « duo de choc », pourquoi était-il incapable de lui dire qu'il avait cru voir Taylor Finn sous l'eau en cours de natation ? Mais Nelly, qui fit irruption dans le salon en portant tout contre elle un radiateur comme un nouveau-né, coupa court à ses réflexions.

« Il fait un peu frisquet ce matin, non ? J'ai pensé qu'un peu de chaleur ne vous déplairait pas. »

« Oh merci Nelly, justement, je me demandais pourquoi nous n'allumerions pas un feu dans la cheminée ? » demanda Ambrose, heureux d'être détourné de ses pensées inquiètes.

« Nous pourrions même aller chercher des bûches dehors ! » renchérit Rohan qui s'était redressé sur le fauteuil.

« Des bûches ? »

« J'imagine, oui ! », répondit Ambrose.

« De bois ? » continua-t-elle toujours plus interloquée.

« Une valeur sûre », dit Rohan avec un rictus incrédule.

Ambrose fit signe à Rohan de battre en retraite. Le bois était peut-être une autre matière proscrite en ville, comme le plastique... Mais quels motifs écologiques pouvaient cependant expliquer un tel interdit ?

Nelly paraissait quant à elle catastrophée. Pendant quelques secondes, Ambrose suivit avec compassion le mouvement erratique de ses yeux grossis par le verre épais de ses lunettes. Enfin, l'aubergiste finit par secouer les épaules d'un air faussement désinvolte :

« Un petit radiateur ne vous fera pas de mal pour l'instant, pas vrai mes petits chéris ? Alors, êtes-vous impatients d'aller à la course d'orientation ? Oh, je me serais portée volontaire pour être chaperonne si je ne devais pas veiller sur ma mère ! »

« Mr Kane est parti sans signer l'autorisation d'Ambrose, et moi je ne veux pas y aller sans

Ambrose, donc... tant pis pour nous ! » grommela Rohan en s'enfonçant de nouveau dans le fauteuil.

« Oh ! Ça alors ! Quel dommage ! » s'exclama Nelly sur un ton de profonde empathie.

À ce moment, Ambrose, qui commençait à bien connaître la physionomie de Rohan, décela un changement dans le visage de son ami, qui s'était subitement éclairé ; même ses yeux s'étaient mis à pétiller de malice.

« En vérité, c'est tout bête », commença-t-il d'une voix ingénue. « Il pourrait y aller... si son père avait signé son autorisation avant de partir...car il est parti. »

« Oui je sais, quel acharnement au travail, c'est admirable, tout de même. Ce pauvre Mr Kane ne rentre que jeudi matin ! »

« Oui, il travaille très dur, pas vrai Ambrose ? Peut-être trop, d'ailleurs... Dommage qu'il ait oublié de signer ton mot ! » soupira Rohan tout en scrutant l'expression de Nelly.

Ambrose se raidit. C'était un mensonge, et il était prêt à jurer que Nelly avait été témoin la veille du refus univoque d'Atticus.

« Malheureusement, il lui faut l'autorisation d'un adulte, à tout prix ! » Rohan laissa échapper un soupir plaintif.

La réaction de Nelly ne se fit pas attendre.

« Quel dommage ! Oh, vraiment... peut-être... et si... et si je te signais ton autorisation ? »

Ambrose n'en croyait pas ses oreilles. Nelly, qui sursautait chaque fois qu'Atticus lui adressait la parole, était-elle prête à contrefaire sa signature ?

« Vraiment, Nelly ? » lui demanda-t-il plein d'espoir. « Je ne voudrais pas... »

« Non, non ! » l'interrompit-elle gaiement. « Ça ne me dérange pas, ma citrouille, je ne voudrais pas que tu gâches une opportunité de t'amuser ! Ce sont des souvenirs que tu chériras toujours ! »

« Qu'est-ce que tu en dis, Ambrose le morose ? » s'exclama Rohan, souriant d'une oreille à l'autre. « Des souvenirs que tu chériras toujours, ça ne se refuse pas, pas vrai ? »

« Nom d'une palourde, tu as cru qu'on allait à un bal ou quoi ? » s'exclama Rohan.

« Que veux-tu dire ? » demanda distraitement Ambrose alors qu'il contemplait anxieusement la masse d'élèves d'Evergreen groupés devant la poste, non loin du chemin qui conduisait à la forêt. Les uniformes qu'il avait trouvés d'un goût douteux lui paraissaient à présent presque élégants en comparaison de certaines tenues qu'il observait avec curiosité. Pourquoi diable la majeure partie des habitants d'Evergreen étaient-ils si friands d'associations de couleurs improbables ? Il chercha du regard les frères Fennel ; vêtus de survêtements jaunes quasi fluorescents, ces derniers ne dérogeaient pas à la règle. Du groupe qu'il avait rencontré dans les Bois sacrés cet été-là, seule Proserpine était habillée de noir, comme à l'ordinaire.

« Course d'orientation ! Course ! C-o-u-r-s-e ! » s'écria Rohan à bout de nerfs, les mains sur les tempes. Du latin... cursus ? »

Ambrose passa nerveusement la main dans ses cheveux.

« Oh non, je t'assure que je peux très bien courir avec ces mocassins-là ! » balbutia-t-il avec embarras. Il avait en effet complètement oublié la partie « course » de cette escapade en forêt, et n'avait pensé qu'à prendre avec lui son précieux herbier, ainsi qu'un appareil photo.

« Mais bien sûr, j'ai même entendu dire que c'étaient les nouvelles chaussures des coureurs aux Jeux Olympiques ! » renchérit Rohan. « Allez, trêve de plaisanterie, montre-moi ce que tu as là », ajouta-t-il en désignant du menton la sacoche d'Ambrose.

À contre-cœur et franchement impressionné par la perspicacité de son ami, Ambrose tendit sa sacoche à Rohan qui attendait, la main tendue. Sans même lever les yeux de l'accusé, Rohan fouilla le sac et en sortit l'herbier triomphalement, comme une pièce à conviction.

« Voilà pourquoi tu tenais tant à faire la course ! Tu n'as jamais songé une seule seconde à y participer, pas vrai ? »

« Non », admit Ambrose, penaud. En vérité, l'idée de courir à travers les bois à la recherche de repères ne lui avait pas même traversé l'esprit.

« Tu sais que c'est ma seule chance d'impressionner June, je te l'ai dit, elle finit toujours première ! » protesta Rohan en tapant du pied sur le sol.

« Du calme, Sibahl, on inspire, et on expire », tonitrua Mrs Buckley qui passait derrière lui. Le professeur de sport accompagna son propos d'une tape amicale sur le dos de Rohan, le faisant vaciller. Elle se dirigea ensuite d'un pas martial vers la foule d'élèves agglutinés devant le bureau de poste.

« Allons-y les enfants ! Dans le petit panier que voilà, vous trouverez des boussoles. Prenez-en une chacun et ne les perdez pas. Tous les participants se verront donner une carte des bois, avec des petits pointillés qui indiquent où se trouvent les balises. La première équipe qui trouvera toutes les balises gagnera le prix. Soyez stratégiques ! Des professeurs patrouilleront dans les bois pour s'assurer que personne ne se perde ou ne décide de partir à l'aventure ! » insista Mrs Buckley en arrêtant son regard sur Hazel Etchingham.

« Il parait qu'Hazel est allée tellement loin dans la forêt il y a deux ans qu'on ne l'a pas revue pendant deux jours », chuchota Rohan à l'oreille d'Ambrose.

« Ses parents devaient être morts d'inquiétude ! » murmura-t-il étonné. Pour sa part, il en était sûr, son père l'aurait probablement enfermé dans sa chambre jusqu'à sa majorité.

« Oh non, pas le moins du monde ! » repartit Rohan en secouant la tête. « D'ailleurs personne ne semblait vraiment s'inquiéter. Zita m'a dit que les parents d'Hazel avaient l'habitude qu'elle oublie de rentrer. Ils avaient seulement laissé la fenêtre de sa chambre ouverte, pour qu'elle rentre quand l'idée lui viendrait. Ce n'est tout de même pas un chat, ma parole ! »

Ambrose, incrédule, jeta un coup d'œil discret à la jeune fille aux cheveux pourpre, qui virevoltait, les yeux fermés, sous le regard agacé de Zita.

« Quand j'y pense, peut-être qu'ils lui ont mis une puce », finit par ajouter Rohan dont le regard s'était également arrêté sur elle. « Ce n'est pas bête quand on la connaît. Je peux t'assurer que même toi tu es moins à l'ouest qu'elle. C'est dire.»

« Si vous avez la moindre urgence, utilisez votre sifflet ! » continua Mrs Buckley. « À présent, dirigez-vous comme des êtres civilisés vers le tableau, car je vais afficher la composition des équipes! Hep, hep, hep ! Pas tout le monde en même temps ! »

Les élèves se ruèrent tous vers le tableau. Ambrose attendit patiemment que la foule se disperse, mais lorsqu'il se retourna vers Rohan, celui-ci n'était déjà plus là : il était un des premiers à avoir joué des coudes pour arriver jusqu'au tableau, dont il revint quelques minutes plus tard, le visage blême.

« Telle est la volonté des dieux, Ambrose la sinistrose ! Je suis l'élu ! »

D'abord perplexe, Ambrose aperçut à quelques mètres d'eux Juniper faire de grands gestes de colère et de protestation, et comprit rapidement de quoi il en retournait.

« Tu es dans l'équipe de Juniper, n'est-ce pas ? »

« Oh oui. Et toi aussi ! »

« Mesdemoiselles », lança une voix féroce qu'Ambrose reconnut sans même se retourner. C'était Juniper qui les apostrophait. Proserpine se tenait à côté d'elle, les bras croisés, l'air renfrogné, selon son expression la plus naturelle. Elle n'avait pas l'air de s'être habillée pour une course non plus.

« Nous formons donc une équipe, j'en ai peur », ajouta June avec une déception non dissimulée. « Où sont Basil et Wade ? »

Mais avant que Rohan ne trouve le courage de construire une phrase pour répondre à la question de June, deux garçons marchèrent jusqu'au petit groupe, et Ambrose reconnut instantanément le roux aux yeux moqueurs de son cours d'histoire. Sans son uniforme règlementaire, les cheveux du dénommé Wade, rasés d'un côté et longs de l'autre s'expliquaient bien mieux : ils allaient de pair avec une veste en cuir agrémentée d'un immense symbole anarchiste cousu dans le dos, et l'amas de bracelets métalliques qui tintaient à ses poignets.

Ambrose prit une profonde inspiration ; quelle malchance de se retrouver dans son équipe ! Ce n'était guère mieux que de se retrouver associé aux frères Fennel. De toute évidence, Wade nourrissait une haine farouche vis-à-vis de l'Angleterre. « C'est un génocide ! » s'était écrié le garçon alors qu'il était question de la Grande Famine, « ces Sassenachs de malheur se gavaient de trifle et de gelée pendant que l'Irlande tout entière mourait de faim ! »

Le cours d'histoire lui offrait d'ailleurs une occasion rêvée de laisser libre cours à sa révolte, en lui permettant d'engager d'interminables débats avec le pauvre Professeur Buttercup, qui avait le mauvais goût d'être Écossais. Le garçon ponctuait presque inévitablement ces débats par une performance solo du chant « Les champs d'Athenry » à laquelle se joignait le reste de la classe, hymne officieux de l'Irlande évoquant la déportation vers l'Australie d'un Irlandais ayant volé du maïs pendant la Famine.

De l'autre garçon, en revanche, un brun mince et élancé aux cheveux frisés, d'un abord assez timide, Ambrose ne savait pas grand chose, sinon que tous les midis, ce dernier s'occupait à expérimenter d'audacieuses associations d'aliments, dans l'ombre de Wade qui était toujours assis à côté de lui, à se donner sans cesse en spectacle pour attirer les foules.

« Mortel, on a le Sassenachs dans notre équipe, et il s'est mis sur son 31 ! » s'esclaffa le rouquin.

« Wade, tu es avec moi, on prend les balises de 15 points » déclara Juniper sur un ton qui n'appelait pas à la moindre contestation. « Prose, mets-toi avec Basil, vous serez en charge de trouver les balises à 10 points. Quant à vous deux », ajouta-t-elle en s'adressant sévèrement à Rohan, pâle comme un linge, et à Ambrose, « vous êtes en charge des balises à 5 points. »

Juniper s'interrompit alors, ses yeux s'étant arrêtés sur les chaussures d'Ambrose, qui se mit à regretter amèrement son étourderie. « Tu as prévu de nous faire une danse de salon, Kane ? » demanda-t-elle froidement.

« J'ai oublié mes chaussures de course », répondit-il en un souffle.

Wade pouffa de rire.

« Comme si le petit Lord Fauntleroy en possédait une paire ! »

Proserpine s'avança.

« Peu importe, j'irai avec lui, de toute façon je n'avais pas prévu de courir pour cette stupide chasse au trésor. »

Ambrose ne put s'empêcher de réprimer un mouvement de surprise. Sans doute était-ce mieux ainsi ; Proserpine, tout à fait indifférente à l'enjeu de la course, lui laisserait le loisir de compléter son herbier, tandis que Rohan l'aurait pressé pour retrouver les balises et impressionner Juniper.

Mrs Buckley siffla le début de la course, et les équipes se dispersèrent à toute allure dans la forêt. Proserpine et Ambrose se prêtèrent au jeu, seulement pour les premiers mètres, parce qu'ils se trouvaient encore dans le champ de vision de leur professeur qui les invectivait.

Le temps était radieux, et la forêt, fraîche et silencieuse, était comme une église un matin de messe. On entendait à peine l'éclat indistinct des voix des coureurs au loin, quelques rires et le chant des oiseaux. Après plus d'un quart d'heure à marcher en silence, sans que Proserpine, perdue dans ses pensées, ne lui jette le moindre regard,

Ambrose se sentit suffisamment à l'aise pour collecter quelques feuilles et noircir d'observations les marges de son herbier.

Tandis qu'il contemplait un spécimen particulièrement grand d'orme de montagne, il entendit des feuilles crisser derrière lui et se retourna en sursautant. C'était Proserpine, qui s'était approchée si doucement de lui qu'il n'avait pas eu le temps de cacher son cahier.

« Qu'est-ce que tu fabriques ? » lança-t-elle soupçonneusement.

« Je prenais des notes, c'est tout. »

Proserpine se saisit du cahier avant qu'Ambrose n'ait pu le glisser dans sa sacoche. Elle en parcourut les pages en silence.

« C'est donc ça que tu faisais quand nous t'avons vu dans les bois cet été ? » finit-elle par demander.

Elle n'avait pas l'air moqueur, ni réprobateur.

« C'est que... j'aime beaucoup la dendrologie », expliqua-t-il avec une hésitation. Devrait-il expliquer ce qu'était la « dendrologie »? Comment pouvait-il s'attendre à ce qu'une fille telle que Proserpine connaisse ce mot ? « Tête d'ampoule », se rappela Ambrose : c'était ainsi que l'appelait Rohan lorsqu'il lui parlait de ses trouvailles.

« Tiens donc... et y a-t-il d'autres dendrologistes dans ta famille ? »

Décidément, Proserpine Doyle était pleine de surprises. Cette adolescente blasée, qui ne semblait s'intéresser à rien qu'à ses dessins, qu'elle gribouillait pendant tous les cours, connaissait-elle donc l'art de la classification des arbres ?

« Non, pas du tout », répondit Ambrose sans la regarder. Malgré tout, il se sentait maintenant à l'aise auprès de la jeune fille, comme si la glace avait été brisée. « Je... enfin tu connais mon père » ajouta-t-il en se raclant la gorge, « s'il est capable de transformer tout ceci en club de golf et en parc de loisirs... » Il n'osa pas finir sa phrase.

« Et ta mère ? »

« Elle a quitté mon père quand j'étais tout petit », s'entendit-il répondre. Hormis à Rohan, c'était la première fois qu'il racontait cela à qui que ce soit.

« Je suis désolée », répondit Prose dans un murmure rauque.

Ambrose hocha gravement la tête, sans trouver autre chose à dire. La conversation allait-elle donc s'arrêter là ? Comme si elle devinait ses pensées, Proserpine reprit la parole :

« Est-ce que tu as vu l'incroyable Douglas Tir après la clairière ? Il fait plus de 40 mètres de haut, il est presque aussi grand que celui de Dublin ! »

Ce ne fut pas seulement la mention du « Douglas Tir » – une espèce incroyable de conifère géant – qui laissa Ambrose sans voix, mais surtout la connaissance que Proserpine avait du spécimen haut de 59 mètres et qui se trouvait en effet dans la capitale irlandaise.

« Je n'avais pas pu aller plus loin que la clairière, cet été... » expliqua Ambrose avec embarras. Le souvenir du coup de manche qu'il avait reçu dans l'estomac lui revint en mémoire.

Proserpine esquissa un faible sourire. C'était sans doute la première fois qu'il voyait son visage présenter une autre expression que l'ennui, la contrariété, ou la mauvaise humeur. Ambrose accepta donc volontiers de prendre Proserpine pour guide, et celle-ci lui présenta fièrement toutes les différentes espèces d'arbres peuplant les Bois sacrés d'Evergreen, qu'elle connaissait toutes, à la grande surprise du garçon.

La conversation qui s'établit entre eux, fluide et naturelle, leur fit oublier toute notion du temps ; sur le chemin qui les conduisait jusqu'au Douglas Tir, ils furent assez surpris de découvrir une des fameuses balises à 5 points. Ils ne remarquèrent pas non plus le changement de luminosité qui se produisait dans le ciel, chargé de nuages gris. Sillonnant la forêt entre les hautes herbes après avoir quitté les sentiers battus, Proserpine s'arrêta, levant les yeux au ciel :

« Il va pleuvoir ! C'est une bénédiction pour Mabon ! » Son rire, explosif et enfantin, offrait un contraste déroutant avec sa contenance ordinairement grave et presque austère.

« Mabon ? » demanda Ambrose avec curiosité. Il lui semblait avoir déjà entendu prononcer ce drôle de nom en ville, dans une boutique peut-être. Mais avant que Proserpine n'ait pu lui répondre, Ambrose aperçut la jeune fille s'accroupir et disparaître dans l'épais feuillage de la végétation. En s'approchant, il la vit en train de faire glisser entre ses doigts une chaînette d'or, ornée d'un pendentif lunaire. Un drap était posé sur le sol, comme une serviette de plage, jonché de coquilles de noix et de noisettes. Quelqu'un avait dormi là. Mais soudain, un coup de sifflet retentit au loin, déchirant le silence religieux de la forêt qui les entourait.

« C'est déjà fini...? » demanda Ambrose en se relevant.

Proserpine bondit sur ses pieds et lui plaqua la main sur la bouche, alertée par un bruit qu'il n'avait pas entendu. Respirant à peine, et particulièrement incommodé par le contact de cette main étrangère sur son visage, il tendit malgré tout l'oreille. Un autre coup de sifflet se fit entendre, suivi d'un autre, et ainsi de suite, jusqu'à créer une cacophonie assourdissante. Quelque chose était arrivé.

Proserpine s'avança vers un châtaignier qui se trouvait en face d'eux et Ambrose, interdit, la regarda poser son front contre l'écorce de l'arbre, comme si elle était plongée en pleine réflexion.

Alors, surgie de nulle part, Juniper apparut de l'autre côté du tronc.

« IL TOMBE DES TROMBES DE PLUIE NOIRE À L'EST DES BOIS ! » hurla-t-elle à son amie. « Il faut agir maintenant, des dizaines d'animaux sont déjà morts ! » Paniquée, elle aperçut alors Ambrose et se frappa le front : « Mince, je l'avais oublié, ce nigaud !»

« Que se passe-t-il ? » demanda-t-il en s'approchant des deux filles sans comprendre de quelle « pluie noire » parlait Juniper ni d'où la jeune fille avait surgi.

Une goutte d'eau s'écrasa alors lourdement sur sa tête. Il tourna ses paumes vers le ciel. Les gouttelettes translucides devenaient de plus en plus sombres, jusqu'à noircir comme du pétrole.

S'agenouillant brusquement, Juniper plaqua sa main contre le sol humide qui se mit immédiatement à bouillonner. Sous le regard sidéré d'Ambrose, un monticule de terre jaillit du sol. Comme les cellules qu'il observait parfois au microscope en cours de biologie, le monticule se divisa en cinq ou six autres tas de terre jusqu'à former un cercle autour d'eux. Tétanisé, Ambrose contempla ces monceaux de terre se transformer en immenses visages de forme allongée, reposant sur le socle d'un corps large et carré, lui rappelant les effrayants Moaï de l'Île de Pâques qui avaient nourri dans son enfance un nombre inexplicable de ses cauchemars. Comme dans ses mauvais rêves, ces statues étaient animées.

« AMBROSE ? » cria une voix au loin.

Ambrose se retourna, mais les grands visages de terre lui barraient la vue. Il reconnut toutefois la voix de Rohan.

« ROHAN ! » cria désespérément Ambrose de toutes ses forces.

Les statues levèrent à ce moment leurs bras au ciel pour créer une charpente de boue solide au-dessus de la tête des trois adolescents. Au moment où les êtres de terre se rapprochèrent les uns des autres pour bloquer hermétiquement les issues, Rohan parvint à se jeter à l'intérieur du cercle.

« Ambrose ! J'ai essayé de te trouver partout ! Dieu merci, tu vas bien ! C'est la folie dehors, il y a de la pluie noire qui tombe du ciel et qui foudroie sur place tout ce qui bouge, les oiseaux, les sangliers, tout ! »

Le pauvre garçon, à bout de souffle, était dans un état second, si bien qu'il lui fallut quelques instants pour prendre conscience de la présence de cette armée de terre qui avait formé un véritable abri autour d'eux. « Mais qu'est-ce que c'est que ça ? » murmura-t-il avec panique.

« Super, et maintenant nous avons un Milésien à gérer ! Comment va-t-on expliquer ça à Drosépa ? » grommela Juniper.

« Abritez-vous sous les poutres, pour l'amour du barde ! » rugit la jeune fille.

« Nous nous occuperons de ça plus tard », répliqua Proserpine en s'abritant de la pluie qui tombait entre les bras tendus des statues. « Pour l'instant, nous avons la réponse que nous attendions au sujet de Kane ! Tu vois bien qu'il n'est au courant de rien ! » rétorqua Proserpine.

Recroquevillé dans un coin, tâchant d'éviter la pluie noire aussi bien que le contact boueux du monstre de terre, Ambrose regarda tout autour de lui. En ce moment, seul Rohan le rattachait à la normalité. Était-il en train de rêver ? Était-ce un de ces drôles de rêves lucides qu'il avait souvent en cours d'histoire ?

« Non tu ne rêves pas, Kane », chuchota alors Juniper comme en lisant ses pensées. « Ce sont des golems. Ils nous protègent. Ils te protègent. Nous, nous sommes en danger, mais la pluie noire est inoffensive pour les Milésiens. »

« Des golems ? » répétèrent en chœur Ambrose et Rohan.

« Tu pourrais le ménager, il est sous le choc », répartit Proserpine.

« Nous n'avons pas le temps, il faut qu'il apprenne tout maintenant, nous avons besoin de lui pour arrêter le massacre de cette maudite pluie ! J'ai perdu Wade quand tu m'as arbrappelée ! »

« Je ne pense pas qu'il soit en mesure de nous aider, June, c'est le seul Ondin sur place. »

Rohan jeta un regard d'incompréhension à Ambrose, qui le lui rendit.

« Sibahl, reste en dehors de ça. Ambrose, arrête de te tortiller les mains, nom d'un barde, il faut que nous fassions un cercle, et ne pose pas de questions pour le moment », ordonna Juniper en saisissant son poignet avec brusquerie, imitée par Proserpine.

Sitôt que ses paumes entrèrent en contact avec les leurs, son poignet gauche se remit à lui faire mal, plus encore que la première fois qu'il avait pris le mélange d'Arthur Bergamot. Aveuglé par la douleur, le garçon ferma les yeux et ressentit un flot d'énergie couler à travers ses veines.

Lorsqu'il rouvrit enfin les yeux, le toit de boue avait disparu, laissant la place à un champ magnétique iridescent qui scintillait au-dessus de leurs têtes, s'élevant toujours plus haut à mesure qu'il s'étendait au-dessus des bois, au-delà des limites de l'abri. En jetant un coup d'œil à ses mains, il remarqua qu'une sorte de lien également iridescent les nouait à celles de Proserpine et de Juniper. Rohan, derrière Juniper, se tenait la tête entre ses mains, en silence.

« Ça ne va pas suffire ! » s'écria Juniper d'une voix tremblante. « Dans une demi-heure, la forêt entière sera détruite. On doit appeler les autres. »

Ambrose sentait son énergie décroître à mesure que le temps passait. Intuitivement, il comprenait qu'il leur fallait du renfort.

« Je peux peut-être aider ? » demanda Rohan timidement. Juniper lui lança un regard noir avant de se raviser brusquement.

« Mais oui, Sibahl ! Tu peux nous aider justement ! La pluie noire n'est pas toxique pour toi ! Tu n'es pas un Sylvain ! Sors de l'abri et essaie de trouver quelqu'un, Basil, Hazel, ou même Zita ! Tiens, prends un peu de boue d'un des golems et quand tu les verras, donne-leur pour les protéger ! Vas-y ! »

Rohan se retourna anxieusement vers une des étranges créatures de terre, et s'excusant poliment, arracha de son torse un gros morceau de boue. La créature s'écarta pour le laisser sortir, et Ambrose entendit Rohan repartir à la course.

Ambrose était à bout de souffle et assailli de mille questions ; que signifiait cette pluie noire ? Pourquoi ne pouvait-elle pas être un danger pour Rohan, mais seulement pour eux ? Et qu'est-ce qu'était un Sylvain, et un Ondin ? Il repensa aux vieilles croyances mythologiques dont lui avaient parlé Rohan et le Dr. Sibahl, au sujet des « Milésiens », qui avaient envahi la terre d'Irlande, et qui appartenaient autrefois à une race divine... S'agissait-il donc d'eux ? Et si les blasons représentant tantôt une pieuvre, tantôt un ours, étaient justement les signes de ces deux... sectes ?

Il devenait de plus en plus difficile de maintenir le dôme protecteur dont les ondes d'énergie colorées roulaient au-dessus de leurs têtes. Proserpine était livide, Juniper tremblante, et le champ de force rétrécissait désormais dangereusement au-dessus de leurs têtes. Alors qu'il scrutait le ciel avec inquiétude, espérant voir la pluie cesser, Ambrose aperçut un corbeau tournoyer au-dessus d'eux. Proserpine le remarqua également, et la voix tremblante, elle s'exclama joyeusement :

« C'est Arthur ! »

Sans comprendre, Ambrose entendit pourtant après un court instant la voix du pharmacien retentir en effet de l'autre côté de l'abri.

« C'est moi, laissez-moi rentrer, vite ! »

Le pharmacien se fraya un chemin entre deux golems qui s'écartèrent diligemment pour le laisser passer ; une femme qui le suivait se faufila alors tant bien que mal après lui, et lorsque celle-ci leva la tête, Ambrose fut stupéfait de reconnaître Nelly.

Chapitre 8 : L'Alliance sylvaine

«Oh Ambrose ! » s'écria Nelly d'une voix étranglée. « Oh, tu n'aurais pas dû te trouver là ! Tout est de ma faute ! »

« Pas le temps de bavarder, Nelly, rentrons dans le cercle », trancha Arthur Bergamot d'une voix pressante.

Ambrose les dévisagea sans trop comprendre ; le pharmacien, l'aubergiste, mais qui d'autre encore était impliqué dans cette secte incongrue ? Au moment où Arthur se saisit de la main d'Ambrose, le garçon sentit l'énergie revenir dans tout son corps épuisé.

« Je suis content de te voir Ambrose. Je vois que le petit mélange que je t'avais concocté a déclenché ton appel », chuchota-t-il, un léger sourire aux lèvres.

« Mon... appel ? » répéta Ambrose incrédule.

« J'AI TROUVÉ BASIL ET WADE ! » entendit-on alors crier de l'autre côté de l'abri. Les golems s'écartèrent pour laisser passer Rohan, suivi du frêle Basil qui se réfugia également sous le dôme, désorienté. Wade, quant à lui, dut jouer des coudes pour parvenir à se frayer un passage entre les gardiens de terre.

« Avez-vous pris la pluie ? » s'enquit Arthur anxieusement en s'adressant aux nouveaux arrivants. « Mais qui es-tu, toi ? » demanda-t-il subitement à Rohan après avoir pris conscience qu'il ne le reconnaissait pas.

« Rohan Sibahl ! Je... euh... ne fais pas partie du club ! » Arthur ouvrit grand les yeux.

« On a eu de la chance », grommela Wade. Désignant Rohan du menton, il ajouta : « Je ne pensais pas dire ça, mais c'est grâce au Milésien toqué ici présent qu'on a échappé au pire ! Malheureusement, j'ai bien peur de ne pas pouvoir vous être d'une grande utilité, les amis, j'ai tout essayé, mais je suis seul, c'est au-delà de mes capacités. Comme par hasard, il n'y avait aucun autre Ondin dans les bois aujourd'hui ! Je suis sûr qu'ils sont derrière ça ! J'ai honte d'être des leurs ! » siffla-t-il rageusement entre ses dents.

« Oui, enfin, nous n'en avons pas la moindre preuve », observa timidement Basil qui se joignit au cercle en l'alimentant ainsi d'une nouvelle vague d'énergie.

« À présent, maintenons le bouclier coûte que coûte, ceux qui sont en train de provoquer cette pluie finiront par s'épuiser ; pas nous ! » déclara Arthur sur un ton rassurant.

Wade et Rohan restèrent en dehors du cercle, les yeux rivés sur le dôme iridescent qui recommençait à s'étendre au-dessus des bois, gagnant toujours plus de terrain. Sans savoir exactement ce qu'il faisait, ni quelle pouvait être sa contribution, Ambrose dirigea toute son énergie dans ce champ de forces. C'était comme s'il se sentait lentement vidé de tout son sang, comme si son âme s'échappait à travers chacun de ses pores, dans une intense douleur. Il voyait les gouttes noires rebondir sur les parois immatérielles du dôme.

Pourtant, après une attente insoutenable, les trombes de pluie se changèrent en gouttelettes, qui s'espacèrent, jusqu'à finir par se tarir. Ambrose n'osa pas d'abord lâcher la main de Juniper et celle d'Arthur, et il attendit leur signal. Sitôt le cercle brisé, le dôme disparut en effet. Juniper congédia ses golems, qui s'effondrèrent au sol pour redevenir des monticules de terre boueuse. Ambrose, exténué, n'aurait pas été étonné de se voir subir le même sort.

« Côté est, c'est un désastre... » soupira Basil d'une voix tremblante.

Ambrose se retourna confusément, balayant les bois du regard. Autour d'eux, des oiseaux gisaient au sol retournés, morts, comme frappés par la foudre ; il remarqua également un lapin, et quelque chose qui ressemblait à un blaireau au loin. Si le reste des bois offrait le même spectacle, c'était devenu un vrai cimetière.

« Les arbres les plus jeunes... ils sont morts aussi », gémit Nelly en pressant sa main sur son front.

En effet, les arbres les plus petits, d'autres arbrisseaux et arbustes tout noircis, semblaient s'être ratatinés sous l'effet de la pluie empoisonnée. Même le feuillage des jeunes conifères sempervirents était flétri ; c'était un paysage apocalyptique. Que s'était-il passé ? Et que faisaient Rohan et lui au milieu de ce groupe improbable ?

Pris d'un mal de tête fulgurant, Ambrose, recroquevillé, porta les mains à ses tempes.

Lorsqu'il releva la tête, Juniper et Basil titubaient, et Proserpine tomba bientôt au sol, évanouie. La main fraîche d'Arthur se posa délicatement sur sa nuque brûlante, puis tout se mit à tourner autour de lui. Il perdit lui aussi connaissance.

« Comme c'est étrange ! » s'exclama enfin le Dr Sibahl.

« Sapristi ! On ne voit pas ça tous les jours ! Personne n'a encore dit un mot au sujet de cette affaire. On attend la déclaration du maire, celle de la police et des experts. Oh, les habitants d'Evergreen vont devenir fous à l'idée de revoir les journalistes débarquer en ville...! Bah, tout ce qui m'importe à moi, c'est votre santé ! J'ai vu Rohan avant toi, il se porte comme un charme. Toi, mon pauvre garçon, on te croirait sorti d'une machine à laver. Quant à la petite Prose, sa copine et le gringalet taciturne, ils n'en mènent pas large non plus. »

« Est-ce que ça va aller ? » demanda enfin Ambrose en s'efforçant de sortir de sa torpeur. Juniper avait raison ; seul Rohan ne risquait rien avec la pluie noire ! Faisait-il donc partie de ce que Rohan avait appelé leur « club » ?

« Je ne peux pas juger de la toxicité de la pluie pour l'instant, mais je dirais que tant que tu ne présentes pas d'autres symptômes que cet état grippal, tu ne devrais pas trop mal t'en tirer. »

Ambrose extirpa sa main de la grosse couverture de laine dont il était enveloppé pour toucher son front . Il était bouillant.

« J'ai de la fièvre ? »

« 38.9° degrés. Je vais te faire une prescription et tu demanderas à ton père d'aller à la pharmacie pour toi. La véritable pharmacie, pas celle de Mr Bergamot, d'accord ? Toi, va à l'auberge, ne quitte pas cette couverture, mets-toi au lit et n'en sors pas pour les deux jours à venir. » Le Dr Sibahl se dirigea vers son bureau tandis qu'Ambrose remettait ses chaussures, tremblant.

« Ah, ces gamins alors ! Le punk roux a eu le toupet de déchirer sa prescription devant moi ! Quant aux autres, ils ne m'ont même pas laissé leur en écrire, sous prétexte qu'ils n'avaient pas besoin de médicaments. Je te le dis, Ambrose, un jour, il y aura une tragédie dans ce village. Ils vivent au Moyen Âge ici ! Ils croient vraiment pouvoir guérir un septicémie avec des herbes et des feuilles ! »

Alors qu'il s'était mis debout, le discours du Dr Sibahl s'était assourdi, sa voix devenant plus distante et ses mots se dissipant dans l'atmosphère comme des bulles de savon. La nuit allait tomber, c'était l'heure du couvre-feu qui allait bientôt sonner. Dans la salle de consultation, le fracas de la porte d'entrée du cabinet résonna vivement.

« Ambrose, mon chéri, où es-tu ? » rugit une voix de femme.

« Oh, ciel, mais qu'est-ce que j'ai fait ! »

Ambrose entendit toutes les portes du cabinet s'ouvrir et se fermer brusquement, jusqu'à ce qu'enfin, l'aubergiste entre en trombe dans la bonne pièce. En le voyant, Nelly fondit en larmes et se précipita sur lui, l'étouffant presque de son étreinte. Elle sentait le gingembre et le romarin. À bout de bras, l'aubergiste repoussa alors

Ambrose pour l'examiner, comme pour s'assurer qu'on le lui rendait en un seul morceau.

« Je suis si heureuse que tu n'aies rien, ma citrouille ! Il n'a rien, pas vrai docteur ? »

« Pour le moment, rien à signaler sinon des symptômes grippaux », assura Girish Sibahl.

Nelly sourit et réajusta la couverture qui l'enveloppait avec soin.

Quelle chance que son père soit absent, pensa le garçon avec soulagement lorsque Nelly poussa la porte du cabinet. L'air frais lui procura un réconfort délicieux. Il pourrait toujours prétendre avoir contracté un virus, et son père ne saurait jamais qu'il avait participé à la course d'orientation dans les Bois sacrés.

« La grand-mère de Prose, Droséra, oh, elle m'a dit que la petite est dans le même état que toi ! Oh, comme je m'en veux. Tu n'aurais pas dû participer à ça, ni apprendre les choses de cette manière. »

Ambrose s'arrêta, s'appuyant contre Nelly. Tout de l'inexplicable scène dont il avait été témoin dans les bois lui revenait en mémoire, l'inexplicable scène dont il avait été témoin dans les bois.

« Mais qu'est-ce que j'étais supposé apprendre, Nelly ? »

« Eh bien, tu te souviens du mélange qu'Arthur t'a donné lorsque tu es allé à la pharmacie, lors de ton premier jour en ville ? »

Ambrose la dévisagea. Comment était-elle au courant ? Le souvenir d'Arthur Bergamot assoupi sur une chaise derrière le grand hêtre du jardin s'imposa à son esprit.

« As-tu eu des symptômes inhabituels, après l'avoir pris ? »

« Mon poignet, puis tout mon bras gauche se sont mis à me faire mal », se souvint Ambrose confusément, avant que l'épuisement de tout son être ne l'empêche de prononcer la moindre parole.

Parvenus à l'auberge, Ambrose se mit au lit sans demander son reste. Nelly le borda affectueusement avant de s'asseoir auprès de lui. Alors, elle prit une profonde inspiration :

« Mon chéri, il y a eu des signes, depuis le début, mais j'ai refusé de les voir. Tu te souviens de cette marjolaine que tu as fait pousser en quelques jours ? C'est Droséra qui a eu l'idée de t'offrir ces graines, pour te tester. Et puis tu sais, très peu de Sylvains peuvent faire ce que tu as fait pour la petite Candice au cabinet du Dr Sibahl, c'est en général une aptitude que seuls les druides détiennent. »

« Des druides ? Quelle aptitude ? » La tête commençait à lui tourner de nouveau.

« Guérir ! » répondit simplement Nelly. « J'imagine qu'un de tes lointains ancêtres devait être un druide, ma foi. Mais quand tu as fait pousser cette plante en un clin d'œil, tu as passé le test. Ensuite, il y a eu l'avocatier. Je l'ai vu moi-même avant que la pluie noire ne le tue, comme elle l'a fait pour les plus jeunes créatures des règnes végétal et animal, hélas. »

« Et Fergusson Fennel ? » murmura Ambrose en luttant contre le sommeil qui menaçait de retarder encore le moment tant attendu de ces révélations. « Est-ce moi qui lui ai fait... qui lui ai donné la brûlure ? »

« Oui, en effet. Même Arthur n'a aucune idée de ce qu'il s'est passé. Aujourd'hui dans les bois », commença Nelly en tordant anxieusement les branches de ses lunettes bleues, « Prose et June avaient prévu de te tester. Mais la pluie nous a tous surpris. Je n'étais pas d'accord, mais leur plan était inoffensif ; elles voulaient te laisser seul et t'observer pour voir si tu savais utiliser tes pouvoirs. Quand je pense que tu aurais pu être tué par cette pluie, mon chéri ! » chuchota-t-elle avec horreur.

« Vous étiez au courant ? » demanda Ambrose, qui sentait ses forces le quitter de nouveau.

« C'est pour ça que j'ai signé ton autorisation pour participer à la course, oui », admit l'aubergiste au désespoir.

« Je ne comprends pas ce que le mélange d'Arthur Bergamot fait dans tout ça », balbutia-t-il, luttant de toutes ses forces pour rester éveillé.

« Il devait déclencher ton appel, ta vocation, si tu veux. Ton appel en tant que Sylvain. Oh, Arthur semblait être au courant pour toi depuis le début, on ne l'a pas cru, après tout, connaissant ton père, la possibilité que tu sois un gardien de la terre était assez ironique... »

« Un gardien de la terre ? » demanda Ambrose sans pouvoir réprimer une expression d'incrédulité.

« La douleur que tu as sentie dans ton poignet », répondit Nelly en tendant la main vers lui comme pour lisser affectueusement les plis qui froissaient son front brûlant, « c'était la sève qui se réveillait dans tes veines, et qui bouillonnait ! N'as-tu pas remarqué que tu étais attiré par les créatures de la terre, et même par les autres membres de ton clan ? »

« Les frères Fennel aussi sont des Sylvains ? » demanda-t-il en réfléchissant à toute allure.

Nelly hocha la tête. Dans ce cas, il n'était pas certain d'avoir été particulièrement attiré par les membres de son clan.

« Chaque Sylvain détient un pouvoir qui lui est propre », continua Nelly plus calmement. « Oh, il y en a tant qu'on ne connaît pas encore ! Ils se manifestent assez tôt, mais ils ont tous la particularité d'être connectés à la terre.

« Qu'est-ce que cela fait de moi, alors ? Je suis... une sorte de guérisseur ? »

« L'art de guérir n'est pas un pouvoir sylvain. Ça, c'est du domaine des druides. Tu as dû en hériter.»

« Les plantes, alors ? » demanda Ambrose en repensant à sa marjolaine Marjorie et à Avery l'avocat.

Le rire cristallin de Nelly retentit dans la chambre.

« Tu es doué, assurément, mais je ne crois pas que ce soit là ton pouvoir. À ton âge, moi, je pouvais faire jaillir du sol n'importe quelle plante. »

« C'est donc ça, votre pouvoir ? »

Nelly sourit fièrement. La serre magique qu'elle entretenait au fond du jardin et les multiples trophées et titres qui s'amassaient dans toute l'auberge auraient dû lui mettre la puce à l'oreille.

« Nous sommes plusieurs en ville à posséder ce pouvoir, mais j'espère bien être la meilleure. »

Ambrose se sentit glisser dans un trou noir. Ses paupières lourdes se refermèrent quelques instants, et il lutta pour rester éveillé.

« Nelly, qu'est-ce que Mabon ? » trouva-t-il encore le courage de demander.

« Mabon est le festival qui célèbre l'équinoxe de l'automne et ses généreuses récoltes, mon garçon. C'est une de nos fêtes celtiques. À présent, je ne répondrai plus à aucune question ! Tu dois te reposer ! » conclut-elle en se penchant au-dessus de lui pour l'embrasser sur le front.

Alors, Ambrose ne lutta plus et se laissa tomber mollement dans le trou noir qui l'appelait, et en s'abîmant dans ce néant, mille visions l'assaillirent comme des feux contraires, la chainette d'or étincelant entre les doigts blancs de Proserpine, les êtres de boue qui se dressaient du sol et le dôme iridescent qui repoussait la pluie noire.

Il devait avoir dormi au moins cinq heures lorsqu'il se réveilla en sursaut, comme tous les jours depuis son premier réveil à l'auberge, saisi par la vive sensation d'une chute dans le vide. La chambre était plongée dans l'obscurité. Pourquoi s'était-il réveillé ? Quel jour était-ce ? Les souvenirs de la course d'orientation se bousculèrent dans son cerveau fatigué, comme une foule pressée.

Il grimaça de douleur en serrant son poignet gauche. Voilà que son bras recommençait à le faire souffrir. La « sève », avait dit Nelly. De la sève, qui coulait dans son sang ! Mais tandis qu'il se débattait avec cette pensée invraisemblable, un craquement se fit entendre près de la porte qui s'entrouvrit alors pour laisser passer un filet de lumière. Il se redressa tant bien que mal, assis dans son lit. Un gros chat gris se glissa dans l'entrebâillement de la porte, et sauta sur le lit du garçon, avant de s'installer à ses pieds.

« Et s'il est allergique ? » chuchota une voix dont on devinait qu'elle était aiguë.

« Oh, je t'en prie, si la pluie noire ne l'a pas tué, il survivra à quelques poils de chat, Hazel ! »

Ambrose reconnut la voix de Zita Etchingham, dont il avait eu un aperçu à la cafétéria, lors de l'échange d'escalope entre Hazel et Rohan. Il se pencha pour allumer la lumière, mais le gros chat bondit sur lui pour l'en empêcher.

« N'allume pas la lumière ! On ne doit pas se faire repérer ! » couina Hazel.

« Zita ? Hazel ? Que faites-vous ici toutes les deux ? » demanda-t-il d'une voix faible.

« Nous sommes passées voir Prose pas loin d'ici, et sa mamie nous a demandé de venir voir comment tu te portais », chuchota Hazel. « J'espère que le chat ne t'a pas réveillé ! » ajouta-t-elle d'un air navré. Ses cheveux pourpres brillaient dans le noir.

« C'est... c'est gentil, merci. Ça va un peu mieux », répondit-il d'une voix encore enrouée. Rassemblant tout son courage, il finit par demander : « Vous êtes donc... vous aussi... ? » Il ne pouvait pas se résoudre à prononcer le mot de « sylvain ».

« Sylvaines ! » continua Zita. « Wilhelmina », ajouta-t-elle en s'adressant affectueusement au chat, « va dire à Droséra que tout va bien et qu'on est avec Kane, veux-tu ? »

Sous les yeux stupéfaits d'Ambrose, le chat qui se roulait lascivement sur le lit tout en ronronnant se redressa, hocha la tête, comme s'il répondait à l'appel, et sauta au sol soudainement pour se frotter aux jambes de Zita avant de s'en aller. Devant l'air interdit d'Ambrose, Zita pouffa de rire.

« Pas tous ne font de bons messagers ! Hazel voulait que je prenne une souris par discrétion, mais ça n'y voit pas grand chose, tu sais. Un peu comme les chauves-souris. »

« Tu parles aux animaux ? »

« Oui », répondit-elle en s'asseyant sur la tête du lit, imitée par Hazel. « on appelle ça la zoomancie. Mais je ne sais pas parler à tous les animaux, tu sais. Tout ce qui vole, c'est le rayon d'Arthur. En plus d'être un guérisseur, il peut communiquer avec les oiseaux, et se transformer lui-même en oiseau ! Ce n'est pas seulement un ornithomancien, c'est aussi un ornithomorphe. Moi, je ne serais même pas capable de me transformer en gerbille. »

« Tous ces mots...viennent du grec ? » Zita et Hazel le dévisagèrent.

« Si tu le dis ! », répondit Zita incrédule. « Ma foi, c'est sûrement l'influence des Milésiens. On cohabite avec eux depuis plus de deux mille ans, forcément, ça n'a pas aidé. »

« Mais... tout le monde dans cette ville est... comme vous ? » interrogea-t-il prudemment.

« Oh non, pas du tout ! » répondit Zita en étouffant un rire moqueur. « C'est vrai que c'est à Evergreen qu'on trouve le plus de Sylvains, plus que dans tout le reste du pays et du monde d'ailleurs. Ceci dit, il paraît qu'il y en a toute une colonie en Colombie britannique !».

« Et en Écosse », ajouta Hazel avec gravité.

« Mais nous nous partageons la ville avec les Ondins, les gardiens de l'eau, si tu veux, et les Milésiens, qui n'ont pas la moindre idée de notre existence et qui détruisent les ressources que nous nous acharnons à protéger. »

« Les Ondins...Wade est un Ondin ? » interrogea Ambrose, incrédule.

Hazel et Zita hochèrent la tête.

« Seth, Marlow et Zale aussi ? » ajouta-t-il en repensant au trio de nageurs de l'école.

« Ce sont les seuls à l'école. Enfin, il y avait aussi Taylor, avant. Il y a une autre école, uniquement destinée aux Ondins.»

« Taylor était...? »

« Un Ondin, oui », continua Zita. « Certains pensent que c'est un Sylvain qui l'a tué. Mais on n'y croit pas, ce serait un appel à la guerre ! »

« Une guerre ? Contre qui ? Et pourquoi un... Sylvain aurait-il commis un tel acte ? Les gardiens de l'eau... et de la terre... ne forment-ils pas une même équipe ? » demanda-t-il sans comprendre.

« Crois-moi Ambrose, les conflits milésiens les plus complexes que tu vois au journal télé sont de véritables parties de plaisir à côté des luttes entre nos deux clans », répondit Hazel gravement.

« C'est une question de pouvoir. Chaque tribu a toujours voulu imposer sa suprématie et dominer l'autre. Il y a eu beaucoup de guerres par le passé. Jusqu'au dernier Grand Barde, Hellebore Parsifal. Il a unifié tout le comté », expliqua Zita.

Ambrose se redressa, en s'efforçant de s'extirper de la montagne d'oreillers dans laquelle il s'enfonçait. Cet homme à fossettes, en tenue cérémonielle, avec cette drôle de plaque dorée suspendue à son torse, c'était donc un barde ! Un druide !

« Après sa mort », continua Zita, « tout est redevenu comme avant hélas. Parmi les deux clans, les fanatiques ont repris leur travail de destruction de la paix. »

« Des fanatiques ? »

« Oui, des suprématistes sylvains, ou ondins, qui croient que leur clan devrait soumettre l'autre et éviter tout mélange entre les clans. »

« Mais quel intérêt un Sylvain aurait eu à tuer un Ondin ? »

« Eh bien justement, à déclencher une guerre, Ambrose », soupira Hazel.

L'épais brouillard qui s'était abattu dans son esprit commençait à s'épaissir.

« La police est au courant de cette possibilité ? »

« Bien sûr que non. Droséra et les autres sont sur le coup, ils enquêtent depuis cet été. J'ai entendu dire qu'Arthur ne dormait plus la nuit à l'idée que le coupable soit un des nôtres et que ça se sache ! »

C'est à ce moment qu'il repensa au collier que Proserpine et lui avaient trouvé dans la forêt juste avant que la pluie noire ne les surprenne ; sans hésiter, il confia donc cette anecdote aux deux visiteuses nocturnes qui l'écoutèrent en silence. Au cours de son récit, toutefois, il ne manqua pas de remarquer que leur visage s'était décomposé.

« C'est une catastrophe, c'est peut-être une pièce à conviction qui peut incriminer un Sylvain, Ambrose », expliqua alors Hazel les yeux agrandis par la crainte.

« N'importe qui aurait pu le laisser là pourtant ! » s'empressa d'ajouter Ambrose maladroitement, regrettant un aveu qui avait visiblement suscité l'effroi des deux filles. « Il n'y a pas que les Sylvains qui entrent dans ces bois, pas vrai ? »

« Non, c'est vrai... mais ce n'est pas bon signe ! J'espère que Prose a gardé le collier et qu'elle le donnera à Droséra ! Il pourrait nous aider à remonter jusqu'à celui ou celle qui l'a volé... et c'est peut-être la même personne qui... »

Zita n'acheva pas sa phrase.

« J'ai bien peur que ce ne soit le pire moment pour découvrir ton héritage, Kane», reprit-elle. « Tu ne pouvais pas plus mal », conclut-elle sombrement.

« Si je pouvais tout oublier, je le ferais ».

Ce cri du cœur échappa à Ambrose et le garçon regretta presque immédiatement ses paroles en voyant l'air offensé d'Hazel.

Zita, quant à elle, haussa les épaules.

« Oh tu peux », soupira-t-elle avec indifférence. « Arthur a des potions pour absolument tout. Mais tu ne peux pas penser à ton seul intérêt. Que tu le veuilles ou non, désormais, tu fais partie d'une communauté. Les intérêts de la communauté passent avant les tiens, toujours. Or, nous avons besoin de toi. Surtout en ce moment ! »

« Tu sais, c'est vrai que nous avons un passé lourd, et aussi beaucoup de contraintes... et beaucoup de responsabilités... » murmura Hazel les yeux baissés. « Mais nous avons aussi le privilège de veiller sur la terre. C'est un honneur. »

« Et nous avons des pouvoirs », renchérit Zita fièrement. « Tu n'as jamais rêvé d'en avoir ? »

Ambrose réfléchit. Voler, sans doute, mais faire pousser des tangerines en pleine forêt ou parler à des chats, probablement pas.

« Oui, bien sûr. Je... je suppose qu'il faut du temps, c'est tout... » répondit-il simplement. « Et toi Hazel ? Qu'est-ce que tu peux faire ? » demanda-t-il dans l'espoir de détourner l'attention de son visage qu'il sentait s'empourprer.

« Oh, j'apprends encore ». Hazel baissa de nouveau la tête.

« Pas du tout, tu dis n'importe quoi Hazel ! » démentit Zita brusquement. « C'est une sylphide, elle peut communiquer avec tous les êtres de la forêt, les fées, les farfadets, les gnomes ! »

Hazel rougit et se couvrit le visage avec les mains.

« Elle a d'ailleurs désamorcé une véritable crise diplomatique l'an dernier entre les gnomes et les farfadets ! »

« Peut-être que tu peux contrôler les insectes comme les cousins de Juniper, Darren et

Fergusson ! » suggéra Hazel pour changer de sujet.

« Oh, ne fais pas cette tête-là, Kane ! », se moqua Zita en apercevant l'air incrédule d'Ambrose. « Tu serais surpris de savoir combien de galeries souterraines les frères Fennel ont pu construire grâce à l'aide des fourmis ! » lui lança Zita.

« Et Proserpine ? », demanda Ambrose avec curiosité.

« Toutes les Doyle sont des dryades...», expliqua Zita. « Les dryades font partie de la communauté des Sylvains, mais on les tient pour sacrées. Ce sont les nymphes des bois, elles sont au plus proche de la Terre. Elles peuvent communiquer avec les arbres et les végétaux, et même avec la terre sur laquelle tu marches ! Quand je pense que moi je dois me servir de chats et d'écureuils pour espionner qui je veux, Prose, elle, n'a qu'à demander à la terre et aux arbres de témoigner !

« Et surtout », renchérit Hazel, « seules les dryades peuvent guérir les arbres et les plantes quand ils sont malades et même ramener ceux qui sont morts à la vie. Tu te doutes bien qu'après les ravages de la pluie noire, on va avoir besoin d'elles ! »

Ambrose tâcha tant bien que mal de dissimuler un bâillement. Il voulait pourtant résister au sommeil, et obtenir les réponses à toutes les questions qui jaillissaient dans son esprit comme un feu d'artifice.

« Allez, Kane, ça suffit maintenant ! Nelly nous tuerait si elle savait qu'on t'empêche de dormir comme ça ! »

Zita sauta au sol à pieds joints, et tendit la main à Hazel, toujours assise sur le montant du lit, le regard fixé dans le vide. Sortie de sa torpeur, elle agita la main pour saluer Ambrose, qui ne savait pas s'il devait sortir de son lit et les raccompagner à la porte ou rester sous ses couvertures comme le lui avait demandé le Dr. Sibahl. Mais lorsqu'il vit ses deux camarades se diriger vers la fenêtre et l'ouvrir, il sauta du lit pour les retenir.

« Joli pyjama, Kane ! » ricana Zita. « On sait ce qu'on fait, pas d'inquiétude. Tu as ça dans le sang toi aussi ! »

Hazel enjamba la première la rambarde pour grimper sur la grosse branche du hêtre qui s'étendait jusqu'au balcon. Zita la suivit. Il retint son souffle en voyant la jeune fille aux cheveux pourpres sauter sur une autre branche, plus basse, et ainsi de suite jusqu'à parvenir au sol avec l'agilité d'un écureuil, comme Zita. Alors, après un dernier geste d'adieu, les jeunes visiteuses appuyèrent leur front sur le tronc de l'arbre, et en un clin d'œil, elles disparurent.

Lorsqu'il se réveilla le lendemain, après une nuit agitée, le sursaut d'Ambrose ne fut pas seulement causé par la sensation de vertige dont il fut saisi comme à l'ordinaire ; la perruche au plumage pistache qu'il découvrit posée sur la chaise de son bureau, face à lui, acheva de le tétaniser. Ambrose jeta un coup d'œil à la fenêtre, qui était toujours fermée depuis la venue d'Hazel et Zita. Comment l'oiseau était-il rentré ? À qui appartenait-il ?

Mais tandis qu'Ambrose se faisait ces réflexions, le plumage de l'oiseau aux yeux fermés changea sensiblement de couleur, tirant désormais vers le roux. Puis, la tête du petit oiseau se pencha, ses yeux se fermèrent et alors, une transformation déconcertante s'opéra sous le regard ébahi du garçon. À la place de l'oiseau qui disparut dans un bruit sec de livre fermé, Arthur Bergamot se tenait là, le menton rentré, accablé par un profond sommeil, à en croire du moins le ronflement sonore qui se mit à emplir la chambre silencieuse.

« Mr Bergamot ? » chuchota timidement Ambrose, dont la voix était couverte par les ronflements du pharmacien. « Mr Bergamot ! » répéta le garçon avec plus d'intensité.

Le pharmacien se réveilla brusquement, regardant autour de lui.

« C'est moi-même ! » répondit-il tout confus de sa voix haut perchée. « Oh ! Ambrose ! Je m'étais assoupi ! Je ne voulais pas te faire peur ! J'ai la fâcheuse tendance à perdre le fil de mes métamorphoses dès que je m'endors ! »

« Une nuit, je vous ai vu dormir dans le jardin ! » s'exclama Ambrose sans pouvoir contenir sa surprise.

Arthur parut mal à l'aise.

« Oui, oui », répondit-il en lissant ses longs sourcils roux. « C'est pour le couvre-feu que j'étais là, fiston, tous les Sylvains sont responsables de patrouiller dans la ville, à tour de rôle. » Il se tut, et se leva de la chaise qu'il replaça avec soin. « Je ne veux pas m'éterniser, ton père ne va pas tarder à revenir. »

« Oh non, non, Arthur, ne partez pas, s'il vous plaît ! » chuchota Ambrose avec empressement. « J'ai beaucoup trop de questions ! »

« C'est bien ce dont j'ai peur, hélas ! » répondit Arthur en souriant tristement. Le pharmacien s'était rassis, approchant la chaise du lit du convalescent.

Ambrose se redressa, tâchant de rassembler ses esprits pour retrouver le fil de ses interrogations.

« Il y a les Sylvains, les Ondins, et les Milésiens », récapitula-t-il.

Le pharmacien hocha la tête.

« Mais les Milésiens n'ont aucune idée de l'existence des deux clans... de gardiens », continua le garçon.

« Après la bataille de Taitlin où nous avons perdu la ville de Tara puis le reste de l'Île face aux Milésiens, nous avons effacé notre souvenir de leur mémoire, pour toujours. Nous avions perdu notre terre, mais nous n'étions pas prêts à abandonner notre mission de gardien. La terre a besoin de nous pour la protéger. C'est pourquoi nous nous sommes engagés à œuvrer dans le plus grand secret. Mais en ce moment, nous consacrons surtout nos vies à réparer les dégâts qu'ils font sur leur passage.»

« Mais aujourd'hui tout a changé, pourquoi ne pas dire la vérité aux Milésiens ? Ils agiraient différemment s'ils savaient ! » protesta Ambrose.

« S'ils savaient quoi ? » répliqua Arthur, agacé. « Ne savent-ils pas déjà que les ressources de notre terre et de nos eaux sont limitées ? Ne savent-ils pas déjà qu'ils détruisent jour après jour notre planète, et qu'ils creusent la tombe de leurs enfants de leurs propres mains ? Oh, je te l'accorde, ils n'ont certes pas la moindre idée de la véritable nature du danger qui nous guette tous ! » ajouta-t-il avec un rire amer où perçait l'anxiété. « Mais enfin, ils en savent assez pour renoncer à leur œuvre de destruction, n'est-ce pas ? Et pourtant, vois-tu un quelconque changement dans leur comportement ? »

Ambrose se tut quelques instants. Il ne trouvait rien à objecter aux arguments du pharmacien.

« Dans ce cas, si les Milésiens ne doivent apprendre l'existence des clans sous aucun prétexte », reprit Ambrose, « pourquoi avez-vous laissé Rohan assister à tout ça ? »

Arthur secoua la tête.

« Parce qu'un petit filtre suffit pour effacer les souvenirs, mon garçon. »

« Non ! » s'exclama Ambrose en se redressant violemment contre ses oreillers. « Non, vous ne pouvez pas effacer les souvenirs de Rohan ! Vous n'avez pas le droit ! »

« Nous en avons non seulement le droit, mais aussi le devoir », répondit Arthur tranquillement. « Mais... »

« Non ! » rugit-il alors qu'il sentait des larmes de colère lui monter aux yeux. Fallait-il qu'il affronte toute cette invraisemblable folie seul, sans l'appui de son unique ami ?

« Tu fais partie d'une communauté, maintenant. Tu n'es plus seul, et tu ne peux plus agir selon ton intérêt particulier », ajouta le pharmacien sur le ton de la réprimande.

« Je n'ai jamais demandé à intégrer le moindre club ! » protesta-t-il.

« Un club ! » s'écria le pharmacien en levant les paumes au ciel. « Nous avons du pain sur la planche avec toi, mon garçon ! Bref, même si je...»

« C'est injuste ! », coupa Ambrose d'une voix tremblante.

Épuisé, il se coucha en tournant le dos au pharmacien.

« Hum... Comme j'essayais de te le dire, malgré tout, ta situation est particulière, je te l'accorde », reprit-il d'une voix mal assurée, visiblement affecté par l'émotion du garçon. « Les autres enfants ont grandi dans des foyers sylvains, tandis que tu as grandi seul, loin de tout cela, c'est vrai. Ton père t'a élevé comme il l'a pu, c'est-à-dire comme un Milésien... »

Ambrose se retourna lentement, les yeux plein d'espoir.

« C'est pourquoi, bien que je ne sois pas moi-même d'accord, nous avons voté et la majorité l'a emporté. »

« Voté ? Qu'avez-vous voté ? » demanda Ambrose.

« Le soir de Mabon, nous avons formé une alliance sylvaine. Une alliance sylvaine est une sorte de quorum composé de dix Sylvains unis par les liens d'un secret. Après le témoignage de Juniper Fennel et de Proserpine Doyle, l'alliance a jugé que Rohan Sibahl avait fait preuve d'un courage et d'un altruisme rares. Basil Eogham a également expliqué que Rohan s'était mis à courir dans tous les sens pour te chercher dans toute la forêt sitôt que la pluie noire a commencé, au mépris du danger qu'il aurait pu courir. »

Ambrose essuya aussi discrètement que possible les larmes qu'il sentit rouler sur ses joues. La perspective d'avoir Rohan auprès de lui pour affronter ce nouveau chapitre lui offrait un réconfort indescriptible.

« Hormis les frères Fennel et moi-même, tous ont voté pour la mise à l'essai de Rohan en tant que Secréterre. Les Secréterres sont les rares Milésiens à être investis du secret des clans », expliqua le pharmacien en voyant l'expression d'Ambrose s'altérer sous l'effet de la confusion. « Ils nous sont d'un grand secours quand il s'agit d'influencer les Milésiens, qui sont de véritables mules, la plupart du temps, obsédés par le pouvoir, la consommation et la richesse. Sans les Secréterres, je ne sais pas comment nous pourrions mener la moindre initiative auprès des gouvernements milésiens. »

Ambrose pensa alors à son père, qui devait incarner tout ce qu'Arthur Bergamot condamnait.

« Mais comment devient-on sylvain ? Après tout, mes parents sont milésiens », murmura Ambrose rêveusement.

Le visage du pharmacien s'assombrit distinctement.

« C'est tout simple. On ne devient pas milésien, Ambrose.

C'est la mère qui transmet le sang sylvain. »

Ambrose sentit les battements de son cœur s'emballer.

« Ma mère est donc sylvaine ? Est-ce que mon père le sait ? »

« Atticus a choisi de t'élever loin de notre communauté, qu'il hait avec excès d'ailleurs. S'il apprend que nous t'avons rallié à notre cause, qui est, après tout fondamentalement la tienne, nous aurons bien des problèmes, fiston. Il faut garder à ce sujet la plus grande discrétion. »

Il était impensable pour Ambrose qu'un homme aussi pragmatique, rationnel et individualiste que son père ait pu se résoudre à vivre au sein d'une communauté magique, qui plus est chargée de protéger des ressources terrestres dans lesquelles il ne voyait pour sa part que du profit. Comment avait-il appris alors le secret de sa femme ? Le lui avait-elle caché ? Était-ce pour cela qu'ils s'étaient séparés ? À moins que ce ne soit la question de son éducation qui les ait déchirés ? Sa mère aurait peut-être souhaité qu'il soit élevé à Evergreen, comme un Sylvain, tandis qu'Atticus au contraire, avait évidemment décidé de le tenir loin de toute cette folie, comme un Milésien. Sa mère ne l'avait donc sans doute pas abandonné de son plein gré, et par indifférence ! Quoi ? son père, Atticus Kane, un secréterre de la communauté sylvaine ?

« Je veux savoir où est ma mère, Arthur ! », déclara Ambrose d'un ton résolu. « J'ai besoin de la rencontrer, j'ai tant de questions à lui poser ! Est-ce que vous la connaissiez ? »

Le visage d'Arthur se rembrunit encore. Il se mit de nouveau à lisser sa moustache nerveusement, puis, prenant une profonde inspiration :

« Il ne me semble pas possible de trouver ta mère pour le moment, mon petit. Et puis cessons de bavarder à présent, je vois bien que tout cela t'agite, et c'est normal, mais tu dois te reposer pour le moment. Nous parlerons de tout cela plus tard, c'est promis », ajouta-t-il en se dirigeant vers la fenêtre.

Mais Ambrose, peu disposé à laisser partir le pharmacien, se leva brusquement. Sa tête se mit à tourner, si bien qu'il vacilla. Arthur se retourna brusquement.

« Du calme, mon garçon ! Tu dois rester au lit, tu es convalescent ! » s'écria le pharmacien en l'aidant à se remettre sous les couvertures.

Rendu à l'évidence, le garçon se blottit docilement sous ses draps, encore tremblant.

« Tu as mauvaise mine. Au fait, Nelly est chargée de dire à ton père que tu as fait une indigestion. Tu aurais dû voir sa tête quand je lui ai suggéré de dire à Atticus que c'était sa mayonnaise qui t'avait rendu malade ! » Il partit d'un éclat de rire.

« Finalement, nous nous sommes mis d'accord pour incriminer cette pauvre Amélie et son pain perdu. »

Ambrose encore étourdi, sourit faiblement, avant de tomber dans un sommeil profond qui l'empêcha de voir le pharmacien prendre la forme de cette même perruche vert pistache qui l'avait regardé dormir.

Chapitre 9 : Mabel, pas maboule

En sortant pour la première fois de l'auberge après près d'une semaine de convalescence, Ambrose prit une grande bouffée d'air frais. S'annonçant par un mois d'octobre sombre et pluvieux, l'automne s'était officiellement installé à Evergreen où les températures chutaient de jour en jour. Dans le petit village qui s'éveillait de sa torpeur matinale, rien n'avait changé, et pourtant, tout lui apparut sous un jour nouveau, à présent que s'expliquait parfaitement ce qu'il avait d'abord pris pour de petites bizarreries locales.

Ainsi, s'il n'existait pas la moindre poissonnerie ou boucherie en ville, cela tenait aux « lobbys » sylvains et ondins qui opéraient secrètement au sein de la mairie, la consommation de produits animaux étant en effet un véritable sacrilège. Cela n'avait pas toujours été le cas, cependant : autrefois, afin que la viande d'un animal puisse être consommée, celui-ci devait avoir été sacrifié selon les coutumes rituelles de druides qualifiés. Or, pour des raisons qui échappaient encore au garçon, les druides spécialisés dans l'abattage rituel avaient peu à peu disparu, telle une espèce en voie d'extinction dont on avait braconné les derniers spécimens.

En règle générale, presque tous les us et les coutumes de la ville s'expliquaient par l'intransigeance des gardiens de la terre et des eaux en matière d'écologie et de protection des ressources. Il n'y avait ainsi rien d'étonnant à ce que le plastique et les produits chimiques polluants soient bannis d'Evergreen. Grâce à un travail de réforme des mœurs ayant mobilisé les clans depuis des décennies, même les Milésiens installés à Evergreen avaient été plus ou moins sensibilisés à la cause environnementale, si bien que dans toute l'Irlande, Evergreen était devenue une des villes pionnières en matière d'écologie.

Malgré tout, le nouveau maire milésien ne l'entendait pas de cette oreille ; soutenu par une poignée d'autres Milésiens tout aussi peu scrupuleux, ce dernier avait impliqué la ville dans des projets fort contestés. Ignorant tout de l'existence des clans, le maire n'avait guère évalué la portée de la cabale lancée contre les croisiéristes par les Ondins, ni anticipé le déchaînement des Sylvains à l'encontre du projet de « transformation » des Bois sacrés...

Du reste, le combat des Sylvains contre ce projet de destruction venait de leur apporter une première victoire ; une procédure légale avait été entamée par une association d'habitants mobilisés pour attaquer le projet, juste avant Mabon. Leur avocat, Oscar Etchingham, le père de Hazel, était parvenu à trouver des irrégularités dans le projet, si bien que le permis de construire avait été suspendu jusqu'à nouvel ordre. C'était d'ailleurs pour consulter ses avocats qu'Atticus s'était rendu à Londres la veille de la course d'orientation ; depuis son retour, on ne l'avait plus vu quitter l'auberge.

Lorsqu'il descendait les escaliers, derrière la porte de la chambre « Tremble », Ambrose entendait souvent le pas énergique de son père qui arpentait nerveusement la pièce. Atticus n'était guère habitué à perdre, encore moins face à des adversaires « ignares et obtus », comme il aimait à décrire les habitants d'Evergreen. Comme un de ces requins-tigres piégés dans les filets d'un pêcheur, Mr. Kane semblait menacer à tout moment de charger, et Nelly autant qu'Ambrose redoutaient d'assister à ce débordement de fureur programmé. Lorsqu'en de rares occasions Mr. Kane sortait afin de se rendre à l'hôtel de ville pour y rencontrer le maire et son adjoint, c'était un moment de relâche exquis, où la tension accumulée à La Tête du barde retombait lourdement.

« Un revenant ! » s'exclama Rohan qui attendait à l'angle de *L'Oie et du Chaudron*.

Ambrose le rejoignit, gratifié par une grande tape dans le dos, et les deux garçons se mirent sur le trajet de l'école sans tarder. Rohan, surexcité, lui fit le récit détaillé de son « procès » avec le quorum Sylvain qui avait fini par décider de le mettre à l'essai en tant que « secréterre » ; il décrivit la façon dont Proserpine et Juniper étaient intervenues en sa faveur, et l'enthousiasme avec lequel les frères Fennel avaient accueilli la nouvelle, après avoir voté contre lui.

« Ils ont bien insisté, Ambrose, on doit faire preuve de discrétion ! » expliqua encore gravement Rohan. « Moi, je suis tenu au secret, bien sûr, mais même toi, tu ne dois rien dire à personne, pas même à un autre Sylvain en dehors du quorum, sinon, ça finira par remonter aux oreilles de ton père et là, – Rohan passa son pouce sur son cou dans un geste éloquent – couic ! Mais tu sais, je crois que... AAARGH ! »

Proserpine et Juniper émergèrent du platane devant lequel les deux garçons passaient.

« J'ai failli faire un infarctus ! » protesta Rohan.

Juniper eut un sourire satisfait, puis elle regarda autour d'elle anxieusement ; la rue était déserte.

« C'est le meilleur endroit pour se télétroncsporter, expliqua-t-elle d'un air entendu en se recoiffant. Son air hautain trahissait une jubilation enfantine. « C'est suffisamment proche de l'école pour qu'on puisse dormir jusqu'au dernier moment, et assez désert pour qu'on ne se fasse pas prendre. »

« Désolée de vous avoir surpris, depuis qu'on est autorisé à se télétroncsporter, June est obsédée avec ça, tous les prétextes sont bons pour se télétroncsporter, je vous le dis, bientôt elle va planter un arbre dans sa chambre juste pour pouvoir aller nourrir son chien dans le jardin ! » soupira Proserpine en roulant les yeux.

« Moi aussi je pourrais... faire ça ? » demanda Ambrose interloqué.

« Même un empoté comme toi peut le faire, oui », assura Juniper d'un ton sarcastique. « Mais nous ça fait des mois qu'on s'entraîne. C'est une des épreuves de l'initiation... »

Ambrose tressaillit. Fallait-il en plus qu'il passe un examen ? Pourtant une affiche placardée sur le tronc du platane chassa bien vite ces craintes naissantes, le rendant sourd au reste du monologue de Juniper. Sur une photo, une fille aux longs cheveux roux, âgée de neuf ou dix ans tout au plus, souriait vaguement.

« Mabel Moore ».

« C'est la Milésienne qui a disparu », murmura Proserpine en apercevant son regard s'arrêter sur l'avis de recherche.

« La photo date d'il y a presque dix ans ! Pourquoi ses parents n'ont pas donné une photo récente ? Elle a perdu toutes ses dents, entre-temps ? » lança Rohan d'un air moqueur.

Le cerveau d'Ambrose commençait à bouillonner ; il était incapable d'arracher ses yeux de l'affiche. Rohan agita sa main devant son regard fixe.

« Quand j'y pense, cette pauvre Mabel n'est pas si maboule que ça à côté de vous », reprit nonchalamment Rohan. « Après tout, vous autres, avec vos histoires d'arbres messagers, d'arbres tunnels et de farfadets, vous n'êtes... ». Rohan s'interrompit brusquement, le visage aussi blême que celui d'Ambrose, tous deux frappés par une même révélation. « Nom d'un kelpie ! » s'écria-t-il enfin.

Les deux garçons échangèrent des regards ahuris, et sous les yeux étonnés de Juniper et de Proserpine, s'écrièrent à l'unisson :

« ET SI MABEL ÉTAIT UNE SYLVAINE ? »

Les deux garçons, la voix tremblante sous l'effet de l'excitation, expliquèrent alors à Juniper et à Proserpine dans un imbroglio de paroles entrecoupées ce qu'ils savaient de Mabel, son adoption, la fascination que celle-ci avait pour l'ancien maire et grand barde, le Dr. Hellebore

Parsifal et toutes les déclarations qu'elle avait pu faire à l'encontre des « Milésiens ».

« Ça ne prouve pas nécessairement qu'elle soit des nôtres », objecta Juniper d'un ton sec. « Ça prouve seulement qu'elle n'est pas si maboule. »

« Et comment saurait-elle tout ça ? Elle est enfermée depuis ses 12 ans ! » protesta Proserpine, aussitôt ralliée à la cause des garçons.

« Et comme par hasard, elle disparaît, juste après Taylor ! Quelqu'un connaissait peut-être son identité et l'a enlevée en guise de représailles ! » suggéra Rohan.

« Je n'irai pas jusque-là », répartit Ambrose, songeur. « Pourquoi enlever quelqu'un dont l'identité sylvaine n'est même pas connue ? Pourquoi ne pas plutôt enlever quelqu'un comme... vous ? »

« Je reste persuadé qu'il s'agit d'une Sylvaine ! » s'exclama Rohan. « Il y a trop de coïncidences ! Il faut en savoir plus sur elle !»

« Si c'est une des nôtres, c'est notre devoir de la retrouver », renchérit Proserpine en jetant un regard à Juniper.

« Et comment ? » rétorqua-t-elle encore incrédule.

« Nous pourrions en parler à Arthur, ou à ma grand-mère », suggéra Proserpine. « Elle sait toujours quoi faire ! »

Ce midi-là, le bruit d'un fait divers aussi étonnant qu'inquiétant courait sur toutes les lèvres.

« Comment ça, mort ? » s'exclama Hazel, ses grands yeux arrondis par la surprise.

Au milieu du brouhaha de la cafétéria, un exemplaire du journal local circulait de main en main au sein du petit groupe formé par Ambrose, Hazel, Zita et Rohan. La mine grave, Rohan lui tendit la page du journal.

« Mort, comme les plus jeunes animaux de la forêt pendant Mabon, comme les étoiles de mer retrouvées échouées sur la côte la semaine passée, simplement morts ! expliqua Rohan. Le bruit de la découverte d'un requin-pèlerin sur la plage s'était répandu dans toute l'école.

« Ce sont des représailles, j'en suis certaine ! » chuchota Zita.

« À cause de la pluie noire ? » demanda Ambrose. « Mais qui ferait une chose pareille ? »

Zita leva les yeux au ciel.

« Mais les Sylvains radicaux, Ambrose ! Ils s'en prennent aux créatures de la mer parce qu'ils sont convaincus que ce sont les Ondins qui sont responsables de la pluie noire ! »

« Les Ondins fanatiques », renchérit Rohan qui en savait désormais plus que lui sur le conflit géo-politique opposant les deux clans. « C'est ce que pense Wade en tout cas ! »

« En parlant du loup », soupira Ambrose qui aperçut Wade marcher dans leur direction. Le garçon au crâne mi-rasé se jeta nonchalamment entre les deux filles, et piocha une frite dans l'assiette d'Ambrose avec un sourire provocateur.

« Alors, vous venez pour Samain ? » demanda-t-il. « Vous », précisa-t-il en s'adressant à Zita et Hazel, « pas vous ! » lança-t-il à Ambrose et Rohan. « J'ai hâte de voir le mur de brume qu'on va faire autour des bois et du côté de la mer ! Spratt et ses copains n'y verront que du feu ! »

« Pas question que ce stupide couvre-feu nous empêche de célébrer Samain ! Tout le monde sera là ! » annonça coquettement Zita.

Hazel lui fit les gros yeux et le petit geste qu'elle fit en sa direction n'échappa pas à Ambrose.

« Pardon, Ambrose, pas tout le monde », corrigea Zita. « Ce serait impossible pour toi de participer aux festivités sans ruiner ta couverture ! Il ne faudrait pas beaucoup de temps avant que ça remonte aux oreilles de ton père. »

« J'en ai le cœur brisé », railla Wade. « Au fait, c'est quoi le plan », ajouta-t-il en désignant négligemment Rohan du menton,

« Vous intégrez des Milésiens maintenant ? »

« Puisqu'ils intègrent même des Ondins... », répliqua Ambrose sans même réfléchir à la portée de ses paroles, « où est le mal ? »

Zita et Rohan eurent le même haussement de sourcils ; un silence pesant s'instaura, et Wade se leva brusquement sans un mot. Il retourna à sa table, s'asseyant près de Basil Eoghan, affairé comme à l'ordinaire à touiller dans son verre une de ses créations gastronomiques bizarres. Wade s'empara alors du récipient qui contenait la mixture de Basil, et le liquide se mit à bouillonner, produisant une odeur fétide qui se répandit dans tout le réfectoire. Il saisit par le col un élève de sixième qui passa devant eux, cramponné à son plateau, et le força à boire l'horrible mélange.

« *Sláinte* ! » s'exclama Wade avant de taper dans le dos du pauvre Basil et d'ajouter : « Avec les compliments du chef ! »

Ambrose détourna le regard, écœuré. Il n'avait jamais pensé trouver quelqu'un plus détestable encore que les frères Fennel.

« Qu'est-ce qu'il est drôle !», soupira Zita en battant des cils. Ambrose et Rohan se lancèrent des regards incrédules.

« Parlons plutôt de Samain ! » s'empressa d'ajouter Hazel.

« Même si tu ne peux pas être des nôtres samedi soir, tu dois tout de même savoir de quoi il s'agit. »

« Il s'agit d'une sorte d'Halloween », répondit Ambrose avec assurance.

Zita renifla en signe de mépris.

« Non, Halloween a été créé à partir de Samain. Samain est un festival celtique qui célèbre l'arrivée de l'hiver et des mois sombres de l'année ! Et surtout, c'est le jour où les frontières entre l'Autre-monde et le nôtre sont les plus faciles à traverser !

« Traverser ? Qui voudrait les traverser ? » interrogea Rohan.

« Les âmes de ceux qui ne sont plus là ! » répondit Hazel. Ambrose frissonna légèrement. Le visage blanc de Taylor, déformé par l'eau, s'imposa alors à son esprit.

« Tout va bien, Ambrose ? » lui demanda la jeune fille aux cheveux pourpres d'une voix soucieuse.

Ambrose hésita. Fallait-il qu'il parle de sa vision ? Après tout, était-ce vraiment plus insensé que le secret des clans ? N'était-il pas assis à la table d'une zoomancienne, capable de converser avec les animaux, et d'une sylphide, communiquant avec les créatures magiques de la forêt ? Pourtant, le garçon se contenta d'hocher la tête et laissa Hazel reprendre le cours de ses explications. Même pour les Sylvains, voir des morts ne devait pas être de bon augure.

« ...Même les monstres qu'on trouve à la frontière des mondes peuvent venir chez nous ! C'est très dangereux. C'est pour ça qu'on fait des feux de joie de partout dans les bois et près de la mer, pour leur faire peur et les tenir éloignés ! »

De la part de Hazel, dont les sourcils constamment arrondis dans une expression de surprise et la voix haut perchée suggéraient toujours l'étonnement, ces explications avaient l'air encore plus insensées.

« Des monstres à la frontière des mondes ? » répéta Ambrose avec appréhension.

Rohan lui rendit son regard étonné.

« Bref, cette stupide fête commerciale d'Halloween telle qu'on la connaît aujourd'hui n'est que l'appropriation d'un de nos festivals celtiques », expliqua Zita. « Oh ! » s'écria-t-elle en saisissant subitement le bras d'Hazel : « Tu sais qui m'a invité à voir les célébrations sur la plage ? »

Hazel secoua gravement la tête.

« Zale Brugha ! »

Les deux filles se mirent alors à glousser bruyamment, oubliant tout à fait la présence des deux garçons. Rohan feignit de vomir en mettant son doigt au fond de sa gorge.

« J'aurais préféré que ce soit Wade McNamara, mais il ne s'intéresse à personne d'autre qu'à lui-même ! » chuchota Zita d'un ton malicieux.

Ambrose reposa brusquement la pomme qu'il s'apprêtait à croquer.

« Wade ? Wade est le fils de Mr McNamara ? Le pêcheur ? »

Hazel renversa sa tête en riant.

« Ce n'est pas un pêcheur, nigaud ! C'est tout le contraire ! Il est chargé de la protection de la faune aquatique. En ce moment, il travaille sur un projet destiné à construire des récifs artificiels. »

« Tu ne me l'avais pas dit ! » lança-t-il en se tournant vers Rohan.

« Je ne pensais pas que c'était important, Sherlock. Et tu veux l'arbre généalogique de toute la ville, tant qu'on y est ? »

« Il y en a un, d'ailleurs », renchérit Hazel en souriant. « Un vrai arbre, je veux dire », ajouta-t-elle, désarçonnée de sentir les regards d'Ambrose et de Rohan soudainement braqués sur elle.

« Pourquoi me regardez-vous comme ça ? j'ai dit une bêtise ? Tous les habitants d'Evergreen, vivants et morts, depuis le Déluge, s'y trouvent inscrits. Il est caché dans le sous-sol de la mairie. »

« Hazel, c'est fantastique ! » s'écria Rohan, fou de joie.

« Quelle drôle d'idée vous avez eue, encore, tous les deux ? » demanda Zita en faisant les gros yeux.

« Si Mabel est une Sylvaine, alors elle figurera nécessairement sur cet arbre ! » chuchota Ambrose sans avoir toutefois la moindre idée de la forme que pourrait prendre l'arbre généalogique de la ville d'Evergreen.

*
* *

Le cœur d'Ambrose battait la chamade. Chaque bruit qui résonnait dans la cage d'escalier et qu'il entendait, l'oreille collée à la porte, lui glaçait le sang. Raisonnablement, son père n'avait aucune raison de monter à l'étage pour s'assurer que son fils dormait ; il n'en avait guère l'habitude. Et Nelly ? Nelly était capable de tout pour s'assurer qu'il était en sécurité et qu'il ne lui venait pas la mauvaise idée d'essayer de se télétroncsporter tout seul en pleine nuit depuis le jardin. Sitôt qu'il entendit frapper discrètement au carreau de la fenêtre, le soulagement le gagna. C'était Proserpine.

« Tu peux m'expliquer ce qu'Arthur Bergamot fiche ici ? » chuchota-t-elle nerveusement. « J'ai vu un hibou sur une branche et comme je connais bien ses tours, je me suis tout de suite doutée que c'était lui ! Et ça n'a pas manqué, il s'est endormi et bim, le hibou s'est transformé en pharmacien ! »

« Il s'assure que tout le monde respecte le couvre-feu », répondit Ambrose sans conviction.

« Il n'a pas l'air près de se réveiller d'après ses ronflements ! » grommela-t-elle. « Allez, direction le Chaudron du Dagda ! »

Bien qu'habitué à l'escalade, Ambrose considéra le hêtre avec appréhension. S'il tombait, la chute serait certainement fatale.

« Tu n'as même pas besoin d'escalader, si tu préfères, tu peux directement sauter, tu sais », expliqua Proserpine. « Tu peux sauter de la plus haute branche et tomber sur tes pieds sans le moindre embarras ! Regarde ! »

Ambrose n'eut pas le temps d'arrêter la jeune fille ; avec l'aisance d'un écureuil, elle était déjà à terre, sur ses deux pieds, l'enjoignant à la suivre. Ambrose enjamba quant à lui gauchement la rambarde du balcon avant de se mettre à califourchon sur la branche du hêtre. Comment ensuite se mettre debout, comme il l'avait vu faire par Hazel et Zita le soir de Mabon ?

Oh ! Avait-il rêvé ? Non ! L'arbre s'était mis à secouer doucement ses branches, comme pour l'encourager à se lever ! Pourtant, l'effet suscité chez le garçon fut inverse : pris de panique, Ambrose se cramponna plus fort encore à la branche, si bien que l'arbre secoua ses branches plus vigoureusement encore, comme la mère qui pousse ses oisillons hors du nid. Ce ne fut qu'après une lutte éprouvante et une véritable épreuve de rodéo qu'Ambrose se résigna enfin à poser ses pieds sur la branche, puis à s'y agenouiller avant de se lever gauchement.

« Allez, saute sur une branche plus basse maintenant, Kane ! Comme les écureuils ! Jusqu'à ce que tu puisses sauter » l'encouragea Proserpine dont la voix trahissait l'impatience.

« Impossible », répondit-il le souffle coupé.

Comme si l'arbre avait compris la détresse du garçon, la branche sur laquelle il se tenait s'abaissa lentement tout en se rapprochant de celle, plus basse, sur laquelle il espérait sauter. Il n'eut qu'à faire un pas pour accéder à cette branche, qui répéta alors le mouvement de la précédente et le déposa près d'une autre branche, plus basse, est ainsi de suite jusqu'à ce qu'il n'ait plus qu'à sauter à un mètre de hauteur.

« Remercie-le », soupira Proserpine. « Je n'aurais pas eu cette patience ! »

« Merci », chuchota Ambrose en caressant la branche de l'arbre. Il sentit alors un courant d'énergie lui traverser la paume et monter jusqu'au cœur.

Proserpine lui saisit la main et sitôt qu'elle posa son front sur l'écorce de l'arbre, Ambrose eut la sensation d'être propulsé dans une montagne russe décrivant de grands huits. La tête renversée, il aperçut des globes lumineux et ailés flottant autour de lui. Quelques secondes plus tard, il était projeté au fond d'une cave remplie de tonneaux.

Tout autour de lui, du sol au plafond, des bouteilles s'entassaient sur de grandes étagères. Au beau milieu de la pièce se trouvait un bonsaï, perché sur une petite console.

« Bienvenue au Chaudron du Dagda ! Le paradis des amateurs de whisky de jour, et de nuit, notre repaire depuis l'instauration du couvre-feu ! ».

Ambrose considéra longuement l'arbre nain qui lui faisait face.

« Nous avons voyagé... à travers ça ? Je pensais qu'il fallait que l'arbre de destination soit aussi grand que l'arbre d'arrivée ! » s'étonna-t-il.

« Les bonsaï sont les exceptions à la règle ! » lança une voix aiguë et sèche derrière eux. Juniper descendit les escaliers qui conduisaient à la cave pour les accueillir. « Ce sont des arbres très convoités, évidemment, puisqu'ils sont les seuls à permettre de se télétroncsporter de l'extérieur à l'intérieur en toute discrétion ! Pas tout le monde n'a un chêne ou un châtaignier dans son salon ! »

« Pourtant il y a bien un arbre géant dans les sous-sols de la mairie ! » se rappela Ambrose avant de sentir la poche intérieure de son manteau s'agiter. Sans réfléchir, il jeta sa veste au sol, et Proserpine la saisit à la volée.

« Oh ! Mais qu'est-ce que tu fais là toi ? » dit-elle d'une voix étonnamment douce à une petite sphère lumineuse qui se dégagea tant bien que mal de la poche. « C'est une fée ! » expliqua-t-elle à Ambrose stupéfait.

« C'est donc ça qui m'est rentré dans l'oreille ! » s'écria-t-il en observant la sphère se poser sur la main de Proserpine. En s'approchant de plus près, Ambrose remarqua que la petite sphère en question ressemblait nettement à la boule duveteuse des pissenlits sur lesquels on souffle en faisant un vœu, et qui laissent ainsi s'envoler de petits parachutes blancs. Pourtant, au milieu de la sphère lumineuse s'abritait un minuscule visage mutin, aux grands yeux noirs et aux cils démesurément longs et noirs.

Ambrose, stupéfait, recula instinctivement, la main collée à sa bouche.

« Elle ne va pas te manger, tu sais », murmura Proserpine sans lever les yeux de la petite fée recroquevillée dans sa main, visiblement offusquée de la réaction du garçon.

« Je suis désolé, je ne voulais pas... ce... cette chose est juste très... »

« Cette chose, tu veux dire « elle » le reprit Proserpine d'un air mécontent.

« Elle est... je n'ai jamais vu pareille chose...pareille créature de ma vie. C'est surprenant. Désolé », dit-il à voix basse à l'attention du petit être duveteux.

« C'est une fée de l'air », expliqua Juniper qui commençait à s'impatienter. « Elles se retrouvent souvent coincées dans les arbres. Si tu trouves qu'elle est effrayante, attends de voir les fées des arbres. Il n'y a que Prose qui n'en ait pas peur. Brrr...! Crois-moi, les fées de l'air sont très mignonnes. »

« Par contre, ne les appelle jamais « choses », ou « trucs », et ne parle jamais d'elles comme « ça », avertit Proserpine en baissant la voix, comme pour préserver la sensibilité de la petite fée tandis qu'elle suivait Juniper en haut des escaliers.

À l'étage, les murs du pub couverts de vieux miroirs de toutes formes brillaient vaguement d'un éclat glauque. De jour, avec ses larges banquettes et ses grands rideaux de velours rouge, presque tous tirés en cette heure tardive, le pub devait avoir l'air assez chaleureux. Dans la pénombre ambiante, à peine éclairée par la lumière vacillante de quelques rares bougies qui se réfléchissaient dans les miroirs, Ambrose distingua Rohan, Hazel et Zita, installés autour d'une table de granit noir.

« Où est Wade ? » lança Proserpine en s'installant à la table. Ambrose se retourna vers la jeune fille.

« Que vient faire Wade ici ? » chuchota-t-il sans parvenir à cacher son mécontentement.

« Je dois lui parler de Taylor », répondit-elle d'un air indifférent en s'installant à la table.

Wade surgit alors de dessous le bar, une pinte à la main.

« Quelqu'un a soif ? » lança-t-il à la cantonade en tirant une chaise qu'il rapprocha de la table.

« Nous nous sommes discrètement éclipsées de l'école June et moi pour aller voir ma grand-mère à midi. Nous lui avons parlé de Mabel Moore. Elle nous a garanti qu'aucune erreur n'était possible et qu'une Sylvaine n'aurait jamais pu être adoptée par erreur par un couple de Milésiens. Ça ne peut pas arriver dans la mesure où l'on consulte bien entendu le Grappasang dans ces cas-là. »

« Le Grappaquoi ? » demandèrent Ambrose et Rohan à l'unisson.

« Le Grappasang », répéta Proserpine. « C'est l'arbre généalogique des Sylvains, notre arbre de sang à nous. »

Au mot de « Grappasang », l'imagination d'Ambrose s'enflamma, nourrie d'images d'arbres au feuillage sanglant, plongeant leurs racines dans les souterrains de la ville, chargés des portraits de ses habitants.

« C'est tout de même une coïncidence étonnante », murmura-t-il en revenant à lui. « Que Mabel soit au courant de l'histoire des clans, je veux dire. »

« Bon », déclara Wade en se levant. « J'en ai assez entendu sur cette dingo. En quoi ça me concerne tout ça ? » ajouta-t-il d'un ton agacé.

« Ambrose a raison, il y a tout de même une sacrée coïncidence, vous ne trouvez pas? », continua Proserpine en ignorant Wade. « J'ai l'impression que ma grand-mère me cache des choses. Tu te souviens du collier qu'on a trouvé dans les bois le jour de Mabon, avant la pluie ? » lança-t-elle à Ambrose. Proserpine sortit de sa poche un papier qu'elle déplia d'un geste tremblant.

C'était l'exacte reproduction, sous forme de dessin, de la vision qu'Ambrose avait eue sous l'eau en cours de natation. Taylor y était représenté, les cheveux bien plus courts que sur la photo de l'auberge, épars, flottants, et le visage déformé par l'eau qui semblait avoir infiltré sa peau.

Hazel étouffa un sanglot et Wade détourna le regard. Ambrose déglutit quant à lui difficilement.

« J'ai eu cette vision en touchant le collier dans les bois », expliqua Proserpine.

« J'ai vu la même chose sous l'eau en cours de natation, le premier jour d'école », finit par avouer Ambrose. Aussitôt, il eut le sentiment qu'un poids terrible venait de lui tomber des épaules.

Rohan sursauta.

« Tu ne m'as jamais rien dit ! »

« J'ai découvert plus tard en trouvant une photo de Taylor à l'auberge que c'était lui... ».

Mais au même moment, le souvenir de la photo de Taylor et du Club Dimanche s'imposa à son souvenir. Le pendentif en forme de croissant ! C'était le pendentif lunaire qui ornait la chaînette d'or trouvée dans les bois ! Il saisit le croquis de Proserpine ; le cou de Taylor était nu !

« C'est à Taylor ! » s'exclama-t-il. « Sur la photo que j'avais découverte à l'auberge, Taylor porte le même collier ! Il ne le portait pas au moment de sa disparition ! »

« Tu veux dire que celui qui l'a volé saurait quelque chose de sa disparition ? » suggéra Rohan.

« Ou l'aurait tué, surtout », murmura Wade, la voix tremblante.

« Je ne savais pas quoi faire, alors j'ai donné le collier à ma grand-mère et je lui ai dit où on l'avait trouvé. Elle m'a promis qu'elle le donnerait à Spratt pour faire avancer l'enquête. Et pourtant, ce soir, avant de partir, j'ai retrouvé le médaillon au même endroit où elle l'avait laissé quand je lui ai donné après Mabon. Ça ne lui ressemble pas. »

Le thé brûlant qu'Ambrose but à petites gorgées lui réchauffa tout le corps.

« Droséra n'a aucun intérêt à mettre les enquêteurs sur la piste d'un Sylvain », observa Zita. « Avec Arthur, Nelly et sans doute d'autres personnes, ils essaient de mettre la main sur le coupable pour le juger et surtout pour étouffer le scandale dans l'œuf.»

« Moi, je ne suis pas d'accord avec vous », objecta Wade.

« Vous partez tous du principe que le meurtrier est un Sylvain. Moi, je pense que c'est un Ondin. »

« Pourquoi un Ondin aurait-il fait une chose pareille ? » demanda Ambrose interloqué. Zita avait raison ; aucun conflit milésien n'était aussi compliqué que le conflit latent qui opposait les clans.

« Tu t'es moqué de moi aujourd'hui, parce que je ne reste qu'avec des Sylvains, Kane », lui répondit Wade en se tournant vers lui. Pour une fois, ses yeux ne riaient pas : Ambrose ne l'avait d'ailleurs jamais vu aussi sérieux. « C'est que tu ne connais pas mon clan. Les Ondins sont un peuple guerrier et conquérant. Nous autres Ondins sommes élevés dès le plus jeune âge à combattre, dans l'espoir de participer un jour à la bataille finale contre les Sylvains et les Milésiens pour imposer le règne du Royaume ondin sur l'Irlande. Enfin, quand je dis « nous, je parle des garçons seulement. »

« C'est une société patriarcale », expliqua Juniper.

« Oui, et ça l'a toujours été. Ce n'est que très récemment que les mœurs ont changé. Certaines Ondines ont toujours une place très restreinte et passent toute leur vie sous l'eau. Tu as entendu parler du rituel de noyade, Kane ? »

« Non. »

« Sache que les Ondines sont les seules sirènes à pouvoir vivre aussi facilement sur la terre ferme que sous l'eau. Et pourtant, ça n'a pas empêché certains détraqués de rendre impossible la vie à la surface pour les filles. À la naissance, ils maintiennent la tête des petites filles sous l'eau, jusqu'à ce qu'il n'y ait plus la moindre trace d'air dans leurs poumons, et qu'elles ne puissent plus jamais remonter à la surface. »

« C'est... c'est horrible... » balbutia Ambrose. « Mais quel intérêt y a-t-il à condamner les filles à vivre sous l'eau pour toujours ? »

« Eh bien en partie pour éviter les alliances interdites avec des Sylvains ou avec des Milésiens ! »

« Mais même avant qu'il devienne Taylor, Tallulah vivait pourtant normalement ! » s'exclama Rohan.

« Justement », rétorqua Wade. « Le père de Taylor est comme le mien, ils font partie des rares Ondins à ne pas être fêlés du bocal. Taylor a donc grandi à la surface. Déjà à l'époque, il ne faisait pas l'unanimité auprès de la communauté. Alors tu penses bien que quand Tallulah est devenue Taylor, ça n'a fait qu'empirer les choses. »

« Si je comprends bien, tu penses que des Ondins auraient assassiné Taylor parce qu'il était un mauvais exemple pour la communauté ? » demanda encore Ambrose frappé par la complexité du problème.

Les paroles de Zale, affirmant que Taylor était allé trop loin en voulant choquer « la communauté et les anciens » lui revinrent alors en mémoire. Il faisait référence au peuple ondin...

« Wade, tu lui donnes une image horrible des Ondins ! Pas tous ne sont comme ça, regarde Zale ! » s'exclama Zita.

Wade étouffa un rire moqueur.

« Zale ne te considèrera jamais sérieusement, Zita. Tu te fourres le doigt dans l'œil si tu penses que tu as une chance avec lui. »

Absorbé dans ses réflexions, Ambrose n'écouta pas la dispute qui éclata entre Zita et Wade.

« Rohan ! » s'écria-t-il en se levant brusquement de la table. « Tu te souviens du premier jour où je suis arrivé, l'après-midi sur la crique, quand nous avons vu les silhouettes encapuchonnées ! »

Rohan le dévisagea en silence, avant de se lever lui aussi comme un ressort.

« C'étaient des Ondins ! » devina-t-il, extatique.

« C'était sans doute le père de Taylor, mon père et des amis », expliqua Wade, le visage rembruni. « Ils s'étaient réunis pour la cérémonie d'adieu. C'est une sorte d'enterrement, où on rend le corps à la mer ». Wade but sa bière à grands traits, comme pour se donner du courage.

Ambrose frissonna. Si Rohan et lui étaient arrivés ne serait-ce que quelques minutes plus tôt, ils auraient assisté à un spectacle effroyable.

« Sylvain ou Ondin, il faut trouver le coupable du meurtre de Taylor pour lui permettre de traverser l'Autre-monde, et la police milésienne est sans doute mieux placée que... » commença Hazel.

« ...Qu'un trio de Sylvains composé d'une aubergiste, d'un pharmacien et d'une retraitée, sans offense pour ta grand-mère, Prose » continua Wade sans ménagements.

« Non, tu as raison », admit la jeune fille. « J'espère seulement que la crainte du scandale n'altèrera pas son jugement et qu'elle donnera le collier aux Milésiens, pour faire avancer l'enquête. »

Quelque chose pourtant avait interpellé Ambrose dans les paroles d'Hazel ; Taylor était-il coincé au seuil des mondes ?

« Le fait que nous ayons vu Taylor... signifierait qu'il est encore piégé ici? » finit-il par articuler, comme incommodé par l'invraisemblance de ses propos.

« Oui ». Wade, les sourcils froncés, fixait obstinément sa pinte vide. « Et franchement j'ignore encore pourquoi c'est à toi qu'il est apparu. »

« Écoutez les amis, vous ne m'enlèverez pas de l'esprit que la disparition de Mabel la maboule est liée au meurtre de Taylor », déclara Rohan avec le flegme d'un enquêteur. « Que le meurtrier soit ondin ou sylvain, c'est le même qui a enlevé Mabel, qu'elle soit milésienne ou pas. »

« Il faudrait déjà être certain de l'identité de Mabel Moore », observa Juniper, plongée dans ses pensées. »

« Il faut trouver un moyen d'accéder au Grappasang, c'est notre seule chance de nous en assurer », conclut Ambrose.

« June, c'est toi qui rentres en scène ! Ton père travaille à la mairie, non ? » demanda Zita.

« Super, il suffit de trouver son badge, ou son pass ! » suggéra Rohan.

« Le sous-sol secret de la mairie n'est pas accessible par un pass Rohan, autant lancer une journée portes ouvertes à destination des Milésiens ! » répondit sèchement Juniper.

« J'imagine qu'on ne peut pas... se télétroncsporter grâce à l'arbre ? » hasarda Ambrose sans la moindre conviction.

« Tu imagines bien », rétorqua Zita. C'est le lieu le plus gardé de la ville, évidemment.

« C'est comme le registre des Ondins à Bath en Angleterre », renchérit Zita.

« Ce n'est pas parce qu'il est sous l'eau que Wade peut s'y rendre.

Ambrose et Rohan eurent le même mouvement de surprise.

« Vous pouvez vous déplacer grâce à l'eau ? » Wade haussa les épaules.

« On appelle ça vaguabondir, oui. Mais le point d'eau doit être suffisamment large. J'ai essayé d'utiliser un vase une fois, mais ça n'a pas marché. Il faut être sacrément doué pour ça. Dans l'ensemble, les règles du vaguabondage sont bien plus complexes que les vôtres. »

« Et ce registre, à Bath, quelle forme prend-il ? » demanda Ambrose, piqué par la curiosité. « Et pourquoi serait-il à Bath, en Angleterre ? »

Wade secoua la tête, dans un mouvement de révolte difficilement contenu.

« À l'origine, il n'y avait pas d'Angleterre, ignorant ! Ce que vous appelez votre stupide Royaume-Uni ne formait qu'une seule terre que nos clans s'étaient partagée. Bath était en territoire ondin. Ensuite, les terres se sont fragmentées et les Milésiens ont profané Bath en faisant des Sources sacrées un vulgaire spa pour Romains ! »

« Ils ont même essayé de nous prendre la terre qu'on appelle aujourd'hui Irlande, qui nous était revenue à nous autres Sylvains, et vers laquelle beaucoup d'Ondins avaient dû fuir », expliqua encore Hazel.

« Mais avec les deux clans réunis en une même île, nous étions ingouvernables ! Plus tard, les affreux Sassennachs y ont laissé des plumes !» ricana Wade dont les yeux s'étaient mis à briller.

« Pourquoi avez-vous perdu l'Irlande du Nord, alors ? » hasarda Rohan.

Wade s'assombrit brusquement.

« On ne sait pas trop. Ceux qui prêchent pour la ségrégation des Milésiens disent que les clans qui y vivaient s'étaient trop assimilés là-bas. Ils avaient fini par penser et agir comme des Milésiens. Ce ne sont que des hypothèses. »

« En tout cas, on s'amusait drôlement moins à Belfast qu'ici ! » s'exclama Rohan. « Et alors, ce registre ondin, c'est un arbre ? »

« Je ne sais pas trop. On dit que c'est un kelp. »

« Un quoi ? » répétèrent Rohan et Ambrose en chœur. Wade leva les yeux au ciel, ce qui n'échappa pas à Zita.

« Oh, Wade, sois un peu tolérant, pas tout le monde ne sait ce que c'est qu'un kelp ! » le réprimanda-t-elle d'un ton sévère.

« Un kelp c'est une algue géante, si tu veux. Ça ressemble assez à un arbre d'ailleurs, et ils forment même des forêts. C'est magnifique, d'après ce que m'a dit Zale. »

« En tout cas, il paraît que l'Arbre des Ondins se trouve sous le grand bassin des termes milésien », finit par ajouter Wade.

« Des termes romains, tu veux dire ? »

« La même chose, Kane », grommela-t-il.

« Ne nous égarons pas les enfants, il faut trouver une solution pour accéder à l'arbre ! » rappela alors Rohan.

« Il a raison. June, ton père doit avoir une sorte de pass spécial. Tu n'as pas idée de ce que ce pourrait être ? »

Juniper mordant sa lèvre inférieure, semblait en proie à une intense réflexion. « Je pourrais chercher dans son bureau à la maison. Il a un tiroir fermé à clé. »

« Tu devrais regarder sous le tiroir, s'il n'a pas collé la clé. C'est ce que fait mon père », suggéra Ambrose. « Je suis devenu expert pour retrouver les objets cachés », s'empressa-t-il d'ajouter devant l'expression étonnée de ses camarades. « Mon père cachait régulièrement mon herbier quand j'étais à l'école primaire. »

« Si on trouve ce fameux pass, quel qu'il soit », continua Proserpine après un silence, « il faudra que nous nous retrouvions le soir de Samain. C'est le seul soir où la mairie sera déserte, et où l'on est sûr que tout le monde sera occupé dans la forêt avec toutes les festivités ! Nous ne pourrons bien sûr pas tous y aller sans attirer l'attention. »

« Je veux venir », déclara Ambrose. « De toute façon, je n'ai nulle part où aller ce soir-là, puisque je n'ai pas le droit d'assister aux festivités.

« Je viens avec lui ! » s'exclama Rohan.

« Et vous avez besoin de quelqu'un qui sache se télétroncsporter, au cas où », acheva Juniper. « Prose, tes pouvoirs seront bienvenus auprès du Grappasang, et je me chargerai de divertir ta grand-mère et ta sœur pour que ton absence passe inaperçue. »

Le ciel était maussade et incertain. Ambrose contemplait rêveusement la pluie fine qui battait les carreaux de la bibliothèque, où toute la classe du Professeur Buttercup s'était rendue pour rédiger un exposé sur la christianisation de l'Irlande. De temps à autre, les parapluies de quelques passants se retournaient piteusement, balayés par le vent. Absorbé dans sa rêverie, Ambrose entendait parfois les vociférations de Wade qui lisait avec horreur les explications de son livre d'histoire, ponctuées de quelques « Maudits Milésiens de malheur ! »

Ce vendredi après-midi, tout le monde attendait impatiemment la fin du cours pour profiter des derniers moments de liberté avant le début du couvre-feu et admirer les décorations d'Halloween et de Samain. Les rues d'Evergreen étaient jonchées de citrouilles dont la chair découpée laissait apparaître les plus terrifiantes expressions. Beaucoup de porches de maisons, selon la tradition celtique de Samain, étaient également agrémentés de grosses lanternes où rougeoyait la flamme chaude de bougies. Ambrose, qui s'était laissé gagner par l'ambiance enthousiaste des préparatifs de la fête, se rappela alors que Juniper n'avait pas trouvé le moindre objet caché susceptible d'être le fameux « pass » pour l'Arbre généalogique des Sylvains. Rohan et lui resteraient donc à la Tête du Barde pendant que le reste du groupe célébrerait Samain.

« Vraiment Proserpine ? C'est donc ça ta définition du travail d'équipe, déléguer tout le travail à Juniper afin de dessiner ? »

Ambrose, surpris par la présence du Professeur Buttercup qu'il n'avait pas entendu arriver derrière eux, fit semblant de se replonger dans son travail ; depuis le début de l'heure, il s'était contenté de recopier machinalement un paragraphe du livre d'histoire.

« Ambrose Kane, à moins que tu ne projettes d'embrasser une carrière de moine copiste, ce que tu fais ne te sera d'aucune utilité. Quand je repasse, je veux que vous deux ayez au moins répondu aux question A et B ! »

Juniper attendit le départ de leur professeur pour laisser éclater sa colère. Dans ces cas-là, ses narines s'enflaient toujours comme celles d'un dragon.

« Mais quelle idée j'ai eue de me mettre avec deux canards boiteux ! »

Rohan rayonnait. Il n'était donc pas un canard boiteux.

« Il est hors de question que je finisse deuxième de la classe ce trimestre à cause de vous deux ! Prose, arrête de dessiner et ouvre ton livre ! Et toi, qu'est-ce que tu fiches, Kane ? Tu prévois de recopier le livre entier ? Tu veux essayer de le traduire en latin peut-être ? »

Ambrose tâcha de lire le paragraphe qu'il avait recopié sans même le comprendre. Pourtant, les minutes défilaient, et ses yeux parcouraient vainement le texte comme une surface lisse, n'offrant pas la moindre prise à sa compréhension.

« J'essaie de réfléchir à un endroit où ton père pourrait avoir caché l'objet, si c'est un objet », finit-il par dire.

« C'est nécessairement un objet en bois », rétorqua Juniper avec mauvaise humeur, sans lever les yeux de son bouquin.

« Est-ce si difficile à trouver, un objet inhabituel en bois ? » Proserpine étouffa un rire.

« Autant chercher une aiguille dans une botte de foin ! »

*

*　　*

Chercher un objet en bois chez Juniper Fennel revenait en effet à chercher une aiguille dans une botte de foin. La maison des Fennel était une des plus vastes propriétés d'Evergreen. Située près du bureau de poste, loin du vieux centre, la grande maison jouissait d'un terrain exceptionnel, qui bordait les bois de la ville. Sur le grand portail de fer, un panneau indiquait :

« ARTEFACTS DE BOIS FENNEL »

Ce n'était donc pas seulement une maison, c'était également un magasin. Dans le vaste salon, des meubles de toutes sortes, des battants de porte, de vieux cadres de tableaux et de fenêtres et une grande quantité de bibelots s'amoncelaient, tous agrémentés d'une petite étiquette qui leur était discrètement attachée. Sitôt pénétré dans le grand salon du rez-de-chaussée, Ambrose sentit ses oreilles bourdonner de façon déplaisante.

« On a du bois de noyer, d'olivier, de chêne, d'acacia... »

« Je comprends mieux la difficulté de trouver le fameux pass », soupira Ambrose en essayant de se boucher les oreilles pour voir si le vrombissement s'assourdissait. Pourtant, le drôle de bruit semblait venir de l'intérieur. « Tes parents sont antiquaires ou ébénistes ? »

« À choisir l'un des deux je dirais antiquaires. La culture du bois était une tradition très ancienne à Evergreen, et dans ma famille. Il y a plusieurs siècles de ça, tout le pays venait en ville pour se fournir en œuvres sculptées, en meubles, et même en machines et en équipement agricole. »

« Et pourquoi du bois ? » Ambrose repensa au choc de Nelly lorsque Rohan et lui lui avaient suggéré d'allumer un feu dans la cheminée avec des bûches.

« Le bois est sacré, on ne peut pas le couper ou même l'utiliser à moins qu'il ait été sanctifié par un druide », expliqua Juniper.

« Ce sont les mêmes druides qui sanctifient les animaux ? » demanda Ambrose.

« Exactement. Bien sûr, de nos jours, le bois est partout, non sanctifié. Mais nous autres Sylvains fidèles à nos traditions, nous respectons cet interdit. Aujourd'hui, tout ce que nous pouvons utiliser, ce sont d'anciens meubles, des antiquités qui remontent à l'époque où l'on avait encore des druides à tous les coins de rue. »

Ambrose attrapa une petite étiquette, attachée à une superbe chaise à bascule. Même dans les magasins français et italiens de Peacock Hills les plus coûteux, aucune chaise n'était aussi chère. Il caressa l'accoudoir de la chaise, distraitement. Un flot d'énergie se mit alors à traverser la paume de sa main, comme lorsqu'il avait pris part au cercle de protection dans les bois, et comme lorsqu'il avait touché le grand hêtre de l'auberge.

« Est-ce que je peux l'essayer ? » demanda-t-il poliment à Juniper en faisant le geste de s'asseoir.

« Vous n'avez pas de chaises dans votre château à Londres, Kane ? » rétorqua cyniquement la jeune fille.

« C'est juste... j'ai l'impression qu'il y a quelque chose... »

Il ne trouvait pas les mots pour expliquer à ses amis la sensation de chaleur, à la fois physique et émotionnelle, qui traversait tout son corps au contact de la chaise dans laquelle il s'était confortablement installé et qui se balançait lentement dans un grincement subtil. Mais très vite, il aperçut leur expression changer.

La bouche de Rohan était grand ouverte, et Proserpine et Juniper eurent un mouvement de surprise. C'est à ce moment-là qu'il sentit ses pieds quitter le sol. La chaise s'élevait lentement dans l'air, vacillant légèrement de temps à autre. Le souffle coupé, il leva les yeux et s'aperçut que le plafond n'était plus très loin désormais.

« Descends, descends ! » chuchota Rohan avec frayeur.

« Je ne pilote pas la chaise, Rohan ! »

« Au contraire, Kane », laissa échapper Juniper dans un souffle.

« Ce n'est pas le moment de lui donner des cours de pilotage, June. Saute, Ambrose ! »

Rohan s'était rapproché, les bras ouverts, prêt à le recevoir dans sa chute ; mais Ambrose prit une profonde respiration et sauta au sol à pieds joints, sans mal.

« J'oubliais que vous êtes pratiquement des chats », remarqua Rohan.

« Eh bien, je crois qu'on connaît le pouvoir d'Ambrose, désormais ! » annonça Proserpine, dont la voix trahissait l'étonnement.

« Je n'en reviens pas », rétorqua Juniper alors qu'Ambrose, sans voix, examinait la chaise sur laquelle il venait de léviter. Ce n'est pas le pouvoir le plus répandu, je ne sais pas auprès de qui tu pourras apprendre ! »

« Je peux donc faire voler des objets ? »

« Tu peux enchanter le bois », répondit Proserpine. « Bien sûr ton pouvoir ne se limite pas à faire léviter des objets en bois ou des branches, mais depuis la nuit des temps les Sylvains qui ont cette aptitude ont été nommés « pilotes », parce que c'est sans doute l'usage le plus précieux qu'ils peuvent en faire. Je ne connais pas les autres, mais Arthur en saura plus que nous ! »

« Je préfère ne pas en parler à qui que ce soit pour le moment », murmura Ambrose encore sous le choc. Son étrange sentiment de vertige la nuit s'expliquait : le vieux lit de l'auberge était en bois ! Il ne rêvait pas lorsqu'il se réveillait, saisi d'un sentiment de chute ! Mais alors, il pouvait faire voler une chaise, et voler dessus ? Et une branche ?

« Avec le mien, le pouvoir telluride, c'était un des pouvoirs les plus recherchés à l'époque des guerres contre les Ondins », ajouta fièrement Juniper. « Je crois qu'il y a un livre sur les vaisseaux volants de guerre que les Sylvains pilotaient pendant les guerres de clans », ajouta-t-elle, les sourcils encore froncés.

« Ne vous méprenez pas, je trouve que ce pouvoir est mortel et si je pouvais, je te paierais, Ambrose, pour que tu nous fasses faire un tour de la ville sur une branche », déclara alors Rohan, revenu de son choc, « mais s'il a le pouvoir d'enchanter le bois, c'est parce qu'Ambrose a une sorte de connexion spéciale avec ce matériau, pas vrai ? »

Proserpine hocha la tête.

« Donc est-ce qu'il ne pourrait pas se servir de cette connexion pour retrouver le mystérieux pass de ton père, June ? »

Juniper considéra gravement Rohan.

« Mais... mais oui Rohan ! Tu as parfaitement raison ! » s'exclama Juniper. Rohan rayonnait. « Kane, nous allons passer par toutes les pièces de la maison, concentre-toi, et essaie de trouver l'objet ! »

Ambrose déglutit avec difficulté. Il n'était pas particulièrement performant, mis à l'épreuve de la sorte, sans préavis. Il n'avait pas la moindre idée des signaux à guetter. Plus le temps passait, plus le bourdonnement qui retentissait à ses oreilles devenait incommodant. Arrivé en haut des marches de l'escalier, il plaqua ses mains sur ses deux oreilles : c'était comme si un essaim d'abeilles avait élu domicile dans ses conduits auditifs.

« Tout va bien, Ambrose ? » demanda Proserpine.

« Non. Il y a trop de bruit. »

Les trois amis échangèrent des regards inquiets.

« Il n'y a pas un chat ici », lui dit doucement Rohan.

« Depuis quand tu entends ce bruit ? » demanda Juniper d'un air suspicieux.

« Depuis que je suis arrivé. Mais ce n'était pas aussi fort », s'efforça-t-il de répondre, la tête entre les mains.

« Ça veut dire que nous nous rapprochons ! » s'écria Juniper triomphalement.

Dans le couloir, le bruit s'intensifia sensiblement devant la porte du cabinet de travail de Mr Fennel. Lorsqu'il franchit le seuil de la porte, Ambrose manqua de s'effondrer. Le bourdonnement devenait insoutenable.

« Un dernier effort, Ambrose. Ce sont les énergies de tous ces objets que tu dois entendre, et au milieu d'entre eux, il y a ce fameux pass qui ne demande qu'à être trouvé ! » l'encouragea Proserpine.

« De toute façon nous ne repartirons pas d'ici sans que tu aies trouvé ce pass, Kane », trancha Juniper d'un ton catégorique.

Ambrose s'approcha en titubant de la grande bibliothèque de bois qui trônait derrière le bureau.

Le pass, sous quelque forme qu'il soit, était là et l'appelait. Il tâcha de faire le vide dans son esprit. Au milieu des bourdonnements, il distingua une sorte de son plus doux, comme un chuchotement. Il ouvrit un des placards, où s'amoncelait une grande quantité de volumes aux reliures dorées. Il laissa sa main les parcourir au hasard, et s'arrêta sur l'une d'elle. En se concentrant sur le doux chuchotement, le vacarme bourdonnant lui paraissait plus lointain. Il saisit le livre, sans savoir vraiment quoi y chercher.

« Un faux livre ! » s'écria Rohan. « Malin, ton père ! »

Dans le renfoncement de ce qui servait de couverture au livre, une petite clé de bois était logée.

Chapitre 10 : Les secrets du Grappasang

« Je sais bien que tu es déçu de ne pas pouvoir te joindre aux célébrations de ce soir, mon sucre. Je t'apporterai des restes du festin, c'est promis. Et je te raconterai tout le lendemain », assura Nelly en étouffant Ambrose contre elle. Il entendit Rohan ricaner derrière lui.

« Ton père reçoit le maire pour un dîner d'affaires très important ce soir, ça tombe bien, l'auberge est vide pour Samain », reprit-elle une fois qu'Ambrose eut réussi à s'extraire de son étreinte. « J'ai donc pris Amélie pour faire le service, tout est déjà cuisiné en avance bien sûr, je ne suis déjà pas bien rassurée à l'idée de la laisser manipuler des assiettes, alors faire à manger ! »

Nelly leva les yeux au ciel, puis s'approchant des garçons, prit un ton confidentiel : « Dans leur pays, ces gens-là mettent du poivre sur leurs frites. Du poivre ! Le vinaigre, ils l'utilisent pour la salade. Oh ! et ils mangent des escargots », ajouta-t-elle avec horreur, en mimant l'enroulement d'une coquille d'un geste du doigt.

« Ce n'est pas mauvais ceci dit », fit remarquer Ambrose en se remémorant ses souvenirs de voyage comme s'il s'agissait d'une autre vie.

Nelly fit la grimace.

« Ah mon petit, ne m'en parle même pas ! Bref, Amélie ne devrait pas tarder à vous monter votre repas, donc vous pouvez être tranquilles ce soir. »

Lorsque Nelly les quitta, les deux garçons se mirent à guetter la venue du maire.

« Quand est-ce que Proserpine doit arriver ? » demanda Rohan nerveusement.

« Je dois lui transmettre le message pour lui dire quand la voie est libre. »

« Par arbre interposé j'imagine ? Le téléphone, ce serait trop bizarre pour des gens simples et ordinaires comme vous ? » plaisanta-t-il.

Après la visite de la jeune fille au pair française qui leur servit gauchement leurs plateaux-repas non sans renverser un verre de limonade sur les genoux de Rohan, les deux garçons, l'oreille collée à la porte, entendirent la voix tonitruante du maire qu'Atticus Kane accueillait dans le lobby. Puis, les voix s'estompèrent et Ambrose reconnut distinctement le pas affirmé de son père remonter les escaliers. Faisant un signe à Rohan, il se précipita pour s'assoir à son bureau, et Rohan s'installa sur le lit, dans une pose faussement détendue, en faisant mine d'attaquer son plateau-repas.

« Bonsoir les garçons. »

« Bonsoir monsieur Kane », balbutia Rohan qui se balançait nerveusement sur le lit comme un métronome. Malgré son titre autoproclamé d'« emberlificoteur professionnel » qu'Ambrose ne lui contestait certes pas, Rohan, sous le regard inquisiteur de Mr. Kane, perdait toute contenance. Pourtant, son père, trop heureux de ne pas avoir son fils « entre les pattes » ce soir-là, ne parut pas le moins du monde remarquer le malaise évident de Rohan.

« Faites-vous discrets ce soir, les garçons. Tu m'entends Ambrose ? Je ne veux pas vous entendre. Faites ce que bon vous semble, tant que vous ne mettez pas le feu à cette bicoque, mais gardez le volume au plus bas. Et que je ne vous prenne pas à rôder près de la salle de réunion, surtout », déclara-t-il d'un ton menaçant.

Ambrose s'efforça de ne pas sourire. Jamais il n'aurait songé à espionner l'ennuyeux dîner d'affaires de son père avec le maire alors qu'il devait retrouver Proserpine pour utiliser la clé de bois et accéder au fameux Grappasang d'Evergreen.

Sitôt la porte refermée, Ambrose se précipita au balcon et posa son front sur la branche qu'il entoura de ses bras affectueusement.

« Ce n'est pas un poney, tu sais », se moqua Rohan.

Ambrose se concentra sur le flux d'énergie qui le connectait à l'arbre, et tâcha de se représenter Proserpine, dont il visualisait surtout l'habituelle moue renfrognée. « *Atticus occupé. Nelly partie. Auberge vide* », répéta-t-il intérieurement sans s'arrêter.

Quelques minutes plus tard, Proserpine apparaissait dans un bruit sec derrière le tronc de l'arbre, qu'elle se mit à escalader avec une facilité déconcertante.

Ambrose sortit la petite clé de sa poche.

« Qu'est-ce que je suis supposé faire ? » demanda-t-il anxieusement.

« Je ne sais pas trop », admit Proserpine.

« Et si tu lui demandais tout simplement de te conduire jusqu'à l'Arbre généalogique ? » proposa Rohan non sans circonspection.

« Rohan, cramponne-toi bien », murmura Proserpine en passant son bras sous celui d'Ambrose, qui examinait la petite clé dans l'espoir d'y trouver une quelconque indication d'emploi. Il ferma les yeux, et s'imagina tourner la clé de bois dans une serrure. Il convoqua alors à sa mémoire l'image de la mairie située sous les anciennes halles aux poissons, qu'il s'efforça de juxtaposer à l'image de la porte, mais rien ne se produisit. Après quelques instants de confusion pourtant, Rohan tira sur la manche d'Ambrose, désignant du regard la grande malle en bois où était rangé son linge.

À travers la fente du meuble entr'ouvert, une intense lumière jaune étincelait sous forme de halo. Le trio s'avança du mystérieux meuble. Ambrose leva le couvercle, d'où s'échappa une clarté aveuglante, mais avant même de pouvoir distinguer le contenu de la malle, il se sentit aspiré à l'intérieur, et glisser comme sur un toboggan de lumière.

Projeté tête en avant, Ambrose retomba tant bien que mal sur ses mains qu'il jeta en avant afin d'amortir le choc de son menton contre le sol. Étonnement pourtant, ses mains s'enfoncèrent dans une boue froide et gélatineuse. Rohan et Proserpine, atterris à quelques mètres, se relevèrent lourdement. Ambrose récupéra à quelques mètres de lui la clé qui avait volé de ses mains.

« C'est ça, le sous-sol de la mairie ? » demanda-t-il en regardant autour de lui. Ses yeux s'acclimataient difficilement à l'obscurité ambiante. La pièce dans laquelle ils se trouvaient ressemblait à une immense cave vide, dont les murs, tapissés de pierres grises, s'étendaient à perte de vue, comme s'il n'existait pas de plafond. En se retournant pourtant il aperçut à quelques mètres d'eux un arbre monumental, ceint d'un halo lumineux blanc, depuis les racines jusqu'aux cimes dont on ne voyait pas le bout. C'était à couper le souffle. Rien, aucun arbre, si grand soit-il, n'égalait ce spectacle, pas même le Général Sherman, un Séquoia américain de 83 mètres de haut et 30 mètres de circonférence dont il avait si souvent admiré les photos. Le Grappasang des Sylvains, lui, paraissait infini.

« Première mission accomplie », murmura Rohan après un sifflement d'admiration. « Maintenant, où se trouve l'arbre ? Ma mère a fait un arbre généalogique pour retrouver les Sibahl sur dix générations d'Indiens, je peux vous aider ! »

Ambrose étudia le visage de Rohan pour y chercher en vain les marques de la plaisanterie. Pourtant, Rohan était très sérieux ; l'arbre ne lui était tout simplement pas visible.

Proserpine s'était agenouillée devant le tronc colossal comme un fidèle devant l'autel. Son visage pâle rayonnait dans la lumière du mystérieux halo.

« Le Grappasang ! Je ne pensais pas le voir un jour... » chuchota-t-elle, la voix tremblante d'émotion. « Cet arbre est sacré, Ambrose. On dit que les Grands Bardes peuvent se rendre à Avalon grâce à lui. »

« Avalon, c'est l'Autre-monde ? » se souvint Ambrose. « Là où doit se rendre Taylor ? »

Proserpine hocha la tête avec retenue.

« Sérieusement, vous voyez vraiment un arbre ? » demanda Rohan, fâché de se sentir exclu. « On est plutôt sur du baobab ou du sapin ? »

Agacé du silence auquel il se heurta, il se mit à faire les cent pas autour d'Ambrose, absorbé dans la contemplation de l'incroyable spécimen. Les branches les plus basses de l'arbre étaient habillées d'un épais feuillage vert qui dissimulait de lourdes grappes violettes comme du raisin. En s'approchant, il constata que les petits globes violets étaient recouverts de poussière, certains tout ratatinés et secs. Machinalement, il souffla sur la grappe pour en chasser la poussière, et il distingua alors clairement des noms inscrits sur chaque grain.

« J'ai trouvé ! » s'exclama-t-il. Proserpine accourut alors. Chaque grappe représentait donc une famille, certaines étant plus fournies que d'autres, et surtout en meilleur état que d'autres. Certaines grappes étaient intégralement sèches. Mais comment trouver la grappe correspondant à l'hypothétique ascendance de Mabel, dans cette infinité de fruits ?

« Peut-être qu'il faut simplement lui demander », suggéra Rohan en haussant les épaules. « Plus rien ne m'étonnerait, désormais. »

« Il a raison Proserpine, tu es une dryade. Si quelqu'un peut lui demander, c'est toi. »

Proserpine s'agenouilla de nouveau près de l'arbre, apposant respectueusement sa minuscule main sur l'écorce de son tronc immense. Ambrose distingua ses lèvres bouger silencieusement, comme occupées à proférer une fervente prière.

Un bruissement sonore retentit alors depuis les cimes infinies de l'arbre, et Ambrose, figé de stupeur, aperçut alors une branche monumentale se courber gracieusement jusqu'à eux, comme pour leur tendre ses fruits.

Ambrose s'avança. Une des grappes étincelait, telle une archive qu'on venait de dépoussiérer afin d'être consultée correctement.

« Merci », chuchota-t-il sans même réfléchir, avant de manipuler la grappe pour y lire les noms qu'elle présentait. « Saoirse Quinn, Charles Murray, Aisling Murray, Frank Walsh »... Comment trouver Mabel dans tout cet entrelacs de noms ? Et son nom serait-il le même ? Si l'arbre avait répondu à la requête de Proserpine, c'était nécessairement la preuve que Mabel...

« Je l'ai ! » s'écria Proserpine. « Genièvre Murray, morte à en juger par l'état du grain, et Oliver Kelly, mort aussi, Orla Mabel Kelly... en mauvais état ! C'est elle ! Orla ! Nous avions raison ! Comment ma grand-mère aurait-elle pu l'ignorer ? Comment ont-ils pu laisser une Sylvaine orpheline se faire adopter par des Milésiens ? C'est une énorme bavure ! Une erreur impardonnable ! »

Le fruit qui correspondait à Mabel Moore était à moitié ratatiné. Était-elle donc promise à une mort imminente ?

« Il faut en parler à ta grand-mère, Prose », déclara Ambrose après un débat intérieur.

« Nous avons la preuve irréfutable, elle sera forcée de nous croire ! »

« Ça ne nous aide quand même pas à savoir pourquoi on l'a enlevée, ni si son kidnappeur savait qu'elle était Sylvaine », remarqua Rohan.

« Et si elle avait fui ? » suggéra Ambrose.

« C'est une possibilité. Il faut tout faire pour la retrouver ! Allez, partons maintenant, avant que quelqu'un ne s'aperçoive que je manque au feu de joie, et avant qu'on ne s'aperçoive aussi de votre absence à l'auberge. »

« Impossible que mon nom soit sur l'arbre ? », demanda Rohan.

« Impossible. Il n' y a ni Milésiens, ni Ondins, ni druides sur le Grappasang. Ma mère était une dryade et mon père était druide, et bien regarde, je te parie qu'il n'y est pas. »

Proserpine retourna vers le tronc de l'arbre, et en quelques secondes, une nouvelle branche s'était penchée pour présenter ses fruits.

« Ça c'est ma mère, Ivy. Voilà ma grand-mère, Droséra. Et sa mère, Norma Rose. Et ainsi de suite. Elles ont toutes épousé des druides, selon la tradition. Une dryade qui épouse un Milésien ou un Ondin, c'est très mal vu. Il n'y aurait plus de dryades, d'ailleurs. Comme il n'existe plus de druides sacrificateurs aujourd'hui. »

« Et un autre Sylvain, un simple Sylvain, ça va ? »

« Oui, bien sûr, mais ça ne donnera pas naissance à une dryade. »

« Mais si c'est un garçon, on s'en fiche, non ? »

Ambrose n'écoutait plus la conversation. Une idée lui était venue en tête, à laquelle il n'était pas prêt de renoncer. Il s'agenouilla près de l'arbre, comme l'avait fait Proserpine avant lui, et posa sa paume tout contre le tronc dont l'écorce chaude surprit sa main.

« S'il te plaît... Ma mère est Sylvaine, elle s'appelle Elizabeth Danes. Je m'appelle Ambrose Kane. Mon père est un Milésien. Je veux voir qui sont mes ancêtres. Je veux simplement connaître leur nom. »

Ambrose sentit son cœur s'accélérer en entendant le bruissement des cimes. Une autre branche se pencha au sol, chargée de grappes diverses. Ambrose se précipita à la recherche de la sienne. Il chercha d'abord parmi les grappes plus fournies, puis, parmi les moins abîmées, dans l'espoir de découvrir de proches parents encore vivants. Hélas, il ne trouva son nom nulle part.

« Je ne me trouve nulle part, c'est étrange », murmura-t-il.

« Tous ces noms me sont inconnus. »

Mais Proserpine ne répondit pas. Elle frôlait les lourdes grappes pourpres de sa main, les yeux fermés.

« L'arbre a été enchanté. Il ne montre pas tout... » dit-elle d'une voix rauque.

« Qui aurait fait ça ? » demanda Ambrose.

« Je ne vois qu'une dryade capable de faire ça... » chuchota-t-elle. Tandis que sa main avait touché une petite grappe noircie, la jeune fille sursauta. « C'est ici. C'est celle-ci. »

D'un geste brusque, Ambrose s'empara de la grappe, qui s'arrêtait à une certaine « Myrtle Belinda Cinnamond. »

« Il n'y a rien, je n'y suis pas, et ma mère n'y est pas non plus ! » soupira-t-il. Proserpine chassa sa main de la grappe, et se remit à la manipuler, les yeux fermés. Quelques secondes plus tard, Ambrose entendit un petit cri étouffé.

Proserpine se tenait là, sidérée, la bouche couverte de sa main.

Ambrose se jeta sur la petite grappe qu'elle venait de consulter de nouveau, et son cœur se serra. Sous « Myrtle Belinda Cinnamond », un nouveau grain rond, jeune et pulpeux était apparu, indiquant « Ambrose Cilian Kane ». Ses yeux s'emplirent de larmes sans même qu'il ne cherche à trouver le nom de ses grands-parents, dont aucun n'était vivant, à en juger par l'état des grains.

Il sentit les mains de Proserpine et de Rohan se poser doucement sur son dos.

Une dénommée « Myrtle Belinda Cinnamond » était donc sa mère ? Comment son père avait-il pu lui faire croire tout ce temps que sa mère avait choisi de l'abandonner ? Mais elle était morte, et toute possibilité de la connaître et de découvrir ses racines lui étaient ainsi brutalement ôtées. À peine eût-il effleuré le fruit ratatiné qu'il se décomposa en une nuée de cendres, avant de se reformer aussitôt. Myrtle Cinnamond était morte depuis des années ! Qui la connaissait, ici ? « Il sera difficile de trouver ta mère », l'avait prévenu Arthur. Savait-il qu'elle était morte ? Et même lui, pourquoi son nom avait-il été caché ? C'était peut-être une erreur, après tout. L'espoir fragile qui se mit à luire alors, au milieu de la sombre salle, lui déchira le cœur, plus encore que la certitude du deuil.

« Ambrose, il faut y aller. Ça ne sert à rien de rester ici », murmura Proserpine.

Mais Ambrose se dégagea brutalement de l'étreinte de ses amis. Il n'irait nulle part.

« C'est Samain ! » s'entendit-il crier à travers ses sanglots.

« Vous l'avez dit, tous, c'est le jour où la frontière avec... avec l'Autre-monde est la plus mince ! Je veux la voir ! » Les larmes lui brouillaient les yeux. « Cet arbre ! » reprit-il, « tu as dit qu'on pouvait accéder à Avalon grâce à lui ! »

« Ambrose, j'ai dit que les Bardes pouvaient peut-être... »

« Tout ça n'a aucun sens ! » rugit Ambrose, qui sentait toute une colère insoupçonnée remonter en lui dangereusement.

« Sylvains, Ondins, Milésiens, druides, bardes ! Je n'ai rien demandé de tout ça ! J'aurais voulu ne rien savoir ! Je veux juste voir ma mère ! Je DOIS voir ma mère ! »

Il se précipita alors vers le tronc de l'arbre et plaqua son front contre son écorce tiède, comme il avait vu les autres Sylvains le faire tant de fois pour se déplacer d'un arbre à l'autre. De grosses larmes roulaient sur ses joues et mouillaient ses tempes auxquelles ses longs cheveux collaient.

« Montre-moi ma mère », supplia-t-il à l'arbre. « C'est tout ce que je te demande ! » L'écorce de l'arbre lui sembla alors s'amollir sous son front, jusqu'à disparaître, si bien que tout son corps, qui s'appuyait contre le tronc, bascula dans le vide.

La tête lui tournait. Dans sa confusion, Ambrose regarda tout autour de lui, mais une nuée scintillante et épaisse l'empêchait de voir où il se trouvait. Il n'était plus dans la salle du Grappasang. Il entendait des rires et des chants, et même la rumeur lointaine d'une musique jouée par des instruments qu'il n'avait jamais entendus auparavant. Où était-il ? Comment rentrer ? Il se retourna brusquement : derrière lui se trouvait un arbre immense dont le lourd feuillage ployait jusqu'au sol, lui donnant la forme d'un dôme parfait. C'était donc par cet arbre qu'il était arrivé ici. En avançant à travers les rameaux pour se frayer un passage, son regard s'arrêta sur les fruits sphériques et dorés dont l'éclat trahissait la présence au milieu de l'épais feuillage vert. Une fois franchie la canopée végétale, Ambrose se retrouva au milieu d'un jardin traversé par une petite rivière où nageaient à la surface d'improbables poissons ailés, dont le corps était couvert de plumes mais agrémenté de grosses nageoires. Les yeux grand ouverts, ces créatures bizarres nageaient tranquillement, indifférentes à la présence du garçon.

Alors, les rires et les chants s'intensifièrent, et de l'autre côté de la rivière, des silhouettes d'hommes et de femmes apparurent lentement, à peine visibles d'abord, comme transparentes. Tout ce monde dansait, certains portaient des torches qu'ils secouaient dans l'air joyeusement. Du côté de la rivière où se trouvait Ambrose, une fille diaphane baignait ses pieds dans la rivière, un sourire flottant sur les lèvres. Alors qu'il se tenait là, une main douce saisit la sienne. Il sursauta.

Après un mouvement initial de déception lorsqu'il réalisa que ce n'était pas sa mère, Ambrose fut frappé de stupeur. La personne qui lui avait saisi la main n'était nulle autre que Taylor Finn. Il aurait reconnu entre mille les traits fins de ce visage qu'il avait aperçu sous l'eau et qui souriait, radieux, sur la photo de l'auberge. Des cheveux bruns mi-longs, bien plus courts que sur la photo du club Dimanche, encadraient son visage de quelques légères ondulations. Le jeune garçon à la mine grave ne semblait guère partager l'humeur festive de ceux qui se trouvaient de l'autre côté de la rivière, et ses yeux gris clair paraissaient éteints.

Sidéré, Ambrose ne parvint pas d'abord à articuler le moindre son et se contenta de dévisager le garçon à l'apparence spectrale.

« Je sais qui tu es...Taylor... Je suis Ambrose... J'ai tellement de questions ! Mais qu'est-ce que tu fais là ? » finit-il par demander en bredouillant.

Taylor esquissa un faible sourire en entendant Ambrose prononcer son nom.

« Tout le monde te croit mort ! » continua-t-il.

Taylor hocha tristement la tête, sans dire un mot. Un frisson parcourut alors l'échine d'Ambrose. Était-il mort lui aussi ?

« Qu'est-ce que je fais ici ? » murmura-t-il, le souffle coupé. « C'est Avalon, n'est-ce pas ? »

Taylor se pointa lui-même du doigt, puis tendit son index vers Ambrose.

« Mais pourquoi moi ? » demanda Ambrose en comprenant que Taylor l'avait appelé grâce au Grappasang.

Taylor saisit la main tremblante d'Ambrose et la plaça délicatement sur son front qui s'avéra glacé.

Des images défilèrent alors à toute allure sous ses paupières ; deux petites filles sur la plage, en maillots de bain roses à pois blancs, affublées de grands chapeaux de pailles, Mr Gideon Finn portant une fillette brune sur ses épaules, un tourniquet vert, l'école primaire d'Evergreen, un paysage aquatique tapissé de coraux rouges, et puis d'un coup, les images se brouillèrent, il entendit une dispute inaudible, des voix féminines, puis une voix très grave d'homme. Il aperçut alors une paire de mains fripées, couvertes de tâches brunes et, se dressant sous ses yeux et fondre sur sa gorge, puis enfin, un ciel sans nuage, un ciel d'aurore, de bon matin, sans rien entendre d'autre que le bruit diffus du ressac. Ambrose revint à lui-même le souffle coupé, et porta instinctivement ses mains à sa gorge.

« Je ne comprends pas ! » balbutia-t-il. Qu'avait-il voulu lui montrer ?

Taylor s'agenouilla alors, et sur la terre fraîche, le garçon se mit à former des lettres du bout du doigt. « TROUVEZ MABEL». Il se releva lentement et, comme un mirage, il disparut sous les yeux impuissants d'Ambrose, sans laisser la moindre trace.

Ambrose, paniqué, se retrouva seul dans l'étrange jardin, où personne d'autre ne paraissait le voir. Courant jusqu'à l'arbre aux fruits d'or, le garçon posa sa tête sur le tronc de l'arbre, le cœur battant, dans l'espoir de se télétroncsporter. Y parviendrait-il ? C'était Taylor qui l'avait appelé ; mais sans lui, pourrait-il rentrer ? Heureusement, l'écorce se mit à ramollir contre son front, et il se sentit aspiré.

« Ambrose ! Il est là ! »

Ambrose reconnut la voix de Rohan. Il était de nouveau dans la Salle du Grappasang. Proserpine se tenait à côté de Droséra, dont le visage paraissait fermé. Il dévisagea Proserpine sans comprendre ce que faisait là sa grand-mère.

« J'ai dû l'appeler, Ambrose ! Tu avais disparu on ne sait où, et je te rappelle que tu avais la clé ! Rohan et moi avons paniqué ! »

« Vous n'auriez jamais dû voler cette clé, et encore moins pénétrer ici. Cette salle est strictement interdite au public », déclara froidement la vieille dame. « Ce que vous avez appris au sujet de Mabel Moore ne doit pas sortir de ces murs. »

« Qu'est-ce qui est arrivé à ma mère ? » balbutia Ambrose qui avait tout oublié de Mabel. Droséra ne répondit pas. Elle fit signe à Proserpine et Rohan de s'éloigner. « Qui est-ce ? Est-ce qu'elle...elle est morte ? » balbutia-t-il en sentant qu'il perdait sa contenance. Les larmes s'étaient remises à couler, il était furieux de ne pas pouvoir se contenir.

« Ta mère était une femme merveilleuse » finit par répondre la vieille femme lorsqu'ils se retrouvèrent seuls. « Très timide, comme le sont toutes les dryades, mais précieuse, et douce », répondit-elle d'une voix calme. « Elle était une amie chère à ma petite Ivy, ma très chère fille, qui nous a quittés, elle aussi. »

« Pourquoi mon père m'a-t-il menti ? Et pourquoi personne parmi vous ne m'a dit la vérité ? »

« Ton père n'a jamais voulu que ton bien, Ambrose. En épousant quelqu'un comme ton père, ta mère a déclenché une animosité qui l'a dépassée, elle et ton père. Ta mère a dû traverser bien des épreuves, et tes parents ont voulu te protéger de tout cela. Myrtle surtout savait que certains Sylvains sont dangereux et malveillants. Vois-tu, une minorité, chez nous, croit que ce qu'ils appellent des « mésalliances », une alliance entre une dryade et un Milésien, ou un Ondin par exemple, est un crime qui exige réparation, et cela afin de préserver la pureté de la race. Myrtle savait qu'on attenterait à ta vie, et elle ne l'a pas permis.

« Ta naissance a été gardée secrète, et personne ne l'a su, hormis mon Ivy. J'ai gardé son secret tout ce temps. Oh, Arthur avait ses doutes... Il venait te voir de temps à autre à Londres, sous la forme d'un oiseau. Le jour où tu es entré dans sa pharmacie pour la première fois, il a senti la présence de ta mère tout autour de toi.

Hélas, Juniper et Prose, on ne peut rien cacher à ces deux-là non plus. Après ton exploit au cabinet du Dr. Sibahl, elles ont commencé à se douter que tu étais un des nôtres. Oh, elles ignoraient tout du secret de ta mère et n'ont pas cru mal faire, mais la rumeur s'est répandue comme une traînée de poudre. Le soir de Mabon, nous avons dû créer une alliance inviolable avec les autres jeunes Sylvains qui en savaient déjà trop, afin de garder le secret. »

« Un quorum », murmura Ambrose d'un air sombre. Son sort tenait-il donc au silence des frères Fennel, qui faisaient partie de cette alliance ?

« Ton père a fait du mieux qu'il a pu à la mort de Myrtle », reprit Droséra. « Il t'a pris avec lui et a quitté Evergreen pour t'offrir une vie plus simple, mais sans tes racines. Oui, Atticus nourrit donc à l'encontre de notre communauté une rancune qu'il gardera toute sa vie, car c'est à cause de certains Sylvains que Myrtle n'a jamais pu profiter pleinement de ses dernières années auprès de toi. »

Tout commençait à s'éclairer. Voilà ce qui justifiait l'implication de son père dans le projet de destruction des Bois sacrés, qui n'était pourtant pas aussi lucratif que le tiers de ses investissements londoniens.

« Le projet Evergreen que mène mon père, c'est... ce serait sa vengeance ? » trouva-t-il enfin le courage de demander.

« Peut-être, mon garçon. Hélas, c'est un projet fou, qui heureusement ne verra pas le jour. Tu vois, chaque fois qu'un arbre meurt dans le monde, c'est un deuil pour nous. Quand une forêt brûle ou est abattue, c'est une tragédie. Sais-tu pourquoi ? Les arbres ne fournissent pas seulement la terre en oxygène. Avec les eaux, ceux-ci forment un bouclier protecteur autour de notre planète, qui la protègent de forces destructrices et maléfiques dont tu n'as pas idée. Oh, il y a des choses, aux portes de notre monde... des êtres dont la noirceur est impensable, et pourtant bien réels... »

Le visage de la vieille femme s'était assombri. C'était sans doute la première fois qu'Ambrose lisait la peur dans ces traits ordinairement calmes et placides.

« Hélas », reprit Droséra, « nous devons œuvrer dans le secret, et les Milésiens défont le travail que nous menons au quotidien pour protéger nos ressources. Le bouclier s'amincit dangereusement, et c'est un processus irréversible. Plus le bouclier est faible, plus le Mal, sous des formes diverses, progresse dans notre monde. Beaucoup parmi nos peuples craignent les monstres ; mais la Mal a des visages humains tout aussi redoutables, comme la violence, la haine et la maladie...Mais enfin, Atticus n'ignore rien de tout cela.

« Ah, les Bois d'Evergreen ne sont pas seulement une forêt de plus dans le monde ; ce sont des bois sacrés. Ils sont notre Saint des Saints pour toute la nation des Sylvains. Détruire ce temple reviendrait à jeter le monde dans le chaos, Ondins et Milésiens compris. »

« Pourtant le projet de transformation des bois... a été soutenu par quelques Ondins, n'est-ce pas ? » demanda-t-il stupéfait après un silence. Il essayait vainement de mettre de l'ordre dans ses idées.

« Certains Ondins sont hélas aveuglés par leur volonté de pouvoir. Ils pensent sans doute pouvoir maîtriser les dégâts et en tirer parti. »

« Pourquoi mon père m'a donc fait revenir ici s'il craignait qu'on apprenne qui j'étais ? »

« J'aimerais pouvoir répondre à cette question. Un jour, si tu décides d'en parler à ton père, tu pourras le lui demander. »

Ce n'était donc pas par crainte de son père que Droséra, Arthur et Nelly l'avaient enjoint de ne pas révéler son identité sylvaine auprès de quiconque en dehors de l'Alliance ; c'était par peur des autres Sylvains fanatiques. Pourtant, Ambrose savait également que s'il en parlait à son père, celui-ci le mettrait dans le premier avion pour l'Angleterre et qu'il ne remettrait pas un pied à Evergreen avant sa majorité. Une grosse larme s'écrasa sur sa joue, qu'il s'empressa d'essuyer pour dissimuler son trouble.

« Il faut partir maintenant, Ambrose, » soupira Droséra. La vieille dame fit un signe de tête à Proserpine et Rohan, assis en tailleur à l'autre bout de la grande salle, la mine contrite.

« Je... j'ai été appelé par Taylor tout à l'heure », avoua-t-il enfin alors que Proserpine et Rohan les avaient rejoints.

Proserpine ouvrit grand les yeux.

« J'ai demandé à l'arbre de me montrer ma mère, mais j'ai été comme aspiré à Avalon, Taylor... eh bien je crois qu'il m'attendait. »

« Qu'as-tu vu exactement ? » interrogea alors Droséra dont les yeux bleus se mirent à briller. Ambrose s'employa de son mieux à décrire l'arbre aux fruits d'or, le jardin séparé par la rivière, les danseurs, et puis Taylor, de l'autre côté, qui lui avait montré ses souvenirs.

« Il est coincé de l'autre côté, comme nous l'avions dit ! » s'exclama Proserpine. « Il doit réussir à franchir la rivière, sans quoi, son âme ne sera jamais en paix ! »

« Est-ce bien tout ce que tu as vu, Ambrose ? Chaque détail compte ! » Droséra plongeait ses yeux dans les siens, comme si elle y cherchait elle-même le souvenir qui aurait échappé à son récit fidèle. Ambrose repensa au message de Taylor, gravé dans la terre fraîche d'Avalon.

« Non. Il m'a ensuite reconduit jusqu'à l'arbre », répondit Ambrose d'un ton aussi assuré que possible. « C'est tout. »

Chapitre 11 : Sur les traces de Mabel

«Profitez bien des vacances, les enfants ! Sortez, sortez savourer l'air frais de l'Automne, partez à la recherche de champignons dans les bois et pressez-vous de cueillir les dernières pommes de novembre ! »

C'était le dernier cours avant les congés et Mr Buttercup lui-même trépignait d'excitation.

« N'oubliez tout de même pas le cours de vos études ! Ce n'est plus qu'une question de semaines avant la fin du trimestre et les examens ! »

L'estomac d'Ambrose se noua. Chargé de la lecture d'une quantité incalculable de livres poussiéreux en vue de son initiation Sylvaine, comment trouverait-il le temps de réviser en plus ses examens d'école, tout en œuvrant clandestinement à l'élucidation du mystère qui entourait la disparition de Mabel Moore ?

Depuis le soir de Samain, Ambrose n'avait pas dit un mot du message de Taylor à Nelly ou Arthur. Seuls les membres du groupe qui se réunissaient désormais un soir par semaine au Chaudron du Dagda avaient été mis dans la confidence. Même Wade, qu'une nature méfiante incitait toujours à la suspicion, avait approuvé sa décision.

D'après Wade, Droséra avait sciemment nié l'héritage sylvain de Mabel, et cela dans le seul but de désamorcer un scandale au sein de la communauté. La nouvelle d'une Sylvaine orpheline placée chez un couple de Milésiens et traitée toute sa vie comme une patiente psychiatrique aurait donné aux Sylvains radicaux un argument supplémentaire justifiant la ségrégation des races. Pour le jeune Ondin, il était donc clair que Droséra n'était pas fiable, n'ayant pas les intérêts de la disparue à cœur. Comme le pensait Ambrose, peut-être même les aurait-elle empêchés de partir à sa recherche. Après tout, si Mabel disparaissait, l'erreur qui avait conduit à son adoption disparaîtrait également. Hélas, comme l'avait expliqué l'officier Spratt, plus les jours passaient, plus l'espoir de retrouver la jeune fille vivante diminuait.

Même Proserpine s'était désormais ralliée à la cause après avoir découvert que Droséra n'avait jamais confié le collier de Taylor aux autorités milésiennes ; Arthur, Nelly et elle avaient prouvé qu'ils étaient prêts à protéger coûte que coûte la communauté sylvaine d'un regain d'extrémisme, au détriment du sort de Taylor.

Tous les soirs, Ambrose avait donc rejoint le groupe au Chaudron du Dagda, pour tâcher d'assembler les pièces du puzzle que lui avait montrées le jeune garçon à Avalon. Mais parmi cet assemblage de souvenirs hétéroclites, rien ne s'était décidé jusqu'à présent. Les jours passaient, et le sentiment de faillir à son devoir envers Taylor s'intensifiait. Rien n'avançait. Pourquoi avait-il placé tous ses espoirs en lui ?

Ambrose rangea ses affaires en silence, au milieu du joyeux brouhaha de la classe qui suivit la sonnerie annonçant les vacances. Comme d'habitude, absorbé dans ses pensées, il était occupé à se remémorer exactement l'enchaînement d'images que lui avait présenté Taylor à Avalon, jusqu'à son dernier souvenir, celui du ciel sur la plage où il avait été retrouvé noyé. Puis, devant son incompréhension, ce fameux message gravé dans la terre, « Trouvez Mabel ».

« Tu penses encore à ça ? » devina Proserpine avec perspicacité.

« Toujours », soupira Ambrose. « Je ne comprends pas. Quelque chose nous échappe. Cette succession d'images n'a aucun sens... Je ne comprends pas.»

« Et moi donc ! J'en ai par-dessus la tête de réfléchir à la symbolique d'un tourniquet vert ! Ça ne veut tout simplement rien dire » grommela Rohan.

« Je persiste à dire que Kane a oublié de nous donner un détail capital qu'elle lui a montré », déclara Wade avec mauvaise humeur.

« Non mais franchement, il s'attendait à quoi, aussi », éclata Rohan, « à ce qu'Ambrose parvienne à lire dans ses pensées ? Ce n'est pas un médium, nom d'une palourde ! Et puis franchement, moi, si j'étais mort et que j'avais pu rentrer en contact avec quelqu'un, je lui aurais simplement dit qui m'avait tué, je ne me serais pas amusé à le faire rentrer dans mon cerveau pour analyser ma mémoire ! »

« Le vrai problème, c'est qu'au lieu de nous dire qui l'a tué pour que nous puissions l'aider à traverser Avalon, il voulait aussi que l'on aide Mabel. Même de son vivant, il était trop gentil, trop altruiste », renchérit le garçon roux d'un air sombre.

« Altruiste peut-être, mais franchement ses devinettes commencent à me rendre moi-même maboule », continua Rohan, de plus en plus survolté. « Si je pouvais vous faire analyser ma mémoire, croyez-moi, vous auriez des surprises ! » ajouta-t-il en tapant son index contre sa tête. « Il y a sûrement des souvenirs marquants de ma vie à Belfast, je vous l'accorde, mais aussi des choses du quotidien, comme ma petite sœur qui me jette le jeu de cartes quand elle réalise que je triche par exemple ! Et puis certes, des expériences traumatiques, comme le jour où Seth Lynch m'a poussé en sixième dans la piscine tout habillé... et surtout des tas de choses, comme une cuisse de poulet, et le parapluie jaune de ma mère ! Pourtant, ça ne vous aiderait pas à résoudre le mystère de mon meurtre, une cuisse de poulet, pas vrai ? »

Un silence pesant s'installa parmi le groupe.

« Et voilà, il ne nous manquait plus qu'un Milésien hystérique ! » soupira Juniper en levant les yeux au ciel.

« Tout va bien Rohan ? » demanda Proserpine avec inquiétude.

« Désolé, je suis un peu à cran », répondit Rohan en haussant les épaules. « Ça fait deux jours que je n'ai pas dormi, ma petite sœur me réveille la nuit parce qu'elle voit un fantôme se balader dans notre jardin », expliqua Rohan.

« Ce doit être un farfadet », répliqua Juniper d'un air désintéressé.

Ambrose ne disait rien. Une pensée s'était mise à germer dans son esprit tourmenté.

« Le tourniquet vert... » s'exclama-t-il enfin alors qu'ils se dirigeaient vers la sortie de l'école. « Et si toutes ces images n'étaient pas gratuites, mais au contraire soigneusement choisies par Taylor ? »

Juniper se figea sur place.

« Mais oui ! Tu vois quand tu veux, Kane ! » s'écria la jeune fille en lui tapant sur l'épaule. « Il faut trouver ce maudit tourniquet ! Il est dans la cour des primaires ! »

Le petit groupe traversa donc la cour du collège à grands pas afin de descendre jusqu'à l'espace vert où des enfants couraient dans tous les sens. Au beau milieu du jardin, un tourniquet rouge tournoyait à toute allure, poussé par la petite fille qu'Ambrose avait miraculeusement guérie l'été où il avait travaillé au cabinet du Dr. Sibahl.

« Mel ! » s'écria Proserpine. « Mel, il n'y a plus de tourniquet vert ? »

« Il est rouge maintenant ! », répondit-elle sans s'arrêter de pousser le tourniquet.

« Super », marmonna Wade. « Depuis le temps évidemment, on l'a repeint. »

Ambrose aperçut alors les narines de Juniper se gonfler dangereusement. Elle enrageait.

« Argh ! Arrête de tourner ce maudit manège, tu veux ? » finit-elle par exploser.

Le visage de la petite fille se tordit en une grimace et elle se mit à pleurer ; cependant, l'accès de colère de Juniper eut le mérite de lui faire lâcher le tourniquet qu'Ambrose arrêta. Que cherchait-il au juste ? Un mot, une trace de Taylor ! Hélas, il n' y avait rien.

« Tu parles d'une théorie ! Nous voilà dans une cour de récré, à traumatiser des enfants, et à la recherche de quoi, au juste ? Un graffiti de Taylor ? Et quand bien même, vous pensez vraiment que ce graffiti nous en apprendrait plus sur sa mort ? » lança Wade en donnant rageusement un coup de pied au tourniquet.

« Le tourniquet n'a pas été concluant, mais oui, j'en suis certain, tout ce temps, nous avons fait fausse route ! » s'exclama Ambrose. « Taylor ne m'a jamais demandé de fouiller ses souvenirs pour comprendre comment il avait été tué...! Il m'a seulement demandé de « trouver Mabel » ! Toutes les réponses à nos questions, c'est Mabel qui doit les avoir ! »

« Alors il faut que nous allions chez Mabel », renchérit Proserpine. Je suis sûre que nous trouverons des réponses là-bas, non seulement sur la disparition de Mabel, mais aussi sur le meurtre de Taylor ! ».

« Mais bien sûr, Prose » lança Juniper d'un ton désabusé. « Et ses parents nous accueilleront à bras ouverts alors qu'ils ne nous connaissent même pas ! Je te rappelle que jusqu'à il y a quelques semaines encore, Mabel la maboule n'avait jamais été pour nous qu'une Milésienne sans intérêt, la folle du village. Personne parmi nous n'a jamais songé à lui témoigner la moindre... » Juniper s'interrompit net. Elle se tourna vers Rohan, comme toujours suspendu à ses paroles.

« Oui ? » demanda-t-il d'un air gêné en se sentant scruté du regard par la jeune fille.

« Et bien toi, tu es un Milésien ! »

« C'est le bruit qui court », balbutia Rohan d'un air circonspect.

« Et ton père s'est occupé de Mabel ! Toi, tu peux aller chez eux, ils te feront rentrer sans problème ! »

« Et ensuite ? » demanda Rohan inquiet.

« Juniper a raison », déclara Ambrose avec détermination.

« Et quoi, je suis supposé demander à Mr Et Mrs Moore de me faire visiter la chambre de Maboule...euh... je veux dire de Mabel ? »

« Je viendrai avec toi » promit Ambrose, « et je m'éclipserai discrètement pour repérer les lieux et voir si l'on peut se télétroncsporter facilement par le jardin pour revenir ensuite de nuit et parcourir ses affaires. »

En rentrant de l'école cet après-midi là, Ambrose découvrit avec surprise que son père était parti dans l'après-midi pour Cork. Il ne restait plus longtemps avant la tombée de la nuit et le couvre-feu ; c'était donc le moment idéal pour se rendre chez les Moore avec Rohan. Ambrose monta donc déposer ses affaires dans sa chambre et repartit aussitôt. Mais Nelly, surgissant de nulle part, se précipita vers la porte avec une rapidité surprenante.

« Eh bien alors, ma citrouille, où te rends-tu comme ça ? » demanda-t-elle d'un ton faussement détendu, que trahissait toutefois l'essoufflement que lui avait causé la course destinée à rattraper le garçon.

« Oh, Nelly...Je... Je vais chez Rohan. Je serai rentré d'ici une heure. »

Nelly le dévisagea. Depuis son escapade nocturne dans les sous-sols secrets de la mairie, Ambrose avait remarqué que Nelly surveillait ses moindres faits et gestes, la discrétion n'étant pas sa plus grande qualité. Elle semblait avoir mémorisé l'intégralité de l'emploi du temps du garçon, si bien qu'elle se trouvait toujours dans le lobby lorsqu'il rentrait de l'école.

D'ailleurs, se rendre au Chaudron du Dagda le vendredi soir grâce au hêtre du jardin était devenu presque impossible. Ce n'était plus Arthur qui montait la garde dans le jardin de l'auberge, mais Nelly elle-même ; et Nelly semblait capable de veiller des heures sans s'assoupir ne serait-ce qu'une minute. Ambrose n'aurait jamais pensé que c'était de l'aubergiste qu'il aurait tant cherché à se cacher, et non de son père, dont la présence à l'auberge se faisait de plus en plus rare, sans qu'il ne sache bien pourquoi d'ailleurs. Fort heureusement pour le garçon, Nelly, tout comme Droséra et Arthur, ignoraient tout du pouvoir qu'il s'était découvert. Ambrose se servait donc de la malle en bois dans sa propre chambre pour voyager jusqu'au petit bonsaï qui se trouvait au Chaudron du Dagda.

« Oh ! Qu'allez-vous faire, au juste ? »

« J'ai promis à Pria de l'aider à faire un herbier », répondit Ambrose sans même réfléchir. Le mensonge lui était-il devenu naturel ?

« C'est très gentil de ta part », commença Nelly d'un air contrit, « mais ton initiation approche à grands pas, et tu ignores toujours la nature de ton pouvoir, tu ne connais toujours pas la hiérarchie druidique, et j'ai vu que tu n'avais pas encore commencé le Livre des Invasions. C'est capital pour toi de connaître les grandes batailles que nous avons menées contre les Ondins et les Milésiens, Ambrose, ca-pi-tal ! »

Ambrose jeta un coup d'œil discret à la pendule qui se trouvait à sa gauche. Il ne restait plus beaucoup de temps pour rendre visite aux Moore. Il tenta le tout pour le tout.

« C'est vrai, et justement j'ai beaucoup de questions sur la bataille de Mag Tuired. Nous pourrions marcher ensemble jusqu'à chez Rohan, et tu m'expliquerais tout ça ! », proposa-t-il après un pénible effort pour se remémorer le nom de l'unique bataille qu'il connaissait.

Le visage de Nelly se détendit instantanément ; elle le croyait ! Elle réveilla la jeune Amélie qui somnolait derrière la réception, et la chargea d'accueillir d'éventuels hôtes et de servir le thé.

Nelly accompagna donc Ambrose jusqu'à la maison des Sibahl, où par un heureux hasard, Mme Sibahl lui proposa de l'accompagner faire une promenade le long de la côte pour se dégourdir les jambes. Ni une, ni deux, les deux garçons ressortirent aussitôt et grimpèrent sur la trottinette pour filer à toute allure chez les Moore, Ambrose s'agrippant au panier qui contenait les muffins au citron que Mrs Sibahl avait à peine sortis du four pour leur goûter. Parvenus sur Liquorice Lane, Ambrose aperçut le balcon de bois, toujours condamné, d'où s'envolèrent un groupe de corneilles effrayées par le crissement des roues sur le pavé.

Mrs Moore les accueillit à la porte d'un air agréablement surpris. La maison des Moore n'était pas aussi grande que celle des Fennel, mais elle était tout aussi imposante. Les murs tapissés de grosses pierres grises donnaient un abord assez froid à cet intérieur épuré. De grandes fenêtres donnaient sur le jardin, où les arbres ne manquaient pas pour se télétroncsporter, fort heureusement. Une barrière de grands cyprès sombres donnait aux jardins des accents gothiques, tout comme une vieille fontaine où des chérubins de pierre semblaient se plaire à s'asperger d'eau.

« Bonjour Mrs Moore, vous vous souvenez sans doute de moi, je suis Rohan Sibahl, et voici mon ami Ambrose. Je passais dans le coin, et ma mère m'a chargé de vous donner ceci et de vous passer le bonjour ! » Rohan tendit le panier à Mrs Moore qui le remercia chaleureusement et les invita à rentrer et à s'installer dans le vaste salon où Mr Moore lisait le journal.

La capacité de Rohan à maintenir une conversation vivante et fluide, sans jamais se trouver à court de sujets ni d'anecdotes à raconter, laissait Ambrose pantois. Très vite pourtant, la conversation d'abord légère s'orienta vers Mabel ; les parents de la jeune fille semblaient avoir besoin de parler de leur enfant et de se confier. Mr Moore évoqua donc le souvenir des premiers « symptômes » de la maladie de Mabel à l'âge de six ans.

Mabel avait commencé à parler toute seule, ou, disait-elle, aux pierres, aux arbres et aux fleurs, et à d'étranges créatures qu'elle dessinait jour et nuit, de façon compulsive. Elle avait fini par se prendre elle-même pour une « créature de la terre », disait-elle. Aucun psychiatre n'avait pu y remédier, Mabel refusait d'accepter la réalité et de renoncer à son monde fantastique qui « parasitait » son imagination. Ambrose ne put s'empêcher de ressentir une certaine peine pour la jeune fille dont le seul malheur était d'être devenue orpheline et d'avoir été adoptée par erreur par des Milésiens. C'était une vie gâchée.

« Elle a été diagnostiquée pour troubles délirants à 12 ans », expliqua Mrs Moore. « C'est à cet âge-là qu'elle a... sa... »

« Sa première tentative de suicide », continua son mari d'une voix étouffée en serrant les mains de sa femme dans les siennes.

« Je suis désolé », murmura Rohan.

« Elle a tenté de sauter du balcon et de l'autre fenêtre de sa chambre à plusieurs reprises, c'est pour ça que nous les avons condamnés. Elle a toujours nié avoir voulu mettre fin à ses jours. Elle disait qu'elle obéissait à un homme invisible qui lui demandait de la suivre. »

« Ensuite », continua Mr. Moore, « elle est devenue ingérable... Très agressive, violente, même, puis un beau jour elle a refusé de s'alimenter, et nous avons dû la faire hospitaliser. Quand elle est ressortie, elle n'était plus qu'une coquille vide. Elle passait son temps à dormir et à dessiner. »

« Que dessinait-elle en général ? » demanda soudainement Ambrose qui avait pris la parole pour la première fois depuis son arrivée.

Mrs Moore se leva vivement.

« Je peux vous montrer. Elle est très douée. »

Le premier dessin était composé d'une feuille de papier calque, sur lequel était esquissé une sorte de feu follet, et derrière le calque se trouvait le véritable dessin, qui représentait une petite créature aux oreilles pointues et à l'air malicieux. Les autres dessins reproduisaient à l'identique la petite créature sphérique et duveteuse au visage mutin, qu'Ambrose avait extrait de sa poche lors de son premier voyage avec Proserpine au Chaudron du Dagda. Mais le dessin qui revenait le plus était un portrait du Dr Hellebore Parsifal.

Alors que les garçons faisaient poliment leur adieux, Mrs Moore les interrompit pour fouiller un tiroir dont elle sortit un petit cadre doré.

« Nous n'avons pas voulu choisir cette photo pour l'avis de recherche », expliqua-t-elle avec émotion. « Elle était déjà si malade, si affaiblie », soupira-t-elle en tendant aux garçons la photo.

Mabel n'avait plus rien en effet de l'enfant de douze ans dont le visage était placardé dans toute la ville. Son visage était émacié, sa peau diaphane si bien que ses grands yeux verts, enfoncées dans leurs cavités osseuses, paraissaient globuleux. Même l'éclat de ses cheveux roux semblait éteint.

« Pas question que je remette un pied ici », chuchota Rohan sitôt franchi le seuil de la demeure des Moore. « Cette maison me file la chair de poule. Sans moi, Buckingham. »

« Nous n'avons pas le choix ! » objecta Ambrose. « Et puis c'est samedi soir ou jamais !

Tu les as entendus, ils seront chez la sœur de Mrs Moore qui vit à Riverstick, nous aurons donc un peu de temps ! » ajouta-t-il avec détermination.

« Mais bien sûr, maintenant que tu le dis, de nuit ça m'a l'air bien plus attrayant !»

« Non mais tu as perdu la tête, Ambrose, je ne mets pas un pied dans cette bicoque la nuit ! »

Quelques heures plus tôt encore, devant Juniper, Ambrose entendait pourtant Rohan plaider avec éloquence la cause de « cette pauvre Mabel », qui avait passé toute sa vie à être traitée comme une « détraquée » alors qu'elle était « victime d'une injustice monumentale ».

« Où est passée la compassion dont tu faisais preuve cet après-midi devant June ? » demanda Ambrose sans détour.

« Ma compassion ? » s'exclama Rohan. « Oh, elle a disparu quelque part entre « Mabel a essayé de se défenestrer pour suivre un homme invisible » et « Mabel a commencé à devenir violente et à nous jeter des meubles au visage », rétorqua Rohan, pâle comme un linge. « Ne compte pas sur moi, c'est un exorciste dont cette fille a besoin ! »

*
* *

Comme à chaque fois qu'il quittait l'auberge en douce, Ambrose ferma silencieusement la porte à double tour. Il ouvrit la malle par laquelle il devait rejoindre Rohan et Wade au châtaignier qui se trouvait dans le jardin des Sibahl. Sur une pile de vêtements soigneusement pliés, de vieux livres aux couvertures dorées étincelèrent alors d'un éclat surnaturel. Ces livres de sagesse druidique qu'il devait maîtriser avant son initiation à la fin du mois de Décembre, ainsi relégués au fond de la malle, semblaient se rappeler à son bon souvenir. Sur son bureau, des livres de mathématiques, d'anglais et de biologie encore fermés, s'entassaient également depuis le début des vacances.

Ambrose jeta machinalement un coup d'œil au jardin où il s'attendait à trouver Nelly, montant la garde près du grand hêtre. Pourtant, plongé dans la pénombre, le jardin était vide. C'était l'occasion rêvée de s'entraîner au véritable télétroncsportage qui lui serait demandé le jour de son initiation. Ambrose posa sa main sur la branche de l'arbre, qui s'éveilla de son sommeil et secoua mollement ses branches.

Avec une habileté qui lui était nouvelle, il grimpa sur l'arbre, qui n'eut pas besoin d'user cette fois de ses manœuvres pour forcer le garçon à sauter d'une branche à l'autre. Ambrose prit une profonde inspiration et se projeta en avant, sur la branche plus basse qui se trouvait à quelques mètres de lui. Ce sentiment d'élan et de maîtrise le grisa. En un clin d'œil, il était parvenu à terre.

Le front contre le tronc du hêtre, Ambrose guetta le moment où l'écorce se mettrait à ramollir jusqu'à disparaître afin de le laisser franchir le portail immatériel qui le reliait aux autres arbres. Pourtant, rien ne se produisit. Il changea de position vainement. Voyant le temps passer, Ambrose dût remonter jusqu'à sa chambre et recourir à la malle, non sans un sentiment de déception.

Lorsqu'il arriva, Wade et Rohan avaient déjà eu le temps de se quereller à plusieurs reprises.

Rohan, qui avait attendu seul au point de rendez-vous dans le jardin, avait manqué de s'évanouir en voyant Wade surgir du récupérateur d'eau de pluie.

« Toute la semaine j'ai entendu Pria me parler du fantôme en chemise de nuit qui se balade dans notre jardin ! Tu aurais pu t'annoncer ! » avait-il protesté.

« Qu'est-ce que j'y peux moi si tu as peur des fantômes ! J'ai dû faire preuve de créativité ! » s'était défendu Wade. « Vous autres Milésiens n'avez pas l'intelligence d'installer des fontaines dans vos jardins, pas même un petit bassin d'eau ! Tu croyais que j'allais venir comment au juste, par les canalisations ? »

Après de multiples et vaines tentatives de télétroncsportage, Ambrose dût pourtant se rendre à l'évidence ; il n'était manifestement pas capable de se télétroncsporter seul.

« Impossible d'escalader la haie de cyprès qui encercle le jardin des Moore », observa sombrement Ambrose, les joues brûlantes de honte et de colère. Il n'osait pas même lever les yeux vers Wade et Rohan, muré dans le silence.

« Eurêka ! » s'écria pourtant finalement Rohan d'une voix triomphale. « L'horrible fontaine avec ces gros bébés qui dansent au milieu ! »

Ambrose dévisagea alors Rohan, frappé d'un éclair de compréhension.

« Mais oui ! Nous pouvons donc vaguabondir ! » s'exclama-t-il.

« Comment ça "nous" ? » grommela Wade en se dirigeant

d'un pas traînant vers le récupérateur d'eau de pluie. « Allez, c'est encore moi qui m'y colle ! Dis adieu à ton brushing, Kane ! »

Rohan et Ambrose grimpèrent dans la vaste cuve où ils se laissèrent glisser en grelottant ; sans le moindre ménagement, Wade les saisit par le bras et Ambrose se sentit subitement immergé dans une eau glacée et noire, puis traîné de tout son long à l'intérieur d'une sorte de toboggan aquatique. Trempés jusqu'à l'os, les garçons atterrirent enfin dans le jardin des Moore, au beau milieu de la fontaine. De nuit, les cyprès noirs lui donnaient une apparence plus sinistre encore. Le mur qui donnait sur le jardin était recouvert de lierre sombre.

« Bienvenue chez les fous », soupira Rohan plaintivement en fixant un des chérubins de pierre avec appréhension. « Je n'ai aucune idée de ce que je fais là, alors que je m'étais promis de ne pas revenir. »

Wade se mit à frotter ses bras, ses jambes, et ses cheveux ; au contact de ses mains, ses vêtements et sa peau se mettaient à sécher presque instantanément.

« Ça te dérangerait de partager les bons plans, Wade ? Je ne sais pas toi Ambrose, mais je vais me transformer en glaçon », lança Rohan.

Ambrose réprima un frisson.

« Non, ça va », murmura-t-il. Se sécher la nuque et les cheveux n'aurait pas été un luxe, mais la perspective de se faire frictionner le crâne par Wade ne l'emballait guère. « Rohan », reprit-il alors que Wade s'était mis à frictionner son ami avec mauvaise volonté pour le sécher, « va du côté de la porte d'entrée, tu trouveras peut-être une clé sous le paillasson ou sous un pot. Wade, occupe-toi de la porte-fenêtre du jardin. Peut-être que je peux utiliser ce lierre pour grimper jusqu'à la fenêtre à barreaux. Ce doit être celle de Mabel. »

Wade, réticent à toute forme d'autorité, esquissa un mouvement de recul, pourtant, Ambrose n'attendit pas sa réaction. Il marchait déjà à grands pas vers le mur de grosses pierres, disparaissant presque sous une épaisse couche de feuillage. Sans conviction, il tendit la main vers une des tiges, qui offrit une résistance étonnante à sa traction. De l'autre main, il en saisit une autre, qui lui procura la même sensation. Il se hissa alors le long du mur végétal, comme une salamandre, poussant avec force sur ses pieds pour se hisser vers le haut.

La fenêtre de la chambre de Mabel était tout près désormais, à quelques centimètres sur sa droite. Peut-être apercevrait-il quelque chose à l'intérieur ? Ambrose tendit alors le bras pour s'agripper à un des barreaux qui la condamnaient. Soudainement, le barreau se décrocha et tomba dans le vide, et Ambrose eut tout juste le temps de se raccrocher à un autre, dans un mouvement de panique. Suspendu dans le vide à une main, il essaya de trouver un appui en s'agrippant à un deuxième barreau, qui se décrocha également.

« Mais qu'est-ce que tu fabriques, Kane ? »

Wade, juste en dessous de lui, le regardait d'un air incrédule.

« Sibahl a trouvé les clés sous une plante, allons-y ! »

Toujours suspendu à bout de bras à un barreau, Ambrose sentait ses membres s'engourdir. La chute qu'il avait évitée de justesse l'avait laissé sonné. Il ne répondit pas.

« Sérieusement, mon pote, qu'est-ce que tu fiches là-haut ? » cria Wade.

La fenêtre derrière les barreaux s'ouvrit alors à la volée et Ambrose crut lâcher prise sous l'effet de l'étonnement.

« IL FAIT L'ÉQUERRE, QU'EST-CE QUE TU CROIS ? » hurla Rohan à Wade en se penchant par dessus la fenêtre. Rohan passa sa main à travers les barreaux manqués, et Ambrose parvint à s'y glisser en se contorsionnant. Il fallait être sacrément mince pour se faufiler dans un si petit espace.

« La fenêtre était ouverte, n'est-ce pas ? » demanda-t-il à Rohan en se relevant tant bien que mal.

« Comment tu sais ça ? »

« Les barreaux étaient flottants. Je parie que Mabel avait trouvé un moyen de sortir et de rentrer de cette façon. Je ne crois pas qu'elle ait été enlevée tout compte fait », déclara Ambrose avec gravité.

« Donc elle aurait fugué ? Tu me diras, c'est plus crédible que la théorie d'un kidnapping. Si je devais kidnapper quelqu'un, moi, je choisirais Hazel. Ou Proserpine, parce qu'elle est toute petite. Mais assez coriace, ceci dit. »

La chambre de Mabel était située sous les combles de la maison. Le plancher de bois poussiéreux craqua sous leurs pas. Le seul moyen d'accès à ce grenier agrémenté d'une salle d'eau se trouvait être une trappe, située au milieu de la pièce. Ambrose balaya la chambre du regard ; les murs étaient couverts de dessins aux formes et aux couleurs inquiétantes. Près de la fenêtre se dressait une coiffeuse ancienne, blanche, et juste à côté un grand bureau, où s'empilaient des feuilles et des cahiers. Un parfum étrange flottait dans l'air, comme une présence dont il pouvait sentir la densité, un parfum de cannelle et de muscade. Pourtant, en y prêtant plus attention, ce parfum capiteux cachait une odeur radicalement différente, âcre et acide, qui lui rappela non sans un haut-le-cœur l'odeur de ce hérisson qu'il avait trouvé un jour dans son jardin, assiégé par une armée de fourmis. Rohan agita sa main sous son nez en faisant la grimace.

Mal à l'aise, Ambrose se promena à travers la pièce pour regarder les dessins accrochés au mur, dont la moitié représentaient un personnage squelettique aux cheveux roux, qui ressemblait assez à Mabel, cerné de toutes parts par des silhouettes noires et sans visages.

« Regarde moi ça », chuchota Rohan avec effroi.

Ambrose aperçut un dessin représentant une silhouette d'homme, esquissée à grands traits, se détachant à peine d'un arrière-plan noir. Était-ce l'homme invisible dont elle avait parlé à ses parents ?

Un craquement sonore retentit dans la pièce. Il suspendit sa respiration, imité par Rohan. Des pas se rapprochaient, quelqu'un montait lentement les escaliers qui conduisaient jusqu'au grenier. Paralysés par la peur, les deux garçons observèrent impuissants la trappe se soulever.

« Brrr ! Cette maison me fait froid dans le dos ! » chuchota Wade en se hissant hors de la trappe. « Je n'avais jamais eu peur des fantômes avant ce jour, je dois bien l'avouer. Je suis presque sûr que quelque chose m'a suivi dès que je suis entré dans cette maison. »

Ambrose et Rohan laissèrent échapper un soupir de soulagement.

« Souvenez-vous », rappela Ambrose, « nous cherchons tout ce qui pourrait expliquer la disparition de Mabel, ou en tout cas l'aggravation de son état... Des lettres, un journal, n'importe quoi. »

Wade s'attaqua à la coiffeuse qu'il fouilla jusqu'au dernier tiroir, Rohan se consacra au petit bureau et aux étagères, tandis qu'Ambrose regarda sous les meubles, derrière le lit, et dans tous les recoins de la pièce. Il pensa même à regarder derrière les dessins. Il se mit alors à ouvrir les livres, un par un, qui s'entassaient sur des étagères tordues. Tous les ouvrages qui s'y trouvaient étaient l'œuvre d'écrivains irlandais ; Jonathan Swift,

W.B. Yeats, Oscar Wilde, James Joyce, Samuel Beckett... Certains noms n'évoquaient rien à Ambrose, mais il aurait juré qu'ils étaient également irlandais : Sheridan Le Fanu, Edward Plunkett, Bram Stoker. Il trouva même deux vieux livres d'histoire irlandaise qui faisaient partie de son programme d'initiation et qu'il n'avait pas même ouverts : « *Táin Bó Cúailnge* » et « *Buile Shuibhne* ». Les pages étaient couvertes d'annotations désordonnées écrites au crayon.

Ambrose commençait à perdre espoir lorsque ses yeux se posèrent sur un portrait du Grand Barde au-dessus du lit de Mabel. Il se souvint alors vivement de sa première nuit à Evergreen, lorsqu'il avait trouvé une photo de l'homme aux fossettes cachée sous les lattes de son sommier. Sans réfléchir, il souleva le matelas, qui révéla alors une pile de photos et une sorte de livre dont la couverture était taillée dans un bloc de pierre blanchâtre, légèrement translucide.

Son cri de surprise attira l'attention de Wade et de Rohan qui le rejoignirent. Le cœur battant, Ambrose fit défiler les photos une à une ; sur la première figurait une petite fille, qui n'était pas Mabel ; les cheveux noirs, les yeux bruns, son visage lui parut vaguement familier. Mais la photo suivante arracha un cri de stupeur aux trois garçons : deux fillettes posaient au bord de la plage, toutes deux vêtues d'un maillot de bain rose à pois blancs. Ambrose reconnut dans cette image le souvenir que lui avait montré Taylor à Avalon. La suivante acheva de balayer leurs doutes : les deux petites filles, l'une rousse et l'autre brune, posaient triomphalement, le visage collé à un tourniquet vert où deux noms étaient gravés : Tallulah et Mabel.

« Mabel et Taylor étaient amis ! C'est pour ça que Taylor voulait que nous la retrouvions ! » s'écria Ambrose. « Mabel doit savoir ce qui lui est arrivé ! »

« Ça ne nous dit pas comment retrouver Mabel ! » observa Wade qui s'était mis à jeter des regards furtifs autour de lui.

« Ce truc nous le dira peut-être », répliqua Rohan en tendant à Ambrose le drôle de livre dont le poids le surprit. Sa couverture était bel et bien de pierre, dure et lourde comme un bloc de marbre. Un mécanisme issu de la même pierre claire protégeait son contenu des lecteurs indiscrets.

Mais alors qu'Ambrose tendait le journal à Wade, les garçons entendirent la porte d'entrée du rez-de-chaussée s'ouvrir à la volée ; ils se figèrent sur place. Étaient-ce les Moore, rentrés plus tôt ? Des voix masculines retentirent dans la maison. Ambrose ouvrit de quelques centimètres la trappe et tendit l'oreille :

« Montons à l'étage, vous, fouillez la chambre des parents tandis que nous nous passerons au crible la chambre de la barjot ! »

« C'est l'officier Spratt et ses hommes ! » gémit Ambrose dans un mouvement de terreur.

« MINCE ! » chuchota Wade cédant aussi à la panique, « par où sortir ? On est fait comme des rats ! »

Ni la porte d'entrée ni la fenêtre n'étaient en effet des options envisageables. Alors que la voix de Spratt se rapprochait, Rohan se retourna brusquement vers Wade.

« Mais oui ! » chuchota-t-il en se précipitant vers la salle d'eau où il s'affaira. Ambrose entendit l'eau du robinet couler. Mais que faisait-il ? « C'est assez ? » demanda Rohan en tendant une large bassine rose à Wade, stupéfait.

« Pour quoi faire ? » murmurèrent Ambrose et Wade en même temps.

« POUR FAIRE UN THÉ, BANDE DE NIGAUDS ! » glapit Rohan désespéré.

C'est alors qu'Ambrose comprit : Wade était leur seul moyen de quitter la maison des Moore.

« Tu es un génie Sibahl ! » s'écria Wade en se frappant le front. Il posa la bassine au sol, et Ambrose et Rohan s'agrippèrent à lui. Au moment même où la trappe se soulevait, le trio se volatilisa.

Les trois garçons sortirent tour à tour du récupérateur d'eau de pluie des Sibahl. Les déplacements par voie aquatique offraient décidément moins de confort que le télétroncsportage. Ambrose essora tant bien que mal son pull et son pantalon trempés. Wade s'avança vers lui, et sitôt qu'il posa sa main sur son poignet, ses vêtements se mirent à sécher en laissant échapper un nuage de vapeur.

« Mortel », murmura Rohan d'un air admiratif.

Pris de panique, Ambrose sortit le journal qu'il avait caché sous son pull ; heureusement, il était intact.

Sans un bruit, les garçons regagnèrent la chambre de Rohan dont la fenêtre était restée ouverte, et ils retrouvèrent avec soulagement la chaleur de la maison.

« On l'a échappé belle », soupira Rohan.

« Je ne sais pas ce qu'on aurait dit si Spratt nous avait trouvés là ! » remarqua Wade.

Ambrose, encore transi de froid, ne parvenait pas à se décoller du radiateur placé sous la fenêtre par laquelle ils étaient rentrés. Dehors, la nuit, sans étoiles, plongeait le jardin dans les ténèbres les plus complètes.

« Comment va-t-on ouvrir ce journal ? » demanda Rohan.

« Quand je pense que toute la vérité se trouve peut-être là ! »

« Je l'ignore », répondit Ambrose rêveusement. « Nous en parlerons avec les autres. Peut-être faudra-t-il que nous donnions le livre à Droséra », ajouta-t-il sans conviction.

« Non », objecta Wade. « Droséra a déjà suffisamment prouvé qu'elle n'avait pas les intérêts de Taylor à cœur. Tout ce dont elle se soucie, c'est le sort des Sylvains. Si quelque chose là-dedans incrimine un Sylvain, elle se débrouillera pour le faire disparaître à jamais. »

« Je ne pense pas qu'elle serait prête à laisser filer le meurtrier de Taylor », répliqua Ambrose.

Wade étouffa un rire sarcastique.

« Tu es trop naïf, Kane. »

Ambrose se retourna vers la fenêtre pour s'absorber de nouveau dans la contemplation du ciel noir, quand soudain, une silhouette blanche déchira l'obscurité du jardin. Le fantôme dont parlait Pria venait d'apparaître derrière le tronc du châtaignier, comme s'il venait de se télétroncsporter !

Rohan et Wade se précipitèrent à la fenêtre.

« Je ne vois rien ! Pousse-toi Wade ! » chuchota Rohan survolté. Pria n'avait donc pas rêvé.

La silhouette avait de nouveau disparu. Le cerveau d'Ambrose était en ébullition. Se pouvait-il que ce fantôme, qui n'avait pourtant rien de spectral mais qui était bien réel, soit en fait...

«... Mabel la maboule ! » glapit Rohan. « C'est elle ! Tu as dit toi-même qu'elle avait sans doute fugué ! »

« Mais que ferait-elle dans ton jardin ? » demanda Wade.

« Il n'y a qu'un seul moyen de le savoir », répondit Ambrose.

« Il faut réussir à lui parler. »

Chapitre 12 : Les infrangiers

Dès le lendemain matin de son expédition nocturne chez les Moore, Ambrose se mit en tête de réitérer sa tentative de télétroncsportage. Vers six heures, alors que l'auberge était encore endormie, il s'arracha à la chaleur de son lit et s'enveloppa dans sa robe de chambre. Dans le couloir, l'air était encore plus froid. Il descendit les escaliers pour rejoindre le salon, et ouvrit sans un bruit la porte-fenêtre.

Le jardin, assoupi dans la pénombre de l'aube, scintillait sous l'effet de la rosée qui s'était formée partout. La terre humide et fraîche exhalait ses parfums dans l'air glacé. Ambrose marcha jusqu'au hêtre qui sommeillait encore lui aussi et qui se réveilla au contact de sa paume sur son écorce. Ambrose posa son front contre lui, et tâcha de se représenter le châtaignier du jardin des Sibahl. Pourtant, rien ne se produisit, si bien qu'il se mit à visualiser plutôt le petit bonsaï du Chaudron du Dagda, puis l'arbre qui se trouvait sur Greenaway gardens, la grande route où se trouvait la maison de Juniper. Chacune de ses tentatives se solda par un échec.

Absorbé dans ses pensées inquiètes, Ambrose n'aperçut pas la vieille femme postée sur le seuil de la porte du jardin, si bien que son cœur bondit dans sa poitrine lorsqu'il entendit le raclement d'un objet métallique sur le sol.

« QU'EST-CE QUE TU FICHES ICI, PETIT FOUINEUR DE MILÉSIEN ! »

La vieille Mrs Flanagan mère, cramponnée à son déambulateur, se tenait là, les yeux fixés sur le garçon.

« Je... Je prenais un bol d'air, madame. Ça va beaucoup mieux maintenant ! » répondit Ambrose après une profonde respiration. Il fit mine de revenir sur ses pas afin de rentrer à l'intérieur, mais la vieille Flanagan, fichée devant la fenêtre, n'amorça pas le moindre mouvement pour lui ouvrir le passage. Au contraire, elle lui barrait à présent la route d'un air peu commode.

Alors qu'il réfléchissait à toute vitesse à un moyen de désamorcer la crise qui menaçait de naître, Nelly apparut derrière sa mère, emmaillotée dans une robe de chambre à rayures jaunes et noires qui lui donnait l'air d'une abeille géante.

« Maman, qu'est-ce que tu fais debout toute seule ? Tu as perdu la tête, tu veux faire une mauvaise chute ? »

« Ce morveux rôdait dans le jardin ! » aboya-t-elle avec colère tandis que Nelly la tirait délicatement vers l'intérieur.

« Allez maman, du calme, les locataires ont le droit de se balader dans le jardin, d'accord ? Tu dois retourner au lit, il est trop tôt ! »

La voie enfin libre, Ambrose se précipita à l'intérieur sans demander son reste. Une minute plus tard, Nelly était de retour et s'affairait à la cuisine pour préparer le café.

« Ne t'en fais pas mon sucre, ma mère n'a aucune idée de qui tu es de toute façon. Elle oublie même mon nom, alors elle n'est pas prête de deviner que tu es un Sylvain, crois-moi ! »

Ambrose leva les yeux vers l'aubergiste ; étrangement, son visage inquiet contredisait tout à fait le ton rassurant de ses paroles.

« Que faisais-tu dans le jardin à cette heure-ci mon chat ? »

« J'essayais de me télétroncsporter... Je n'y arrive plus. »

« En plein jour ? Tu n'y penses pas ! » s'écria-t-elle d'une petite voix aigüe qu'elle semblait tâcher de contrôler tant bien que mal. Encore plus brusque qu'à l'ordinaire, Nelly manqua de désaxer son tiroir rempli à ras bord, avant de renverser la moitié des grains de café dans la machine.

Ambrose se mit alors à lui raconter sa tentative ratée, en omettant bien sûr de lui raconter celle de la veille.

« Ça arrive, mon chat. Et puis n'oublie pas que la plupart des enfants ont eu le temps d'apprendre le télétroncsportage des années avant leur initiation. Tu as un peu de retard à rattraper, c'est tout », conclut-elle distraitement en fixant la machine à café qui ronronnait doucement.

Loin de se satisfaire des explications rassurantes de Nelly, Ambrose passa le reste de ses vacances à guetter les opportunités de se télétroncsporter. Chaque fois qu'il rentrait du jardin après une énième tentative ratée, il sentait la frustration et l'échec grandir en lui. Pourtant, il retournait inévitablement auprès du hêtre, le lendemain, animé d'un enthousiasme renouvelé, convaincu que cette fois-là serait la bonne. Et pour ne rien arranger, ses tentatives pour ouvrir le journal de Mabel caché sous les lattes de son propre lit ne s'avérèrent guère plus fructueuses ; ni la flamme de la bougie destinée à faire fondre l'étrange verre du mécanisme, ni le four de l'auberge, ni le grille-pain, ni les coups de marteau, ni le choc d'une chute depuis son balcon n'y avaient rien changé.

Piégé à l'auberge que son père ne quittait plus désormais, Ambrose commençait à se sentir isolé. Personne ne l'avait plus appelé depuis l'expédition nocturne chez les Moore, personne ne lui rendait visite, si bien qu'il passait désormais le plus clair de son temps assis à son bureau, s'efforçant d'avancer dans ses révisions milésiennes de jour et syvlaines la nuit.

Pour réconforter le garçon dont l'humeur s'assombrissait graduellement au fil des jours, Nelly s'était mise à lui apprendre quelques notions d'Ogham, un alphabet ancestral que maîtrisaient jadis les druides, composé de vingt symboles dont chacun était associé à la première lettre du nom d'un arbre. Cependant, son esprit distrait était incapable de se fixer sur la moindre activité ; le garçon se repassait continuellement en mémoire les événements qui avaient précédé son « boycott », tâchant de comprendre ce qui avait pu pousser ceux qu'il croyait être devenus ses amis à l'écarter ainsi ; même s'il ne parvenait plus à les rejoindre au Chaudron du Dagda, ni chez Juniper, ni nulle part d'ailleurs, pourquoi personne ne pensait à lui rendre visite ou même à l'appeler, au téléphone ou par l'intermédiaire du hêtre qui était, comme tous les arbres, un fidèle messager ?

Rohan lui-même n'y comprenait rien. « Que moi on m'oublie, ça ne m'étonne pas, je n'ai jamais fait partie de votre club. Ceci dit, avec l'histoire de Mabel, j'aurais pensé les voir débarquer à tout moment dans mon jardin pour vérifier que le fameux fantôme que croyait voir Pria était bien elle. Ma foi... », avait-il déclaré avec mauvaise humeur. Pria ne s'était plus plainte en effet de l'apparition spectrale que Rohan et lui prenaient pour Mabel ; il avait d'ailleurs passé plusieurs nuits à veiller à sa fenêtre, espérant revoir la silhouette diaphane du soir de leur expédition.

Le soir, lorsque Ambrose regagnait sa chambre à la fin de la journée sans avoir eu la moindre nouvelle d'un des membres de son alliance, c'était le cœur lourd. Sans même s'en apercevoir, il avait donc fini par s'habituer à la compagnie tumultueuse de ses camarades de classe et de clan, de sorte que la solitude qu'il goûtait jadis à Londres lui était devenue fastidieuse.

Le matin de la rentrée, Ambrose se réveilla l'estomac noué comme lors de son premier jour. Au cours de ces interminables vacances, il avait eu le temps d'imaginer mille et une raisons pour justifier son boycott auprès des habitués clandestins du Chaudron. Comme il enviait Rohan, qui n'avait quant à lui souffert que de l'absence de Juniper, qu'il s'était habitué à côtoyer si souvent ces derniers temps ! Lui qui n'avait jamais fait partie d'un groupe d'amis souffrait désormais de la soudaine impopularité qui l'en avait privé, et dans son sommeil agité, il n'avait pas même entendu son réveil sonner. Paniqué, Ambrose s'habilla à toute allure et dévala les escaliers de l'auberge avant de se rendre compte qu'il avait oublié son sac.

Il sortit de l'auberge haletant et survolté. Trépignant d'impatience, Rohan l'attendait à l'angle de L'Oie et le Chaudron.

« Ça fait vingt minutes que j'attends, qu'est-ce qui t'a pris tout ce temps ? » s'exclama-t-il. « ... Ce n'était pas un brushing, de toute évidence », ajouta-t-il en observant d'un air circonspect les cheveux inhabituellement en bataille d'Ambrose.

« Désolé », bredouilla Ambrose en tâchant tant bien que mal de se recoiffer du bout des doigts.

« Pas le temps de se refaire une beauté, le cours de Burke est le dernier cours au monde où on peut se permettre d'arriver en retard ! » le pressa Rohan.

Les deux garçons se mirent donc en chemin sans plus tarder, non sans s'émerveiller des décorations fraîchement installées. À plus d'un mois de Noël et du festival celtique de Yule, qui célébrait le solstice d'hiver et l'entrée du monde dans les mois froids et sombres de l'année, Evergreen avait en effet déjà revêtu son plus bel habit de fête. Au cours des vacances où il avait tâché d'avancer dans ses révisions d'initiation, Ambrose en avait beaucoup appris sur le festival de Yule. Ainsi, à la place des décorations conformes aux traditions druidiques mais désormais proscrites en l'absence de druide sanctificateur, comme les branches de gui, de houx et la bûche de Yule supposée brûler dans toutes les cheminées, les Sylvains décoraient les houx et les rares guis qui poussaient encore en Irlande de lumières et de décorations faites à la main. Les Ondins, quant à eux, avaient pris l'habitude de réunir les enfants sur la plage et d'allumer d'immenses bougies de sel et d'huile près de l'eau, une pour chacun des douze soirs que durait la fête.

Les décorations de Noël à l'approche des fêtes de Yule étaient du reste à l'origine de la majorité des querelles qui divisaient Evergreen, où étaient établis tant de Milésiens, ignorant tout des enjeux que représentait l'installation d'un sapin mort sur la grande place du village, un « crime abject » pour les Sylvains, comme le lui avait expliqué Juniper. L'an dernier, les Sylvains avaient en effet obtenu du conseil municipal de remplacer le sapin sacrificiel de la grande place par un sapin vivant, en pot, que tous arrosèrent et soignèrent avec compassion. Or, non contents d'avoir un sapin, les Milésiens avaient également voulu l'orner de guirlandes et de boules de Noël. L'arbre, ainsi déguisé, se laissait lentement mourir, si bien que tous les jours, on faisait disparaître des décorations qui réapparaissaient le lendemain, remplacées par les Milésiens convaincus qu'il s'agissait là de vols et de vandalisme, alors qu'il s'agissait en vérité d'un sauvetage. En effet, les pères Noël et les rois mages des crèches aussi disparaissaient régulièrement en cette période, kidnappés par les Ondins comme par les Sylvains.

Pour certains Sylvains, cependant un tel compromis n'était rien d'autre qu'une compromission de plus ; Juniper avait ainsi lancé une pétition non seulement pour interdir l'exposition d'un sapin mort ou vivant sur la grande place, mais aussi pour rendre l'achat de sapins de Noël illégal pour tous les foyers.

« Comment peut-on tolérer que les Milésiens fassent abattre des milliers d'arbres chaque année, tout ça pour décorer leur salon pour Noël ? Et puis quoi encore ? » avait protesté Juniper, les narines enflées par la colère. « C'est scandaleux ! Chaque mois de janvier, la ville se transforme en un vrai cimetière quand ces tortionnaires se débarrassent des pauvres sapins qu'ils ont ridiculisés en les déguisant de toutes ces maudites guirlandes ! Les dryades ont mieux à faire que de réparer leurs dégâts ! Sais-tu combien de sapins elles ont dû ressusciter l'an dernier, juste à Evergreen ? »

Arrivé à l'école, Ambrose balaya rapidement du regard la cour de récréation que lui et Rohan traversèrent en hâte, déjà désertée des collégiens qui commençaient les cours à huit heures précises. Il ne restait plus que les lycéens. Il aperçut d'ailleurs les frères Fennel, qui s'interrompirent dans leur conversation pour lui jeter des regards méfiants et hostiles, ce qui n'avait rien d'inhabituel et le rassura quelque peu.

En revanche, Ambrose fut nettement moins rassuré en s'apercevant que le cours de Mr Burke avait déjà commencé. Rohan laissa échapper un profond soupir.

« La rentrée commence bien pour vous », grommela le professeur chauve avec mauvaise humeur en accueillant les retardataires.

À peine installé, Ambrose fut envoyé au tableau pour résoudre un problème dont il n'avait même pas eu le temps de lire l'énoncé : ce n'était rien d'autre qu'une expédition punitive. Face au tableau noir, la craie dans la main, Ambrose sentit le regard de la classe s'appesantir sur lui, et particulièrement celui de Proserpine et des autres.

Gribouillant un résultat au hasard sur la surface lisse du tableau, Ambrose se retourna face à la classe, attendant dignement le tonnerre de reproches de Sweeney Burke, qui ne tarda pas d'exploser en effet. Pourtant, Ambrose ne l'écoutait pas ; au fond de la classe, Wade lui faisait de grands gestes, et Proserpine esquissait un point d'interrogation dans l'air. Hazel mima aussi de sa main un combiné téléphonique plaqué contre son oreille. Enfin, Zita écrivit à la hâte sur son cahier un message qu'elle lui montra aussi discrètement que possible :

« *ARBRES BLOQUÉS* ! » déchiffra-t-il.

Un poids tomba alors de ses épaules. Il n'avait pas été boycotté par le groupe ! Les arbres qui leur servaient à communiquer entre eux et à se déplacer étaient simplement bloqués, comme celui de l'auberge ! Malgré lui, sa bouche esquissa alors un sourire de contentement, ce qui ne fit qu'accroître le fiel de Mr Burke qui l'accusa de faire preuve d'une insolence « scandaleuse ».

« Au départ, j'ai presque failli croire que c'était moi qui ne savais plus m'y prendre ! » s'écria Juniper d'un ton incrédule à la pause déjeuner. Le petit groupe s'était abrité dans l'entrepôt, qui servait de débarras et de réserve aux agents de nettoyage. Pour éviter de susciter les soupçons des autres Sylvains quant à Ambrose, les habitués du Chaudron ne se réunissaient jamais tous ensemble en public.

« Mais enfin, je me télétroncsporte depuis que je sais marcher », s'empressa d'ajouter la jeune fille sur un ton altier. « Et puis je ne pouvais même plus me servir de l'arbre pour communiquer avec qui que ce soit ! »

« C'est Wade qui nous a rendu visite après une semaine. Il ne comprenait pas pourquoi on ne l'avait plus tenu au courant du projet Mabel ! » expliqua Proserpine.

« Yep », acquiesça Wade en haussant les épaules. « Je me suis dit que peut-être vous ne vouliez plus d'un Ondin à bord. »

« En fait », observa Zita amusée, « personne n'avait vu personne depuis tout ce temps !

Pourtant, Ambrose, tu aurais pu venir nous voir, toi ! Après tout, tu es un pilote ! Une chaise en bois et le tour est joué ! »

« Excellente suggestion, Zita, tu veux qu'il se brise le cou ? » lui lança Proserpine en levant les yeux au ciel.

« Ou pire encore, qu'il soit repéré par un Milésien et qu'il nous expose tous ? » renchérit Juniper en foudroyant Zita du regard.

Ambrose s'imagina un moment tournoyer au-dessus de la ville à bord de sa chaise de bureau. Bien des soirs en effet, sous les encouragements enthousiastes de Rohan, Ambrose avait fait léviter tous les meubles en bois qui se trouvaient dans sa chambre à l'auberge ; chacun d'entre eux avait du reste été mis à l'épreuve en tant qu'embarcation volante. Mais la perspective d'utiliser un de ces improbables transports dehors, à pleine altitude, ne lui serait jamais venue à l'esprit.

« Ce que je ne comprends pas » dit-il enfin alors qu'il repoussait tant bien que mal la serpillère qui se trouvait dans son dos, « c'est pourquoi les arbres de chez nous se sont tous retrouvés... condamnés ».

« Je ne sais pas », répondit Prose. « Mais l'arbre de chez Rohan en tout cas n'a pas l'air bloqué. »

« C'est peut-être pour ça que Mabel se balade dans le jardin des Sibahl ! » observa Hazel rêveusement.

« Se baladait », corrigea Rohan. « Il y a un moment que je ne l'ai pas vue. Peut-être aussi qu'elle venait parce que Pria lui laissait à manger, aussi. Mes parents s'en sont rendus compte, ils ont dit que ça attirait des renards et elle a dû arrêter. »

Tous les regards se braquèrent alors sur Rohan, qui blêmit.

« Ta sœur nourrissait un fantôme ? » demanda Wade avec un rictus moqueur.

« Bah oui, je sais. Elle est un peu bizarre, ma petite sœur.

Mais ça partait d'une bonne intention. »

« Ce n'est pas le problème, banane ! » s'exclama Zita. « Tu es sûr que c'étaient des renards qui venaient manger ? »

« Eh bah non ! » protesta Rohan en perdant ses moyens, « je n'y étais pas, moi. Je sais juste que le matin, ma mère devait nettoyer le jardin parce qu'il y avait des restes de repas de partout. »

« Si c'étaient des renards, il ne resterait pas une miette », observa Zita.

« Quand tes parents ont-ils découvert que Pria laissait de la nourriture dans le jardin ? » demanda à son tour Ambrose.

« Le lendemain de notre épopée de l'horreur chez les Moore », répondit-il simplement.

« Nous avons assez perdu de temps », trancha Juniper. « Il faut tenter le coup. Ce soir, Rohan, tu déposeras une assiette de je ne sais quoi devant l'arbre, et nous la guetterons à la fenêtre. »

« Tu veux... vous voulez venir chez moi ? » demanda Rohan dont la voix trahit l'émotion.

« Seul Wade peut encore voyager incognito », fit remarquer Hazel.

« Tu passeras nous récupérer un à un, Wade », lui ordonna Juniper sans trop lui laisser le choix.

« Je ne suis pas un chauffeur ! » protesta-t-il.

« Ce soir, si », répliqua Proserpine. « Ambrose, ni ton père ni Nelly ne s'opposeront à ce que tu ailles dormir chez Rohan, pas vrai ? »

Ambrose acquiesça, satisfait de ne pas avoir à renouveler la désagréable expérience du vaguabondage.

« Sur un autre sujet », reprit Juniper, « vous savez que c'est de nouveau le moment de la chasse aux décorations de Noël illégales ! Soyez sans pitié, même toi Kane ! »

« Moi aussi je veux être sur le coup ! » s'exclama Rohan.

« De toute façon je ne fête pas Noël ! »

« Pas une seule branche de gui, pas une couronne de houx ne franchiront le seuil de cette école, j'en fais mon affaire », continua Juniper sans l'écouter.

« Oh oui, ça, on le sait, June », soupira Proserpine. « Tu as enfin décidé de lâcher l'affaire concernant les pères Noël et les cannes à sucre, du coup ? »

Juniper fit la moue.

« Je suis très fière de toi », murmura Proserpine avec un sourire. « Souviens-toi : on ne peut pas retirer Noël aux Milésiens... ni les forcer à fêter Yule, n'est-ce pas ? »

« Beurk, Pria a mis son doigt dans la gelée, maman ! » s'écria Rohan, grimaçant de dégoût.

« Moi au moins je ne mets pas les doigts dans le nez ! » rétorqua la petite fille offusquée en réprimant un sanglot.

Malgré d'innombrables petites querelles entre Rohan et sa sœur, l'atmosphère qui régnait à la table des Sibahl était toujours joyeuse. Les Sibahl se préparaient en effet à accueillir un nouveau membre au sein de la famille, et frère et sœur, quoique excités de cette heureuse nouvelle, se disputaient encore plus qu'à l'ordinaire. Pria redoublait d'effort pour attirer l'attention de ses parents et rappeler qu'elle était encore la plus jeune, tandis que Rohan, lui, affirmait son rôle d'aîné.

Ambrose avait passé la majeure partie du repas à jeter des regards furtifs par la baie vitrée qui faisait face à la table à manger, redoutant de voir Mabel arriver trop tôt et leur échapper. La conversation allait bon train, et comme à chaque fois qu'il voyait Ambrose, le Dr Sibahl lui parlait de l'avancement – ou plutôt du non-avancement – du projet des Bois Sacrés, à grands renforts de termes légaux auxquels Ambrose n'entendait rien. Le Dr Sibahl semblait s'imaginer que le métier de développeur immobilier de Mr Kane investissait automatiquement son fils de treize ans d'une expertise en la matière.

Pria, qu'on n'entendait plus depuis qu'elle avait commencé à déguster sa gelée, se mit soudainement à crier, laissant couler un torrent de larmes entrecoupées de paroles incompréhensibles. Mrs Sibahl la prit tout contre elle, mais la petite fille leva le bras en direction de la baie vitrée, en pleurant de plus belle.

« Il y a un autre fantôme dans le jardin ! » finit par saisir Ambrose au milieu des hurlements de la petite fille. Les deux garçons se retournèrent en sursaut, préparés à apercevoir la silhouette osseuse de Mabel errer dans le jardin. Le Dr. Sibahl se leva d'un air incrédule pour ouvrir la baie vitrée, et se retourna alors vivement, les yeux écarquillés de surprise. Pria n'avait donc pas rêvé ! Ambrose et Rohan retinrent leur souffle.

« Quelqu'un peut me dire ce que fait le punk rouquin mal élevé dans notre jardin, et tout trempé par-dessus le marché ? »

Rohan blêmit, mais avant qu'il ne trouve quoi répondre, on entendit taper à la vitre. Le Dr Sibahl s'écarta et Wade apparut, l'air hagard.

« Euh... hé... » balbutia-t-il alors que tous les yeux étaient rivés sur lui. Un silence gêné s'installa et l'on n'entendit plus que l'eau dont les vêtements du garçon étaient imbibés goutter sur le seuil de la salle à manger. « C'est une... jolie maison que vous avez là, euh... Je... j'étais chez vos voisins...où vit une bonne amie à moi... le chien m'a poursuivi... »

« Et tu es tombé dans le récupérateur d'eau ! » acheva Rohan triomphalement.

« Eh bah oui, voilà, c'est exactement ça ! » s'empressa d'approuver Wade soulagé.

C'était le mensonge le plus absurde qu'Ambrose ait jamais entendu. Pourtant, le Dr. Sibahl fit entrer le garçon, et Mrs Sibahl alla lui chercher des serviettes pour le sécher avant de l'inviter à se mettre à table.

« Wade... McNamara, c'est ça ? » demanda le Dr. Sibahl, quelque peu décontenancé par la présence de cet hôte impromptu.

Wade hocha la tête en silence. Il semblait encore plus gêné de se retrouver attablé parmi les Sibahl que les Sibahl eux-mêmes ne l'étaient de le recevoir. Ambrose, les yeux rivés sur son assiette vide, n'osait pas même regarder les Sibahl. Que faisait-il là, tout seul ? Il n'était supposé venir qu'à la nuit tombée, emmenant d'abord Hazel et son armée de fées afin de jeter un sommeil profond sur toute la maisonnée.

« Tout va bien ? » lui lança le Dr. Sibahl en s'efforçant de se montrer affable. « Tu t'es bien remis de cette drôle de grippe après la pluie noire ? »

« *Yep* », se contenta de répondre Wade les mâchoires serrées, en se balançant nerveusement sur sa chaise.

Pria s'était approchée de lui silencieusement et l'observait avec une curiosité non dissimulée. Elle semblait particulièrement fascinée par le crâne à demi rasé du garçon, et les bagues qu'il tournait anxieusement autour de ses doigts. Pour échapper aux regards inquisiteurs de la petite fille, Wade se mit à fixer le plafond.

« Tu es dans la classe de Rohan, n'est-ce pas ? » reprit le Dr. Sibahl, plein de bonne volonté.

« Mm-mm », marmonna le garçon, les yeux obstinément levés au plafond, comme s'il espérait trouver un moyen de se volatiliser.

Le Dr. Sibahl laissa échapper un léger soupir avant de se replonger dans la dégustation de sa gelée, sans plus s'occuper du garçon étranger assis à sa table.

« C'est un bon ami, papa », finit par dire Rohan en tapotant d'un geste forcé l'épaule de Wade, qui sursauta, arraché à la contemplation du plafond.

« Ah oui, ah oui, c'est ce que je vois », répondit le Dr. Sibahl avec emphase, en portant la cuillère à ses lèvres.

« Allez mon pote », dit Rohan en s'adressant à Wade, « puisque tu te trouves là par hasard, autant en profiter non ? Maman, ça ne te dérange pas que je sorte un autre sac de couchage pour Wade ? Ça serait drôle qu'on passe la soirée ensemble tous les trois ! » s'exclama-t-il avec un enthousiasme affecté.

Mrs Sibahl considéra son fils d'un air perplexe. Mr. et Mrs Sibahl paraissaient partagés entre le plaisir de savoir que leur fils avait des amis, et le peu d'enthousiasme que l'identité de l'ami en question leur procurait. Mrs Sibahl approuva donc avec un sourire gêné, et Wade se leva de table comme un ressort, imité par Ambrose.

« Mais qu'est-ce qui t'est passé par la tête ? » glapit Rohan une fois la porte de la chambre fermée.

« Prose m'avait demandé de déposer des trucs pour la reine des fées », marmonna Wade. « Comment je pouvais savoir que ta sœur avait la vision nocturne d'un hibou ? Ce maudit récupérateur d'eau n'est pas discret aussi ! Et je n'ai même pas eu le temps de me sécher ! »

« La reine des fées ? » répéta Ambrose, d'un air circonspect.

« C'est comme les abeilles il paraît, si tu te mets la reine dans la poche, le reste des fées suit. Et il se trouve qu'apparemment elles aiment le gruyère. »

« DU GRUYÈRE, nom d'une palourde ? Donc tu es entrain de me dire que tu t'es pointé dans le jardin de mes parents deux heures avant le rendez-vous pour déposer du gruyère à des fées ? » s'étrangla Rohan.

« Tu as bien fait, c'était une bonne idée », interrompit Ambrose, « comme ça Hazel n'aura pas de mal à obtenir des fées qu'elles nous viennent en aide. Attendons encore que tout le monde se mette au lit, puis Wade ira la chercher. Nous ferons venir les autres ensuite.»

Le reste de la soirée, Rohan guetta donc le moment où sa mère viendrait toquer à la porte pour leur souhaiter bonne nuit, et Wade s'occupa en passant en revue la collection de bandes-dessinées et les posters de super-héros de Rohan d'un air sarcastique.

Enfin, Mrs Sibahl frappa doucement à la porte, par laquelle elle aperçut les trois garçons sagement couchés. Ambrose, qui n'avait jamais dormi dans un sac de couchage, était particulièrement mal à l'aise. La porte refermée, tous se levèrent aussitôt, et Rohan apporta à Wade une bassine d'eau.

« Plus petite, la prochaine fois ! », grommela Wade. « Tu ne comprends pas que plus c'est petit, plus c'est difficile, hein ? »

« Mes parents t'ont suffisamment trouvé bizarre avec ton histoire de chien et de voisine, je ne pouvais pas me permettre de te faire couler un bain », rétorqua Rohan.

Wade sauta à pieds joints dans l'étroite bassine, éclaboussant les deux garçons, avant de disparaître sans laisser de traces.

Ambrose se posta à la fenêtre ; au pied du châtaignier, une petite créature sphérique apparut dans l'obscurité et voleta au-dessus des deux assiettes qui s'y trouvaient, dont l'une contenait une part de gâteau au miel pour Mabel, et l'autre du fromage.

Elle fondit sur le fromage, et peu de temps après, un essaim de ces étranges sphères ailées la rejoignit et prit part au festin. Quelques minutes plus tard, Ambrose aperçut Wade sortir du récupérateur d'eau suivi de Hazel, trempée jusqu'à l'os et quelque peu étourdie. Hazel se dirigea vers le châtaignier, et se mit à genoux.

« Elle leur parle vraiment ! » s'exclama Rohan avec admiration.

« Elle peut communiquer avec toutes les créatures magiques de la terre », précisa Ambrose en sentant percer en lui une pointe de fierté.

« Même des licornes ? »

Ambrose réfléchit longuement. Si Zita pouvait communiquer avec les animaux, une licorne, qui faisait partie des créatures magiques, devait sûrement tomber sous la juridiction de Hazel.

Dehors, Hazel s'était déjà relevée, et la plus grosse fée se dirigea vers la maison, suivie par l'essaim de ses suivantes. Hazel regarda alors en direction de la fenêtre éclairée où se trouvait Ambrose et leva ses deux pouces avec un sourire.

Les deux garçons sortirent alors de leur chambre, sur la pointe des pieds ; Pria dormait à poings fermés, et on entendait le ronflement du Dr. Sibahl depuis le couloir. Les fées avaient accompli leur mission. Rohan et Ambrose descendirent dans la salle à manger où ils ouvrirent à Hazel que Wade venait de sécher comme par magie.

« Ça ne doit pas être rigolo d'être une Ondine », observa Hazel gravement. « Comment peut-on rester coiffé si chaque déplacement revient à prendre une douche ? »

« Ce n'est pas toujours comme ça ! » protesta Wade. « C'est cette stupide cuve ! Une fontaine, et c'est réglé ! »

Wade repartit alors chercher Juniper, puis Proserpine, et enfin Zita. En moins d'une demi-heure, le groupe était au complet, caché derrière la fenêtre du jardin pour guetter la venue de Mabel.

« J'espère qu'on pourra mettre la main sur elle », déclara Juniper. « On aura plus vite fait de lui poser des questions que d'ouvrir ce maudit journal ! »

Ambrose, les yeux rivés sur l'arbre du jardin, se retourna pour jeter un bref coup d'œil à son sac au pied du lit de Rohan, qui contenait le précieux carnet. Hélas, après des nuits passées à essayer d'en briser le mécanisme de verre, il s'était rendu à l'évidence que le matériau était incassable.

« Ce doit être un enchantement assez puissant », observa la jeune fille. « J'ai... »

Mais Juniper n'acheva pas sa phrase. Un bout de tissu blanc ondula soudainement derrière le grand tronc sombre, étincelant dans la nuit.

« Elle est là ! » s'exclama Proserpine.

Mabel venait de se télétroncsporter. Un bras osseux émergea du tronc et tâtonna dans la pénombre, trouvant enfin l'assiette de gâteau qui disparut derrière l'arbre.

L'estomac d'Ambrose se noua. C'était maintenant ou jamais. Juniper le devança et ouvrit délicatement la baie vitrée, par laquelle elle se faufila. Il la suivit immédiatement, et les autres l'imitèrent aussi. Tout à coup, un craquement plaintif retentit dans le jardin. Hazel avait trébuché sur la grosse branche d'arbre que Rohan avait ramassée dans les bois et laissée dans le jardin afin de permettre à Ambrose de s'entraîner à voler. La silhouette maigre de Mabel, avalée par une chemise de nuit blanche et trop ample, surgit dans l'obscurité.

Aussitôt un éclair jaillit de nulle part et une pluie de grosses pierres se mit à tomber sur le groupe. Hazel s'effondra sous le choc d'une pierre qu'elle reçut sur la tête, et Juniper eut à peine le temps de s'agenouiller au sol pour faire surgir les fameux golems qui les avaient protégés lors de la course d'orientation.

Tandis que Wade et les autres se réfugiaient sous l'arbre, Ambrose se précipita au secours de Hazel qui gisait au sol. Au contact de sa main sur son front, la jeune fille rouvrit les yeux. Hélas, une pierre s'abattit sur son propre dos, à quelques centimètres de sa nuque. L'intensité du choc lui coupa le souffle. Un parfum sulfureux et âcre emplit alors ses narines et Ambrose se sentit secoué par un haut le cœur irrépressible. Face à lui, un essaim de fées attaquait Mabel, désormais cernée de golems.

« Sous l'arbre ! » hurla Proserpine dans sa direction. « Elle ne peut pas nous attaquer sous l'arbre ! »

Rassemblant tant bien que mal ses esprits, Ambrose se redressa et aida Hazel à se relever, quand il sentit le sol gronder soudainement sous leurs pieds. En un clin d'œil, les golems de terre s'étaient changés en des statues de pierre, que Mabel fit voler en éclats. Le cri de Juniper résonna dans tout le jardin. Avec horreur, Ambrose aperçut alors les pieds de ses amis se figer dans des blocs de verre blanchâtre.

Pris de panique, Ambrose s'empara de la branche qui gisait au sol, et qui, à son contact, se mit à flotter dans l'air. Ambrose l'enfourcha immédiatement et Hazel l'imita, s'accrochant à lui, échappant de justesse aux étranges stalagmites de pierre qui jaillirent subitement du sol et qui les auraient piégés. La grosse branche à laquelle se cramponnaient Ambrose et Hazel décrivit un cercle au-dessus de l'arbre où Wade et les autres étaient quant à eux toujours piégés dans un écrin de verre, tandis que Juniper se battait désormais à mains nues avec Mabel.

« Prends June, Kane ! » rugit Wade. « Je vais essayer quelque chose ! »

Au moment où Mabel se jetait les mains en avant au cou de Juniper, Ambrose fondit sur son amie qu'il dut néanmoins arracher de force à la lutte. Hazel la fit grimper à la branche. Une vague puissante et surgie de nulle part déferla alors sur Mabel, dont le hurlement déchirant réveilla les chiens du quartier. La trombe d'eau, dans sa violence, déracina les rosiers de Mrs Sibahl, et Mabel, plaquée au sol, se releva en titubant.

À la surprise générale, pourtant, Mabel se mit à courir en direction de la clôture du jardin qu'elle escalada en un clin d'œil. Sans savoir quoi faire, Ambrose fondit sur elle, mais avant qu'il ne puisse la rattraper, Mabel était déjà dans le jardin des voisins, où elle se précipita vers un chêne dont elle traversa le tronc étroit, s'évanouissant dans la nuit, sans laisser de traces.

De retour dans le jardin des Sibahl, Ambrose ne reconnut pas d'abord au loin la silhouette longiligne et androgyne qui se tenait près de l'arbre, vêtue d'un pyjama à carreaux.

« Basile ! » s'écria Hazel en sautant de la branche qui se rapprochait du sol pour se précipiter sur le mystérieux invité et lui sauter au cou.

Basile Eogham, un peu étourdi, perdit l'équilibre sous l'étreinte d'Hazel et lui tapota doucement l'épaule. Ses yeux étaient encore engourdis par le sommeil. Juniper les rejoignit, et Ambrose atterrit derrière eux. Wade, Rohan et les autres, les pieds toujours figés dans le matériau transparent, avaient les yeux braqués sur l'individu mystérieux qui s'agenouilla gauchement près de Zita et posa sa main sur ses jambes engluées. Aussitôt, la jeune fille libérée de son entrave fit un bond en arrière et se mit à sautiller dans tout le jardin.

« Ça brûle ! » s'écria Rohan, libéré à son tour, imitant la danse endiablée de Zita.

« Je trouve que vous vous en tirez bien », observa Basile.

« Au bout d'un certain moment, le corindon commence à dissoudre la chair. Ensuite, il broie les os », répondit-il simplement en se dirigeant déjà vers Proserpine, puis vers Wade. Rohan ouvrit la bouche mais aucun son n'en sortit.

« Qu'est-ce que c'est que ce... sortilège, au juste ? » demanda Ambrose, décontenancé après avoir observé le bloc de roche blanchâtre et translucide se liquéfier et disparaître dans la terre.

Basile étouffa un rire discret.

« Tu crois que c'est de la sorcellerie, Kane ? Mince alors, j'ai laissé mon grimoire et ma baguette à la maison !» lança Juniper qui avait déjà retrouvé son agressivité ordinaire.

« Je ne sais pas qui est responsable de ça, mais non, ce n'est pas un sortilège, où alors ça fait de moi aussi un sorcier... », répondit Basile d'une voix douce mais assurée. « C'est le pouvoir des pierres. La personne qui vous a piégés est sacrément douée. Un simple infrangier me viderait de toute énergie, alors trois... »

« Infrangier ? » répéta Ambrose.

« C'est une création minérale... Oh, il en existe de toutes sortes, ils peuvent prendre la forme d'un arbre, comme tu l'as vu ce soir, que les Sylvains gorgolithes peuvent faire jaillir de la terre... Ils ne sont pas supposés servir d'armes pour piéger et blesser d'autres Sylvains, bien sûr... C'est une création précieuse dont nous protégeons la terre, ou certains objets précieux. Ils sont infrangibles. »

« Mais qu'est-ce que c'est que cette pierre ? On dirait du verre, mais... ? »

« Infrangible », acheva Basile avec un sourire vague. « Non, ce n'est pas du verre. Ce peut être du corindon blanc, comme c'est le cas ici. Les gorgolithes les plus avancés peuvent produire la même pierre, mais colorée ; du saphir, ou du rubis...C'est magnifique. C'est la pierre la plus dure, après le diamant bien sûr. »

« Merci pour ce cours en minéraux, Basile », marmonna Wade en frottant ses jambes endolories.

« Au fait, on ne s'est jamais présenté... Je suis Basile », déclara le garçon en tendant la main à Ambrose, qui toujours sous le choc, dut rassembler ses esprits pour répondre à ce geste amical. Basile faisait partie du quorum qui avait prêté serment pour garder son identité sylvaine secrète, comme les frères Fennel, et pourtant il n'avait jamais eu le moindre contact avec lui. D'après l'expression réjouie de ses camarades, il semblait pourtant proche d'eux. « Je peux vous demander ce qu'il s'est passé ce soir ? » demanda-t-il alors.

« C'est une longue histoire », soupira Proserpine.

La bande tâcha tant bien que mal d'expliquer au garçon étonné la raison de leur présence dans le jardin de Rohan en pleine nuit et de l'enquête qui les avait conduits à partir sur les traces de Mabel, et enfin, le récit de la lutte qui s'en était suivie. Pendant tout ce temps, une pensée s'était mise à germer dans l'esprit d'Ambrose.

« Le journal ! » s'écria-il alors, frappé de stupeur. « Le journal, c'est peut-être un infrangier aussi ! »

Juniper se frappa le front.

« Comment ai-je pu ne pas y penser ? Basile, nous avons une mission pour toi ! » s'écria-t-elle en saisissant le garçon par la main pour le reconduire à l'intérieur de la maison où Ambrose s'était déjà engouffré. Grimpant les escaliers quatre à quatre, il sentit les pulsations de son cœur battre à ses tympans comme une fanfare folle. Toutes les réponses à ses questions, jalousement gardées dans ce journal de pierre, allaient enfin lui être révélées. Que ou qui fuyait Mabel ? Que savait-elle du meurtre de Taylor, son meilleur ami ? Et surtout, pourquoi les avoir attaqués ce soir-là, alors qu'ils ne cherchaient qu'à l'aider ?

Ambrose plongea sa main dans le sac, rassuré par le contact froid de la pierre. Il sortit le petit journal et le tendit fébrilement à Basile, qui le contempla avec admiration.

« Combien de temps la poudre de fées dure au juste, Hazel ? » demanda Rohan soucieusement.

« C'est une bonne question », répondit-elle en rougissant. « Je pense qu'il ne faut pas trop tarder. »

« Alors, c'est bien ça ? » pressa Juniper, les yeux fixés sur le visage tranquille de Basile qui n'avait toujours pas dit un mot.

« Oui, c'est bien un infrangier. Je n'en avais jamais vu sous forme de livres, on appelle ça des lapidaires, c'est remarquable. »

« J'ai tout essayé pour rompre l'espèce de cadenas, mais rien n'y a fait. J'ai même essayé de le faire fondre », expliqua Ambrose. Son excitation ne faisait que croître.

« Oh, tu pourrais bien essayer pendant encore vingt ans, c'est à peine si tu arriverais à le rayer. C'est du corindon, ça ne peut pas se casser. Si j'ai bien compris, vous pensez que c'est là le journal intime de Mabel ? »

« Oui, c'est certain, il était caché sous son lit, c'est exactement là où je cache le mien », répondit Zita avec assurance.

« Ça alors », souffla Basile, « si on m'avait dit un jour que Mabel Moore était une des nôtres, la pauvre... Pas étonnant qu'elle soit devenue vraiment dérangée, après avoir été prise pour une folle pendant dix-sept ans. »

« Moi aussi je compatis, Basile, et je pense que tu pourrais écrire un poème formidable sur l'injustice du sort de Maboule, mais si tu pouvais accélérer le mouvement et te mettre au travail, ça nous rendrait service. Qu'au moins cette horrible soirée qui nous a presque coûté nos jambes ait servi à quelque chose ! » lança Wade.

Basile s'assit sur le lit et posa le lapidaire sur ses genoux. En fermant les yeux, il apposa ses mains sur le mécanisme de pierre, qui se mit à se liquéfier lentement, comme les blocs qui avaient immobilisé ses amis plus tôt, jusqu'à tomber en poussière. Il ouvrit alors le journal, dont la première page était toute griffonnée de symboles étranges. L'écriture était si marquée qu'elle transperçait les pages. Le garçon tournait les pages, s'attardant sur quelques paragraphes. Ambrose observait ses yeux s'écarquiller sous l'effet de la surprise. La gorge nouée, il finit par s'asseoir auprès de Basile, qui lui tendit le journal d'une main tremblante.

« Eh ! Pourquoi c'est Kane qui le lirait en premier ? » protesta Zita.

« Parce que ça parle de lui », murmura Juniper qui avait lu par-dessus l'épaule de Basile tout ce temps.

« J'ai fini », soupira Zita.

Le livre se referma tout seul avec un bruit sec qui fit sursauter tout le monde, sauf Ambrose, le front contre le carreau de la fenêtre, encore abasourdi.

« Si elle n'était pas frappadingue à l'origine, elle l'est devenue », continua-t-elle. À l'origine, ce journal était celui d'une fille complètement normale, une Milésienne sans histoire, amie avec quelqu'un plein de secrets... Mabel savait depuis le départ que Taylor s'identifiait en fait comme un garçon, mais pas qu'il appartenait à un clan magique. »

« Et elle s'est sentie trahie par ce secret que Taylor lui avait caché si longtemps», conclut Rohan. « C'est bien en cinquième que Mabel a commencé à devenir maboule, nous ont dit ses parents », continua-t-il. « Les dates coïncident ; c'est à ce moment qu'elle a découvert que Taylor était Ondin, et qu'elle s'est mise à se questionner sur sa propre identité. C'est là qu'elle a clamé haut et fort avoir des pouvoirs et être une Sylvaine, ce que ses parents ont pris pour du délire, et ce que Taylor lui-même n'a pas cru. »

« D'où la dispute... Elle s'est ensuite laissée embrigader par cet "homme invisible" qui venait la voir », ajouta Wade.

« Embrigader, radicaliser, ce que tu veux », murmura Juniper.

« Ce type a compris qu'elle était bien une Sylvaine, et il a repéré une proie facile. Ses parents n'ont rien arrangé en l'enfermant et en l'isolant du reste du monde. Voilà comme elle a fini par se ranger à l'opinion des Sylvains radicaux. »

« Donc elle aurait tué Taylor, parce qu'il était Ondin ? » demanda Hazel encore hébétée.

« Quelque chose ne tourne pas rond avec cette histoire », rétorqua Proserpine. « D'accord Mabel s'est sentie trahie en apprenant l'identité Ondine de Taylor, d'accord elle s'est sentie encore plus trahie quand cet ami qu'elle avait toujours soutenu dans tous ses combats ne l'a pas crue ni comprise lorsqu'elle-même s'est mise à revenir sur les traces de son identité, d'accord cet homme invisible l'a radicalisée — mais on ne va pas jusqu'à étrangler son ancien meilleur ami pour autant ! »

« Non mais je rêve, vous avez noir sur blanc la preuve que Mabel souhaitait la mort de Taylor, et on est encore là à débattre de son implication au lieu d'emmener le journal à Droséra et Arthur ? » explosa Wade.

« Du calme, Wade, personne ne dit que Mabel est innocente », rétorqua Juniper. « Ce que Prose veut dire, c'est juste qu'il est évident qu'elle a été influencée par l'homme invisible. C'est vrai, son discours sur les Milésiens et les Ondins change au milieu du journal, là, ici » dit-elle en ouvrant le journal qu'elle tendit à Wade « lorsqu'elle rencontre cet homme, et même son écriture change, comme si... »

« Comme si elle était possédée ! » acheva Rohan triomphalement. « C'est ce que j'avais dit à Ambrose ! Je le savais ! »

« Le fait est que Taylor a demandé à Kane de trouver Mabel. C'est bien la preuve que Mabel était sa meurtrière ! », observa Zita. « Il savait bien que tant que Mabel serait en liberté, il resterait coincé entre les deux mondes. »

« Et il savait surtout qu'Ambrose risquerait de connaître le même sort.... » chuchota Hazel dont la voix étranglée trahissait le trouble.

Tout ce temps, Ambrose n'avait jamais pensé être en danger à Evergreen. Tout ce temps, il avait cherché Mabel, sans savoir qu'elle le chassait. Il s'était jeté dans la gueule du loup.

« Ambrose, qu'est-ce que tu en penses ? » lui demanda Proserpine d'une voix rauque. « Après tout, tu es le principal intéressé après Taylor Finn. »

Toujours absorbé dans la contemplation du jardin, Ambrose s'était jusqu'alors laissé bercer par la conversation de ses amis, à laquelle il espérait ne pas avoir à prendre part.

« Rohan a raison... » finit-il par déclarer. « Elle était comme possédée. Oui, l'écriture change dans son journal, et même sa façon de s'exprimer, son style. À moins d'être un écrivain de grand talent, je ne vois pas comment elle aurait pu feindre ça », répondit-il sans se retourner.

Ce qu'il trouvait étrange surtout, c'était que le meurtre de Taylor n'était pas consigné par écrit, en aucun endroit du journal. Et il repensait aux derniers souvenirs que le garçon lui avait révélés à Avalon, ces mains tachetées par l'âge tendues vers son cou. Ce n'étaient pas les mains diaphanes et osseuses de Mabel.

« D'accord, mais ça n'empêche pas qu'elle ait tué Taylor ! » protesta Wade à bout de nerfs.

« Si elle l'avait tué, pourquoi ne pas avoir rapporté le meurtre dans son journal ? » osa-t-il enfin demander en se retournant pour dévisager la petite assemblée.

« Arrgh ! » rugit Wade en s'emparant du journal qu'il ouvrit brusquement. « Là, noir sur blanc, pour l'amour des dieux, c'est écrit : « cette roulure doit crever ! » Je sais que tu ne t'es pas encore imprégné de notre vocabulaire local, Kane, mais c'est quand même clair qu'il ne s'agit pas d'une chanson d'amour, nom d'un chien ! - AïE ! » rugit-il alors. Le livre venait de se refermer sur ses doigts, et le garçon, furieux, le jeta en travers de la pièce.

Basile se leva tranquillement pour ramasser l'objet intact avant de s'éclaircir la gorge.

« Si je peux me permettre, ce n'est qu'à la rentrée que Mabel indique dans son journal avoir réussi à démanteler les barreaux de sa fenêtre. Taylor était déjà mort depuis longtemps. »

« Elle peut très bien mentir », rétorqua Zita. « Ce n'est pas parce qu'elle écrit ça qu'il faut la croire sur parole. Elle est maline, elle pouvait très bien brouiller les pistes. »

« Dans son journal intime ? » interrogea Proserpine, dont le visage était plus pâle encore qu'à l'ordinaire.

Ambrose, toujours collé à la fenêtre, s'était laissé engloutir dans un tourbillon de pensées. C'était comme si une nuée de brouillard enveloppait son cerveau, encore engourdi par la violence des écrits de Mabel, à travers lesquels perçaient pourtant un désespoir et une vulnérabilité pathétiques. D'une page à l'autre, parfois même d'un paragraphe à l'autre, deux voix se disputaient, en guerre l'une contre l'autre pour assiéger l'esprit tourmenté de Mabel.

« Et si on arrêtait là le débat ? C'est terrible à dire mais il est trop tard pour Taylor », trancha Rohan en bon diplomate.

« Quand bien même Mabel ne l'aurait pas tué elle-même, de ses mains, qu'est-ce que ça change ? Rien. Il est mort, et sans doute passé de l'autre côté à l'heure qu'il est. Vous savez qui n'est pas encore mort, par contre ? » ajouta-t-il en posant la main sur le dos d'Ambrose.

« Rohan a raison », murmura Hazel. « Il faut faire quelque chose pour te protéger, Ambrose. »

« Ce qui est certain », continua Rohan d'un air solennel, « c'est que cette frappadingue en a après Ambrose sous prétexte que c'est un fruit vénéneux. »

« Interdit. Un fruit interdit », corrigea Juniper.

« Oui, bon, vous m'avez compris. Papa milésien, Maman dryade, voilà quoi. Le fait est que Mabel s'est mise en tête de partir à la chasse aux fruits... aux gens comme toi, Ambrose... » ajouta-t-il en se tournant vers lui. « Elle connaissait ton emploi du temps par cœur, elle te suivait à la trace, mon pote ! Ça me fait froid dans le dos de me dire que tout ce temps, elle nous épiait. »

« Dans la forêt... » entendit-il alors balbutier Proserpine.

Ambrose se retourna vivement.

« Dans la forêt... c'était sûrement elle qui s'était installée à l'endroit où nous avions retrouvé le médaillon de Taylor... », acheva Ambrose en devinant les pensées de la jeune fille.

Chapitre 13 : Le bal médical de Kilbrittain

Dès huit heures du matin, une odeur de dinde rôtie et de châtaignes grillées flottait dans les couloirs de l'école. Tandis que Rohan trépignait d'excitation sur le chemin de la classe, Ambrose se tenait le ventre, dans un état nauséeux que le poids des pénibles découvertes de la veille ne contribuait guère à arranger. C'était Proserpine qui avait été chargée de remettre le lapidaire à sa grand-mère, sans rien révéler toutefois de la confrontation avec Mabel qui avait bien failli leur coûter la vie. Ambrose s'était donc réveillé ce matin-là, le jour de son anniversaire, dans un état de grande anxiété, redoutant la réaction de Nelly que Droséra aurait sûrement mise au courant dans la nuit. Cependant, c'était Amélie qu'il avait trouvée affairée dans la cuisine pour le petit-déjeuner. Cette présence étrangère dans l'antre sacré de Nelly confirmait les pires craintes du garçon ; dans son état normal, Nelly n'aurait jamais laissé qui que ce soit cuisiner à sa place, et encore moins la jeune française, et encore moins le jour de l'anniversaire de son « pensionnaire préféré ».

« Joyeux anniversaire, Buckingham ! » claironna Rohan. « Tu en as de la chance, il y a de la dinde au menu d'après l'odeur ! C'est vraiment Noël ! ».

Ambrose grimaça. Depuis qu'il avait pris la préparation secrète d'Arthur Bergamot, destinée à provoquer son « appel », une aversion profonde et apparemment irréversible envers la viande s'était déclenchée chez lui. Le mot « cadavre », jeté par Zita et Proserpine chaque fois que Rohan consommait une escalope miraculeusement négociée à un autre Milésien contre une part de cheesecake, devait y être aussi pour quelque chose.

L'estomac tout retourné, Ambrose se rendit donc jusqu'à la salle de classe d'anglais où se déroulait son avant-dernier examen avant les vacances de Noël. Son sujet l'attendait déjà sur la table. Puisant dans ses dernières ressources, Ambrose se concentra, chassant de son esprit les questions qui l'assaillaient : Taylor pourrait-il franchir la rivière d'Avalon ? Droséra et les autres parviendraient-ils à arrêter Mabel, sans que quiconque ne vienne jamais à apprendre son identité sylvaine ? Mais que dirait Nelly, lorsqu'elle apprendrait qu'il avait bravé tant de dangers ? Son initiation, prévue le premier soir de Yule pour son anniversaire, serait-elle annulée, à cause du risque qu'il encourait si Mabel était toujours en cavale ? Placardée sur le mur de la classe, la photo d'une Mabel de douze ans le regardait fixement. En sortant de l'auberge au petit matin, son imagination lui avait joué des tours. Se sentant observé, il s'était retourné sans arrêt en chemin afin de vérifier que la silhouette décharnée de la fugitive ne le suivait pas. Arrivé à l'école pourtant, ce sentiment s'était dissipé sous l'effet de l'atmosphère joyeuse et rassurante qui, même un jour d'examen, transfigure les écoles à la veille des vacances d'hiver.

Heureusement pour Ambrose, l'anglais était sa matière forte ; malgré ses rêveries, il eut donc le temps d'achever la dernière question de son examen sans trop d'efforts. La sonnerie retentit et le garçon agité se leva comme un ressort pour rejoindre Proserpine qui l'attendait, épaulée de Juniper. Wade les rejoignit discrètement.

« J'ai donné le... journal à ma grand-mère ce matin, elle n'a pas dit un mot pendant toute la durée de mon monologue. Elle n'a pas cillé, sauf quand je lui ai dit pour votre expédition vous savez où, Wade, Rohan et toi, Ambrose. »

« Et ? Qu'a-t-elle dit ? » demanda Ambrose en se sentant pâlir.

« Rien, elle avait juste cette expression bizarre où elle plisse légèrement les yeux. Ce n'est jamais bon signe, ceci dit. Elle a pris le carnet et s'est enfermée dans l'ancienne chambre de ma mère. Ensuite, j'ai dû partir à l'école pour ne pas manquer ce stupide examen d'anglais. »

Au même moment, le professeur qui rangeait encore ses affaires à son bureau s'éclaircit bruyamment la gorge.

« Allons-y », murmura Rohan qui adressa un sourire gêné au professeur en poussant Proserpine et le petit groupe jusqu'à la porte. Ambrose passa la main sur son front, s'attendant presque à sentir le bouillonnement de son cerveau sous la paume de sa main.

« J'imagine qu'il n'y aura pas d'initiation pour moi, alors ? » Wade le dévisagea.

« C'est vraiment ça, ton problème, Kane ? Comment peux-tu encore penser à ton initiation alors que tu as une folle furieuse aux trousses ? Tu as déjà un an de retard, tu peux bien en avoir deux. 14 ans, 15 ans, c'est pareil. »

Au cours de la pause-déjeuner, presque tous les élèves s'étaient absorbés dans des révisions de dernière minute en vue de l'examen d'histoire. Seuls Wade et Proserpine semblaient refuser de se plier à cette pratique courante ; Ambrose se contentait pour sa part de relire distraitement le même paragraphe de son cours tout en étudiant le visage des autres élèves à la fois tendus et excités par l'imminence des vacances. Il remarqua ainsi que Juniper n'avait pas levé le nez de son livre une seule fois, se contentant de répondre par un grognement dissuasif à toute parole qui lui était adressée.

Vers la fin de la pause, toutefois, sans bruit, Ambrose se leva de table pour aller s'enfermer dans les toilettes désertées. L'eau froide qu'il laissa couler sur son visage lui parut éclaircir un peu le brouillard qui obscurcissait son esprit. Accoudé sur le lavabo, il leva enfin les yeux vers le miroir où son visage pâle se reflétait. Il lui fallut quelques instants avant de réaliser que ce qui se reflétait dans le miroir et qui semblait se trouver derrière lui n'était plus la salle de bain des garçons du premier étage ; c'était un jardin qu'il ne connaissait que trop bien maintenant.

Ambrose se retourna en sursaut, préparé à voir l'horizon infini et sans ciel d'Avalon, traversé par la rivière remplie de poissons ailés. Pourtant, il se trouvait toujours dans les toilettes de l'école. Il examina de nouveau le paysage reflété par le miroir, et au loin, émergeant d'un nuage dense, Taylor apparut ; il était de l'autre côté de la rivière. Alors, s'avançant près de la berge, le garçon se mit à marcher sur l'eau tranquille jusqu'à rejoindre l'autre berge, où se trouvait le reflet d'Ambrose auquel il sourit. Sans oser se retourner et risquer d'interrompre ce contact, Ambrose aperçut la main de Taylor se lever lentement jusqu'à son bras. En fermant les yeux, il sentit en effet sa paume s'appuyer doucement sur son épaule. La porte de la salle de bain s'ouvrit à la volée.

« Nom d'une palourde, j'ai dû faire tous les petits coins de l'école ! Tu ne vas jamais en croire tes oreilles Ambrose, viens vite ! » s'écria Rohan en agrippant le bras d'Ambrose, arraché violemment à cette vision d'un autre monde. Dans le couloir, des élèves adossés à leurs casiers bavardaient d'un air grave. Une fille laissa même tomber ses livres pour se couvrir la bouche de ses mains. Sans comprendre, traîné par Rohan, Ambrose pénétra dans la salle de classe où devait se dérouler leur dernier examen d'histoire, qui n'avait pourtant pas commencé. Quelque chose ne tournait pas rond, en effet ; les élèves semblaient pour une fois suspendus aux paroles du professeur Buttercup qui n'était pourtant pas connu pour son charisme.

« Merci d'être allé chercher Ambrose, Rohan. Où en étais-je ? Oui, je comprends que tout cela soit un véritable choc pour vous, les enfants », soupira-t-il en s'asseyant sur le rebord de son bureau. « Mais c'est la fin d'un cauchemar effroyable, et le point final à la tragédie qui nous a frappés cet été à Evergreen. »

Ambrose jeta un coup d'œil à ses amis, dont le visage avait la même expression de stupeur.

« Une cellule psychologique sera mise en place pour vous si vous en ressentez le besoin pendant les vacances, et elle sera toujours là pour vous soutenir à la rentrée. »

« Sait-on pourquoi Mabel Moore a tué Taylor, Mr. Buttercup ? » demanda Wade.

Ambrose se raidit. Droséra avait donc prévenu la police milésienne !

« Non, Wade, je ne dispose pas des détails de cette affaire. Je peux seulement vous dire que Miss Moore souffrait de problèmes psychologiques graves, et que personne n'aurait pu prévoir une telle issue. Il y a fort à croire que Miss Moore, qui avait trouvé un moyen d'échapper au contrôle scrupuleux de ses parents cet été, n'était pas en pleine possession de ses facultés psychiques et mentales au moment du meurtre. Taylor Finn a donc simplement eu le malheur de se trouver au mauvais endroit au mauvais moment. »

« Et est-on sûr qu'elle est bien enfermée, maintenant ? » insista Wade.

Mr Buttercup le dévisagea avec surprise.

« Miss Moore est actuellement interrogée par les autorités, Wade. Elle sera ensuite jugée conformément à son état et à son crime. »

« Et de nouveau renvoyée chez ses parents, sous prétexte qu'elle est maboule, jusqu'à ce qu'elle réussisse à s'échapper encore une fois et ne s'en prenne à quelqu'un d'autre ! » rétorqua le garçon avec mauvaise humeur.

« Bien, je crois qu'il est temps pour vous de commencer votre examen », se contenta de répondre Mr. Buttercup en distribuant les sujets.

Entre l'annonce de l'arrestation de Mabel Moore et la fin des cours, des bougies et des peluches s'étaient déjà amoncelées devant l'ancien casier de Taylor Finn. Mais la journée n'avait pas fini de révéler à Ambrose son lot de surprises. Lorsqu'il sortit de l'école, accompagné de Rohan, il aperçut encore son père au loin, dont la silhouette sombre détonnait au milieu d'un arc-en-ciel de manteaux colorés. Heureusement qu'il n'était pas sorti escorté par Proserpine ou par Juniper ! C'était bien la première fois que son père venait le chercher à l'école. Du reste, la mine réjouie d'Atticus était tout aussi peu habituelle. Le grand homme tapota doucement le dos de son fils, un signe de grande affection dont Ambrose était rarement gratifié, et serra également la main de Rohan avec un enthousiasme inaccoutumé.

« Je viens de quitter ton père au cabinet, Rohan », déclara-t-il d'un ton bourru.

« Tout va bien, papa ? » demanda Ambrose, inquiet. L'attitude étrange de son père s'expliquerait-elle par un ennui de santé ? Après tout, son père n'allait jamais chez le médecin !

« On ne peut mieux, Ambrose », répondit Atticus énergiquement. « Rohan, ton père m'a dit que vous ne participiez pas aux festivités ridicules qui se tiendront en ville pour le solstice », commença-t-il.

« Pour Yule », précisa Rohan dont le visage trahissait la même appréhension qu'Ambrose.

Que pouvait bien lui vouloir Mr Kane, après tout ? Ambrose le savait, son père prenait rarement la parole si ce n'était pas pour débattre, négocier, ou ordonner quelque chose.

« Pour Yule, pour Noël, pour le carnaval, peu m'importe ; je suis ravi d'apprendre que les Sibahl ne se prêtent pas à de telles simagrées. C'est un homme remarquable, ton père. Puisque vos examens sont finis, j'ai pensé qu'Ambrose aimerait bien se changer les idées, et j'ai demandé à ton père s'il pouvait se joindre à ce bal dont il m'avait parlé, le bal médical de Kilbrittain. Qu'en dites-vous, les garçons ? »

Rohan et Ambrose échangèrent des regards étonnés. Rohan était justement supposé trouver un moyen d'échapper au « stupide bal » qui devait avoir lieu le soir de l'initiation d'Ambrose, et auquel ses parents assistaient chaque année.

« C'est très gentil, papa », s'empressa de répondre Ambrose, soucieux de dissimuler toute trace de gêne et de déception.

« C'est un beau cadeau d'anniversaire... »

« Eh bien oui, j'ai pensé que ce serait mieux que de fêter ton anniversaire seul dans cette sinistre auberge avec moi, n'est-ce pas ! »

répliqua-t-il presque gaiement. « Bon anniversaire, fils. »

« Merci, papa », bredouilla Ambrose.

« Oui... ce sera vraiment drôle, merci Mr Kane ! » ajouta Rohan.

« Bien, tout est arrangé alors. C'est une chance que je t'ai fait livrer ton smoking le mois dernier, fils. »

Rohan réprima un tic nerveux en entendant le mot « smoking » et père et fils prirent le chemin de l'auberge.

En arrivant à La Tête du Barde, Ambrose salua à peine Amélie à la réception pour se précipiter vers la cuisine. Bien qu'il appréhendât toujours la confrontation avec Nelly, les lumières de celle-ci lui étaient essentielles pour échapper au bal de Kilbrittain ou retarder de quelques heures son initiation dans les Bois sacrés. La cuisine était vide. Ambrose revint donc sur ses pas pour demander des explications à Amélie.

« *Nelly... en bas...laver, repasser, pshhht... pshhht...* » balbutia Amélie à grand renfort de mimes dans un anglais approximatif. « *Très en colère ! Jamais voir comme ça ! Ma vinaigrette jetée par la fenêtre, à cause de trop poivré !* »

Ambrose remercia poliment la jeune fille et se dirigea la gorge serrée vers l'escalier qui conduisait au sous-sol, où se trouvait la buanderie. La pression de la vapeur expulsée par le fer à repasser ressemblait en effet aux onomatopées utilisées par Amélie.

Nelly se tenait là, donnant de grands coups de fer au smoking d'Ambrose étendu sur la table à repasser. De dos, Ambrose ne pouvait pas voir son visage, mais ses gestes énergiques laissaient présager une vive colère. Le grincement d'une marche trahit sa présence et l'aubergiste se retourna, le visage écarlate. Ambrose n'aurait pas été surpris de voir la vapeur sortir aussi de ses oreilles.

« Mais comment as-tu pu faire une chose pareille, Ambrose ? As-tu perdu la raison, pour l'amour du Barde ? » s'exclama-t-elle en secouant dangereusement le fer à repasser brûlant dans sa direction.

« Nelly, je ne voulais pas... je ne voulais pas t'inquiéter... » bredouilla-t-il. Ce n'était peut-être pas le meilleur moment pour commencer à tutoyer Nelly ; ou peut-être que oui, justement.

« M'INQUIÉTER ? » s'écria l'aubergiste. « Oh, mais à ce stade-là, ce n'est même plus de l'inquiétude, Ambrose ! Je suis presque certaine d'avoir fait un malaise cardiaque dans l'après-midi, et Arthur, oh, le pauvre Arthur, je ne serais pas étonnée qu'il ait fait un infarctus ! »

S'ensuivit alors une tirade, qu'Ambrose n'osa plus interrompre, condamnant ses « investigations saugrenues » et son « comportement suicidaire ».

« Mais comment pouvais-je savoir que Mabel en avait après moi ? » finit-il par demander. « Taylor lui-même m'avait demandé de le trouver ! »

Nelly sursauta.

« Quoi ? Comment ? Comment ça ? »

Ambrose regretta ses paroles. Cet aveu n'allait sans doute pas servir sa cause.

« Quand je suis allé dans la salle de l'Arbre, Taylor m'a fait me télétroncsporter à Avalon... »

« Oui, je sais, je sais », l'interrompit l'aubergiste d'un air excédé.

«... Eh bien il m'a montré une succession de souvenirs... sur la plage, avec Mabel, quand il était enfant... jusqu'à son dernier souvenir, le matin du meurtre... Et puis ensuite, il a gravé un message sur le sol... qui disait de "trouver Mabel". »

Nelly couvrit son front de ses mains.

« Ma parole, mais si un revenant te demandait de te jeter par la fenêtre, tu le ferais ? »

Ambrose se tut. Il se trouvait en effet ridicule. Taylor voulait qu'il apprenne la vérité, et qu'il se protège. Il ne lui avait jamais demandé de se jeter dans la gueule du loup pour autant.

Nelly s'empara vivement du smoking déformé après son passage à tabac, et se dirigea vers les escaliers qu'elle grimpa énergiquement. Ambrose la suivit, tâchant de comprendre les paroles incompréhensibles qu'elle marmonnait. Parvenue dans la cuisine, Nelly se précipita jusqu'au rebord de la fenêtre où ses cactus en pot profitaient lascivement du faible soleil d'hiver. Elle saisit un minuscule cactus qu'elle rapprocha de son oreille. Ambrose la regarda sans comprendre.

« Nelly, je suis désolé, j'ai manqué de jugement, j'ai agi sans réfléchir aux risques... »

Loin d'avoir l'effet lénifiant qu'il espérait, ces dernières paroles accrurent encore la colère de Nelly qui se mit à agiter le cactus plus fort encore à son oreille. Perdait-elle la raison ?

« Quand je pense que je t'ai trouvé en plein jour dans le jardin, à essayer de te télétroncsporter ! Sous les yeux de ma mère ! Nous t'avions demandé de rester le plus discret possible, Ambrose ! Oh, Mabel est le cadet de tes soucis à côté des autres Sylvains radicaux complètement fous qui rodent dans cette ville, Ambrose ! Ils n'attendent qu'une chose, c'est de mettre la main sur les... gens comme toi ! »

« Nelly, pourquoi vous ne... pourquoi tu ne reposerais pas ce cactus, assieds-toi, je vais te faire un thé... » balbutia Ambrose qui commençait à s'inquiéter du comportement erratique de l'aubergiste qui secouait toujours le cactus, frôlant dangereusement son œil.

Mais Nelly ne l'écoutait pas, et elle sortit de la cuisine pour ouvrir la porte fenêtre, par où s'engouffra Arthur Bergamot, la moustache tremblante et le visage violacé.

« Malheureux ! Inconscient ! » rugit-il en s'avançant vers Ambrose, qui recula prudemment. « Cela fait des mois que nous avons Mabel dans le radar ! Des mois que nous essayons de mettre la main sur elle ! »

« Comment saviez-vous qu'elle était coupable ? » demanda Ambrose en reculant, hébété.

« Par le médaillon que Prose et toi avez trouvé dans la forêt, pardi ! Nous savions que Mabel était en cavale, elle avait été aperçue par les animaux de la forêt la veille de Mabon. »

« Je... Mais comment avez-vous pu faire le rapprochement entre Mabel et Taylor ? »

Arthur prit une profonde inspiration.

« Et pour qui te prends-tu, au juste, Hercule Poirot ? Mabel est fichée comme Sylvaine radicale notoire depuis ses douze ans ! »

« Mais comment saviez-vous que c'était une Sylvaine ? » Ambrose aperçut Nelly lui faire les gros yeux .

« Je veux savoir ! » protesta-t-il en se sentant regagner courage. « Si elle en a après moi, et si je dois me cacher à cause de gens comme elle au lieu de vivre comme les autres, j'ai le droit de savoir ! »

Arthur se retourna et s'appuya contre l'évier de la cuisine.

« C'est une terrible bavure qui s'est produite il y a dix-sept ans », murmura-t-il si bas qu'Ambrose dût s'approcher de lui.

« C'est une des rares erreurs du Dr. Hellebore Parsifal, qui était alors responsable de la vérification des origines magiques des enfants adoptés par les Milésiens. Personne ne sait comment il a pu manquer ça ! À l'époque, le Grappasang n'était pas accessible. Il était le seul à en avoir la clé. »

« Il était déjà très âgé, Arthur », ajouta Nelly avec un respect mêlé de crainte, comme si elle craignait que le feu Parsifal se tienne derrière elle. « À 120 ans, il fallait s'attendre à ce genre d'incident.»

Cet « incident » avait tout de même coûté cher à Mabel Moore et l'avait fait basculer dans la folie et dans le radicalisme. Ambrose n'osa pas demander au pharmacien ni à l'aubergiste qui pouvait être « l'homme invisible » qui avait pu corrompre l'esprit de Mabel par son fanatisme.

« Vous avez fait courir un risque énorme à la communauté Sylvaine, si les Ondins apprenaient un jour que la meurtrière de Taylor Finn est une Sylvaine, nous serions tous perdus ! »

« Je suis désolé », balbutia Ambrose. « Je n'aurais jamais pensé qu'elle était coupable. Je voulais simplement aider Taylor à passer de l'autre côté, et je pensais que Mabel avait les réponses quant à l'identité de son meurtrier... »

« Tu parles qu'elle avait les réponses ! C'était elle ! Et nous, moi, Nelly, Droséra, même, tout ce temps, nous avons essayé de te protéger comme nous avons pu ! »

« C'est ma faute », soupira Nelly. « J'aurais dû me douter que toi et ton petit groupe aviez plus d'un tour dans votre sac. J'aurais dû demander à Droséra de bloquer tous les arbres de la ville, sans exception, même ceux des Milésiens. Et j'aurais dû demander à Mr. McNamara de condamner tous les *peaurtails* également. »

« Ça n'aurait servi à rien, Nelly, le jeune McNamara a appris à se déplacer avec de très petites quantités d'eau, il paraît. »

Ambrose se figea.

« C'est vous qui aviez condamné les arbres ? » demanda-t-il stupéfait.

« Eh bien, oui, à ton avis, qui d'autre ? » lança Arthur. « Ça ne suffisait pas de monter la garde dans le jardin, tu crois que Nelly ne remarquait pas que tu arrivais quand même à te faire la malle ? » Ambrose frissonna. Nelly était-elle au courant pour la malle magique ? Et pour son pouvoir ? « Tu veux savoir quel est ton problème, jeune homme ? Tu es comme ta pauvre mère. Tu n'écoutes personne d'autre que toi. Tu crois tellement tout mieux savoir que tout le monde que... et comme elle, ça risque de te coûter... »

« Arthur, ça suffit », l'interrompit froidement Nelly. « Il a compris la leçon, j'en suis sûre. Tout est bien qui finit bien. Mabel est sous contrôle des Milésiens, personne n'a la moindre idée qu'il s'agit d'une des nôtres, Ambrose est en sécurité ici, et son secret est également sûr. »

« Soit », grommela Arthur. « N'en parlons plus. Tiens-toi prêt pour ce soir. Prépare-toi pour ce bal de dingos pseudo-guérisseurs à Kilbrittain, vas-y, mais à 8 heures tapantes, tu dois être dans les Bois Sacrés d'Evergreen pour ton initiation. »

« Mais je ne peux pas... il y aura les parents de Rohan ! » bégaya Ambrose, surpris qu'Arthur soit déjà averti de son invitation au bal médical de Kilbrittain.

« Oui, oui, ça aussi je le savais déjà, hein ! Donne ça à ce bon vieux Sibahl et à sa femme », rétorqua-t-il en tendant à Ambrose un petit sachet de soie. « Crois-moi, pour eux, ce bal sera endiablé, et je peux t'assurer que ton absence passera inaperçue... »

« Merci », murmura Ambrose en s'emparant du sachet non sans scrupule.

« Finies les cachotteries à partir de ce soir, Ambrose, c'est compris ? » lui lança Arthur sans lâcher le petit sachet, ses yeux bleus plongés dans les siens.

« Oui », promit-il.

Nelly lui remit sans un mot le smoking dont il avait oublié l'existence et le cœur lourd, il remonta jusqu'à sa chambre pour l'essayer. Dans le miroir, son reflet lui parut ridicule. Depuis la dernière fois qu'il avait porté le smoking, lors d'un gala de charité organisé par l'externat St Gibbereth, il avait gagné au moins cinq centimètres, de sorte que comme son uniforme d'école, les manches de la veste étaient trop courtes, tout comme son gilet d'ailleurs. À vrai dire, malgré sa haute taille, il avait l'air d'un enfant déguisé en marié. Ambrose soupira, et, comme si ses jambes flageolantes ne supportaient plus son poids, il se laissa tomber sur le rebord de son lit.

Était-il prêt pour son initiation ? Était-il prêt à intégrer la communauté sylvaine ? Comment parviendrait-il à s'intégrer, à cesser de penser de façon « individualiste », alors même qu'il devait vivre caché au sein de cette communauté ? Ignorant le danger qu'il courait, il avait également risqué la vie de ses amis et de tout son clan. Arthur avait raison ; il n'avait jamais pensé devoir rendre des comptes à qui que ce soit d'autre qu'à lui-même. Il n'avait songé qu'à aider Taylor, qu'il croyait ne s'être adressé qu'à lui. Et sa mère... sa mère, en épousant un Milésien, au mépris des traditions sylvaines, au mépris de son rang de dryade, elle aussi n'avait écouté qu'elle-même. En agissant ainsi, elle s'était soustraite à sa communauté. Était-ce son ostracisation de la communauté qu'elle n'avait pas supportée, et qui lui avait peut-être causé la longue maladie qui avait eu raison d'elle ?

Sitôt son serment prêté, ce soir-là, pour son initiation, Ambrose rejoindrait le clan des Sylvains, pour toujours. Il prêterait allégeance, rentrerait dans l'alliance, et apprendrait sa place. Et son père, son père qui avait tout fait pour l'éloigner de ce qu'il avait lui-même fui, et avait gâché sa vie et celle de sa femme ! Pourrait-il jamais avouer à son père qu'il avait rejoint le clan de sa mère ? Quel fossé l'éloignerait de lui, désormais ! Était-il encore temps pour se raviser, pour retourner vivre à Peacock Hills, loin de toute cette folie ?

Quelques heures plus tard, alors qu'Ambrose relisait une dernière fois les dernières pages du Livre des Invasions, un klaxon retentit au loin. Les Sibahl étaient arrivés. Il cacha soigneusement ses livres dans la malle et ferma la chambre derrière lui. Au premier étage, il croisa son père, sorti sans doute de la chambre « Tremble » pour accueillir le docteur et sa femme.

« Eh bien, tu en fais une tête ! N'es-tu pas content de pouvoir passer la soirée normalement, loin des tambours et des feux de joie de ces illuminés ? » lança-t-il à Ambrose dont la mine était défaite.

En passant le seuil de l'auberge où Atticus se tenait fixement sur le pas de la porte, Ambrose se retourna vivement, et cédant à une impulsion imprévisible, sauta au cou de son père, qui lui rendit maladroitement son étreinte, non sans surprise. Il courut alors jusqu'à la voiture des Sibahl, sans oser se retourner, le cœur serré. Rohan l'accueillit avec un rictus moqueur.

« On va au bal de promo, Ambrose ? » demanda-t-il avant d'éclater de rire.

« Oh, Rohan, voyons, ne sois pas méchant ! Ambrose, tu es très élégant, le smoking te va à ravir, tu ne trouves pas Girish ? » s'exclama Mrs. Sibahl. « Bon anniversaire mon garçon ! »

« Oh, si, si, ça par exemple ! Très coquet, mon garçon ! Et oui, bon anniversaire à toi ! », répondit le Dr. Sibahl en s'efforçant de faire un demi-tour.

« On dirait un croque-mort, je trouve », observa la petite Pria.

« Je... mon père m'a dit que c'était un bal... Je pensais qu'il fallait s'habiller pour ce genre d'événements... » murmura Ambrose, gêné.

« S'habiller, pas sortir le vison non plus ! On va à Kilbrittain, nom d'une pipe, pas à Vienne ! » répartit Rohan.

« Ne l'écoute pas, mon garçon ! », le rassura le Dr. Sibahl.

« Il est jaloux parce que les filles n'auront d'yeux que pour toi ! D'ailleurs, j'ai bien peur que mes nièces ne te lâchent pas d'une semelle, ce soir ! » ajouta-t-il sur le ton de la plaisanterie.

Mrs Sibahl donna un coup de coude peu discret à son mari.

« QUOI ? » s'écria Rohan en se cramponnant soudainement à l'appui-tête du siège de son père.

« Du calme, Rohan », répondit Mrs. Sibahl. « Oui, cette année, les filles de Tante Lily seront là. »

« Hurrah ! » se réjouit Pria alors que Rohan semblait tomber dans les abîmes du désespoir.

« Je suis navrée ma chérie », dit Mrs Sibahl en s'adressant à Pria, « tu resteras avec la nounou et les autres enfants. Rohan, Ambrose et les filles seront avec les adultes ! »

Pria fondit en larmes, et Ambrose eut bien du mal à réconforter la petite fille qui était prête à se moucher dans la manche de son smoking. Il sortit discrètement le crayon et un vieux reçu de pressing qu'il trouva au fond de sa poche, et se mit à griffonner un message pour Rohan.

« Franchement maman, est-ce que c'est un guet-apens pour nous marier, comme Tante Lily l'a fait avec Vinay et la fille de Tante Adita ? C'est illégal et contre-nature ! »

« Quel comédien alors, Rohan, personne n'a jamais parlé de mariage, vous n'avez que 13 ans... Laissons le temps au temps, voyons... Non, les garçons, je vous assure que vous allez bien vous amuser ce soir ! »

Ambrose tendit discrètement le papier à Rohan, puis lui montra le sachet contenant le mélange magique d'Arthur Bergamot. Un sourire sardonique s'esquissa sur les lèvres du garçon.

« Tu sais quoi, maman ? Tu as raison. Mon petit doigt me dit que nous allons bien nous amuser ce soir. »

Non, décidément, le bal annuel des médecins de Kilbrittain n'avait rien d'un bal viennois. Même pour l'oreille débutante d'Ambrose, la musique qui y était jouée par un groupe d'hommes moustachus portant des stéthoscopes et des blouses blanches par-dessus leurs costumes noirs, n'était que très vaguement irlandaise. Cela n'avait rien de commun avec les musiques joyeuses et envoûtantes qu'Ambrose avait pu entendre l'été de son installation à Evergreen sur la place du village.

« Ces Milésiens, alors ! » râla Rohan se bouchant les oreilles.

La salle des fêtes arborait les mêmes décorations criardes que ces kermesses d'école qu'Ambrose avait toujours fuies. Par chance, juste devant le bâtiment administratif où se trouvait la salle des fêtes, se dressait un grand chêne, qui pourrait servir de moyen de transport aux garçons lorsque la potion administrée discrètement aux Sibahl dans une flûte de champagne aurait fait effet.

La tante Lily et son mari accueillirent à bras ouverts les Sibahl et Ambrose que le Dr. Sibahl présenta fièrement comme son « jeune stagiaire », au grand dam de Rohan, à qui ses cousines Ada et sa petite sœur Minal réservèrent un accueil plutôt froid. Les deux filles étaient en effet arrivées au moment même où Rohan s'extasiait de leur récente féminisation et des miracles d'une épilation des sourcils auprès d'Ambrose. La présence encombrante de leur cousin fut pourtant très vite oubliée et Ada et Minal se montrèrent particulièrement amicales à l'égard d'Ambrose, qui ne parlait pourtant pas beaucoup ; chaque fois qu'il ouvrait la bouche, toutefois, les deux filles semblaient suspendues à chacun de ses mots, fussent-ils monosyllabiques, et elles accueillaient chacune de ses interventions avec de grands éclats de rire et des compliments. Cette écrasante popularité n'était guère familière à Ambrose. En vérité, si les deux cousines ne l'avaient pas continuellement pressé de les rejoindre sur la piste de danse, et s'il n'était pas supposé quitter incognito le bal pour se rendre à Evergreen, Ambrose aurait sans doute passé une agréable soirée.

« S'il te plaît, Beau, allez, viens danser ! »

Ambrose, peu habitué aux surnoms, qui plus est aussi ridicules à ses oreilles que ceux que lui avaient donnés les deux cousines, jeta un regard gêné à Rohan, qui se contenta de hocher la tête d'un air consterné. « Beau » sonnait toujours mieux que le surnom précédent, « Ozzie ».

« *Beau* », le surprit-il à répéter à voix basse avec une grimace incrédule.

« Hélas, je ne sais pas danser, je suis navré », s'empressa de répondre Ambrose en faisant machinalement un pas en arrière pour signifier son refus et s'écarter d'un si gros mensonge. Son père étant invité à bon nombre d'événements dansants à Londres, Ambrose avait en effet acquis une expérience de danseur inégalée pour son jeune âge.

« Oh, je pourrais t'écouter parler toute la journée, Beau », gloussa Ada en s'agrippant affectueusement à son bras.

« C'est son accent snobinard d'anglais, passe à autre chose », aboya Rohan avec mauvaise humeur.

La jeune Minal lui jeta un regard sévère.

« S'il te plaît, *Beau* », implora encore Ada, « juste une danse, chacune à son tour, qu'en dis-tu ? »

Ambrose lança des regards fuyants autour de lui, en quête d'échappatoires pourtant inexistants. Qu'en disait-il ? Sans doute « non », comme les dix premières fois qu'il avait répondu à Ada, mais cette réponse n'avait pas jusqu'alors eu beaucoup d'effet. Et puis, si c'était la seule solution pour avoir la paix et pouvoir s'éclipser discrètement par la suite...

« D'accord, mais vraiment, je ne suis pas très doué, je dois dire », bredouilla-t-il.

« N’importe quoi, je suis sûre que tu es talentueux », protesta Ada en le poussant sans façon sur la piste de danse.

Alors, Ada, plus petite mais plus costaude qu’Ambrose, le ramena fermement contre lui, sans lui laisser la moindre marge de mouvement possible. Elle le fit allègrement valser, tandis qu’il faisait de grands efforts pour se retenir d’éternuer, suffoqué par le parfum capiteux de laque à cheveux qu’il respirait à plein nez. C'était certain, Rohan raconterait cette anecdote jusqu’à la fin de leurs jours.

À son grand soulagement, la musique prit fin, ce qui laissa l’occasion à Minal de prendre la suite. Par chance, Minal était encore plus petite, et avait moins de poigne que sa sœur, si bien qu'Ambrose put non seulement respirer, mais jeter quelques coups d'œil rapides au couple Sibahl, dont la danse devenait de plus en plus endiablée. Il ne les avait jamais vus si enjoués. Au loin, Ambrose aperçut Rohan secouer sa montre. C’était l'heure. La musique s’acheva, Ambrose s’excusa et prit congé des deux sœurs qui se mirent alors à glousser et probablement à « débriefer » leurs danses.

« Je ne te savais pas si bon danseur, Ozzie », chuchota Rohan d'un ton sarcastique alors qu'ils poussaient discrètement la porte-fenêtre de l'autre pièce.

Ambrose, sans répondre, fonça droit sur l'arbre, espérant que le télétroncsportage effacerait au passage quelques souvenirs de la mémoire de son ami. Pourtant, après plusieurs tentatives, rien ne se produisit. L'arbre était-il bloqué ? Non, c'était impossible.

« Tu dois t'y prendre mal ! » s'exclama Rohan qui montait anxieusement la garde.

« Ça ne m'aide pas ! L'heure tourne, je t'assure que cet arbre est bloqué ! »

« Plan B ! »

« Quel est le plan B ? » demanda Ambrose.

« Prends une branche ! »

« Je ne peux pas casser une branche d'un arbre vivant, c'est interdit ! Il n'y en a pas à terre. »

« On croirait entendre Nelly », soupira-t-il. « Je ne sais pas moi, tu ne peux pas lui demander gentiment ? Il t'en donnera peut-être. »

Ce n'était pas impossible. Après tout, le grand hêtre de l'auberge s'était toujours montré incroyablement serviable. La tête posée contre le tronc de l'arbre, Ambrose demanda à mi-mots à l'arbre la permission de lui prêter une branche qu'il lui rendrait. Là encore, pourtant, rien ne se produisit ; Ambrose ne sentit pas l'habituel flux d'énergie traverser son corps ; l'arbre ne réagissait pas.

« Je sais ! » annonça Rohan triomphalement. « Franchement, qu'est-ce que vous feriez vous autres Sylvains et Ondins de pacotille sans moi ! Tous vos pouvoirs ne valent pas mon cerveau, hein ! »

Ambrose suivit Rohan à l'intérieur du bâtiment. Mais oui ! Un meuble en bois ! Malheureusement, ils ne trouvèrent rien de plus que quelques tabourets, des chaises, des armoires et des consoles.

« Rien de très apte à nous servir de moyen de transport », observa Rohan avec déception.

« Mais si ! Le sofa dans le vestiaire ! » s'exclama Ambrose, à son tour triomphant.

Par chance, le vestiaire était vide ; c'était un bon début. Il leur faudrait certainement un peu d'huile de coude pour déplacer le volumineux sofa jusqu'au jardin.

Cependant, les efforts conjugués des deux garçons ne permirent guère plus que de déplacer le meuble de quelques centimètres. Au bout de quelques minutes, Ada débarqua dans la pièce vide, surprise de trouver là les garçons. Avant même que la jeune fille ne puisse poser la moindre questions, les parents de Rohan firent également irruption, chantant et dansant gaiement.

« Mes garçons, ça par exemple, quelle bonne surprise ! Que faites-vous ici ? » claironna le Dr. Sibahl.

Rohan pâlit.

Ambrose, laissant tomber le canapé, s'avança prudemment vers lui.

« Dr. Sibahl, auriez-vous l'amabilité de nous aider avec ceci ?

J'ai peur que ce ne soit trop lourd pour nous ! »

Rohan étouffa un petit cri anxieux auquel Ambrose répondit par un geste rassurant, la main cachée derrière le dos.

« Mais bien sûr, mon ami, mais bien sûr ! Tiens ma veste, ma douce Chandra, le devoir m'appelle ! » dit-il galamment.

Mrs Sibahl prit la veste de son mari, et se suspendit amoureusement à son cou, avant de danser dans la salle comme une ballerine. On aurait cru voir la petite Pria.

« Ils ont bu ou je rêve ? » chuchota Ada avec consternation.

« Ça va pas ou quoi ! Ma mère est enceinte ! » protesta-t-il avec outrage. Pourtant, Rohan se retourna vers Ambrose et demanda anxieusement ce qui se trouvait dans le sachet.

« Piper methysticum, rhodiola et passiflora ».

« Ça ne m'aide pas », grommela Rohan.

« Pas d'alcool », traduisit Ambrose.

Le Dr Sibahl se pencha pour attraper le bout du canapé qu'il souleva aisément. Ambrose et Rohan lui prêtèrent main forte de l'autre côté.

« Où devons-nous mettre ça, les garçons ? »

« Oh... dehors, par la fenêtre », répondit Ambrose, bien déterminé à profiter de l'état quasi hypnotique des parents de Rohan.

« Ils sont toujours comme ça, tes parents ? » demanda Ada abasourdie.

« Ada, est-ce que tu peux demander à Minal de venir nous rejoindre dans cinq minutes ? » demanda Ambrose avec aplomb.

« Nous installons tout ici pour que nous puissions danser à notre aise, la vérité c'est que je suis trop timide pour danser devant tout le monde... »

« Oh, c'est merveilleux Ozzie, je savais que ce n'était que de la timidité ! Tu as ça dans le sang ! » dit Ada avant de filer comme l'éclair, sous le regard admiratif de Rohan.

« Quelle belle soirée, les enfants ! » soupira le Dr. Sibahl en se laissant tomber sur le canapé, désormais posé sur le sol humide du jardin.

« Papa, tu devrais rentrer et rejoindre Maman », supplia Rohan. « Vraiment ».

« Oh ! Vous ai-je raconté ma rencontre avec votre mère il y a dix-huit ans ? »

Les deux garçons échangèrent des regards circonspects.

« Papa, Ambrose n'est pas... »

« Je serais ravi de connaître l'histoire ! » interrompit alors Ambrose en faisant signe à Rohan de se taire.

« Quelle romance ! » s'exclama le médecin en sautant du canapé à pieds joints. « C'était par un soir de... »

Mais sans attendre, Ambrose précipita Rohan sur le canapé.

« Cramponne-toi ! Je n'ai jamais volé sur canapé avant ! » l'avertit-il.

« Non, vraiment ? Je pensais que c'était le sport national des Sylvains, pourtant ! »

Les mains posées sur l'accoudoir, Ambrose ferma les yeux et prit une profonde respiration ; un flux d'énergie continue liait sa main au bois, et en ouvrant les yeux, il constata avec soulagement que le meuble gagnait en altitude. En bas, dans le jardin, le Dr. Sibahl continuait de raconter son histoire à un groupe de statues de plâtre qui se tenaient là, tandis que le canapé volant disparaissait dans les ténèbres du ciel.

Chapitre 14 : Le sacrifice de Yule

« Tu devrais accélérer le mouvement », conseilla Rohan à présent confortablement installé de son côté du canapé volant.

Ambrose étouffa un rire nerveux. Enfoncé dans le sofa, il se concentrait de son mieux sur la route qui se dessinait devant ses yeux dans le ciel, luttant contre la tentation d'admirer la vue. Compte tenu de son niveau de pilotage, un moment d'inattention leur aurait coûté la vie. Le meuble n'était guidé et maintenu en lévitation que par sa pensée.

« Je ne suis pas exactement un pilote expérimenté de canapé, Rohan, je fais de mon mieux, et puis, à vol d'oiseau, je dirais que... »

« Crois-moi, les oiseaux volent plus vite que nous ! » le coupa Rohan en soupirant. « C'est drôlement plus rapide sur une branche. »

« Mais c'est bien plus confortable qu'une branche », remarqua Ambrose en se cramponnant subitement à l'accoudoir, surpris par une légère brise. Le revêtement du dossier comme l'assise étaient en effet particulièrement moelleux.

Au bout d'un certain temps enfin, la nappe de ténèbres qu'ils survolaient s'illumina d'une centaine de points lumineux. Ambrose tâcha de faire perdre un peu d'altitude à l'improbable embarcation volante afin de se rapprocher. Un concert de violons traditionnels irlandais, de tambours et de cornemuses remonta jusqu'à leurs oreilles ; des feux étaient allumés ça-et-là, et l'on distinguait des silhouettes danser gaiement. De l'autre côté de ce foyer lumineux encerclé d'obscurité, Ambrose en devina un autre, installé près d'une étendue sombre et miroitante.

« Nous sommes arrivés à Evergreen ! Regarde, les Ondins fêtent Yule sur la plage, et les Sylvains dans la forêt ! » s'écria Ambrose. « Il ne reste plus qu'à atterrir », ajouta-t-il non sans appréhension.

Ce n'était pas tout d'atterrir ; il fallait encore atterrir discrètement, et le canapé volant risquait d'attirer l'attention des Sylvains festoyant dans la forêt. Non seulement personne d'autre que Juniper et la bande n'était au courant de son pouvoir, mais si un autre Sylvain venait à l'apercevoir à bord du canapé volant, son identité éclaterait au grand jour, comme le redoutaient tant Arthur, Nelly, Droséra... et sa propre mère.

Non sans quelques cahots, le canapé atterrit au milieu des bois, loin des foyers de lumière et des festivités. Malgré la distance qui les séparait de la fête, le tumulte des tambours et les chants joyeux élevaient leur rumeur dans l'air froid de la nuit. Tous les evergreens étaient décorés de surprenantes couronnes, faites de breloques diverses, d'objets de verre, de pièces d'or, de cannes à sucre, de clés et de fruits séchés.

Ambrose sourit. Ses révisions lui avaient appris que les evergreens, arbres sacrés de Yule, représentaient la vie éternelle, dans son essence cyclique ; par leur puissance vitale illimitée, seuls les Evergreens étaient capables de conjurer la mort et les démons de l'hiver, et surtout d'inciter le Soleil à revenir au monde.

Ambrose appuya alors son front glacé sur le tronc d'un tremble pour tâcher de contacter Arthur ou Nelly.

« Regarde, Ambrose, cette couronne est comestible ! C'est du pain d'épices, ma parole ! »

Ambrose se retourna en sursaut, découvrant avec horreur que Rohan s'était mis à dévorer une des décorations qui égayaient un petit orme.

« Non, arrête ! C'est une décoration rituelle, ce n'est pas fait pour être mangé ! Regarde, il baisse ses branches ! » dit-il en montrant à Rohan le petit orme dont il avait commencé à manger un des ornements.

En effet, l'arbre s'était mis à faire ployer ses branches touffues comme pour signifier sa déception.

Rohan avala le morceau de la couronne de pain d'épice avec culpabilité et contempla le reste du morceau qu'il tenait encore à la main.

« Aïe ! » s'écria-t-il soudainement. Sans un bruit, l'arbre avait redressé une de ses branches pour fouetter la main de Rohan qui laissa tomber au sol le reste de pain d'épices. « Il m'a frappé ! Tu l'as vu ! »

« Tu l'as cherché ! » observa Ambrose en se retournant pour renouveler sa tentative de communication auprès de Nelly ou Arthur.

« Bah alors à quoi ça sert de les couvrir de décorations comestibles ? »

« C'est pour les créatures de la forêt », répliqua Ambrose distraitement. « Enfin, je pense... » ajouta-t-il en hésitant.

« Quelles créatures ? » insista Rohan.

« Les fées...? Les elfes, peut-être ? » suggéra-t-il sans conviction. En vérité, Ambrose était distrait. Personne n'avait répondu encore à son appel, et il était déjà huit heures.

« Eh bien, c'est précis, tout ça ! Je vois que tu es fin prêt pour ton initiation, hein », se moqua Rohan.

« Désolé », marmonna Ambrose, avant de sursauter. Oui, il avait bien vu ; un feu follet était apparu devant eux, rebondissant bizarrement dans l'air comme un ballon. Il s'évanouit dans l'obscurité avant de réapparaître quelques mètres plus loin, et ainsi de suite.

« Il nous indique le chemin ! » s'exclama Ambrose. « Ce doit être Arthur ! »

« C'est un feu follet, Ambrose », soupira Rohan, peu pressé de le suivre.

« Non, c'est un farfadet ! J'ai étudié ça aussi, je t'assure ! »

« Oui, comme les couronnes de pain d'épices destinées aux loups-garous. »

Rohan finit par suivre Ambrose qui s'était mis à courir pour rattraper la créature lumineuse. Le chemin était désert ; Arthur avait pensé à tout. Quelques minutes seulement après avoir sillonné les hautes fougères des bois d'Evergreen, des voix amicales retentirent au loin.

« Joyeux Yule, et joyeux anniversaire, Ambrose Kane ! » s'exclama Hazel en courant pour accueillir les retardataires.

« Merci, Hazel... Joyeux Yule à toi aussi ! » répondit Ambrose en s'attardant sur l'accoutrement curieux de la jeune fille, qui portait par-dessus sa robe un châle damassé, vert et cuivre, dont la forme lui rappela un des saris de Mrs Sibahl.

Tout le quorum était là, vêtu d'ailleurs du même châle, à quelques variations d'imprimé près, et même Proserpine qu'Ambrose n'avait jamais vue porter autre chose que du noir. En balayant la clairière du regard, Ambrose aperçut avec surprise Wade et son père. Le costume des deux Ondins était différent, il s'apparentait plus à une toge de couleur bleu nuit, agrémentée de détails dorés. Si Wade avait l'air déguisé dans son costume cérémoniel, c'était encore une autre affaire pour Mr. McNamara, qui se retrouvait pour une fois tout endimanché et qui s'était rasé de près pour l'occasion.

« Je ne vais pas te manger, andouille », grommela Mr. McNamara en s'avançant vers lui la main tendue. « Je ne fais pas partie de votre quorum, mais c'est tout comme. J'ai connu ta mère. Une fille incroyable. Et je me porte garant de celui-là, il a la langue bien pendue ! » dit-il en donnant une petite tape à l'arrière de la tête de son fils.

« Bonjour Mr. McNamara », répondit Ambrose poliment.

« Je rêve ou le pharmacien porte un *sherwan i*? » demanda Rohan incrédule.

« C'est le costume traditionnel, banane », répondit Wade en tapant à son tour Rohan à l'arrière de la tête. « Ambrose aussi va en recevoir un ce soir. Dommage qu'il n'y en ait pas pour les Milésiens ! » ajouta-t-il d'un ton moqueur.

« Oh, crois-moi, j’en connais un rayon sur les tenues cérémonielles. Ma mère les collectionne pour moi, des bleues, des vertes, des rouges ! j’ai toujours pensé que leur fonction principale était de m’humilier. »

Wade sourit.

« Bah. C'est pareil, alors », répondit-il en désignant sa propre tenue du doigt.

« Joyeux Yule », ajouta Rohan à voix basse.

« Joyeux... Noël ? *Diwali* ? » répondit Wade en lui tendant la main d’un geste bourru.

« Diwali est passé depuis belle lurette ! Yule, ça ira », répondit Rohan en lui serrant la main.

« Bon courage, Kane », ajouta Wade en tendant également la main à Ambrose, qui avait assisté à la scène pantois. Wade et Rohan passaient rarement plus de quelques secondes sans se disputer.

Tous les membres du quorum, y compris les frères Fennel, quoique sans le moindre enthousiasme, vinrent alors lui souhaiter bonne chance.

« Très classe, le smoking », commenta Proserpine d’un air narquois.

Lorsque vint le tour de Droséra, Ambrose sentit ses jambes devenir cotonneuses. Que lui dirait-elle après avoir appris les imprudences qu'il avait commises à la recherche de Mabel ?

« Tu as fait bon voyage depuis Kilbrittain, mon garçon ? », se contenta-t-elle de demander avec un sourire doux.

« Très bien, Mrs Doyle... » répondit Ambrose en baissant les yeux.

« Un conseil, mon petit », ajouta-t-elle en lui faisant signe de se baisser pour lui parler à l'oreille, « tu ferais bien de faire disparaître le fauteuil ce soir. Même chez nous, un fauteuil qui atterrit en pleine forêt ne passe pas inaperçu. »

Ambrose sentit ses joues s'empourprer. La vieille femme sourit malicieusement et, se dressant sur la pointe des pieds, prit le visage du garçon entre ses mains fraîches.

« Prends ce soir comme une chance de commencer à zéro, mon petit. Tu peux réécrire ton histoire à partir de maintenant. Souviens-toi seulement que tu fais désormais partie de quelque chose de bien plus vaste, et plus important que toi-même. Tu me comprends ? »

« Oui, madame » promit Ambrose d'une voix tremblante d'émotion. « Je suis navré de ce qui s'est produit avec Mabel », s'empressa-t-il d'ajouter.

« Je sais », dit-elle en agitant sa main dans un geste d'indifférence. « Les enfants », s'exclama-t-elle en se retournant vers Nelly et Arthur, « le petit a compris la leçon, inutile de l'embêter davantage à ce sujet ! »

« C'est bon à savoir », déclara Arthur en s'approchant, posant la main sur l'épaule du garçon. « Dans quelques minutes, tu feras officiellement partie des nôtres. Plus question de partir en mission sauvetage de demoiselle en détresse sans nous en parler, d'accord ? »

« Nous t'aimons tellement, ma citrouille », laissa échapper Nelly, prise de sanglots. Elle étouffa Ambrose d'une de ses étreintes affectueuses mais suffocantes. « Nous avons eu si peur ! Ne refais plus de bêtises pareilles ! »

La cérémonie commença à 8.30. Bien qu'il se soit efforcé de mémoriser toutes les étapes de l'initiation afin de s'éviter la moindre déconvenue, sous le coup de l'émotion et du trac, Ambrose se laissa surprendre par chacune d'elles. Arthur commença par oindre d'un liquide doré le sol élu pour recevoir la graine d'if, son arbre de naissance, qu'il devait planter.

« Tu vois ce houx, petit ? », l'interpella Arthur en attirant son attention sur l'arbre aux baies rouges étincelantes. « Il y a bien longtemps, c'était ta mère, cette chère Myrtle, qui en plantait sa graine le soir de son initiation. »

Ambrose déglutit avec difficulté. Il sentit les traits de son visage se contracter, mais il n'était pas question de pleurer devant tout le monde en ce soir important. Le pharmacien saisit alors son poignet gauche, qu'il entailla délicatement à l'aide d'une fine lame, et qu'il pressa jusqu'à ce que quelques gouttelettes écarlates en jaillissent. Ambrose s'efforça de les faire couler au-dessus du sol où il avait enterré la petite graine.

« En cette nuit faste, avec les bénédictions des dieux de Tuatha De Dannan, nous t'accueillons, Ambrose, fils de la dryade Myrtle Belinda Cinnamond, au sein de ta communauté, où ta place t'attend depuis toujours. Énonce à présent le pouvoir qui est le tien, devant toute l'assemblée ici présente qui te sert de témoin, pouvoir que tu t'engages à cultiver avec sagesse et détermination et à mettre au profit de ta communauté. »

Ambrose hésita. L'énonciation de pouvoir était une étape indispensable de l'initiation ; Droséra connaissait son pouvoir, et de toute façon, l'affaire Mabel étant derrière lui, il n'espérait plus désormais utiliser la malle de sa chambre pour quitter l'auberge en douce.

« Xylokinésis », murmura Ambrose.

« Xylokinésis ou l'art d'enchanter le bois », déclara Arthur à haute voix.

Alors la partie la plus difficile de l'initiation commença ; Ambrose dut répondre à toute une série de questions épineuses consacrées aux coutumes et aux lois rituelles afin de prouver sa maîtrise de l'héritage Sylvain. En dehors de quelques questions relatives aux lois de l'abattage rituel des animaux sur lesquelles il avait volontiers fait l'impasse puisqu'elles n'étaient plus d'actualité, Ambrose s'en sortit dignement. C'était désormais le moment de prêter serment.

Conformément à la tradition Sylvaine, Ambrose s'agenouilla près de l'arbre de naissance de sa mère et murmura, aussi doucement et fermement que possible :

« Moi, Ambrose Cilian Kane, fils de Myrtle Belinda Cinnamon, dryade, jure de prêter allégeance à la nation Sylvaine ».

« Je suis sûr qu'elle est très fière de son garçon. Même moi je le suis, et ça vient de quelqu'un qui rêvait de te tordre le cou il y a encore quelques heures de cela », lui chuchota Arthur en lui tapotant l'épaule.

Mais Ambrose n'avait plus le courage de parler, et encore moins de retenir les larmes qui coulaient maintenant sur ses joues. Tout le temps qui l'avait séparé de ce grand jour, il s'était préparé à voir sa mère apparaître dans les bois, sous une forme qu'il n'imaginait que confusément, comme un esprit, un animal, un arbre, même une brise soufflant au creux de sa nuque.

« Elle est là, tu sais. Elle est toujours là, et tant que le houx qu'elle a planté se tient ici, dans nos bois sacrés, elle ne s'en ira nulle part. »

« Alors pourquoi ne pas me faire un signe ? » demanda Ambrose en rassemblant tout son courage.

« Allez, debout, sèche tes larmes mon garçon. Le meilleur reste encore à venir. »

Arthur tendit la main à Ambrose pour l'aider à se relever. Au même moment, Ambrose sentit quelque chose lui heurter le crâne. Il se frotta le sommet de la tête, tout endolori, et aperçut roulant à ses pieds une grosse baie tombée de l'arbre.

« Tu vois ? » s'exclama Arthur joyeusement. « Nous prenons soin de ton fils, Myrtle ! » lança Arthur à l'arbre comme s'il s'agissait en effet de la jeune dryade. Incrédule et le cœur lourd, Ambrose ramassa la baie rouge et la rangea au fond de sa poche. De retour près de l'emplacement de son futur if, la graine avait déjà commencé à bourgeonner. Arthur tendit gaiement à Ambrose son châle. Avec l'aide de Nelly, il parvint à le placer correctement, tandis que le pharmacien remplissait des coupes du liquide doré qui avait servi à oindre le sol consacré.

S'emparant d'une coupe qu'il leva au ciel, Arthur s'écria : « *WAES HAEL* ! », et tout le monde répondit : « *DRINC HAEL !* ».

Une petite gorgée confirma au garçon que le fameux « wassail » ne contenait pas que du miel et des épices, mais aussi une certaine quantité d'alcool. Tout le monde se mit alors à danser et chanter, au rythme de l'étrange percussion de Darren Fennel, un tambour sur lequel était dessiné l'ours emblématique des Sylvains, et de l'air joyeux d'une drôle de cornemuse que son frère Fergusson semblait remplir d'air en appuyant sur le coude. La musique chez eux semblait en effet adoucir les mœurs.

Alors qu'Ambrose observait Proserpine et sa grand-mère danser autour du feu et Zita et Hazel chanter des cantiques de Yule en gaélique, une pensée aussi douce et grisante que le wassail le traversa. C'était là son clan ; il ne serait plus jamais seul.

Le wassail épicé aidant, la fête devint plus joyeuse encore, et Ambrose osa même se hasarder à quelques pas de danse auxquels il n'avait pas pu donner libre cours lors du bal de Kilbrittain, sous les rires hystériques de Wade et de Rohan. Il était près de onze heures lorsqu'une lueur énigmatique apparut dans le champ de vision du garçon. Ambrose reconnut le feu follet qui l'avait conduit jusqu'à Arthur clignoter au loin dans l'obscurité. Personne d'autre que lui ne l'avait pourtant remarqué, et Arthur, qui chantait à présent à tue-tête un cantique dont il mâchait tous les mots d'une voix éraillée, ne semblait guère en état d'être à l'origine du phénomène.

Une pensée germa dans l'esprit embrouillé du garçon ; et s'il s'agissait de sa mère ? Et si c'était sa mère, plus tôt, qui l'avait guidé ici, et qui voulait le guider encore à présent pour lui révéler sa présence ? Avant qu'il ne puisse délibérer, Droséra invita le petit groupe à suivre les McNamara jusqu'à une crique secrète sur la côte pour célébrer à leur façon la fête de l'Hiver.

« Allez-y sans moi, je vous rejoindrai après. Je veux rester une minute avec l'arbre de ma mère. »

« Bien sûr, mon chaton », murmura Nelly. « Oh, de toute façon, vu l'état d'Arthur, nous ne marcherons pas bien vite ! »

Enfin seul, Ambrose se retourna ; heureusement, le feu follet était réapparu, et il se précipita dans la direction qu'il lui indiquait, apparaissant et disparaissant d'arbre en arbre, en décrivant de grands bonds. Son cœur battait la chamade, il sentait une présence enveloppante et féminine, il en était certain. Que lui dirait-il ? Que lui dirait-elle ? Le corps lumineux, presque bleuté, continua de guider ainsi le garçon qui s'enfonçait sans le savoir au fin fond de la forêt. Il disparut soudainement, laissant Ambrose au milieu d'un endroit qu'il reconnut immédiatement ; c'était la clairière où il avait rencontré Juniper et les autres pour la première fois. Il s'approcha du puits où il avait jadis vu nager un poisson, porteur d'un présage dont il n'avait jamais eu le temps d'apprendre la signification.

« ESPÈCE DE CRÉTIN, TU NE POURRAS DONC JAMAIS RETENIR TES LEÇONS ! » rugit derrière lui une voix menaçante qu'il avait entendu pour la première fois dans ce même lieu.

« Que fais-tu ici ? », demanda Ambrose à Darren Fennel en faisant volte-face. Il n'avait pas le temps de s'attarder avec qui que ce soit ; sa mère ne pourrait jamais apparaître devant un étranger.

« Je t'ai suivi, sombre idiot. Je ne te fais pas confiance et j'avais raison ! Le soir même où tu prêtes serment, où tu jures de ne plus rien cacher, tu prétends vouloir rester auprès de l'arbre de ta mère pour filer en douce ! Et pour quoi, au juste ? Qui tu veux rencontrer ? C'est ton père, à qui tu vas rendre des comptes, Kane ? Tu joues les infiltrés ? Oh, le pauvre orphelin, la bonne couverture ! »

Darren Fennel s'était rapproché dangereusement d'Ambrose autour duquel il tournait comme un ours menaçant.

« Mon père ? Mais quelle idée ! » s'exclama Ambrose, gagné par la colère qui montait en lui à mesure qu'il sentait le temps lui échapper. « Laisse-moi tranquille ! Pars ! Mon père n'a aucune idée de tout ça, il mourrait de l'apprendre ! Il n'a rien à voir avec ça ! »

« Et qu'est-ce que c'est ça, au juste ? Qu'est-ce que tu magouilles encore, Kane ? »

« Ce ne sont pas tes affaires ! » hurla alors Ambrose à bout de nerf. « Je te demande de partir maintenant ! » Il sentait la présence de sa mère se dissiper.

« Mais tu ne comprends donc pas ? Tes affaires sont les miennes, ce sont les nôtres, c'est pour tout ça que tu viens de signer, l'ahuri ! Ça ne signifie donc rien pour toi ? Dis-moi qui tu attends ou je te jure que je te jette dans ce puits ! Tu peux me brûler jusqu'à l'os tu finiras quand même au fond de l'eau ! »

« Fais ce que tu veux, ça ne sert plus à rien de toute façon, elle est partie ! » s'exclama Ambrose d'une voix brisée.

« QUI EST PARTIE ? ET QUI TU ATTENDAIS ESPÈCE DE FOUINE ? »

Darren se jeta alors sur Ambrose, qui le tapa en retour de toutes ses forces, au hasard, les yeux brouillés de larmes. Le frêle garçon fut malgré tout projeté au sol et sa tête cogna le bord du puits. Pourtant, sitôt que le bout de ses doigts frôla l'eau, tout disparut autour de lui. Il ne sentit plus les coups de Darren, et il n'était même plus sûr d'être encore dans la clairière. Non... il se trouvait au milieu d'une salle de réunion mal éclairée... il entendait des voix indistinctes...l'une d'elle lui parut familière... Il aperçut alors une épaisse paire de moustaches.

« Cette cinglée a essayé de m'arracher la main, elle m'a mordu, je le jure, chef, regardez ! » pleurnichait un petit homme chauve dont la main était toute recouverte de bandages.

« Va au diable, toi et ta main mordue ! Tu l'as laissée s'échapper, c'est toute ma réputation qui est en jeu si on ne l'attrape pas ce soir ! Elle peut être partout à l'heure qu'il est, espèce de stupide manchot ! » rugit l'officier Spratt.

Aussitôt, Ambrose tâcha de revenir à la réalité, de retourner à la clairière, en se débattant contre son cerveau qui semblait bien décidé à demeurer au commissariat. Après un effort de concentration qui le vida de toute son énergie, il sentit de nouveau son corps endolori et le rebord de pierre du petit puits qui lui rentrait dans le dos. Oui, il était de retour ! Le goût âcre du sang qui coula de sa lèvre supérieure et le contact du froid sur sa peau lui servirent d'appui pour se hisser jusqu'à un état de conscience. Darren se tenait toujours là, il le saisissait par le col et le secouait.

« Elle s' est échappée ! » bredouilla confusément Ambrose.

« De qui tu parles, bon sang de bonsoir ? » le menaçant toujours de son poing dressé.

« Mabel ! »

« C'est elle que tu attendais ? » vociféra Darren.

« Mais non ! » rugit Ambrose, à bout de nerfs. « J'ai vu l'officier Spratt, il accusait un policier d'avoir laissé échapper Mabel ! Je les ai vus quand j'ai touché l'eau du puits, il faut m'écouter ! »

Darren allait-il enfin comprendre la gravité de la situation ? Pourtant, le grand gaillard ne dit mot. Il avait lâché Ambrose et s'était mis à marcher autour du puits d'un air suspicieux.

« Tu sens cette odeur ? »

« Quoi ? » demanda Ambrose les yeux écarquillés. Avec le nez en sang, que pouvait-il sentir, au juste ?

« Ça sent... le *sluagh* », chuchota le garçon.

Ambrose s'apprêtait à presser Darren pour l'inciter à partir, mais il se ravisa ; dans ses révisions, il se souvenait avoir croisé cette créature ignoble, qui chassait et se nourrissait des âmes des défunts les plus vulnérables. Était-il possible qu'un essaim de sluagh tournoyât au-dessus de la forêt comme un vol de charognards affamés ? Après tout, ils n'étaient dangereux que pour les mourants.

« Et qu'est-ce que... qu'est-ce que c'est supposé sentir, au juste ? » demanda Ambrose avec anxiété.

« C'est une odeur tellement forte qu'elle en paraît acide... tu ne peux pas la confondre ni oublier... l'odeur de la chair pourrie... »

Ambrose tressaillit. Il avait senti une odeur similaire il y a peu, dissimulée sous un nuage de parfum capiteux. C'était le soir de l'expédition nocturne chez les Moore, dans la chambre de Mabel.

« Darren, il faut partir tout de suite ! » implora Ambrose.

Hélas, il n'eut pas le temps de tirer Darren jusqu'au noyer qui se trouvait derrière eux afin de se télétroncsporter. Une silhouette osseuse émergea du tronc de l'arbre, à quelques mètres d'eux. Plus diaphane que jamais, Mabel se dressa devant eux ; même ses lèvres semblaient avoir perdu leur couleur. Pouvaient-ils encore courir ? Et pour aller où ? Mabel pouvait se télétroncsporter, elle pouvait grimper aux arbres aussi vite qu'eux, que leur restait-il à faire ? À moins de se séparer... Darren pouvait s'en aller, c'est lui qu'elle prendrait en chasse. Paralysés, les deux garçons ne bougeaient plus, et Ambrose ne pouvait arracher son regard des yeux noirs de la jeune fille qui les fixait.

« COURS ! » hurla-t-il alors à Darren. « C'EST MOI QU'ELLE CHERCHE, PAS TOI ! »

Sans le regarder, Ambrose sentit pourtant le conflit intérieur qui déchirait Darren.

« J'ai prêté serment, je ne peux pas déserter maintenant ! »

« Tu ne désertes pas, tu vas appeler les autres ! » chuchota Ambrose, épiant le moindre changement chez Mabel qui annoncerait chez elle une offensive.

L'argument persuada Darren, qui se mit à courir aussi vite que possible, se télétroncsportant depuis un frêle bouleau à quelques mètres d'eux. Ambrose sentit alors une chape de plomb s'abattre sur lui. Il était seul, nez à nez avec Mabel. Quel sort lui réserverait-elle ? Après toutes les stratégies qu'elle avait consignées dans son journal lapidaire, il ne doutait pas qu'elle fasse preuve d'inventivité. La vision du puits qui se trouvait à côté de lui lui noua la gorge ; la noyade faisait en effet partie de ses projets.

Mabel avança alors doucement vers lui, la main tendue, dans un geste lent qui n'avait rien d'hostile. Se pourrait-il que la jeune fille ne soit pas là pour le tuer ? Se pourrait-il que tout cela ne soit qu'un terrible malentendu ? Il en était presque certain, après tout, ce n'étaient pas ses mains qui avaient ôté la vie à Taylor. Et pourtant, Taylor n'était-il pas passé de l'autre côté de la rivière après l'arrestation de Mabel ? Et si Mabel n'était plus sous l'emprise de l'homme invisible ?

Ses doigts noueux s'écartèrent pour inviter Ambrose à placer sa main dans la sienne. L'éclat terne de ses yeux noirs n'avait plus rien de maléfique ; c'était cette Mabel-là qui avait écrit des pages entières décrivant des couchers de soleil couleur pêche et des aurores de lavande ; ce n'était plus celle dont l'écriture hachée transperçait des pages où déferlaient la haine fanatique et la colère.

Ambrose s'avança alors vers la jeune fille et plaça sa main dans la sienne. À sa surprise, elle l'invita à s'asseoir sur le rebord du petit puits, où elle le rejoignit, s'agenouillant avec une lenteur peu naturelle. À ce moment, la voix de Darren, hurlant une parole incompréhensible, déchira le silence et tout ce dont Ambrose se souvint, avant de se laisser tomber dans un infini trou noir, fut la chute d'un corps lourd contre ses genoux, et une succession d'images énigmatiques : une vallée verte, un tumulus immense creusé d'un cratère, une grosse pierre gravée de dessins de soleil, une cage de fer et une petite échelle.

*
* *

Une intense douleur au dos tira Ambrose d'un sommeil comateux. Autour de lui, tout était flou et sombre. Son cerveau, comme criblé de trous, semblait avoir dissous pour lui la chaîne des événements qui l'avait conduit jusqu'à ce moment précis. Tout ce dont il se souvenait, c'était d'avoir suivi le feu follet-farfadet dans les bois, après la fête...il se rappela alors la clairière... cet imbécile de Darren qui l'avait accusé d'une trahison saugrenue... et Mabel ! Un sursaut acheva de le réveiller, et il sentit alors des liens noués à ses chevilles et à ses pieds.

« Darren ? » lança-t-il d'une voix peu assurée. Il se força à ouvrir les yeux pour regarder autour de lui. Seule une petite torche éclairait d'une lueur vacillante la pièce bizarre dans laquelle il se trouvait ; c'était plutôt une sorte de grotte souterraine dont les murs, le sol et le plafond étaient tapissés de grosses pierres. Il n'y avait pas le moindre courant d'air, ni la moindre ouverture vers l'extérieur.

« Darren ? » répéta Ambrose dont la voix trembla. Au coin de la pièce, il entendit alors un grondement.

« Qu'est-ce que... Où... » balbutia alors Darren Fennel d'une voix pâteuse. « Par Dagda, nous ne devrions pas être là ! » s'écria-t-il subitement.

Ambrose se pencha pour tenter d'apercevoir le visage du garçon, englouti dans l'obscurité de la grotte. Même de loin, la peur se lisait dans ses traits.

« Je crois qu'il y a un couloir, là, à ta droite... » remarqua Ambrose. Oui, c'était bien une galerie qui prolongeait la grotte, particulièrement étroite et basse, qui semblait donner accès à un petit escalier. Heureusement que la torche leur offrait un peu de lumière. Pourtant, un frisson parcourut Ambrose : Darren et lui ne se trouvaient pas seuls dans cette grotte, et quelqu'un avait allumé la torche à dessein.

« Nous n'avons rien à faire ici... C'est interdit ! » répéta Darren, franchement terrifié.

« Où sommes-nous ? Tu connais cet endroit ? »

« C'est une tombe à couloir... »

« Ça ne m'aide pas vraiment à comprendre », marmonna Ambrose en tâchant tant bien que mal de se redresser pour s'asseoir. Il était comme enfoncé dans une sorte de bassine ovale, pieds et poings liés.

« Une chambre funéraire... des lieux sacrés pour les dieux... que les druides utilisaient pour leurs rituels », gémit Darren qui tentait lui aussi de se dégager de ses liens.

Ambrose tourna la tête de tous les côtés pour deviner le détail de la pièce dans la demi-pénombre. L'étroite chambre où ils se trouvaient était cruciforme, ses murs, composés de seulement quatre pierres monumentales étaient supportés par des linteaux. Le bassin monolithique où Ambrose avait été placé se trouvait exactement au centre de la pièce. S'il était trop petit pour lui, il était suffisamment grand pour accueillir quelqu'un de la taille de Proserpine.

« Quel genre de rituel ? » demanda enfin Ambrose.

« Pourquoi l'as-tu suivie, espèce d'idiot ? » gémit Darren.

« Je pensais gagner du temps avant que tu appelles les autres ! »

« Je suis revenu sur mes pas dès que j'ai réalisé que le temps que j'appelle quelqu'un, tu serais déjà de la chair à sluagh. »

« Eh bien nous voilà deux à être coincés ici, pour je ne sais quelle raison », soupira Ambrose. « Quel genre de rituel les druides réalisaient ici, Darren ? » insista-t-il encore. Si seulement il avait pu au moins se lever, et explorer la pièce pour trouver un moyen de sortir de ce labyrinthe de pierre. Si Mabel les y avait conduits, c'est qu'il y avait nécessairement une entrée, et donc une issue.

« Ce n'est pas bien d'en parler... C'était il y a longtemps, dans des temps sombres... Les clans étaient en guerre, et il fallait interroger les dieux... »

« J'ignore de quoi tu parles, Darren ! » s'écria Ambrose d'une voix étranglée.

« Des sacrifices humains pour les druides adeptes de la nécromancie ! » finit par avouer Darren.

« Je me souviens d'avoir lu ça dans *Le Livre des Conquêtes* », murmura Ambrose, au comble du désarroi. « Les sacrifices avaient lieu deux fois par an, en été et en hiver, pour... »

« Pour les solstices », acheva Darren avec horreur.

« Comme c'est le cas aujourd'hui... pour Yule... »

« Si seulement je pouvais me libérer de cette satanée corde ! » s'écria Darren en secouant ses mains devant son visage.

Ambrose se tourna pour le regarder ; lui aussi était pieds et poings liés. Le garçon essaya de frotter la corde contre la pierre du mur, ce qui ne fit qu'égratigner sa peau, plus que ses liens.

« Utilise tes pouvoirs ! » chuchota alors Ambrose en pensant à Rohan qui savait toujours mieux que les Sylvains comment faire bon usage de leurs ressources.

« Oui, tu crois qu'une armée de fourmis viendrait ronger mes liens, peut-être ? » rétorqua-t-il amèrement.

Ambrose se rappela alors des trous qu'il découvrait semaine après semaine sur ses pulls préférés depuis qu'il s'était installé à La Tête du Barde. La corde qui les piégeait n'était sans doute pas aussi savoureuse que du cachemire, mais si Darren leur demandait, les mites s'exécuteraient peut-être !

« Des mites ! » s'exclama-t-il.

Le visage de Darren changea immédiatement d'expression.

« Tu n'es pas si bête quand tu veux ! » s'écria-t-il. « Et puis si elles viennent, on saura de quel côté se trouve l'entrée ! » La tête baissée, Darren se mit à marmonner des paroles indistinctes. Peu de temps après, un petit papillon voleta, arrivé par le couloir exigu.

« Ne me dis pas que tu viens seule ! » soupira Darren.

Le petit insecte volant se posa alors sur les liens du garçon, qui jeta un regard désespéré à Ambrose ; pourtant, quelques instants plus tard, un nuage brun fit irruption dans la grotte et se divisa, l'un fondant sur les liens de Darren, l'autre en direction d'Ambrose, qui sentit les battements agités des ailes de ces insectes chatouiller ses poignets, ses mains et ses avants-bras. Ambrose garda sa bouche fermée par peur d'avaler un des insectes sauveteurs ; jamais il n'avait été aussi heureux de voir des mites à l'ouvrage.

Très vite, les cordes furent suffisamment entamées pour que les garçons parviennent à rompre leurs liens sans trop d'efforts. Ils se précipitèrent alors pour suivre l'essaim de mites jusqu'au couloir tapissé d'immenses pierres dangereusement inclinées, et auquel donnaient en effet accès quelques marches d'escalier dont la modernité détonnait avec le caractère préhistorique de la caverne. Quelques mètres plus loin, le couloir devenait un tunnel rocailleux, le long duquel il leur faudrait ramper à plat ventre jusqu'à la sortie encore cachée.

Pourtant, tandis que les garçons dévalaient les marches de l'escalier, un râle résonna dans la salle au bassin. Mabel se tenait là, à l'entrée de la chambre cruciforme, et son visage n'était pas celui qu'elle avait montré dans la clairière ; ses traits, déformés par la colère, la rendaient presque méconnaissable. Tout son corps tremblait frénétiquement, secoué par la fureur.

« Vite ! » hurla Darren.

Mais Mabel leva le bras dans leur direction, et aussitôt, les pierres de la chambre se mirent à trembler. Pour Ambrose, le calcul était vite fait ; il valait toujours mieux mourir écrasé par la roche dans le tunnel que tomber entre les mains de Mabel et lui servir d'agneau sacrificiel.

Ambrose suivit Darren dans la galerie étroite, où les pierres déjà inclinées, menaçaient désormais de se décrocher d'une minute à l'autre. De petits cailloux pleuvaient déjà sur eux, et l'un d'eux, tombé au sommet de son crâne, ralentit la course d'Ambrose. Au même moment, le garçon sentit son col tiré, le tissu se déchirant dans un bruit sonore. Mabel le tenait d'une main, et Ambrose chercha à lui faire lâcher prise. La forcenée rugit alors de douleur, et la main de la jeune fille devint brûlante, puis étonnamment lisse, et enfin gluante. Sans savoir comment,

Ambrose avait brûlé Mabel comme il avait brûlé Fergusson Fennel au torse le jour de la rentrée ! Pourtant, Mabel, bien moins douillette que le frère Fennel, ne lâcha pas sa proie, et Ambrose sentit que celle-ci cherchait à tâtons un objet dont la chute retentit dans un bruit métallique.

Alors, la nuque d'Ambrose se mit à le chatouiller bizarrement, comme si des millions de petites pattes lui grimpaient dessus. En baissant les yeux, il aperçut alors qu'il servait de rampe d'accès à une armée d'araignées corpulentes. Il réprima difficilement le haut-le-cœur qui secoua tout son corps endolori.

« Surtout ne panique pas ! Ne bouge plus ! Elles sont là pour l'attaquer elle, pas toi ! Si tu en blesses une par contre, elles te mangeront petit bout par petit bout ! » hurla Darren dont la voix était presque couverte par les hurlements de Mabel.

Ambrose se fit violence pour ne pas se dégager des insectes rampants, et sentit alors l'étreinte de Mabel se desserrer. Il s'extirpa de son emprise, et en se retournant, aperçut Mabel se débattre avec les araignées, une main dont la peau brûlée exposait la chair rose à vif, et l'autre main tenant un couteau à manche noir, dont la lame à double tranchant était sans doute destinée à accomplir son sacrifice.

Sans attendre, les garçons prirent la fuite, et se mirent à ramper à plat ventre dans le tunnel dont le sol jonché de cailloux leur lacérait les vêtements et bientôt tout le corps. Ce tunnel souterrain, inégal, tantôt montait, tantôt descendait, sans offrir encore la moindre porte de sortie. À bout de souffle, Ambrose respirait avec de plus en plus de difficulté, et le sang qui battait à ses tympans l'empêchait d'évaluer à combien de distance se trouvait Mabel dont les cris retentissaient toujours aussi fort. Les avait-elle suivis ? Comment s'était-elle dégagée des araignées ? Puis, au bout d'un croisement, l'essaim de mites disparut. L'issue devait être proche !

« Je ne sais pas si elles sont parties à gauche ou à droite ! » glapit Darren.

« Pas le temps de décider ! » hurla Ambrose, qui entendait se rapprocher distinctement maintenant l'affreux râle de Mabel, qui les avait rattrapés par un exploit qu'il ne s'expliquait pas. Le garçon se retourna avec appréhension, et vit en effet la démente se hisser dans le couloir avec la célérité d'un serpent furieux. Darren prit à droite, et après quelques mètres, pareille à une caresse maternelle, rassurante et affectueuse, une légère brise les surprit.

« C'est la sortie ! » s'écria Darren parvenu au bout du couloir. Le corps tout engourdi, Ambrose se releva difficilement et se précipita jusqu'à l'échelle qui conduisait au dehors. Hélas, la sortie se trouvait condamnée par un grillage et un portail de fer.

« Au secours ! » crièrent les garçons à l'unisson.

Mais qui viendrait à leur secours, perdus au milieu de nulle part dans ce qui avait l'air d'être une vallée déserte ? Mabel les rejoindrait d'une minute à l'autre, c'en était fini ! Le portail de fer ne céda pas à leurs secousses ni à leurs coups, et encore moins à leurs suppliques.

« Oh eh ? » retentit alors une voix rauque au loin. Les garçons suspendirent leur souffle.

« Oh eh ? Il y a quelqu'un ? »

« AU SECOURS ! Nous sommes là, à la grille ! » crièrent les garçons.

Un vieil homme voûté à la barbe blanche apparut derrière la grille de fer. Malgré l'obscurité de la nuit, il portait d'épaisses lunettes de soleil noires. Ambrose et Darren l'accueillirent avec des effusions de joie.

« Mais qu'est-ce que vous fabriquez ici, les gamins ? Comment êtes-vous rentrés là-dedans ? » dit-il en cherchant à tâtons la serrure du portail. Il était aveugle.

« Il faut vite nous sortir de là, monsieur, s'il vous plaît ! » implora Darren tandis qu'Ambrose se retournait frénétiquement pour guetter Mabel.

« Ah bah vous faites moins les malins une fois que vous êtes dans le pétrin, hein ! Et pourtant c'est pas faute d'avoir écrit : ACCÈS INTERDIT de partout, vos yeux ne fonctionnent pas non plus peut-être ? » marmonna le vieil homme en tournant la clé dans la serrure.

Les deux garçons poussèrent alors le vieil homme qui manqua de trébucher, et refermèrent la porte dans la précipitation.

« Mais du calme, enfin, mais du calme ! Ce ne sont pas des façons de faire ! » protesta le vieux monsieur.

Ambrose et Darren lui serrèrent la main chaleureusement, et puisant dans des ressources inespérées, Ambrose se mit à raconter une histoire sans queue ni tête impliquant un bizutage de collège qui avait mal tourné.

« Mais c'est inconscient, ma parole, ce site est dangereux, il peut s'effondrer à tout moment ! Et puis comment avez-vous trouvé une clef ? »

Tandis que Darren le regardait avec étonnement, Ambrose, dans un accent irlandais terriblement contrefait, invoqua alors un camarade de classe fictif, un voyou, du nom de Poppy Lemonsole qui vivait dans les environs. Hélas, les garçons furent pris à leurs propres mensonges, quand le vieil homme insista pour les reconduire à la « soirée » imaginaire à laquelle ils étaient supposés assister, dans la vallée. Indiquant un lieu fictionnel à grands renforts de détails, Ambrose fut soulagé d'entendre le vieil homme s'écrier :

« Mais oui, mais oui, c'est de l'hôtel « La belle vue », dont vous parlez, les enfants. Je suis passé devant plus tôt, les convives faisaient un vacarme à réveiller les morts. Allez, je vous y mène. »

Ambrose, encore sous le coup de l'émotion, jetait des regards furtifs derrière eux sur le chemin, pour s'assurer que Mabel ne les avait pas suivis. Était-elle restée tapie dans la chambre souterraine, en entendant la voix d'un étranger ? Mais de quoi pouvait-elle avoir peur, au juste ? D'un vieux Milésien aveugle ?

« Du calme » lui chuchota Darren à l'oreille. « Tu as l'air suspect à gesticuler dans tous les sens. Elle n'est pas là, elle ne nous a pas suivis. »

« Qu'y a-t-il les gamins ? C'est ce *Poppy Lemoncurd* qui vous cause tout ce tracas ? » interrogea le vieil homme. « Il ne va pas surgir d'un buisson, vous savez ! »

Ambrose garda le silence, balayant anxieusement la vallée du regard. Voir Mabel surgir de nulle part, c'était précisément ce qu'il craignait. Par chance, ils avaient passé le seul arbre télétroncsportable de la vallée, un vieux chêne centenaire. Tant que Mabel rôdait dans les parages, en liberté, il ne serait plus en sécurité, et personne autour de lui ne le serait d'ailleurs.

« Toi, petit », dit enfin le vieillard en s'adressant à Ambrose, « tu n'es pas du coin, pas vrai ? » Ambrose se raidit. Son accent ne pouvait tromper personne. « Laisse-moi deviner, tu viens de Londonderry, pas vrai ? »

Londonderry, un des six comtés de l'Irlande du Nord, paraissait être une couverture encore moins crédible que le Pays de Galles.

Darren laissa échapper un ricanement nerveux.

« Oui, monsieur », répondit-il avec aplomb.

« Tu m'étonnes que tes camarades t'aient bizuté, mon petit père. Voilà ce qui arrive quand on s'assimile avec l'ennemi ! Ça ne devrait pas être permis de venir de ces coins-là, si tu veux mon avis », observa-t-il sur un ton gaillard.

« Je suis bien d'accord », murmura Darren.

« D'ailleurs je me demande, comment s'appelle l'endroit où se trouvait la... chambre funéraire ? » demanda alors Ambrose.

Le vieil homme s'arrêta brusquement.

« Comment, mais tu ne connais donc rien ? », s'écria-t-il en agitant les bras comme un oiseau et en tournant sur lui-même pour désigner le paysage. « Nous nous trouvons dans le plus bel endroit de la terre, dans la Vallée de Boyne, *Brú na Bóinne*, en irlandais ! »

« C'est Dowth ! » s'exclama alors Darren, frappé de stupeur.

« Le Mont des Fées de l'Ombre ! »

« Ça c'est un vrai irlandais, mon fiston », chuchota le vieux monsieur en se penchant vers Ambrose. « Prends-en de la graine. »

« Nous sommes à plus de deux cents kilomètres d'Evergreen ! »

« En effet », approuva le vieil homme. « Et c'est moi qui suis responsable de la sécurité du site. Il a été condamné il y a des dizaines d'années de ça, il est trop dangereux. C'est un des sites préhistoriques les plus mystérieux du pays. »

« Pourquoi ? » interrogea Ambrose pris de curiosité.

Le vieil homme s'était remis à cheminer avec enthousiasme.

« Eh bien, c'est tout de même incroyable qu'il y a cinq mille ans de ça, des hommes aient eu assez de savoir pour construire un véritable observatoire astronomique ! Dowth – ce tertre qui abrite la chambre souterraine –» précisa le vieil homme, « n'est pas le seul dans la vallée ; il y a trois tertres, en tout, et ils ont tous été construits avec la même précision scientifique pour observer le passage des saisons. »

« Dowth et Newgrange, plus loin, captent la lumière de l'hiver », ajouta Darren. « Knowth, l'autre tertre, sert à capturer la lumière des mois chauds. »

« Absolument. Et donc ici, de novembre à février, au coucher du jour, la lumière du soleil s'infiltre dans la chambre, grâce à son alignement, et le soir du solstice, comme aujourd'hui, bah ! C'est une merveille ! Toute la chambre est inondée du soleil qui se reflète sur les grands mégalithes et que la chambre retient en otage, pendant quelques heures avant de disparaître ! Si vous étiez venus plus tôt, vous auriez au moins pu admirer les dessins gravés sur certaines pierres. »

Ambrose frissonna. C'était le lieu parfait pour un sacrifice, en effet. Comme pour Yule, la symbolique était claire ; il s'agissait du renouveau de la vie, du congé donné aux ténèbres pour accueillir l'espoir du jour et de la vie. Dans l'esprit de fanatiques comme Mabel, sa mort aussi était synonyme d'espoir, c'était un sacrifice bien nécessaire qui contribuerait au renouveau de la race Sylvaine.

Le trio parvint enfin à la retraite bucolique dont leur avait parlé le vieil homme, située au cœur de la vallée et entourée de champs dont on ne voyait pas le bout. La musique, particulièrement bruyante, résonnait de toutes parts, rompant l'harmonie du paysage idyllique.

« Félicitations aux nouveaux mariés », déchiffra Ambrose sur un panneau de bois accroché au portail. Abritée sous un chapiteau blanc, la piste de danse grouillait de danseurs, tandis que des convives animés voyageaient de buffet en buffet à la recherche des meilleurs amuse-gueules, grossissant sur leur passage les détritus en tout genre qui jonchaient déjà le sol. Les quelques serveurs apparemment épuisés, ne se donnaient même plus la peine de ramasser derrière eux.

« Maudits Milésiens de malheur », grommela Darren lorsque le vieil homme les quitta.

Ambrose ne répondit pas. Tout ces gens-là vivaient dans l'ignorance béate des dangers qui les guettaient ; que savaient-ils du bouclier assuré par les forêts, les jungles, les mers, les océans... ? Que connaissaient-ils des forces du mal et des monstres tapis à la frontière des mondes, guettant la moindre faille dans le bouclier pour s'y infiltrer ? Ils n'étaient pas non plus poursuivis par une dangereuse extrémiste qui avait décidé de les abattre au nom d'une cause « sacrée » ; ils n'avaient pas grandi dans le mensonge, ni dans l'ignorance de la mère qui les avait mis au monde et aimés du mieux qu'elle avait pu. Ils n'avaient pas besoin de vivre dans le secret de leur véritable nature afin de ne pas se mettre en danger.

« Mabel n'a pas pu disparaître » glissa-t-il finalement à Darren qui ramassait rageusement des couverts en plastique.

Le garçon se releva brusquement.

« Elle avait pourtant l'air plutôt mal en point quand on l'a semée ! »

« À moins que tes araignées ne soient des veuves noires, ce n'est pas ma brûlure qui l'aura tuée. »

« C'était des *Steatoda nobilis*, de fausses veuves noires, justement. »

« Fausses », soupira Ambrose. Darren secoua la tête.

« Il arrive que leur morsure tue, Kane », répondit Darren en ramassant une flûte à champagne cassée. « Pour peu que l'autre folle soit allergique, elle est raide comme une bûche à l'heure qu'il est. »

C'était donc à un espoir si fragile qu'ils en étaient réduits à se raccrocher ?

« Garçon, il n'y a plus de roulés au canard ! » claironna alors une voix féminine derrière eux. Une femme d'une trentaine d'années, visiblement éméchée, se suspendit alors au bras de Darren.

« J'ai l'air d'un serveur, nom d'un chien ? » hurla-t-il, outré en se dégageant brusquement.

La jeune femme, les sourcils arqués, eut l'air encore plus offusqué et tourna brusquement les talons.

« Maudits Milésiens de malheur », ronchonna-t-il encore.

« Partons d'ici avant qu'on nous fasse des problèmes », suggéra Ambrose.

« Il n'y a aucun arbre dans les environs, le seul qu'on ait croisé c'est ce chêne près du Mont des Fées. Hors de question que j'y retourne. »

« À t'entendre plus tôt, Mabel est morte et enterrée, non ? » soupira Ambrose avec mauvaise humeur.

« Si ça peut m'éviter de passer une nuit dans ce repaire de Milésiens avec toi, allons-y », rétorqua Darren sombrement.

Malgré une peur palpable, les deux garçons se mirent en route, sans échanger un mot. La vallée sombre semblait miroiter sous le reflet de la lune. L'estomac d'Ambrose fit un bond lorsque apparut dans son champ de vision le fameux tumulus qui avait failli leur servir de cercueil. Mais au loin, le grand chêne solitaire émergeait fièrement de l'ombre comme une planche de salut.

« Et si elle nous surprenait au moment où on se télétroncsporte ? » demanda Ambrose. « Et si l'arbre est bloqué ? »

« J'irai en premier », répondit Darren d'un air de condamné.

De loin, Darren et Ambrose tournèrent autour de l'arbre avec méfiance, mais, comme rien ne se produisit, au bout de quelques minutes, les garçons se rapprochèrent. Une paix sereine régnait sur la vallée endormie ; lorsque son front toucha l'écorce rassurante de l'arbre qui le reconduirait à Evergreen, Ambrose se sentit enveloppé d'une caresse maternelle.

Épilogue : La baie indiscrète

Dans les ténèbres de la nuit, le château de Mac Lir paraissait suspendu dans le vide, flottant au-dessus des eaux calmes de la côte. Quelques vagues s'écrasaient de temps à autre contre les rochers, au loin. Un silence grave s'était installé auprès du jeune groupe chaperonné par Mr. McNamara et Nelly, en attendant le retour de Droséra et d'Arthur.

Nelly avait ôté ses grosses lunettes bleues pour jouer avec les branches dont le cri plaintif battait une mesure régulière. Proserpine se mordait nerveusement la lèvre, tenant la main de Hazel et de Zita. Fergusson avait passé le bras autour de son frère, et Juniper faisait les cent pas. Même Wade et Rohan, d'ordinaire si loquaces, n'avaient pas pipé mot après le récit de l'enlèvement de Darren et Ambrose au Mont des Fées de l'Ombre. Les deux garçons n'avaient rien passé sous silence ; ni l'attaque des araignées, ni la brûlure de Mabel, ni le couteau rituel dont elle avait menacé Ambrose, un « athamé », comme le lui avait expliqué Zita

Que trouveraient Droséra et Arthur ? Que se passerait-il si Mabel les piégeait aussi ? Ambrose se souvint alors avec nostalgie de son premier jour à Evergreen, où Rohan l'avait conduit sur la falaise qui surplombait la mer, et où trônaient les ruines de l'ancien château. Cela paraissait remonter à une autre vie.

S'il arrivait malheur à Droséra et Arthur, ce serait de sa faute. Proserpine n'avait déjà plus de mère... C'est lui qui s'était encore une fois jeté dans la gueule du loup en suivant le feu follet, convaincu qu'il s'agissait de l'esprit de sa mère. S'il ne l'avait pas suivi, il n'aurait pas mis en danger Darren, et Mabel n'aurait pas pu le conduire dans la chambre aux sacrifices. Droséra et Arthur, eux, n'auraient donc jamais eu à s'y rendre.

Perdu dans ses pensées, Ambrose ne comprit pas pourquoi le groupe s'agita soudainement. Il n'avait pas entendu les voix familières dont l'écho remonta jusqu'au sommet de la falaise. Droséra et Arthur, remontant lentement la route pentue qui conduisait jusqu'aux ruines du château, furent accueillis par une grande clameur. Ambrose retint son souffle, incapable de percer le secret de l'expression fermée de Mrs Doyle ni celle du pharmacien.

« Alors ? » les pressa Mr. McNamara en ramenant son fils près de lui, d'un geste protecteur.

« Mabel n'a pas survécu à ses blessures », déclara alors gravement Droséra.

Une vague de soulagement presque palpable s'abattit sur le groupe.

« Il n'y pas non plus de quoi faire la fête », rajouta Arthur froidement. « Si Mabel est un monstre, c'est nous qui l'avons ainsi faite. C'est un monstre que le fanatisme de notre communauté a construit, et que l'imprudence... »

Droséra l'interrompit par un geste.

« Arthur a raison », renchérit-elle. « J'espère que Mabel restera dans notre souvenir à tous une victime, et pas seulement un bourreau. »

Ambrose dévisagea le pharmacien silencieux, qui lissait nerveusement les bords de sa fine moustache.

« Une victime qui a essayé d'égorger Kane au fond d'une grotte », grommela Juniper.

« Comment avez-vous réussi à rentrer ? » demanda Nelly dont le visage s'était instantanément détendu.

« Grâce à la pierre des Sept soleils », répondit Arthur. « C'est par là que Mabel vous a fait rentrer aussi », ajouta-t-il à l'attention d'Ambrose et de Darren.

« Qu'est-ce que c'est que ça ? » demanda Ambrose, rappelant confusément à son souvenir une pierre gravée parmi les quelques flashs qui lui restaient de son mystérieux voyage avec Mabel.

« C'est une pierre consacrée par les druides, comme le puits qui se trouve dans la clairière où elle t'attendait. Ces constructions sacrées leur servent de portails, elles communiquent toutes entre elles », expliqua Droséra d'un air calme.

« Le télétroncsportage des druides, si tu préfères », résuma Arthur.

« Cette histoire tragique doit demeurer secrète, les enfants. Nous comptons sur vous », insista Droséra. « Tout ceci est derrière vous. Ambrose, Darren », ajouta la grand-mère de Proserpine en se tournant vers les deux rescapés, « vous vous êtes sauvés mutuellement la vie, ce soir. Je salue votre courage. Darren, tu peux être fier de toi. Tu as prouvé que tu méritais ta place au sein du quorum. Tu as protégé Ambrose jusqu'au bout, quitte à mettre en danger ta propre vie. »

« C'est une chance que je me sois méfié de ce nigaud et que je l'aie suivi dans les bois, c'est tout », ajouta-t-il d'un ton bourru, en dissimulant pourtant le sentiment de fierté qu'il savourait manifestement.

« Merci », murmura Ambrose à son attention.

« Et toi Ambrose, tu as témoigné d'un pouvoir étonnant ce soir, qui n'est pourtant pas l'apanage des Sylvains, mais plutôt celui des druides. Nous savions que tu pouvais guérir les blessures, mais nous savons à présent avec certitude que tu peux également en infliger. »

« J'en avais déjà fait les frais », lança Fergusson en tapant sa main contre son torse.

Au pied des falaises, les vagues semblaient murmurer des paroles indistinctes. Dans quelques heures, le soleil allait se lever à l'horizon, émergeant de la surface de la mer comme un fruit mûr.

« Nous devons tirer un trait sur cette histoire, définitivement », invita enfin Arthur. « Nous nous occuperons de déplacer le corps dans la forêt avant l'aube. La police milésienne classera l'affaire, et sans doute l'évasion de Mabel ne sera même pas évoquée ; je connais bien Spratt, il ne supporterait pas que cette bavure soit rendue publique. »

« De quelles blessures a-t-elle succombé ? » demanda soudainement Ambrose.

« Qu'est-ce que c'est que ce genre de questions morbides, Kane ? Tu n'es donc pas content de t'être débarrassé de cette maboule ? » s'écria Mr. McNamara en perdant patience.

« Si Mabel avait survécu, tu aurais dû quitter Evergreen, tu sais ! » ajouta Nelly à bout de nerfs. « Tu devrais remercier les dieux de t'avoir permis de rester ici, en sécurité ! Finies, les enquêtes ! »

« Mabel a été écrasée par une pierre », répondit Arthur calmement en plongeant son regard dans les yeux d'Ambrose.

Le garçon réprima difficilement un mouvement de surprise. Était-il possible que le pouvoir de Mabel, Sylvaine gorgolithe, se soit si facilement retourné contre elle ?

« Et la police ne trouvera pas étrange que Mabel présente de pareilles blessures en pleine forêt ? » demanda-t-il alors.

Arthur sursauta vivement ; il tirait si fort sur sa moustache qu'il devait s'être arraché un poil.

« Ambrose, voyons, ce ne sont pas des questions à poser ! » gronda Nelly. « C'est terriblement morbide, Mr. McNamara a raison ! »

« Nous nous chargerons de tout, Ambrose. Tu en as assez fait », intervint Droséra d'un ton déterminé mais toujours doux.

« Tout est fini. Tous, retournez à vos familles à présent. Rohan, Ambrose », ajouta la vieille dame. « Nelly vous accompagnera à Kilbrittain. »

« Je connais le chemin de télétroncsportage », assura Nelly en acquiesçant.

Le Dr. Sibahl et sa femme avaient quitté le bal avec leurs deux enfants et Ambrose sans s'être rendus compte de l'absence prolongée de leur fils et de ce dernier. Ce n'était pas le cas des deux cousines, qui traitèrent Ambrose de « rustre malpoli » pour leur avoir fait faux-bond toute la soirée, et qui le saluèrent avec la même froideur qu'elles réservaient à Rohan.

Le couple Sibahl ne s'était sans doute jamais autant amusé, et on racontait que mari et femme avaient répandu une ambiance si festive au sein du personnel médical que la fête s'était éternisée jusqu'à l'aube. Pria dormait à poings fermés lorsque la famille reprit la route.

Chez les Sibahl, Ambrose se réveilla dans son sac de couchage, au pied du lit de Rohan. À en juger par la lumière douce qui inondait la chambre et caressait son visage encore engourdi, le soleil était à son zénith. La soirée de la veille avait l'air d'un mauvais rêve. Tous les événements depuis le bal, le canapé volant, l'initiation, Yule, Mabel, la chambre funéraire et le mariage milésien se mélangeaient dans sa mémoire, comme un puzzle dont il devait recomposer les pièces. Encore ensommeillé, le garçon se leva. Il s'était endormi sans même se changer ; alors qu'il fourrait son smoking terreux et déchiré dans son sac et enfilait un pantalon et un pull propres, Ambrose se souvint du châle qu'il avait reçu lors de son initiation !

Où était-il ? Comment avait-il pu l'oublier, au bout d'un jour ? L'avait-il encore lorsqu'il était arrivé dans la chambre funéraire ? Gisait-il au fond du couloir où il avait rampé pour trouver la sortie ? Il ne se souvenait pas de l'avoir enlevé en retournant à Kilbrittain. À moins qu'il l'ait laissé dans la forêt !

Il sentit alors rouler au fond de son sac une petite bille qu'il sortit pour l'examiner de plus près. C'était la petite baie de houx qui s'était décrochée de l'arbre de sa mère pendant son initiation et qu'il avait rangée dans la poche de son smoking. Il la fourra hâtivement dans la poche arrière de son pantalon, et sans s'attarder quitta Rohan encore endormi sur la pointe des pieds. Tout le monde dormait encore à midi chez les Sibahl, épuisés après leurs performances acrobatiques de la veille.

Quand Ambrose arriva à l'auberge, Nelly était affairée à préparer les pancakes du brunch ;

gaie comme un pinson, l'aubergiste sifflotait sous le regard anxieux d'Amélie qui craignait de réveiller les foudres qu'elle avait essuyées la veille.

« Tu as bien dormi ma citrouille ? Amélie, fais-lui une assiette ! » demanda-t-elle à la jeune française.

Ambrose la remercia. Il n'avait jamais aussi bien dormi, en effet. Était-ce parce que Taylor avait pu quitter l'entre-deux-mondes pour rejoindre l'autre côté de la rivière d'Avalon ? Était-ce parce que la menace de Mabel avait disparu ? Sans doute, le sac de couchage où il avait dormi chez Rohan, à la place du vieux sommier de bois qu'il avait à l'auberge, devait y être pour quelque chose.

« Ce sont des pancakes irlandais, goûte moi ça ! Le babeurre végétal fait toute la différence », assura Nelly.

« Merci », répondit Ambrose en prenant l'assiette qu'Amélie lui tendit prudemment.

« Je t'ai changé de lit, au fait, petit cachotier », lui glissa Nelly à voix basse. « Si tu m'avais parlé plus tôt de tes talents, et que tu n'avais pas autant tenu à sortir en douce la nuit par la malle, je te l'aurais changé il y a belle lurette. » ajouta-t-elle avec un clin d'œil.

« Bonjour, Nelly. Quelle bonne odeur, n'est-ce pas, fils ? » s'exclama Atticus d'un ton guilleret qu'Ambrose trouva particulièrement déconcertant. « *Merci, Amélie* », dit-il en français en prenant des mains l'assiette chaude de pancakes que lui tendait la jeune fille.

« *Oh, vous ne devriez pas me remercier* », répondit la jeune fille dans sa langue natale. Les cinq ans de cours de français qu'Ambrose avait subis à l'externat St. Gibbereth lui permirent de la comprendre vaguement. « *Si ça ne tenait qu'à moi, je ne vous servirais pas ce genre de choses, oh, ce ne sont pas de bonnes crêpes françaises, monsieur Kane. Vous allez voir, c'est aussi insipide que des pancakes anglais, sans offense bien sûr* ! »

Ambrose jeta un regard inquiet à Nelly, qui heureusement, n'entendait pas un mot au langage de son employée.

« Qu'est-ce qu'elle dit ? » se contenta-t-elle de demander négligemment en souriant.

« D'après Amélie, les pancakes en Irlande sont bien meilleurs qu'en Angleterre ! » répondit Atticus sans l'ombre d'une hésitation.

Ambrose hocha la tête, gêné, en signe d'approbation, et Nelly gloussa de plaisir.

Père et fils se dirigèrent alors jusqu'à leur petite table habituelle, face au jardin.

« Alors, comment s'est passée la soirée d'hier ? » demanda Atticus en s'installant, son journal déjà ouvert entre ses mains. « Tu t'es bien amusé ? »

Ambrose tressaillit. Comment les événements sinistres de la veille avaient-ils déjà pu glisser hors de sa mémoire ?

« Oh oui, beaucoup », répondit-il avec empressement. « Je crois que le Dr. Sibahl et sa femme ne se sont jamais autant amusés. »

« Très bien, je suis bien heureux pour eux. Pour moi aussi, la soirée était réussie, » assura Atticus. « J'ai profité du calme qui régnait à l'auberge, loin du raffut des festivités saugrenues et paillardes de la ville, et j'ai même pu me rendre à Cork pour manger une bonne entrecôte sur les conseils de cette chère Amélie. Je crois que la pauvre créature se meurt aussi dans ce patelin où l'on ne mange que des feuilles.»

« Tout va bien, papa ? » demanda Ambrose, qui ne parvenait pas à comprendre le changement d'attitude de son père, ordinairement taciturne et renfrogné. « Tu m'as l'air... de bonne humeur. Il y a du nouveau pour le projet des bois ? » ajouta Ambrose avec inquiétude.

« À t'entendre, je suis une véritable porte de prison d'ordinaire. Et bien oui, j'ai l'impression que la situation évolue en ma faveur. Mes avocats sont en train de s'arranger avec le syndicat. Malheureusement, même cet asile de fous qui se prétend être une municipalité est soumis au système des élections, et celles-ci approchent à grands pas. Si le maire venait à changer, tout ce que j'aurais obtenu de lui pourrait partir en fumée, selon le candidat qui sortirait vainqueur, bien sûr. »

Ambrose repensa aux paroles rassurantes de Drosèra, qui demeurait persuadée que son père ne détruirait pas les bois même s'il en avait le pouvoir, et qu'il avait nécessairement d'autres plans pour la forêt sacrée. C'était sans connaître l'opiniâtreté de son père, surtout s'il avait contre la communauté sylvaine des projets de vengeance. Mais après la soirée d'hier, Ambrose chassa de son esprit ces nouveaux soucis qui cherchaient à s'accumuler pour brouiller le ciel clair de ses pensées, et savoura plutôt son petit-déjeuner.

Ce n'est qu'après avoir terminé deux assiettes complètes de pancakes et de quiches et avoir bu jusqu'à la dernière goutte un épais chocolat chaud qu'Ambrose se leva, convaincu que ses vêtements avaient rétréci depuis le moment où il s'était attablé. Au même moment, un petit bruit retentit contre le sol carrelé de la salle à manger, et Ambrose aperçut le visage de son père s'éclairer subitement.

C'était la petite baie rouge qui avait roulé de sa poche lorsqu'il s'était levé sans doute, et était retombée lourdement au sol. Plus rapide qu'Ambrose, Atticus se pencha pour ramasser le fruit qui gisait à ses pieds. Pendant qu'Ambrose retenait son souffle, Atticus contemplait en silence la petite sphère rouge qu'il roulait machinalement entre son pouce et son index. Il reposa la baie sur la table et se remit à lire son journal. Avait-il fait le rapprochement avec l'arbre de naissance de sa femme ? Se doutait-il qu'Ambrose avait enfin appris la vérité ? Il n'avait pas l'air troublé le moins du monde.

« Je pense que je vais passer l'après-midi avec Rohan, si tu n'y vois pas d'inconvénient », déclara Ambrose d'une voix qu'il voulait assurée.

« Oui, oui... C'est très bien. Dis-lui qu'il sera toujours le bienvenu chez nous. »

Ambrose sentit le sol se dérober sous ses pieds.

« À l'auberge ? »

« Mais non, fiston, à Londres, voyons. Quelle drôle d'idée. »

« Mais nous partons ? Je croyais que la situation avec le projet de transformation des bois s'était améliorée ! »

« Oui, justement », répondit Atticus en levant enfin ses yeux vert sombre vers son fils. « Je t'ai dit que les élections approchaient. Je ne peux pas rester dans les parages, tu t'imagines bien que les gens de la ville, étroits d'esprit et friands de théories complotistes en tout genre m'accuseraient d'avoir trafiqué les élections. Non, nous partirons quelques mois, le temps de voir comment la situation évolue. »

« Quand partons-nous ? » demanda Ambrose, sous le choc.

« J'ai pris un vol pour demain matin. C'est pour ça que j'ai demandé à Amélie de remonter ta valise dans ta chambre. C'est étonnant, je croyais pourtant te l'avoir dit ! » ajouta-t-il avec indifférence en se replongeant aussitôt dans la lecture de son journal.

Ambrose tourna les talons et sortit en trombe du séjour. Et si ce départ précipité était la faute de cette stupide baie ? En la voyant, son père avait peut-être soupçonné qu'il était au courant de quelque chose, de l'héritage de sa mère et du sien. Comment en être sûr ? Après tout, son père avait témoigné d'un calme imperturbable, les billets étaient déjà réservés, et la valise...

En poussant la porte de sa chambre, son cœur se serra. Sa valise gisait en effet au beau milieu de la pièce, ouverte, n'attendant que d'être remplie. Ce départ expliquait certainement la bonne humeur de son père. Ambrose s'assit tristement sur son lit, qui n'émit pas son grincement habituel. Nelly ! Nelly non plus n'était pas au courant, puisqu'elle lui avait changé de lit la veille !

Quelqu'un toqua à la porte au même moment. Nelly entra sans un mot et s'assit à côté d'Ambrose, posant à côté d'elle un petit sac de toile.

« Cette gourgandine d'Amélie ne m'a appris que maintenant votre départ. J'aurais préféré l'apprendre de ton père et te prévenir moi-même pour te préparer... et pour me préparer aussi », ajouta-t-elle en prenant une profonde inspiration.

« C'est pour ça qu'il était si guilleret depuis hier... il savait que nous allions partir... C'était ce qu'il souhaitait depuis le début. »

« Toi aussi, si je me rappelle bien ! » plaisanta Nelly dont la voix trahissait pourtant l'émotion.

« Je ne veux plus partir du tout, surtout pas maintenant qu'il n'y a plus de danger, et après mon initiation... C'est chez moi ici. Je n'ai pas d'autre maison », soupira le garçon. Nelly le pressa contre elle affectueusement.

« C'est temporaire, mon biscuit. Tu ne resteras pas longtemps à Londres. Ton père reviendra, c'est une homme entêté, il ne laissera pas tomber son projet. »

« Le projet de détruire les bois sacrés ? » soupira Ambrose, incrédule. Était-ce vraiment ça, la perspective qui devait nourrir ses espoirs ?

« Si ça peut te faire revenir, ensuite, nous aviserons. Tu as oublié ça dans la forêt hier », chuchota Nelly en lui tendant le petit sac de toile. « Tu ne dois pas l'égarer, mon chat, prends en bien soin ».

Ambrose sortit du sac le châle de soie verte, dont les petites fibres de cuivre étincelaient.

« Merci », murmura-t-il en serrant pour une fois de lui-même l'aubergiste dans ses bras.

« Je viendrai te voir autant que je peux », promit Rohan. « Et je t'écrirai, même si ce n'est pas aussi classe qu'utiliser un arbre comme téléphone » ajouta-t-il à voix basse. Juniper se retourna pour s'assurer qu'il n'avait pas été entendu. Avec le brouhaha qui régnait au Chaudron du Dagda, il était pourtant bien improbable qu'une oreille indiscrète n'en vienne à surprendre leur conversation.

« Tu seras bientôt de retour, j'en suis certain », continua Rohan. Et si ces siphonnés du bocal de Sylvains n'ont pas effacé ma mémoire d'ici là, je serai le premier à t'accueillir à ton retour », déclara-t-il en accompagnant sa promesse d'une grande claque dans le dos.

« Tout ce que je veux c'est que vous veilliez sur mon arbre, et sur celui de ma mère », insista Ambrose en jetant un regard circulaire au petit groupe réuni autour de cette table qui leur avait si souvent servi de quartier-général.

« Ne t'inquiète pas, Ambrose, tu peux compter sur nous », promit gravement Hazel. « Je demanderai aux gnomes et aux farfadets de monter la garde si tu veux. »

« Et moi je demanderai aux sangliers d'éviter de labourer l'endroit », assura Zita. « Mais c'est surtout toi, Prose, qui seras utile à Kane. »

Proserpine, le nez plongé dans son dessin, garda le silence.

« Pff, Earl le dingo n'a pas voulu nous servir des bières ! », grommela Wade en revenant avec d'énormes milkshakes roses. Je lui ai expliqué qu'on fêtait ton départ, Kane, et même si je dois dire qu'il était plutôt content d'apprendre qu'une paire de *Sassenachs* déblayait le plancher d'Evergreen, il n'a rien voulu entendre. »

Ambrose se poussa pour laisser Wade s'installer à la banquette.

« Qu'est-ce que tu vas faire, Kane ? Je veux dire une fois rentré à Londres ? » interrogea Juniper.

« Tu veux dire, hormis réinvestir les quatre-vingts deux pièces de son manoir de richard ? » demanda Wade sur le ton de la plaisanterie.

« Je vais retrouver ma vie, telle que je l'ai laissée, j'imagine », répondit-il en sentant une vague de tristesse l'envahir. « J'utiliserai ce temps où je n'aurai pas la moindre distraction pour apprendre à mieux maîtriser mes pouvoirs... » ajouta-t-il sans conviction.

« Au moins tu ne risques plus de te faire chahuter par les gens de ton école ! » observa Rohan avec optimisme. « Un mot de travers, et psssht... » fit-il en mimant une brûlure sur sa main.

« Si j'étais toi, Kane, j'en profiterais surtout pour approfondir mes connaissances en culture Sylvaine », suggéra Juniper d'un ton sec. « Ne pas savoir ce qu'était une chambre funéraire, ni le Mont des fées de l'Ombre, franchement, c'est scandaleux. »

« Et moi », renchérit Zita d'un air malicieux, « j'en profiterais pour renouveler ma garde-robe et travailler sur mon style. Un peu de couleurs, ça ne te ferait pas de mal, non ? »

« Si vous vous mettez à parler chiffons, je m'arrache ! » prévint Wade en aspirant la moitié de son milkshake rose d'un trait.

« Tu auras enfin du temps pour écrire tes stupides nouvelles », lança alors Proserpine, sortant du silence dans lequel elle s'était murée jusque-là.

« J'imagine », se contenta de répondre froidement Ambrose, sans comprendre pourquoi Proserpine semblait encore plus boudeuse et renfrognée qu'à l'ordinaire.

*
* *

Après le dîner à l'auberge, comme il l'avait fait tant de fois au cours de ces derniers mois, Ambrose attendit que tout le monde aille se coucher pour sortir dans le jardin. Nelly avait couché sa mère depuis une bonne demi-heure quand Ambrose descendit sans un bruit le grand escalier pour se diriger vers la porte-fenêtre du séjour.

Dans le jardin, le grand hêtre tendait fièrement ses branches au ciel. L'herbe humide chatouilla ses pieds nus. Ambrose posa ses deux mains contre le tronc de l'arbre et caressa son écorce. L'énergie de ce fidèle coursier et messager pénétra dans ses veines. Il ferma les yeux et murmura un simple « merci ». Alors, l'arbre baissa doucement deux de ses branches comme pour étreindre le garçon, qui avait entouré le grand tronc de ses bras.

Il sortit ensuite délicatement de sa poche un sandwich au fromage, qui sans surprise, attira très vite une petite créature lumineuse et sphérique, qu'un Milésien inattentif aurait pris pour une curieuse luciole.

« Allez, prends une bouchée, je sais que tu en rêves », chuchota Ambrose amusé. Une nuée de sphères duveteuses surgit alors du feuillage de l'arbre et se précipita sur le sandwich qu'Ambrose leur abandonna.

« Ma grand-mère leur donne juste le fromage, le pain les fait tripler de volume », chuchota alors une voix derrière lui.

Il se retourna en sursautant. C'était Proserpine.

« Et une fée trop lourde, c'est une fée vulnérable », continua-t-elle.

« Qu'est-ce que tu fais là ? » demanda Ambrose étonné.

« Je voulais te donner ça », dit-elle en lui tendant un dessin. Elle, Juniper et lui-même y étaient représentés, maintenant le bouclier iridescent qui repoussait la pluie noire le soir de Mabon.

Autour d'eux se tenaient comme de redoutables totems les golems de Juniper.

« J'avais eu la vision de cette scène l'été dernier. À l'époque, tu n'avais pas de visage, et je n'avais aucune idée de qui il s'agissait. Juniper me croyait folle. Je t'ai dessiné un visage cet après-midi.»

« Merci », répondit-il sans savoir trop quoi dire.

« Je te le donne pour que tu n'oublies pas qui tu es, quand tu retourneras à ta stupide vie de snobinard à Londres », ajouta-t-elle avec un mépris non dissimulé. Ses sourcils noirs froncés fendaient son front lisse de deux replis de chair. « Qu'il ne te vienne pas l'idée de déserter ton clan ! » insista-t-elle avec la même intensité.

« Je n'en avais pas l'intention », répliqua Ambrose gravement.

« Trêve de bavardage », coupa-t-elle brusquement. « À présent, je vais te montrer comment on s'y prend pour utiliser la poussière de fées », reprit-elle en prenant une voix plus gaie. « Au cas où tu aies besoin que ton père fasse une très longue sieste un jour ».

*

*   *

Le lendemain matin, au petit jour, Ambrose balaya sa chambre vide du regard. Le cœur lourd, il ferma la porte derrière lui et descendit les escaliers en tâchant de mémoriser chaque peinture accrochée au mur, le vieux lustre terni suspendu dans la cage d'escalier, le tapis usé qui recouvrait les marches... Tout lui manquerait. Il jeta un dernier regard au Dr. Hellebore Parsifal, immortalisé dans son habit cérémoniel de druide sur un des tableaux et aperçut la porte du lobby ouverte.

Nelly, Amélie et la famille Sibahl l'attendaient sous le porche. Le taxi garé devant l'auberge fit retentir le cri strident de son klaxon, signifiant par là que le chauffeur commençait à s'impatienter. La femme cramponnée au volant de la voiture semblait en effet particulièrement agitée, et à en juger par les gobelets entassés contre le pare-brise, se trouvait sans doute imbibée de caféine.

Sur le seuil de La Tête du Barde, Nelly étreignit Ambrose sans un mot, et contrairement à son habitude, Ambrose ne chercha pas à s'en échapper. Rohan se racla la gorge et Nelly relâcha enfin son étreinte.

« Au revoir, Buckingham », déclara Rohan d'une voix enrouée en lui offrant la paume de sa main. « On se revoit vite à Londres, promis ? »

« Promis », répondit Ambrose en répondant à son « tope-là » les yeux baissés. Assurément, c'était Rohan qui lui était le plus difficile de quitter, parce qu'il était son premier et meilleur ami. « Merci pour tout, Mr et Mrs. Sibahl », ajouta-t-il à l'attention des parents de Rohan.

« Nous t'enverrons des photos du nouveau membre de la famille Sibahl ! » lança gaiement gaiement le docteur. « Avant que tu ne viennes la voir bien sûr ! Tu es toujours le bienvenu chez nous, tu sais. »

Atticus tapota alors l'épaule de son fils. Après un dernier salut à Amélie, Ambrose grimpa à bord du taxi, envahi par un sentiment de déjà-vu. Ce n'était cependant qu'une illusion ; rien ne serait jamais plus comme avant.

Fin